Stefan Platteau

LES EMBRASÉS

LES SENTIERS DES ASTRES

Du même auteur, chez le même éditeur :

Manesh (Les Sentiers des Astres 1)
Shakti (Les Sentiers des Astres 2)
Meijo (Les Sentiers des Astres 3)
Jaunes Yeux (Les Sentiers des Astres 4)
Dévoreur
Le Roi cornu suivi de Dévoreur

les moutons électriques

« La bibliothèque voltaïque »

Ouvrage accompagné et mis en page par André-François Ruaud, relu par plein de monde que l'on remercie, sous une couverture de Melchior Ascaride et avec décorations de Fredk

Nos parutions sont soutenues par la région Nouvelle-Aquitaine

www.moutons-electriques.fr
Diffusion-distribution : La Diff / Hachette Livre
ISBN 978-2-36183-844-7

Mille et une torches

(Prologue à la saga des Sentiers des Astres)

Victorieux par les armes aux Gués de l'Angmuir, l'Héritier-Roi Akhil Souranès n'a plus d'obstacle à ses ambitions hégémoniques. Défaites, les armées de Narrakhin ! Vaincue, leur duchesse Maroué Luari, qu'hier encore, on appelait la Reine Maroué. Plus jamais elle ne s'opposera à lui à l'Assemblée des Peuples ; Akhil peut régner sans partage, instaurer un pouvoir fort sur l'ensemble du royaume. Dans la foulée de la bataille, ses troupes entrent en triomphe à Narrakhin. L'Héritier-Roi dispose de peu de temps pour s'assurer de la soumission des Luari : l'hiver venant, ses vassaux quittent un à un l'armée royale pour regagner leurs fiefs. Un acte de reddition est imposé à la duchesse captive : il abolit tous les privilèges et exemptions dont le Vieux Duché jouissait depuis des siècles, et le ravale au rang de simple province de l'Héritage. En découvrant sa teneur, Maroué aurait glissé à ses valets : *peu importe que je signe ce parchemin ignominieux, il tombera en cendres sitôt qu'il connaîtra la lumière des Astres.* La parole d'une sorcière n'est pas à prendre à la légère, alors les valets la rapportent à leurs proches ; et ces mots se répandent dans la cité comme une promesse, attisant la rancœur contre les Souranès, soufflant sur les braises d'une colère qui ne demandait qu'à s'embraser…

Chronique de la guerre civile, année I – Par Connour d'Urtach.

1. Témoignage d'Aïfe, la calfate

Les forgerons pis les bouchers sont v'nus nous choper aux chantiers sitôt que l'soleil s'a couché. Une trentaine de gaillards sapés d'manteaux gris, la capuche su' la caboche, le pas vif. Mon cœur s'est emballé quand j'les ai vus débouler :

Ayé. C'est parti !

On atait tous restés sur place après l'travail, planqués dans la bedaine d'une galère en construction, hors de vue des patrouilles : charpentiers et calfats, tout l'corps de métier des bâtisseurs de navires, prêts à serrer les coudes. Aucun de nous s'atait avisé de rentrer chez lui ; la rumeur disait que ç'atait pour cette nuit, qu'y fallait s'préparer, en bons patriotes. Chacun d'vait rester fourré avec sa corporation en attendant qu'la danse commence. Fourbir ses couteaux, ses torches et sa colère.

Les forgeux, ç'ataient p'têt bin les plus énarvés de tous. Les mieux informés, aussi, à s'qu'on disait. Pas étonnant que l'mouvement vienne d'eux.

« Z'avez préparé de la poix, les gars ? a lancé leur meneur, dès qu'on a pointé le bout du pif hors d'la galère. Et de l'étoupe bien sèche, beaucoup d'étoupe ! Faut qu'on emmène tout ça aux fours à chaux ! »

Onc' Zalit, qu'est maître-charpentier, s'a t'avancé pour les accueillir. La poix, c'est pas ça qui manque, ici, vu qu'on s'en sert pour amperméabliser les coques. Mais le rapport avec la chaux m'a pas sauté aux yeux tout de suite.

« Tu veux fabriquer an' d'ces merdes liquides qui crame et qui colle à la peau, l'onc' a jacté. Pour griller tous ces salauds… »

Le type a répondu d'un rictus, et nous aut' les branleurs de rafiots, de vivats étouffés. Une sainte folie du feu, c'est ça qui couvait dans nos cœurs. C't'après-midi, Maroué avait signé la foutue charte de l'Héritier-Roi, à la stupeur de toute la cité. Contrite et forcée, comme qu'on dit, devant sept témoins issus d'la haute. Heureusement, elle avait promis que ça brûlerait, et que ça brûlerait même bien, sitôt qu'les Souranès s'aviseraient de la sortir sous l'ciel. P'têt qu'elle allait l'ensorceler, ou alors, ç'atait un appel qu'elle nous adressait, à nous, les gens, pour qu'on fasse le boulot nous-mêmes. 'Tout cas, l'avait choisi les flammes comme l'arme d'la libération, alors ça s'raient les flammes qu'on porterait ce soir. Faut se tenir prêt, et Tiau ! Fasse qu'les Souranès crament en même temps qu'leur damné d'parchemin !

Ma frangine, la balèze, s'est bâté deux jarres emplies de poix d'pin su' les épaules, puis on s'a mis à remonter la berge du fleuve en silence, vers l'intérieur d'la cité. On a franchi une poterne discrète dans l'rempart du port, et on s'a glissé dans les ruelles étroites, dans les quartiers des poissonniers. Les oreilles aux aguets… Faisait nuit noire, vu que les nuages cachaient la lune, et qu'on allait sans lanternes, pas vu pas pris. Ça caillait sévère, un bon grippe-gorge de début d'hiver. La cité schlinguait la fumée de tourbe, l'vieux bouillon de légumes, le crottin d'éléphant et la paille. De temps en temps, on entendait couiner des singes sur l'toit d'un temple ou sur le ch'min de ronde du rempart.

J'ai trottiné jusqu'au type qui nous em'naît, un grand lascar à la peau brun sombre, la barbe rouge comme le feu d'ses forges.

« J'ai pas d'arme, j'ai soufflé.

– C'est pas grave, p'tite. On finira par t'en trouver une.

– Chuis pas ta p'tite. Et j'veux pouvoir zigouiller ma part de salauds. »

Lui, y portait une dague à la ceinture ; et l'éclat du métal s'laissait voir aussi sous les manteaux d'ses compagnons – couteaux, hachoirs et coutelas de bouchers, rien de pus costaud, vu que les Souranès avaient saisi toutes les armes des bons métiers de la Cité. Ça f'rait pitié face aux lances, aux éléphants d'guerre ou aux Destriers-Tonnerre, mais au moins ç'ataient quand même des lames, avec un manche sur lequel tes doigts, y peuvent se serrer quand t'as la trouille. J'en voulais une, j'me sentais à poil sans.

« Et si on tombe sur une patrouille ? » j'ai chouiné.

– On tombera pas sur une patrouille, a répliqué le rouquin à mi-voix. On les évite, et elles font pareil. Merde au couvre-feu ! » Il m'a tapoté l'épaule pour m'rassurer : « Les Souranès, y reniflent la tension comme tout le monde. Sont pas trop chauds pour se balader, cette nuit. Y préfèrent rester en grands groupes, près les temples ou à l'abri dans leurs casernements. Y montrent les muscles, ça oui, mais bouger, y bougeront pas.

– Ayé, a soufflé une femme à ses côtés. Z'osent circuler que dans les rues larges, là où z'ont des arbalétriers aux étages, dans les maisons qu'y z'ont réquissionnées. Les ruelles, y s'y risquent pas. Trop peur de tomber dans des embuscades. On peut les esquiver facilement, du coup. Parque la ville, elle est toujours à nous, en vrai. Et ç't'un d'ces laburintes… »

Et dans l'ombre, sous sa capuche, j'ai vu brûler l'éclat d'ses dents, comme si z'étaient prêtes à mordre. J'ai soupesé l'bon sens dans s'qu'elle disait. C'est vrai, les soldats du Roi, y s'étaient logés où y pouvaient : dans les auberges, les halles au drap, l'beffroi, les hospices ; et pis dans l'château du Cerf, bien sûr, avec Akhil lui-même et ses Preux. Mais y connaissaient rien au réseau des coupe-gorge, des traboules et des arrière-cours de Narrakhin. On en sait, nous, des chemins secrets pour s'faufiler à travers les pâtés d'maisons sans qu'y nous voyent !

« Pis on a des caches, a continué la femme. Avec des lances, des épées, des casques et d'la bonne cotte de mailles ; tout s'qu'on a pu mettre à l'abri avant qu'ils investissent la Cité, et qu'ils ont pas encore trouvé.

– Où ça ? » a jacté ma frangine.

« Tu vas voir. Le temps de passer par les fours, on vous y mène. »

Puis on l'a bouclé, parce qu'une bande de silhouettes capuchonnées bloquait la rue devant nous. Z'étaient des nôtres, heureusement : des poiscailleurs du quartier, prêts à s'joindre à la fête. On s'a embrassés les uns les autres pour se féliciter d'êt' tous là, se donner du courage. À ç't'heure-là, personne avait encore allumé sa torche ; les visages restaient dans l'noir, mais les yeux luisaient d'un éclat féroce.

En passant par les traboules, on a gagné les bas-quartiers du nord sans croiser aucun troufion. Là-bas, les Souranès foutent jamais les pieds. On a rejoint les patriotes qui s'rassemblaient autour des fours à chaux, avec les bannières d'leurs métiers. Au centre de toute cette agitation, les chaufourniers s'affairaient à mélanger la chaux vive avec d'la graisse animale, d'la térébenthine de pin et d'autres trucs qui flam' bien. De quoi fabriquer des grenades de terre cuite pour cramer tous les salopards de la capitale dans leur armure. On avait tous hâte de voir le spetaque, alors on a filé not' chargement de poix avec des grands sourires ; on était fiers de verser not' écot à la cause.

Y commençait quand même à y avoir un peu trop d'monde assemblé aux fours, à cause que les gens continuaient à arriver en continu ; on avait beau touffer nos voix, ça finissait par faire un sacré tintouin, qui risquait d'attirer l'ennemi. Pour pas que, le grand rouquin des forgeux a décidé de r'mettre toute la compagnie en mouvement.

« Aux caches, les gars ! Chopez les armes ! Les calfats, les tripiers, Parwani va vous conduire ! »

La femme de tout à l'heure a levé le bras pour qu'on la repère ; avec les gens des chantiers, on s'est tous attroupés près d'elle.

« Où qu'on va ? a demandé mon onc'.

– Rempart ouest, a répondu la nommée Parwani. Près la tour des Engoul'vents. »

Et pis elle a posé un doigt sur ses lèvres pour nous faire taire, et on s'a mis en marche après elle, longue file de fantômes forcés d'cheminer à la queue-leu-leu à travers les ruelles pas bien larges. Faisait si noir qu'on voyait pas plus que les deux ou trois clampins d'vant nous ; fallait pas s'arrêter, sous peine de perdre le fil et s'faire larguer par le groupe. L'onc', la frangine et moi, on crapahutait quèquepart au milieu de cette colonne lâche. N'a fini par tomber sur la grande rue aux Oies, qu'y faudrait bien franchir en douce, en priant pour pas se choper une patrouille. Les gars d'vant nous, ils ont mâté à droite, à gauche, pis comme y'avait personne, y se sont grouillés de traverser.

Pis alors qu'on s'apprêtait à faire comme eux, y a eu comme un orage qu'a monté du sol. La terre s'a mise à trembler tellement fort que chuis restée plantée sur place, à grelotter de tous mes boyaux. Morte de trouille.

Mon onc', lui, l'a pas perdu ses esprits.

« Destriers-Tonnerre ! l'a soufflé, en me r'traînant dedans la ruelle. Planque ! » Et on s'a cachés ent' les murs, du mieux qu'on a pu.

Les canassons ont déboulé du bas d'la rue – trois étalons trop balèzes, les naseaux qui fument, avec des types en armure complète juchés d'sus, faces tapies derrière leurs museaux de fer. Y z'allaient qu'au trot, mais ç'atait assez pour faire gronder toutes les pierres autour de nous. Mon frère dit qu'en bataille, nos gars se pissent dessus rien qu'en entendant les Destriers-Tonnerre qui chargent ; avant qu'y soyent sur eux, y s'couchent à terre de terreur et y s'font piétiner au sol comme de vulgaires guernouilles.

Ces trois chevaliers-là, z'avaient senti quéquechose, les fumiers ! Z'ont ralenti l'allure en arrivant à not' hauteur, pour mater les ombres à travers leur visière. On s'a plaqués cont' le mur et on a prié toutes nos forces, en espérant qu'y nous voyent pas. Par que, l'air de rien, les Souranès, quand y vous chopent après le couvre-feu, y'arrive qu'y vous pendent au rempart, comme ça, pour un oui pour un non, juste parqu'y vous trouvent suspect. Les macchabées qui s'balancent au-d'sus d'nos têtes sont là tous les jours pour nous l'rappeler.

Chuis rendue consciente qu'on allait crever si on s'entêtait, et à quel point qu'c'était complètement crétin de not' part d'vouloir fiche dehors la fine fleur d'la chevalerie du Roi, avec nos couteaux et nos torches.

2. Témoignage de Lethor, intendant du Royaume

Elle se tenait debout dans l'antichambre du banquet, les mains encore jointes bien qu'on ait coupé ses liens : notre captive, notre ennemie terrassée. Sa longue chevelure fauve roulait librement sur sa robe blanche de deuil, telle une averse de rouille, un millier d'armures en train de s'effriter.

Maroué Luari, duchesse de Narrakhin.

Trente ans d'opposition, à bloquer les projets de mon Roi à l'Assemblée des Peuples. De plaidoyers vibrants, d'alliances objectives, de peurs maniées habilement pour dresser les cœurs contre notre rêve d'unification. Des mots ! Tant de mots pour rien ! Et puis enfin, une guerre, une vraie. Une seule bataille, brève et décisive, un jugement des Astres. Et la voilà soumise, brisée par la mort de ses fils et la ruine de ses armées. Vaincue d'une façon si nette, que plus personne ne se rallierait jamais à ses prêches. Politiquement finie. Elle qui se croyait encore Reine dans les frontières du Vieux Duché et au-delà… l'ombre d'une souveraine, le fantôme d'un royaume désormais totalement digéré par l'Héritage, vestige d'un temps révolu.

Bien sûr, dehors, la rue la réclamait toujours ; ce soir même, des dizaines de petites gens massées sur le parvis devant le château braillaient son nom la torche en main. Ils s'étaient assemblés là au crépuscule et avaient refusé de bouger ensuite, bravant le couvre-feu. D'après mes rapports, d'autres courraient la ville en bandes discrètes. Akhil avait donné des ordres pour qu'on les laisse s'époumoner sans répondre à leurs provocations ; la dernière chose qu'il souhaitait était un massacre de civils, ici, en plein cœur de Narrakhin. De toute façon, hors la cité, cette grogne et cette rancœur s'éteindraient vite ; il n'avait nul besoin de les mâter dans le sang. Il pouvait se permettre de soigner son image de suzerain magnanime ; on oublierait les Luari tout comme on oublierait que ceci fut jadis le cœur du Vieux royaume.

Dans l'antichambre, il y avait une petite fenêtre aux carreaux de verre coloré ; à travers elle, Maroué entendait les clameurs qui montaient du dehors. C'est à peine si elle y prêtait l'oreille, à en juger par son visage, qui n'exprimait rien : ni fierté, ni douleur, aucune émotion propre à éveiller notre pitié. Un masque hostile et silencieux, passablement éteint. L'effet des drogues que nous lui administrions à son insu ; celui d'un désespoir profond, aussi, sans doute. Perdre d'un seul coup ses deux fils en bataille, c'est à vous lacérer le cœur le mieux trempé. Elle aurait affronté toutes les forces du ciel, si cela avait pu les sauver de la vindicte d'Akhil. Sur ce point, j'éprouvais pour elle une compassion sincère.

Les demoiselles de compagnie ont tressé sa tignasse revêche pour l'entortiller en un chignon élaboré, à sa grande indifférence ; puis elles ont fardé son visage de poudre d'or et d'argent, selon la coutume des Luari. Lorsqu'elle a eu l'air assez apprêtée pour paraître devant la cour, j'ai sorti l'anneau sigillaire de mon aumônière et le lui ai présenté avec égards :

« Votre sceau, Ma Dame. L'anneau de Kuntola. »

Un objet si ancien et si sacré que ma main en tremblait malgré moi.

C'est avec ce sceau ancestral qu'elle avait signé l'acte de reddition, l'après-midi même. Que tous le voient briller à son doigt, et nul ne mettrait en doute l'authenticité du document. Elle a hoché la tête avec mollesse, glissé l'anneau à son index avec lenteur, comme si ce devait être la dernière fois. Puis les deux battants de la grande porte capitonnée se sont ouverts cérémonieusement devant nous, et les lumières du banquet sont tombées sur nos visages.

Nombre de poètes ont célébré la salle tournante du Château du Cerf, à Narrakhin : aucun ne lui rend justice. Je ne suis qu'un vieux chevalier retiré des armes ; qui suis-je pour tenter de faire mieux ? Comment décrire ce vaste disque de marbre bleu, qui pivotait avec lenteur sur son axe central, mu par quelque eau souterraine ? La voûte semée d'astres d'or, dont les constellations semblaient se déplacer avec paresse au-dessus de nos têtes, bien qu'en réalité, ce soit nous qui nous mouvions ? La cloison de bois courbée, ornée de fresques grandioses, qui occultait le tiers du pourtour de la salle, et tournait avec nous, barrant tantôt l'entrée principale, tantôt la porte de service, tantôt encore les fenêtres donnant sur les jardins du palais ?

Au centre, sur une estrade, des musiciens masquaient de leurs sitars et de leurs harpes le bruit subtil des rouages hydrauliques tapis sous nos pieds.

Autour d'eux, assis à la table d'honneur semi-circulaire, quelques-uns des fleurons de la noblesse de l'Héritage siégeaient en grande pompe. À commencer par les sept témoins choisis pour contresigner l'acte de reddition de Maroué : le Grand Flamine de Kalamir, bonhomme adipeux drapé dans sa robe de culte orange ; le Haut commandeur de l'ordre chevaleresque des Bergers du Crépuscule, robuste et tout de blanc vêtu ; puis le vicomte Suryl, neveu du duc de Morthouanne ; la duchesse de Beranthar, le grand argentier Ossareyn, le comte de Menarfon, et le Chevalier-Gardien des écluses sacrées. Auprès d'eux dînaient des courtisans de moindre importance, le reliquat de la cour attardé à Narrakhin avec Sa Majesté. La noblesse locale était présente aussi, en nombre restreint : humiliée, vaincue, reléguée aux tablées mineures.

À l'entrée de Maroué, Akhil lui-même s'est levé, barbe d'or tressée, robe de velours bleu cobalt. Il a présenté sa coupe en l'honneur de la captive et pris la parole, de sa voix grave et chaude :

« Prenez place et dînez en paix, ma Dame. Vous êtes toujours ici chez vous, sous la protection de l'Héritier-Roi. Nul ne s'avisera de vous manquer d'égards, sous peine d'encourir ma colère. »

Mais ces mots eux-mêmes ne servaient qu'à souligner leur nouveau rapport de force. Désormais, elle n'était plus qu'une vassale parmi d'autres, dépendante des faveurs du Haut-roi, assise en bout de table dans sa propre maison.

L'air de rien, il l'exhibait comme une prise.

D'un regard, j'ai vérifié que toutes les mesures de sécurité que j'avais ordonnées étaient en place.

Quatre preux en armure complète, comptés parmi les meilleures lames du royaume, gardaient la grande porte. Deux autres veillaient auprès du Roi, un troisième debout non loin de la Duchesse. Les autres étaient postés à des endroits stratégiques en dehors de la salle tournante : dans l'antichambre, derrière la porte de service, et bien sûr dans la galerie couverte au-dessus de nous, avec les bardes et le clergé de Narrakhin.

Et j'avais d'autres hommes encore sous la main, plus discrets, mais prêts à intervenir en cas de coup fourré : de fins bretteurs habillés en valets, la dague dans la botte, mêlés aux domestiques. Ceux-là avaient l'œil sur tout, surveillaient les plats pour parer à tout empoisonnement. Perchés sur le rempart du château, mes guetteurs observaient la foule massée sur le parvis ; ils avaient ordre de nous avertir si la violence éclatait au-dehors. Non qu'elle puisse nous affecter à l'intérieur du fort ; mais s'il fallait raisonner cette populace pour lui épargner un massacre, exhiber la duchesse restait une option.

J'ai poussé un bref soupir pour chasser la tension qui m'habitait. La charte de reddition signée dans l'après-midi, nous entrions dans une nuit dangereuse. De folles rumeurs courraient dans la cité, réponse à la colère et à la frustration des partisans des Luari. Mais demain, tout serait fini : la cour reprendrait le chemin de la capitale, et cette guerre trouverait ainsi sa conclusion.

3. Témoignage d'Aïfe, la calfate

J'm'applique, ch'cause de mon mieux, merde ! T'auras qu'à corriger, si tu trouves que ch'fais des fautes. Déjà, j'assaye de m'souvenir. C'est ça qui compte, oui ou crotte ?

Les Destriers-Tonnerre, y sont passés sans nous voir – ou alors ils en avaient rien à braire du menu fretin comme nous. N'empêche que, pour le coup, j'ai bien failli me faire d'sus.

On a mis un moment avant d'oser traverser la rue aux Oies. Mais d'l'autre côté, la première moitié du groupe avait filé sans nous attendre. Disparue, Parwani, pffuit !

« C'est rien, a dit un type borgne derrière nous. Les planques dans la muraille, j'les connais aussi. Vais vous mener, moi. »

Faute de mieux, on l'a suivi jusqu'au rempart d'la cité, qu'est tout creusé de galeries, où y'a des gens qu'a vivent dedans. Mais les planques, le borgne, y les connaissait pas si bien qu'y disait, parole : on s'a perdus à explorer des p'tites niches de rien du tout, habitées par des ermites en prière et des rebouteux à quat' pièces d'argent. Sauf qu'aucune d'elles contenait les armes promises ; juste des singes, d'la fumée d'encens et des murmures chelous.

Asqu'elles existaient seulement, ces armes ?

Pour finir, on a tombés sur un groupe de cordonniers en maraude, avec leurs bannières de métier dans les pognes. Y z'ataient tout pareil que nous : l'envie d'castagner vissée au ventre, mais pas les moyens d'le faire correttement. Du coup, y z'avaient décidé de rejoindre ceusses qui protestaient sur l'parvis devant le château. Paumés pour paumés, y voulaient au moins faire entendre leurs voix.

En r'montant la rue Vieux Châblis avec eux, j'ai capté les singes qui cavalaient sur les toits autour de nous. Beaucoup de singes, qu'allaient dans la même direction. Et discrets, avec ça, plus silencieux qu'la brise. Des macaques égorgeurs, que ç'ataient ; entraînés à planter leur surin dans les défauts des armures. C'est là qu'j'ai compris pour la première fois que nous, les p'tites gens, on s'rait pas seuls ce soir. Qu'y avait p'têt bien un plan quèquepart, une entourloupe pondue en haut lieu ; qu'on avait des alliés qui s'montreraient pile-poil au moment qu'y choisiraient.

Ça faisait comme un rugissement dans ma poitrine : tous ensemble, on était forts, on avait pas froid. On allait tout casser !

Quand on a déboulé sur l'parvis, l'était déjà noir de monde : des centaines de patriotes qui braillaient des chansons du pays, torche allumée dans les pognes, face au pont-levis relevé. Parole, ç'atait beau à voir… Et les gens continuaient d'arriver par les ruelles, qu'ataient pas tenues par les Souranès ; personne pouvait empêcher not' flot de grossir. Les hommes d'armes du roi devaient s'contenter d'nous encadrer et d'nous tenir à l'œil. Y'en avait un bon groupe de chaque côté d'la place : des sergents en armure, avec des lances, pis même des éléphants derrière. Et aussi des arbalétriers aux fenêtres d'la halle aux draps – quéquezuns bien visibles, pour qu'on sache à quoi s'en tenir, et d'aut' cachés dans les étages. S'y leur prenait l'envie d'nous massacrer, y pouvaient faire un carton.

Ça nous empêchait pas d'bramer en chœur, pour qu'on nous rende Maroué. On avait tous la rage. Ma frangine couinait comme une harpie : quand c'est qu'on commence à les cramer, les Souranès ?

La foule a devenue houleuse ; elle faisait des vagues, qui forçaient les hommes d'armes à r'culer, puis r'avancer, puis r'culer encore. J'ai fini par me r'trouver tout d'vant face à eux, au premier rang, alors j'me suis mise à les narguer, crier des saloperies et leur montrer mon trou d'balle. Autour de moi, ça poussait de pus belle ; les gens agitaient des gourdins sous le nez des sergents, qu'allaient pas tarder à devenir mauvais. Moi, j'atais tellement énarvée que j'avais oublié d'avoir la trouille. J'voyais pas qu'un méchant coup pouvait partir n'importe quand.

C'est encore l'onc' qui m'a sauvé les miches, en m'tirant en arrière, juste avant qu'les lances s'abaissent. J'a entendu un ordre, et rrac rrac rac ! Les soldats ont fait trois pas en avant. Quat' pauv' gars qu'ont pas bougé assez vite se sont r'trouvés empalés sur leurs fers. La foule s'a mise à refluer en panique. Ç'a fait une telle cohue qu'à l'aut' bout du parvis, des gens ont valdingué dans les douves ; y sont passés au travers d'la glace, pour jamais raparaitre.

Pour sûr, ç'aurait pu tourner carnage à ce moment-là. Heureusement, les sergents ont jamais fait de quatrième pas. Au lieu de ça, y sont restés sur place, lances pointées, à gueuler qu'y fallait qu'on garde nos distances et qu'on cesse de faire les marioles, si on voulait pas s'faire trouer la bedaine.

On s'l'a tenu pour dit : on a r'froidi nos ardeurs, malgré not' furieuse envie d'venger nos morts. La haine, elle brûlait dans nos yeux, elle grondait dans nos gorges. Moi, j'rongeais mon frein ; l'onc' me tenait à l'œil, pour pas qu'je fasse de bêtise.

Çatte sorte de calme avant la tempête, l'a duré un moment.

Pis j'ai vu les singes s'assembler discrètement su'l'toit d'la halle au drap, et s'glisser dans les ch'minées, le couteau entr' les crocs… mon cœur a fait un bond.

Et alors, y s'est passé ce truc insensé, au château...

4. Témoignage de Lethor

Aux jongleurs ont succédé les dresseurs de Lynx et d'autres divertissements raffinés. Les constellations factices au-dessus de nos têtes scintillaient de tous leurs joyaux. Je dois l'admettre, la finesse des vins et des entremets m'emportait par moments loin de mes préoccupations sécuritaires. Quant à Akhil, nul délice n'aurait pu rivaliser avec celui qu'il savourait depuis l'après-midi : le parachèvement de son triomphe sur les Luari. L'orgueil transparaissait sur son royal visage comme un feu irradiant. Ah ! S'il avait eu la victoire plus modeste, s'il s'était abstenu d'humilier l'ennemi, les choses se seraient-elles passées différemment ?

Alors qu'on venait d'apporter les cygnes farcis, Maroué s'est levée avec lenteur, repoussant son assiette d'argent. Droite et digne, elle a promené son regard sur l'assemblée ; et pour la première fois, elle a souri, étirant le fond de poudre d'or sur ses joues – souri avec assurance, comme si elle était encore l'hôte souveraine en ces lieux. Puis, avec une courtoisie teintée d'ironie, elle s'est adressée aux sept témoins :

« Votre Sainteté, Honoré Commandeur ; seigneur vicomte, et vous Dame duchesse ; sire l'éclusier, sire l'argentier, sire comte des mers grises. À tout acte important, il faut des témoins dignes de foi. Peu de vaincus ont eu le privilège de s'humilier devant une si noble septaine ; croyez bien que je suis éperdument reconnaissante de l'honneur que vous m'avez fait. Désormais, si quelqu'un venait à mettre en doute l'authenticité de ma... soumission, vous seriez là pour attester : j'y étais, ce jour-là ! J'ai vu Maroué apposer son sceau au bas du parchemin ! Vous rappellerez la teneur de la charte au mot près, si bien qu'il sera impossible à quiconque d'en contrevenir le sens et produire fausse copie – à moins que vos lèvres ne soient cousues, que vos langues ne tombent au fond de vos tripes, ou que vos tripes elles-mêmes ne remontent étouffer vos gosiers. »

L'Héritier-Roi a froncé le sourcil. J'ai pesté intérieurement ; je croyais la duchesse trop droguée pour de telles effronteries. Elle poursuivait pourtant, pleine de morgue :

« dînez tout à votre aise sur les victuailles du pays Luari, puisque désormais, il est vôtre. dînez à vous éclater la panse ! Quant à moi, afin que votre mémoire ne défaille jamais, je veux énoncer une fois encore les termes de ma reddition. Je les dépose humblement devant votre Majesté. *Moi, Maroué, fille de la Lune et du Cerf, héritière de Kuntola, engage mes sujets, parents et vassaux...* »

Et elle a commencé à réciter l'acte point par point, avec une solennité surjouée, devant une assemblée consternée. Personne ne pipait mot ;

pas même Akhil, qui la scrutait d'un regard froid, cherchant à percer à jour ses intentions.

« Qu'on mette fin à cette bouffonnerie, a grommelé le Grand Flamine. Qu'elle aille déballer tout cela à son peuple du haut du donjon, et renvoie ces gueux braillards à leurs masures ! »

Le religieux s'est raclé la gorge avec dédain, puis emparé d'un cruchon d'eau et servi une longue rasade, car il avait le palais singulièrement sec. Le liquide n'a pas suffi à clarifier son gosier : dans la foulée, je l'ai entendu émettre des sortes de grognements mouillés, comme s'il cherchait à éructer un glaviot très profond. Bientôt, ses efforts se sont mués en gargouillis douloureux. Il haletait comme un vieux chien sénile, les yeux exorbités. Dans son col de fourrure, quelque chose enflait, dilatant les chairs flasques de son menton d'une façon si nette et si obscène, que j'avais peine à le croire. Il m'a semblé que la lumière des lanternes diminuait subtilement autour de nous, tandis que les astres factices, au-dessus de nos têtes, s'embrasaient.

Dans une sorte de réflexe désespéré, le Flamine a agrippé l'avant-bras de sa voisine de table, la duchesse de Beranthar ; puis il s'est courbé en avant, pris d'un violent haut-le-cœur.

Il a vomi ses tripes à grands jets, en trois ou quatre spasmes ; elles sont tombées dans son assiette, avec son estomac et d'autres organes que je n'ai pu identifier. Il les a contemplées un instant les yeux ouverts, sonné par le choc, gueule béante bavassant du sang. Puis il a réalisé qu'il en avait encore plein le gosier, et qu'elles étaient en train de l'étouffer. Pris de panique, il s'est efforcé en vain de cracher le reste, les mains sur la gorge, sous les regards médusés des autres convives. Je revois la duchesse lui administrer des claques secourables dans le dos, comme s'il s'agissait d'expulser une simple arête. Les entrailles du prélat s'entassaient sur la table, pendouillaient sur son menton ; mais l'esprit de la dame, ébranlé par le choc, se refusait à accepter ce qu'elle voyait. Et pendant ce temps, la voix de Maroué, imperturbable et triomphale, continuait à réciter mot à mot le traité de paix, avec une intensité croissante.

J'ai bondi sur mes pieds, en alerte.

À l'autre bout de la salle, le Grand Argentier a poussé un cri déchirant. Ses intestins ont crevé son ventre d'un seul coup, pour jaillir au-dehors tel un dragon furieux. Ils ont bondi vers la voûte, doués d'une vie propre ; exécuté une danse narquoise au-dessus de sa tête, avant de fondre sur lui comme un vautour, pour se nouer autour de son cou – et serrer, serrer pour l'étrangler. Son écuyer s'est précipité pour l'aider ; je l'ai vu empoigner à pleine main ce garrot vivant, s'efforcer de l'arracher.

Son dévouement n'était pas seulement vain ; il devait aussi lui être fatal.

Car le mal était contagieux. Déjà, une sorte de mélasse brunâtre suintait hors des narines de l'écuyer ; tout occupé qu'il était à tenter de sauver son maître, il ne semblait pas s'en rendre compte. C'était sa propre merde qui lui remontait dans les sinus, mêlée de bile et de vin. Puis il a commencé à hoqueter à son tour, tandis que ses organes, dans leur ascension fatale, écrasaient peu à peu ses poumons. L'instant d'après, il se courbait en deux pour dégoiser ses intérieurs.

Debout près du cadavre du Flamine, la duchesse de Beranthar coassait, raide et livide, les deux mains sur son bas-ventre. Elle n'avait pas de sang sur la bouche ; mais à ses pieds s'entassaient ses viscères, expulsés par le bas. Lorsqu'elle a baissé le regard sur cet amas de chair luisant, ses yeux se sont écarquillés, tandis que son intellect appréhendait enfin la terrible réalité. Ses jambes ont défailli sur le coup ; elle s'est effondrée mollement sur le contenu de sa panse.

« Ne touchez pas les morts ! a braillé le Haut commandeur. Ça se propage par le contact ! »

Les premières stupeurs passées, la panique s'est emparée de l'assemblée. Reprenant ses esprits, Akhil s'est mis à hurler :

« C'est la sorcière ! Saisissez-là ! »

J'ai tiré ma dague et tourné sur moi-même à la recherche de Maroué. Mais par je ne sais quel sortilège, elle était partout à la fois. Une douzaine de magiciennes féroces, assises autour de la table à nous narguer, un sourire haineux sur leurs faces d'or. Cessant leur solennelle récitation, elles sont parties toutes ensemble d'un rire immense.

Quelques courageux se sont rués sur ces fantômes. Certains ont cru empoigner la véritable Duchesse de Narrakhin ; mais par la magie qui trompait leurs sens, c'est sur une nouvelle victime du mal qu'ils fermaient en réalité leur poigne, signant par la même occasion leur propre arrêt de mort ; ou bien ils pensaient décapiter notre ennemie d'un revers d'épée vengeur, mais c'est la tête d'un autre convive qu'ils faisaient sauter.

En attendant, le maléfice continuait à se répandre, frappant spontanément ou par contagion. Les uns déféquaient leurs tripes, les autres les dégueulaient morceau par morceau. Chacun s'écartait de ses voisins, guettait anxieusement les premiers signes du sortilège autour de soi. Les mourants s'accrochaient désespérément à leurs proches, et ce faisant, les condamnaient au même abominable trépas. Un souffle, un effleurement, une éclaboussure de sang y suffisait.

Les survivants ont voulu fuir, mais la porte principale était à présent cachée par la cloison courbe ornementale. Or la salle ne tournait plus, depuis un moment ; le bruit subtil des rouages s'était tu derrière nos cris d'horreur – preuve que le coup était préparé avec la complicité des valets du château. Dans la galerie couverte au-dessus de nous, on se battait : j'entendais le choc des épées. Deux de mes preux ont tiré la leur pour attaquer la cloison et nous tailler un passage vers le dehors, mais elle était plus robuste qu'elle n'en avait l'air. Seule la porte de service était encore apparente : je me suis rué vers elle en compagnie de l'Héritier-Roi et de plusieurs de nos chevaliers. Las ! Le battant de chêne était clos ; il refusait de s'ouvrir malgré tous nos efforts. Nous étions nombreux à crier pour alerter les soldats restés à l'extérieur. Derrière la porte, j'entendais également des voix ; puis des coups sourds, assénés avec force par des haches. Le battant a fini par voler en éclats, tandis que le jeune vicomte Suryl commençait à crachoter du vomi par les narines, provoquant un nouveau flottement parmi nous.

Nous nous sommes rués au-dehors, dévalant l'escalier jusqu'à la cour du Château. Ah ! Aspirer une grande goulée d'air libre !

Le temps de reprendre notre souffle, je dénombrais les rescapés : outre l'Héritier-Roi, le comte de Surapur, huit de mes preux et une douzaine de courtisans et courtisanes grelottaient autour de nous. Aucun des sept témoins n'était du nombre : tous avaient péri dans la salle tournante. Sans doute étaient-ils la cible première du sortilège vengeur de Maroué. Un maléfice qu'elle avait tressé dans les termes mêmes de sa reddition…

Malgré la terreur qui hantait son visage, Akhil conservait encore un semblant de sang-froid. Le gel était mordant ; par-delà l'enceinte du château, on entendait chanter la foule rebelle, sur le parvis. Le Roi s'est apprêté à donner un ordre. Mais soudain, plusieurs hommes titubants sont sortis à leur tour du palais, berçant leurs tripes ente leurs bras ;

alors l'abomination a recommencé à l'extérieur, contagion après contagion. Dans sa panique, le comte de Surapur a hurlé aux gardes d'abaisser le pont-levis pour nous permettre de fuir hors de la forteresse.

« Non, imbécile ! j'ai crié. Il y a la foule, dehors !

– Tais-toi, fou que tu es ! m'a rabroué sèchement le Roi. Il faut sortir de ce château maudit ! Le maléfice rode dans ses moindres pierres. »

Et lui-même s'est mis à rassembler nos preux et à les disposer en position autour de lui, pour tenter une sortie en force.

« Les destriers ! a crié quelqu'un. Allez chercher les destriers ! »

Trois chevaliers se sont précipités vers les écuries à l'autre bout de la cour. Alors qu'ils s'apprêtaient à les atteindre, les chevaux à l'intérieur se sont mis à ruer furieusement dans leurs stalles et gargouiller d'affreux hennissements d'agonie. Aucun de nos gars n'a osé entrer : ils juraient que le sortilège venait de frapper les bêtes après les hommes.

« Par les Trois Foutres, sortons de cet enfer ! » a beuglé le Roi.

Nous avons franchi le porche du château en courant, pour nous arrêter net au milieu du pont enjambant les douves, face à la foule des citadins, qui crépitait de centaines de torches sur le parvis. Tout à notre panique, nous avions largement sous-estimé sa densité et sa détermination. Un bon millier de gueux nous séparaient de nos lanciers massés sur les bords de la place.

À notre arrivée, un silence menaçant s'est abattu sur cette populace.

« Il faut forcer le passage, sire ! l'a exhorté le seigneur de Surapur. Tout de suite, avant qu'ils réagissent ! »

Mais le roi hésitait, médusé par les rebelles qui le toisaient avec une avidité haineuse. Il était à pied et vulnérable ; et dans leurs yeux, il lisait une telle ardeur de tuer !

Nous étions là, coincés au-dessus des eaux gelées, lorsque l'un des gardes qui se tenaient derrière nous s'est éventré sans crier gare. Ses tripes sont tombées au sol ; elles ont commencé à ramper d'elles-mêmes vers le monarque, comme un long serpent tortueux. Je crois que le sortilège tendait vers Akhil depuis le début, se rapprochant de lui homme par homme ; il a dû le comprendre à ce moment. Ses preux aussi l'ont déduit ; ils ont réalisé qu'ils seraient les prochains. Ils ont fait la seule chose qui pouvait les sauver : ils ont mené leur souverain vers la foule et tenté de passer en force pour rejoindre nos sergents. « Écartez-vous !

ils beuglaient. Place ! Place ! » ponctuant leur charge d'impressionnants moulinets d'épée. Quelque part derrière les fenêtres de la halle aux draps, des arbalètes ont claqué ; l'un de nos chevaliers s'est effondré, un carreau dans l'orbite. J'ai poussé un juron : tout à l'heure encore, ces maisons étaient tenues par nos tireurs ; qui donc les en avait délogés ?

Un autre carreau a sifflé à mes oreilles, suivi d'une détonation d'arme à poudre ; puis une grande clameur s'est élevée autour de nous. De sous les manteaux des bourgeois ont émergé des armes de fortune, couteaux de boucher et hachoirs. Très vite, il est devenu impossible d'avancer ; nos hommes se sont mis à sabrer réellement dans la foule, à grands coups d'épée. Mais les gens de Narrakhin étaient comme enragés ; ils n'ont pas tardé à se jeter sur eux en masse pour les plaquer au sol et les massacrer. De grandes torches ont embrasé les riches vêtements des courtisans qui nous entouraient ; j'ai vu le comte de Surapur se transformer en brûlot vivant.

J'ignore par quel miracle j'ai réussi à m'extraire de ce piège mortel, avec quelques rares compagnons. Notre roi, bien sûr, n'a pas eu la même chance. Il est resté pris dans cette nasse hostile, livré à ce peuple qu'il avait voulu soumettre ; à cet ultime instant, il a pu mesurer tout le poids de leur rancoeur. Je l'ai vu disparaître sous leur presse, tignasse dorée déjà tachée de rouge, le bras levé, tel le mat d'un navire qui sombre.

5. Témoignage d'Aïfe, la calfate

Ma frangine, la balèze, elle jure que ç'a't elle qu'a tordu le cou de Sa Majesté entre ses grandes pognes ; elle raconte ça à qui veut l'entendre. Parole, elle en est bien capabe : après tout, j'l'ai vue d'mes yeux danser sur le cadavre de ç'couillon. Je parierais quand-même pas qu'elle l'a buté – vu que des tas d'autres l'ont peut-êt' bien fait avant elle, à grands coups d'botte dans la tronche. Mais si soeurette s'donne le mérite, ça m'va : ça la rend tellement heureuse quand elle raconte, ça la fait rigoler comme une bossue. Un vrai bonheur à voir !

C'est grande merveille, qu'y soit venu s'donner à nous comme ça, le Roi ; si l'était resté à l'abri derrière ses murailles, on aurait pu se gosiller toute la nuit sans lui faire le moindre mal. Jamais on en aurait fait d'la bidoche.

Quand la foule s'a t'écartée un peu d'sa charogne, on a zieuté autour de nous. Une partie de l'escorte avait réussi à traverser pour rejoindre les sergents qu'encadraient la place ; mais depuis, z'étaient tenus en joue par des gars à nous, des types en armure qu'avaient surgi d'on ne sait où, avec des lances, des épées et de ces p'tits canons à main qui vous percent le fer comme rien. Deux éléphants de guerre avaient déjà tombés sous leurs boulets. Un troisième s'atait fait crever les yeux par les singes ; y barrissait sa colère en renversant tous ceusses qui traînaient dans ses pattes. Ç'atait un tel foutoir que les Souranès ont bien été forcés de se r'plier dans la rue Vieux Châblis. Les macaques les ont suivis par les toits, pour mieux les houspiller.

Quèque gars à nous sont entrés au château, vu qu'y était grand ouvert. Pis Maroué elle-même l'a apparue sur le pont, sans armes, mais avec un bon sourire aux lèvres. Ç'atait elle, parole : rousse comme une dragonne et fière de son bon tour. L'a levé le bras bien haut, pour nous montrer un parchemin déroulé. Ç'atait l'acte de reddition ; y s'est enflammé tout seul sous la lueur d'la lune, comme elle avait promis.

C'te vivat qu'on a poussé, tous, quand l'est tombé en cendres ! Comme si not' cœur explosait d'joie ! Comprenez ? La charte cramée, les témoins tous morts, le traité valait plus rien. Ç'atait comme si on v'naît d'rentrer chez nous, sauf qu'on avait jamais quitté chez nous. Alors on a chanté encore une fois « Les flèches de Nuuara », tous ensemble, pour célébrer ça.

Pis on s'a répandus dans les rues pour massacrer les Souranès et les cramer dans leurs baraquements, tout l'reste de la nuit.

DÉVOREUR

Aube

Peyr Romo quitte sa ville de Pélagis, sa femme et ses deux enfants au début du printemps. Il est encore tôt au moment des adieux. La pénombre se réfugie dans le creux des montagnes, soufflée par les rayons du soleil naissant.

Devant sa maison du Mont Carmin, il étreint les siens, puis recule d'un pas pour les embrasser tous d'un seul regard. Son épouse Aube serre vaillamment les bras contre sa poitrine, sous sa capeline, pour résister au froid matinal. La petite Sita garde le visage enfoui dans son chaperon de lin pour y dissimuler ses larmes. Son jeune frère Lupin le regarde gravement, l'air interrogatif. Sans doute qu'il ne comprend pas encore ce que représentent cinq mois sans son père. Ses taches de rousseurs rendent son visage semblable au ciel d'aurore, doux et rose mais encore moucheté d'étoiles orangées sur les franges. À l'arrière-plan, la demeure familière de pierre et de bois, adossée à de hautes falaises, s'estompe dans la brume.

Drapée dans sa capeline blanche, Aube reste stoïque. Peyr a encore envie de l'embrasser. Il la prend par la taille. Elle résiste et, avec dans les yeux une once de reproche, le morigène :

« Ce n'est pas la première fois que tu t'en vas loin de nous, Peyr Romo, mais il nous en coûte à chaque fois de vivre sans homme sous ce toit. Combien d'étés perdrons-nous encore ? »

Peyr sourit sans retenue, bien qu'il ait les yeux légèrement humides.

« Tu es forte et je t'adore, Aube. Il m'en coûtera aussi, chaque jour où je verrai le soleil se lever sur les Lagunes, sans que tu t'éveilles à mes côtés. »

Elle se laisse étreindre mollement, tout courage envolé. Sa voix se fait infiniment douce :

« Donne-moi encore un charme. Un esprit né de toi qui m'accompagnera quelques jours. Il me susurrera tes mots au creux de l'oreille, quand j'écouterai la brise… »

Le mage Peyr Romo, maître des runes qui commandent à l'invisible, a l'air d'un gamin maladroit quand il lui caresse la joue :

« Tu as tous les esprits dont tu as besoin, dans les murs de cette demeure et dans les plumes de nos édredons. Je ne peux pas en éveiller d'autres simplement pour chasser un chagrin. Tu as nos enfants, toi, et Vidal et ses ânes, et les montagnes autour de toi ! Moi je n'aurai rien de tout ça. Juste le sort d'une poignée de réfugiés entre mes mains. »

Il l'embrasse, et elle sait aussitôt que la caresse de sa barbe blonde sur son menton lui manquera.

Puis Peyr Romo s'en va. Il coupe à travers les alpages et descend vivement la pente du Mont Carmin, vers la vallée et la route de Nardoresse. Tandis que ses pieds virevoltent pour dompter la pierraille, il pense déjà aux fastes de la cour ducale et aux subtilités de la diplomatie, qui seront ses préoccupations quotidiennes jusqu'à l'automne prochain.

Et ainsi, il disparaît à la vue des siens. Restée seule, Aube contemple les Monts de Soufre, et la ville dans la vallée en contrebas, et les joues fraîches de ses enfants. Puis elle se tourne vers l'endroit où Peyr a disparu à son regard, et laisse s'écouler en elle tout son amour en offrande. Elle ne connaît pas bien les runes de l'*Antique parler*, qui commande et donne forme aux esprits de la matière, de l'âme et de la vie, et jusqu'à la lueur même des étoiles. Juste quelques mots et quelques phrases élémentaires, mais c'est suffisant pour nommer ses émotions, en former un tissu invisible et conscient suspendu dans l'air, et souffler quelques mots dessus pour l'envoyer vers son homme.

L'esprit nouvellement éveillé se laisse glisser le long des pentes, chargé de pensées, porteur de la chaleur d'un amour et conscient de n'être rien de plus. Peut-être Peyr ressentira-t-il sa présence réconfortante durant quelques lieues au moins, avant qu'il ne se dissipe dans le néant.

Elle pousse un long soupir et se détourne lentement pour abriter sa tristesse dans les murs familiers de la robuste maison. Ce n'est pas la première fois que le comte de Thorkarin lui enlève son mari. Il va falloir s'habituer encore une fois à son absence. Au moins son époux courra-t-il peu de danger, si ce n'est celui de déplaire à la haute noblesse de Nardoresse par sa franchise coutumière.

Sur la toile de l'azur, les astres achèvent de s'estomper. Sahari, l'étoile du matin, brille encore en bordure des montagnes.

⁂

Les premiers temps de l'absence sont plus faciles à supporter qu'elle l'aurait cru. On s'habitue, sans doute, à l'intermittence du bonheur, comme on s'habitue à la succession des saisons. Et puis, eh bien, Sita et Lupin ont repris leurs jeux si vite, comme si de rien n'était, et la vie à Pélagis file un cours si régulier, que presque rien au fond n'a changé. Quoi, cela pèse si peu, un homme, un sorcier ? Rien du tout, comparé au rythme des transhumances, au jour et à la nuit, à toute la vie d'une vallée. Mon Peyr, le temps ne s'est pas gelé pour t'attendre ! Midi n'a pas encore sonné dans la vallée, au temple solaire de Pélagis, en ce premier jour de solitude, que déjà la joie revient à ses oreilles, sous la forme du braiement familier d'un âne.

L'ami Vidal apparaît au détour du sentier, tirant derrière lui un petit bourricot gris. Jovial, il lève le bras en un ample salut.

« Je suis venu voir si tu n'avais besoin de rien. Salut à toi, dame Aube du Mont Carmin ! »

Elle l'accueille avec enthousiasme. Elle savait que Vidal lui tiendrait souvent compagnie ; elle se doutait même qu'il passerait la voir rapidement sur le Mont Carmin, mais elle n'espérait pas qu'il vienne si vite atténuer la tristesse de ses adieux matinaux. Il est leur ami le plus sûr à Pélagis ; il a été le premier à leur ouvrir sa porte lorsqu'ils se sont installés dans la vallée, quelques années plus tôt. Elle est heureuse de voir apparaître sa silhouette robuste et le large sourire qui fend sa courte barbe de montagnard.

Un peu de pain, un peu de vin, et l'étrave lente du coutelas qui fend la meule de fromage : il n'en faut pas plus pour délier les langues. Après les premières nouvelles, Vidal se met à parler à tort et à travers : des sentiers qui se perdent parce que plus personne ne les utilise, des singes des montagnes qui lui chapardent ses fruits (et quelquefois son linge et ses fibules), des nouveaux vitraux du temple (il a beaucoup donné de son avoir pour cette cause), de ses deux filles, et bien entendu de ses ânes. Le petit bourricot gris a des végétations, selon lui. Il ne se prive pas d'imiter ses braiements reniflards, ce qui fait rire aux éclats Aube et ses enfants. Vidal aussi rit comme pas deux. Il est dans une forme éblouissante parce qu'il a désormais Aube pour lui tout seul pour quelques mois... non pas qu'il ait des pensées déplacées dans la tête, mais il apprécie le changement dans la relation, le rapport privilégié qui s'installe quand on discute à deux plutôt qu'à trois. Elle se dit qu'il y a des bons côtés à l'absence, et pourtant ces bons côtés rendront le retour de l'aimé encore plus agréable au final.

Convaincue de ce fait, elle décide de faire de chaque journée une petite œuvre d'art dont elle puisse être fière. Elle fait la leçon de lecture à sa fille, voit Vidal régulièrement, reçoit quelques bergères de passage, descend à Pélagis chaque fois que nécessaire, et dans l'ensemble mène sa vie le plus agréablement possible. Et ainsi, les semaines, et bientôt les mois, passent les uns après les autres, jusqu'à ce que, mine de rien, l'été fasse son apparition.

Puis Vidal s'absente plusieurs semaines pour aller vendre ses ânes à la foire de Caleste, et Aube se sent à nouveau seule. Toutefois ses chèvres lui donnent d'autres sujets de préoccupations. La gale a sauté sur le poil de plusieurs d'entre elles ; il faut aménager les enclos pour les isoler des autres, sous peine de voir bientôt toutes les bêtes gagnées par cette peste. Aube se met au travail comme un homme, hachant et liant des demi-rondins de pin léger. Matin et soir, elle frictionne les galeuses d'une décoction que Peyr a préparée autrefois à base d'anis ; c'est pitié de les entendre bêler après le bouc, alors que la saison est propice à la saillie. Bien sûr, il faut veiller à ce que les enfants n'aillent pas jouer auprès des bêtes infestées, ce que Sita et Lupin comprennent mal. Il ne manquerait plus qu'elle-même soit gagnée par cette petite misère qui vous saute sur la peau et ne vous laisse plus une minute sans se rappeler à vous. Par dessus le marché, il suffit qu'elle s'absorbe dans sa tâche pour que les mômes oublient de fermer une porte, et que les singes en profitent pour sortir des bois dans son dos, pénétrer dans la maison et piller ses victuailles. Comment se débrouillent-ils pour franchir les charmes de défense, ces scélérats ?

L'un des premiers matins de l'été, elle pousse un long soupir. Si Peyr était là, il résoudrait ses problèmes très rapidement. Placerait de nouveaux sorts pour tenir les macaques à distance. Tuerait les esprits vitaux de la gale en quelques mots. Hop, éteints, dissous, leurs souffles minuscules !

Elle ignore que sous peu, son époux lui manquera davantage, et pour des raisons autrement plus sérieuses. Un voyage, en ce temps-là, est toujours une entreprise dangereuse : nul ne peut être certain d'en revenir inchangé.

Pendant qu'elle se débat avec l'invisible ennemi dissimulé dans la fourrure des chèvres, Aube tente de chasser Peyr de son esprit en imaginant les pérégrinations de Vidal sur les routes de Thorkarin. Il a une façon bien à lui de narrer ses expéditions marchandes, à la fois imagée et humoristique, si bien que l'imagination de ses auditeurs s'enflamme rapidement au fil de ses récits. Il se met lui-même en scène avec dérision et tendresse : Vidal accompagné de ses suivants à longues oreilles formant une longue cohorte de pèlerins sur les chemins poussiéreux. Vidal qui apostrophe les colporteurs et les prêtres et leur conte d'invraisemblables histoires sur ses ânes et leurs caractères prononcés, les rend presque humains… il fait de lui-même un personnage haut en couleur, et peut-être en partie imaginaire. À l'heure qu'il est, ce bon gredin doit voir la mer et le port de Caleste, où il vendra ses bêtes, dont la force est toujours appréciée sur les quais marchands.

La mer… il vient à Aube l'idée de la voir. C'est à sa portée, c'est tout simple : en deux heures de marche, en grimpant au sommet de la Branlebosse, elle la verra scintiller au sud. Vague, floue et fondue dans l'horizon si l'air est trouble, ou nette et brillante par grand soleil… elle se promet de s'offrir ce plaisir dès que possible.

Au bout de sept jours, Aube apprend que Vidal est revenu de la foire. Elle se réjouit en pensant aux nouvelles qu'il apportera, récoltées ici et là sur les chemins du pays, et aussi aux fromages exquis et aux poissons fumés collectés pour elle sur les marchés de la cité. Bientôt, il passera la voir nanti de ces victuailles délicieuses et de moult anecdotes croustillantes… En amitié, Aube est aussi créative qu'en amour, et sait tisser des enchantements. Aussi, pour attiser ce moment de bonheur, elle fait un peu de sa magie à elle, une magie sans runes ni formules : elle noue une certaine couverture de laine mordorée à un bâton, qu'elle hisse ensuite au sommet du pignon de sa demeure. Elle en a toutes les peines du monde, mais s'amuse grandement. Voilà : l'étendard coloré flotte au vent, visible depuis le Mont Voisin et la demeure de Vidal. En le repérant, le voyageur le reconnaîtra sans mal : c'est sa couverture favorite, celle qu'il pose immanquablement sur ses genoux, les soirs d'hiver, lorsque Peyr, Vidal et Aube regardent les étoiles et que le mage leur explique le sens et les desseins des Grands Astres. Ce stupide tartan lui donne l'air d'un vieillard ; cela la fait rire et Vidal le sait, aussi ne renoncerait-il pour rien au monde à cette habitude. Bienvenue, Vidal ! J'ai hissé tes couleurs pour célébrer ton retour ! Viens-t-en me saluer !

Et elle l'attend. Plusieurs jours durant. Mais il ne vient pas la voir, et elle en conçoit de l'agacement. La petite fête dans sa tête ne va pas durer éternellement, cet empoté va bientôt la gâcher s'il tarde encore. Ce n'est plus drôle du tout. On n'attend pas ses invités trois jours sans concevoir du déplaisir, même lorsque l'invitation est tacite. Le troisième soir, la montagne est particulièrement belle ; après avoir couché ses enfants, elle se décide à descendre sur le Mont Voisin pour lui tirer les oreilles.

Il n'est pas convenable d'aller visiter un homme seul à la nuit tombante, mais Aube s'en fiche. Elle et Peyr ne vivent pas comme les autres montagnards de Pélagis, et de toute façon, le mont Carmin comme le Mont Voisin se dressent à l'écart de la ville, elle ne rencontrera personne qu'elle puisse choquer. Elle dévale le sentier vers le creux qui sépare les deux collines. L'obscurité tombe rapidement, mais elle connaît le chemin par cœur et pourrait le parcourir avec un bandeau sur les yeux. Avant qu'il ne fasse nuit noire, elle atteint le sommet arrondi du mont et l'épaisse masure de Vidal.

Il a fermé ses volets, un peu de lumière filtre à travers leurs ajours sculptés. Cela lui ressemble peu, en cette saison. Elle frappe à la porte et se tient là à attendre, une jambe derrière l'autre et les mains nouées dans le creux de son dos, comme une jouvencelle facétieuse. Au bout de quelques instants, la porte s'entrouvre, et la barbe de Vidal apparaît dans l'embrasure. Elle lui adresse le sourire rayonnant qu'elle lui a préparé :

« Salut à toi, puissant chevaucheur d'âne ! J'ai dévalé d'âpres pentes pour m'en venir te saluer ! » Et elle se fend d'une révérence exagérée.

Il grommelle quelque chose sans conviction, mais son visage reste de marbre et son front bas. Aube en est désappointée. Son sourire reste suspendu au milieu de son visage, comme un funambule qui réalise que sa corde ne mène nulle part. Il y a quelque chose d'amorphe dans l'attitude du marchand d'ânes, quelque chose de pesant dans ses traits. « Eh bien ! bougonne-t-elle. Qu'attends-tu donc ? Laisse-moi un peu entrer ! »

Vidal s'écarte d'un pas lourd. Aube pénètre dans sa maison, déjà agacée, mais décidée à recevoir une explication, même s'il lui faut pour cela effeuiller une à une les célèbres humeurs de Vidal.

La pièce commune est sombre ; l'éleveur n'a allumé qu'une seule bougie qui peine à lustrer les lambris, à faire jaillir l'éclat des cuivres. Tout le fond de la pièce, derrière les fauteuils de bois et de peau, reste hors de portée de son rayonnement tremblotant. Kari et Cylil, les deux fillettes de son hôte, aux cheveux blond comme lin, sont assises sur leur couche dans ce coin de pénombre, silencieuses mais point tranquilles pourtant.

Vidal grogne et s'assied à la table éclairée, le front bas. Aube fait de même, face à lui, et attend stoïquement qu'il prenne la parole. Il a posé ses coudes sur le bois et logé son menton sur ses gros poings, mais il se tient coi et ne la regarde pas en face. Entre eux deux, la bougie de cire blanche coule et perle sur la table, formant des étangs onctueux. Sa petite flamme qui danse timidement échoue à dissiper le malaise naissant. Aube s'éclaircit la gorge :

« Eh bien, j'espère au moins que tu as ramené un vrai festin de poisson, et que ça valait la peine de t'attendre ! »

Elle regrette aussitôt cette entrée en matière rancunière. Après tout, il doit bien y avoir une bonne raison à cette ambiance morose, et ce n'est pas la meilleure manière d'amener un ami à confier ce qui le tracasse si manifestement.

Mais pour toute réponse, Vidal laisse vaguer ses yeux au plafond, et tranche :

« Pas de poisson.

– Pas de poisson ?

– Non, pas cette fois-ci. »

Elle risque un sourire timide :

« Alors du fromage ? Des salaisons ? »

Il laisse tomber sur elle un regard pâle mais pénétrant :

« Non, rien de tout ça. Pas cette fois. » Puis en détournant les yeux : « Désolé... »

Elle laisse flotter son regard sur les visages des fillettes. Quelque chose la dérange dans leurs expressions, mais la pénombre l'empêche d'y voir plus clair. Peut-être ont-elles l'air un peu défaites, peut-être même les yeux rougis. Aube décide qu'il s'est passé quelque chose, qu'une mauvaise nouvelle est tombée sur cette demeure. Elle se risque :

« Bon. Vidal, si quelque chose ne va pas... » Elle pose gentiment la main sur son bras, et le trouve très froid. « je crois que tu ferais mieux de m'en toucher un mot. Ça ne te ressemble pas, ne pas passer nous voir quand ton sac doit être plein d'histoires... »

Il n'a pas la moindre réaction. Sa voix est éteinte :

« Non, non, Aube. Tout va bien. Je suis fatigué, c'est tout. »

Kari, l'aînée, contemple gravement son père, les sourcils froncés et un vilain pli sur le front. Aube peut maintenant définir son expression : un reproche muet et insistant. Elle se laisse aller en arrière dans sa chaise :

« Tu veux permettre à tes enfants de gambader un peu avec les miens, demain ? Ils ne se sont pas vus durant ton absence, et je crois qu'ils n'ont pas du rire beaucoup avec la vieille qui les logeait...

– Non ! »

Il traîne un je-ne-sais-quoi de tranchant dans sa voix, qui naît d'un tremblement mal assuré et finit en intonation claquante. Reprenant contenance, il lui adresse un regard intense, un regard qui brille d'une lueur étrangement séductrice, un rien dominatrice même. Elle frémit imperceptiblement, et décide aussitôt de passer à autre chose :

« Tu as vendu le petit âne gris, celui qui avait des végétations ?

– Non, Aube, je ne l'ai pas vendu ! »

Voilà au moins qui lui ressemble : une humeur qui maugrée, un petit ton infantilisant qui la fait passer pour une gamine agaçante. Une de ses spécialités. Mais quel revirement soudain !

« Bon. Alors tu as vendu lesquels ? »

Mais Vidal se mure dans un silence agacé. Alors, puisqu'il ne veut rien dire, elle passera à d'autres sujets ! Après tout, si les affaires ont été mauvaises, il ne souhaite sans doute pas en parler. Tout de même, d'habitude il est plus philosophe ! Elle cherche à amener la conversation sur des thèmes familiers, des allusions à de vieilles complicités bien à eux, mais rien n'y fait, Vidal n'y met pas du sien et reste assis mollement, le dos voûté, le regard ailleurs. Elle n'insiste pas et prend congé, déçue, amère, et décidée à effacer le souvenir de cette soirée au plus vite dès que son ami aura retrouvé meilleur caractère. Il l'accompagne jusqu'à l'entrée mais ne sort pas avec elle, et se contente de refermer lentement la porte dans son dos. Elle croit sentir son regard braqué sur ses épaules jusqu'à ce que le battant soit clos. Elle en éprouve de la gêne.

Restée seule devant la demeure, elle ne peut résister : elle s'approche de l'appentis de la maison le plus discrètement qu'elle peut, et se faufile entre les portes entrouvertes de l'étable. Juste histoire d'avoir une idée du nombre de bêtes que Vidal a ramenées de son expédition. Elle compte les silhouettes sombres, à la lueur de la lune : il n'en manque pas une seule.

Aube est interloquée : quoi, il n'a pas fait les marchés ? Pas vendu d'ânes ? Comment les affaires ont-elles pu être aussi mauvaises ? Elle laisse vagabonder son regard vers le ciel, songeuse. Ce faisant, son regard est attiré par une brillance forte et insistante. C'est un astre, l'un des huit astres majeurs, probablement une planète vagabonde. Il rayonne bien plus fort que les autres corps célestes, comme s'il voulait attirer sur lui tous les regards. Son éclat éclipse toutes les étoiles, reléguant dans le néant les plus nettes des constellations estivales. Le spectacle est troublant ; Aube n'a jamais rien vu de tel.

Elle pousse un soupir et prend le chemin du retour d'un pas triste. Ce soir-là, elle se sent plus seule que jamais ; pourtant la montagne est splendide, les grands pins tranquilles chuchotent dans leur sommeil le long du sentier. Quelque part en contrebas, les singes gloussent et font bruisser les branches.

En remontant le Mont Carmin, elle tente de chasser son humeur morose en questionnant l'astre brillant. Lequel est-ce ? Ça ne peut pas être Vâli, la nuit est déjà trop avancée pour le Vagabond. Sans doute Kiarvathi ou Atun. Peyr saurait, lui, du premier coup d'œil, les sentiers des astres lui sont familiers.

Elle pousse la porte de sa maison, et va droit au robuste coffre de chêne tapi contre le mur du cellier. En plongeant les mains dans la caisse de bois, elle sent les esprits gardiens glisser et s'appesantir le long de la peau de ses bras, comme un miel lourd et collant. Elle réprime un frisson, plisse les yeux et s'immobilise pour laisser les invisibles l'identifier. Quand elle se sent reconnue, elle tire enfin du coffre un solide almanach des planètes à la reliure de chevreau blanc. Quelques pièces d'or s'échappent d'entre les folios, rebondissent contre d'autres in-quarto, et se mêlent finalement en tintant aux quelques poignées d'or qui jonchent le fond de la grande boîte.

Elle parcourt les pages couvertes de lignes gracieuses tracées à l'encre brune et à l'encre d'or, entrecoupées de figures animales et humaines dessinées avec soin, agencées minutieusement selon l'ordre estival ou hivernal des constellations. Elle éprouve un peu de mal à s'y retrouver, mais elle a suffisamment passé de soirées à s'initier à cet ouvrage sous la tutelle de son époux pour finir par tirer son épingle du jeu. Il faut tenir compte de l'année, de l'heure, du jour et de la saison. Voilà, c'est bien Kiarvathi, l'astre qui s'est signalé ce soir par son ardeur… Elle ressort sur le pas de sa porte, histoire de vérifier. Mais le point brillant a disparu, ou plutôt, son éclat tout à l'heure si puissant a laissé place à la pâle radiance coutumière à la planète. Le phénomène est terminé, il a dû s'interrompre à un moment ou un autre durant son trajet de retour. Dommage, pense-t-elle, de ne pas en avoir vu la fin. L'objet céleste a-t-il cessé d'un seul coup de briller, ou bien pris le temps de décliner lentement ?

Elle reste songeuse. Kiarvathi est un astre néfaste ; ce n'est pas pour rien que les sages le nomment *Le Dévoreur*. Ça ne peut pas être bon signe qu'il ait brillé si fort ce soir… Bah, Peyr aura bien une explication, elle attendra son retour pour avoir un avis sur la question. A-t-il vu lui aussi le phénomène, dans son palais loin à l'ouest ? Comme elle aimerait partager ses impressions avec lui, s'asseoir sur un rocher et contempler le spectacle !

Cessant là toute réflexion, elle gagne son lit.

⁂

Elle ne songe pas à Vidal durant les deux semaines suivantes. Elle a assez à faire avec ses chèvres, ses enfants et la confection de ses fromages. Elle prend pourtant le temps de noter sur le vélin ses observations sur l'éclat particulier de Kiarvathi, assorties de la date adéquate, à l'intention de Peyr. Assise à la table près de la fenêtre, elle retrace du mieux qu'elle peut la position de la planète dans le ciel, usant de la règle et du compas ; puis elle laisse là le parchemin en le posant sur une liasse de feuillets annotés de la main de Peyr.

Encore quelques semaines, et il sera de retour. Grands Cieux, ce que c'est long ! Lupin aura grandi imperceptiblement ; le remarquera-t-il ? Il aura bientôt six ans. Elle aurait bien voulu commencer à lui apprendre à lire, mais lui tient à ce que ce soit son père qui lui donne les premières leçons. Assise au soleil sur un banc devant la maison, elle regarde l'enfant jouer le plus naturellement du monde avec les chèvres. Est-ce qu'il se rend compte de ce que ça signifie, savoir lire, dans la vallée de Pélagis ? C'est l'un des cadeaux rares que lui légueront ses parents érudits, à lui et à Sita. Même Vidal ne sait pas très bien écrire les lettres, juste ce qu'il faut pour tenir ses comptes.

Elle songe qu'il est temps d'aller retrouver le marchand d'ânes. Il ne s'est pas manifesté, et ça ne peut vouloir dire qu'une chose : il vit des moments difficiles et s'enferme comme un ours solitaire dans sa caverne de soucis. Ça ne lui vaudra rien de bon. Elle se sent décontenancée, parce qu'elle n'a jamais vu Vidal sombrer si longtemps dans la morosité. Elle ne sait pas bien comment s'y prendre, mais une chose est sûre : un peu de sa bonne humeur à elle pourra l'aider.

Le soir même, elle descend sur le Mont Voisin. La demeure de Vidal s'y dresse, solitaire, fermée aux derniers rayons du soleil par les volets toujours clos. Devant la porte, Aube pousse un soupir : Est-ce qu'il se coupe maintenant de toute lumière, lui qui a toujours eu faim de ciel libre ? Elle prend une inspiration, un peu d'appréhension au cœur : quel sorte de Vidal va-t-elle trouver aujourd'hui ? Pourvu que ce soit l'homme aimable, avec ses boutades familières !

Elle frappe du poing, trois petits coups légers. En d'autres temps, la grosse voix de Vidal aurait répondu aussitôt ; ce soir seul un silence troublant fait écho à sa frappe. Aube colle son oreille contre l'huis. Elle croit percevoir un chuchotement courir dans la demeure close, ou des paroles prononcées à mots couverts par une voix inconnue, secrète et glaciale dans l'intimité de la maison. Et elle croit même entendre un sanglot enfantin s'ensuivre, bref et étouffé.

Puis soudain, le battant s'ouvre à la volée. Le temps de se redresser, Aube se trouve face à un Vidal torse nu. D'un mouvement brusque, le marchand se glisse dans l'entrebâillement, s'interpose complètement entre Aube et la porte, et, sans cesser de lui faire face, referme brutalement celle-ci derrière lui. Puis il la toise, de toute sa masse, de toute l'ardeur de ses yeux, et siffle méchamment :

« Tu m'espionnes, à présent, Aube Romo ? »

Pour elle, c'est comme un coup de poignard dans le cœur. Il a mis une telle sécheresse dans ces paroles que les larmes lui viennent presque aux yeux sous le coup de la surprise. Mais voilà que Vidal part d'un grand éclat de rire démentiel, un son tout à fait nouveau qui la plonge dans la confusion. Il pose sur l'épaule d'Aube une main qui se veut amicale, mais pèse comme cent livres de plomb. « Va, c'est l'heure de regarder le ciel ! Assieds-toi ! »

Elle se force à sourire, mais le cœur n'y est pas. Il lui désigne un banc adossé au mur ouest de la maison, celui qui fait face à la vallée. Ils prennent place l'un à côté de l'autre comme autrefois, mais un vide infini les sépare désormais. Quelque chose s'est relâché ; elle ne reconnaît plus l'homme assis à ses côtés. Elle détourne la tête, trop troublée pour parler.

Suros, l'astre solaire, a fini de sombrer derrière les crêtes ; la nuit allume maintenant ses pâles étoiles. Elle note un mouvement trouble dans l'air autour d'elle, une faible radiance : comme une brise devenue soudain semi-visible, ou une luciole mourante qui diffuserait ses dernières lueurs en une nappe volatile, à peine perceptible aux yeux des hommes. Sa peau frémit, un frisson court le long de son épine dorsale ; elle a conscience que tous ces signes témoignent de la présence d'esprits éveillés tout autour d'elle et de la maison. C'est un fait nouveau, qui peut avoir une signification importante, parce que les esprits ne s'éveillent jamais pour rien. Elle décide d'être vigilante, en digne épouse de magicien.

« Tiau, Aube Romo ! gronde Vidal. L'autre jour tu recomptes mes bourricots, et à présent te voilà qui écoute aux portes ! Et je devrais reconnaître l'amie Aube derrière ces sournoiseries ? »

Elle plonge ses yeux dans les siens et laisse monter sa colère :

« Qu'est-ce qui se passe, Vidal ? Tu ne me fais plus confiance, tu me fermes ta maison ? Est-ce que je suis devenue une étrangère pour toi ?

– Ni une étrangère, ni une ennemie… » Il sourit, un sourire étrange chargé à la fois d'une vague menace et d'une séduction sauvage, si prenante, si moite, si odieuse : « Tu es toujours ma tendre petite Aube. » Un éclat doré scintille brièvement à la limite de leurs regards, et l'air miroite entre eux deux. Qu'ils sont puissants, l'appel et l'appétit lubrique dans le regard du marchand ! Aube en a la nausée. Sa voix tremble, de colère et de dépit :

« Je ne serai jamais ton ennemie, Vidal, mais je ne suis pas non plus ta tendre petite Aube. Tu ne te feras pas pardonner ton accueil de cette façon ! »

Il laisse partir sa tête en arrière, contre le mur de la maison, et éclate d'un rire énorme :

« Quoi, c'est toi qui me refuses ton amitié, ce soir ? Allons, c'est de bonne guerre ; je suppose que je n'ai pas été courtois. Bon, alors, tais-toi et regarde comme le monde est grand. »

Il se désintéresse d'elle et se met à marmonner pour lui-même ; ses yeux errent vers le ciel et s'y perdent durablement. Aucun sens à ses paroles : il énumère les noms de ses ânes et ceux de ses enfants en une longue litanie, cite des constellations, bégaye des mots dépourvus de contexte. Un vrai discours de dément. Surprise encore, Aube scrute son visage : il est contracté et figé par un sourire béat. Une perle de sueur scintille sur son front, d'autres ruissellent sur la courbe épaisse de ses épaules nues. Pour la première fois, elle est frappée par la puissance physique du marchand. Qu'il est grand ! Jamais il ne lui avait paru si haut de stature. Ces muscles saillants, cette large carrure, cette masse souple et puissante sont maintenant devenus une vague menace. Pourtant, sa grande carcasse est figée à côté d'elle comme un pantin. Elle peut sentir les esprits invisibles danser autour d'eux, de plus en plus présents, et l'air chargé d'énergie spirituelle. Quelque chose va de travers, quelque chose que Peyr aurait été en mesure de comprendre.

Une nouvelle fois, Aube croit entendre un sanglot enfantin s'étouffer dans la maison derrière elle. Quelque chose ne va pas non plus avec Kari et Cylil. Elle tend l'oreille pour en entendre davantage, mais alors éclate soudain un grand vacarme de singes dans la forêt proche. Des grognements sauvages et des piaulements effrayés ; de grands tremblements de feuillage, et même des bruits de branches brisées, qui la font sursauter sur place, sans arracher autre chose à Vidal qu'un sourire un peu plus large, et une vague lueur au coin de l'œil. Cela dure le temps de quelques respirations, puis cesse brutalement.

Aube expire lentement, s'efforce de relâcher la tension dans son ventre.

Vidal a maintenant fixé son regard erratique sur un point précis du ciel, et dans ses yeux déments s'est allumée une lueur de triomphe. Aube lève le regard vers l'objet de son avidité, et alors elle le voit : l'astre Kiarvathi, qui brille à nouveau comme cinquante étoiles et transperce le Mont Voisin de ses rayons ardents. Vidal le boit de toute son âme, oubliant jusqu'à la présence de la femme à ses côtés. Il tangue doucement sur place, bercé par les pulsations célestes, sue comme s'il était pris de fièvre.

Le Dévoreur n'a plus brillé ainsi depuis la dernière visite d'Aube Romo sur le Mont Voisin. Ce soir, sa lueur éveille dans l'atmosphère des esprits qui ne sont ni mineurs, ni bénéfiques, de subtils astraux à l'influence pernicieuse. Elle peut entendre les sylphes et les autres esprits élémentaires du vent gémir et vibrer devant cette présence étrangère puissante, et les souffles tranquilles des arbres qui s'étonnent et observent avec circonspection la danse des grands astraux de Kiarvathi. Vidal, c'est manifeste, est déjà sous l'emprise de ceux-ci. Elle réagit :

« Méfie-toi de cette planète, Vidal ! Je sais ce que Peyr en dit : elle est la reine des désirs interdits. Le Dévoreur engloutit tout ce qui l'entoure ; à l'aube des temps, il dévastait les plaines célestes de son appétit, jusqu'à s'ériger en rival du soleil. C'est un astre néfaste, il n'est pas bon que tu le contemples trop longuement ! »

Le front du marchand se marque de plusieurs plis et ses narines se retroussent, comme sous l'effet d'un soudain déplaisir ou d'un écœurant dégoût. Un halo doré surligne les lignes fortes de sa silhouette ; on dirait que son corps boit la lueur de la planète. Un homme du commun ne le percevrait pas, ou bien le prendrait pour un effet de son imagination ; mais le regard de Aube est plus averti, parce que Peyr lui a appris à deviner la présence des entités spirituelles.

Maintenant Vidal se tourne lentement vers elle, avec une lourde lenteur, avec hostilité. Sa lèvre inférieure tremble. Il gronde, sa voix est profonde comme le creux d'un chêne :

« Ainsi la femme du magicien veut se faire juge des étoiles et des hommes ! Silence, Aube Romo ! Devant la puissance du ciel, on se sent petit, on se tait ! »

Aube sent s'affoler les esprits autour d'elle, devine l'hostilité qu'elle a déclenchée chez eux en tentant de réveiller leur victime. Elle peut percevoir leurs voix troubles, qui grondent à son adresse les mêmes impressions empathiques : « Pars ! pars ! » Et une envie irrépressible de partir s'empare d'elle. Mais elle fait face bravement :

« Je parle à Vidal du Mont Voisin, le marchand d'ânes, et non aux âmes qui devraient se taire sous la Lune. Vidal, réveille-toi ! Tu es perdu dans des pays qui ne sont pas pour les hommes. »

Vidal écarquille les yeux. *Grands cieux,* songe Aube, *qu'est-ce que je fais ? Cette maison grouille d'astraux éveillés ! Je ne suis pas de taille à les abjurer ! Je ne suis pas Peyr !* Elle tressaille en voyant l'expression de son ami. Lentement, le gaillard se lève, et sa masse occulte les constellations. La peur pose sa griffe froide sur le cœur d'Aube, mais elle demeure figée sur place, incertaine de la menace.

Un cri soudain monte de la maison, une voix stridente d'enfant, suivie de sanglots. Vidal se fige. Dans l'étable, un âne fait écho et brait longuement. Aube en profite :

« Une de tes filles s'est peut-être fait mal. Tu devrais aller voir. »

Il jette un rapide coup d'œil derrière son épaule, en direction de la porte. L'instant d'après, ses yeux sont de nouveau fixés sur Aube, sans la moindre complaisance.

« Va-t'en ! dit-il sèchement. On se verra plus tard. »

Elle n'a pas envie d'insister. Elle referme sa cape de laine, se détourne et gagne le sentier, pressée maintenant de s'éloigner de ces lieux hantés. Gagnée par une idée soudaine, elle se ravise et se retourne vers le marchand, qui n'a pas bougé et la fixe toujours.

« Vidal… tes enfants, tu devrais me les confier quelque temps. Tu n'es pas en état de t'occuper d'eux pour l'instant. »

Il hoche la tête en lui adressant un long regard sombre et rebelle.

« Je t'en prie, Vidal…

– Va-t'en, Aube ! »

Elle baisse les yeux et se détourne lentement.

Elle n'a pas fait dix pas sur le chemin, que la voix de Vidal vrombit encore derrière ses épaules, avec un calme glacial :

« Aube… tu sais que je ne te ferai jamais de mal… tu le sais, n'est-ce pas ? »

Puis les grands pins se referment sur elle, et elle peut abriter son désarroi dans l'intimité des bois. Le sentier taille une coupe droite dans la masse sombre de la forêt ; une coupe qui fend le monde jusqu'au ciel, découpant une large route d'étoiles entre les cimes pointues des grands résineux. Les yeux levés, Aube laisse à ses pieds le soin de la guider sur terre, mais c'est sur cette voie céleste que son amertume chemine à présent. Là-haut, la nuit est trahie par cet astre insolent qui paraît toujours se tenir devant elle, quelque pas qu'elle fasse. Il lui semble que Kiarvathi lui brûle la peau, étale sur sa rétine un lac de lueur impie. Le chemin s'élève peu à peu sur les premières pentes du Mont Carmin. Alors la brillance de l'étoile chancelle, déclinant à chaque pulsation, pour finir rapidement en un éclat dérisoire. Mais Aube, inquisitrice, continue à surveiller sa minuscule menace, jusqu'à ce qu'elle-même soit rendue devant sa porte.

Alors une conclusion nouvelle s'impose à elle : la planète brille plus fort au-dessus de la maison de Vidal, et à cet endroit seulement. Par deux fois, elle a observé le phénomène : par deux fois, elle ne l'a remarqué qu'en arrivant sur le Mont Voisin, et cela a cessé sitôt qu'elle s'en est éloignée. C'est pour Vidal seul que brûle le Dévoreur.

⁂

La maison du Mont Carmin est tranquille. Sita et Lupin dorment paisiblement à l'étage, enrobés dans des draps blancs. La lune et les astres fastes veillent sans doute leurs rêves heureux.

Leur mère, elle, ne dort pas. Assise à la table basse de la pièce commune, sous la lueur d'une unique bougie, Aube Romo se ronge les sangs. Le coffre de bois de Peyr git grand ouvert à côté d'elle. On dirait qu'une tempête frénétique s'est abattue sur son précieux contenu : les liasses de documents en papier de chiffon sont sens dessus dessous, les riches codex gisent entrouverts, les parchemins se courbent et se croquent sous le poids des volumes. Aucun de ces puits de savoir n'a apporté de solution à la maîtresse de maison : elle les comprend mal, ne peut rien déduire de tout ce fatras de sagesses occultes. Pourtant, plus elle réfléchit à ce qu'elle vient de vivre, plus elle est persuadée que la démence de Vidal est due à l'emprise des esprits astraux nés de l'éclat sauvage de Kiarvathi. Des esprits puissants, malveillants, qui chuchotent dans la nuit et bercent le montagnard de leurs paroles étrangères. Maintenant, elle a peur du marchand, de sa maison et de la nuit elle-même sur le Mont Voisin.

C'est désarçonnant : la plupart du temps, les esprits astraux sont dormants. Toutes les nuits, des milliers d'entre eux dérivent passivement dans la lueur des étoiles et descendent sans malveillance sur ce monde. Lascifs, ils flottent paresseusement dans les herbes, les feuillages des arbres, et jusque dans les demeures des hommes. On dit qu'ils marquent l'humeur et la bonne fortune des dormeurs pour la journée à venir : ceux des astres fastes portent un peu de chance et allument de bonnes dispositions dans l'âme ; ceux des astres néfastes font tout le contraire. Ils traduisent sur ce monde l'influence des planètes et font de l'humanité le reflet des pulsions célestes. Mais aucun d'eux ne s'anime pour nuire aux hommes, parce qu'aucun d'eux n'a de volonté propre. Pour qu'ils puissent captiver l'âme d'un gaillard comme Vidal, il faut qu'un mage leur donne un nom dans la langue des runes : alors seulement ils s'éveillent et deviennent capables d'agir. Et il en va de même pour les esprits de toutes autres sortes, dans toutes les contrées du monde : les élémentaires qui animent les vents et les vagues, dansent dans les flammes, ou grondent sous terre ; les souffles vitaux logés au cœur des arbres, des bêtes, et jusque dans les parasites qui infestent les chèvres d'Aube ; les charmes qui naissent des émotions humaines et les perpétuent : tous sont dormants et globalement incapables de nuire tant qu'ils ne sont pas commandés par un sorcier.

Sans doute, Vidal a dû faire quelque chose pour attirer ces astraux à son insu, et il importe de comprendre quoi. Certains actes peuvent avoir valeur d'acte magique et éveiller de grands esprits. Ceux qu'elle a ressentis sur le Mont Voisin sont particulièrement forts ; Aube tremble à l'idée qu'ils puissent se retourner contre elle, si elle persiste à tenter de soustraire son ami à leur emprise.

Elle s'est promis d'attendre le retour de Peyr pour retourner chez le marchand. Dans quelques semaines, il sera auprès d'elle : il pourra comprendre l'origine du problème et chasser les âmes étrangères. À ses côtés, elle ne courra aucun danger. Mais peut-elle vraiment se contenter d'une attitude aussi passive ? Peu à peu, elle réalise que son devoir est d'affronter ses craintes et de retourner sur le Mont Voisin. Il ne serait pas décent de laisser Kari et Cylil en ce lieu, avec pour seule compagnie un père dément et des esprits malveillants : elle doit absolument trouver le moyen de convaincre Vidal de lui laisser ses enfants le temps que tout revienne dans l'ordre. Plus facile à dire qu'à faire, du moins si l'homme garde les mêmes dispositions !

Pourtant, au fil des jours, un espoir germe dans son esprit. Si elle rend visite à Vidal en pleine journée, l'influence de la planète sera amoindrie : sous les rayons de Suros, l'astre solaire, tous les autres corps célestes s'estompent modestement dans l'oubli, et il en va de même pour leurs esprits-nés… peut-être qu'alors, le marchand cédera plus facilement à sa prière.

L'idée fait lentement son chemin, sans précipitation. Le temps chaud porte à la torpeur. Elle reste de longues heures assise sur son banc, à réfléchir en plein soleil, tandis que Sita et Lupin tournent comme des abeilles joyeuses autour de la maison. Plusieurs jours s'égrainent ainsi, avant qu'elle rassemble son courage et se décide à agir. Un après-midi comme les autres, elle empoigne son bâton de marche et se met en route, le plus simplement du monde, vers le Mont Voisin. Elle va d'un pas tranquille. La forêt est riante et sent la sève fraîche. Elle s'efforce d'oublier la confrontation imminente en écoutant les appels des oiseaux et le chant de la cascade proche.

Les arbres s'ouvrent sur la maison de Vidal. Aube se fige à l'orée des bois. Silencieuse dans l'ombre des branches basses, elle écoute longuement vivre la robuste bâtisse. Mais aucun chant, aucun cri ne s'en élève, et la cheminée n'exhale nulle fumée. La demeure dort, ses volets et sa porte scellés comme l'entrée d'un tombeau.

Alors Aube s'avance en pleine lumière et frappe à la porte. Comme elle n'obtient pas de réponse, elle appelle :

« Vidal ? Vidal, tu es là ? »

Mais le logis demeure silencieux. En deux pas, elle s'écarte de l'entrée et gagne la fenêtre la plus proche. Elle risque un œil à travers l'ajour d'un des volets : rien, la pièce est plongée dans la pénombre, c'est à peine si elle distingue les formes sombres du mobilier. À croire que toute la famille est partie brusquement en voyage en bouclant la maison par crainte des maraudeurs. Perplexe, elle se retourne vers la vallée.

Alors elle perçoit derrière elle des murmures à travers le bois, des chuchotements furtifs et anxieux qui évoquent des voix d'enfants conspirateurs. Surprise, elle fait face à nouveau à la fenêtre.

« Kari ? Cylil ? Vous êtes là ? »

Sa voix résonne dans les montagnes alentour. Nouveaux murmures craintifs dans la maison, puis un timbre mal assuré lui vient en réponse :

« Aube ? C'est toi ? »

C'est Kari, l'aînée. Aube hésite un instant, puis appelle :

« Tout va bien ? Je peux entrer ? »

Un gémissement enfantin, puis la voix de Kari qui se brise :

« Non, tu ne peux pas ! La porte est fermée à clef ! »

Elle en reste coite quelques instants.

« À clef ? Mais… où est votre père ?

– Il est parti hier matin ! Il a dit qu'il allait au Château de Sel, et qu'on se reverrait bientôt pour faire une chose très importante tous ensemble. Il nous a ordonné d'attendre son retour sans bouger, puis il a fermé la porte avec la clef et il est parti !

– Grands Cieux ! Et il vous a laissées seules, enfermées ici ? »

Aube ne s'est pas préparée à ça. Vidal, séquestrant ses propres enfants dans une maison vide… l'idée la rend malade. Elle ne sait plus quoi dire ni penser.

« Vous n'avez pas faim, au moins ? »

La voix de Kari s'étouffe dans les volets :

« Si, on a faim ! Il nous a laissé beaucoup de nourriture, mais on ne veut pas y toucher ! Quand il verra qu'on n'a rien mangé, papa sera fâché, alors on va tout jeter pour qu'il le sache pas ! »

Aube scrute à travers l'ajour, espérant distinguer les silhouettes des fillettes dans la pénombre.

« Pourquoi ne voulez-vous pas manger ? souffle-t-elle, gênée soudain par la résonance de sa propre voix. Ça n'a pas de sens !

– Papa est devenu méchant ! Il veut plus nous laisser sortir, et il nous frappe quand on ne mange pas assez, mais on mange trop ! J'ai mal au ventre. Des fois il rigole tout seul, ou il parle avec des voix qu'on ne peut pas voir, des voix qui murmurent. J'ai peur de lui, et Cylil aussi ! »

Le monde vacille autour d'Aube. Vidal est allé bien plus loin dans la démence qu'elle ne l'avait supposé. Puisqu'il est absent et qu'elle ne peut pas tenter de le raisonner, il faut au moins qu'elle libère les fillettes de cette maison, et qu'elle les soustraie à la folie de leur père.

« Kari, Cylil, écoutez-moi ! Je vais essayer de trouver le moyen d'ouvrir la porte. Puis vous viendrez vivre chez moi, le temps que papa ne soit plus en colère. D'accord ? »

Les petites voix qui lui répondent sont fatiguées, mais elles lui paraissent soulagées :

« D'accord, Aube ! »

Elle tourne sur elle-même en inspectant les alentours. Comment va-t-elle bien pouvoir ouvrir cette maudite porte ? Elle n'a pas l'épaule assez solide pour l'enfoncer. Elle s'interroge, décontenancée par cet obstacle imprévu. Elle pourrait descendre quérir de l'aide dans la vallée, sauf qu'elle ne souhaite pas faire connaître en ville la folie du marchand. Il a prêté de l'or à beaucoup de monde ; autant d'ennemis qui pourraient saisir l'occasion pour lui nuire. Non, la seule voie possible est du côté des fenêtres. Elle saisit un des volets à deux mains et essaye de le forcer. Mais il doit y avoir quelque lourde barre de bois en travers : il ne bouge pas d'un pouce.

« Kari ? Vous pouvez regarder s'il y a quelque chose qui bloque les volets ?

– Oui, Aube, papa a cloué des traverses dessus ! C'est comme ça pour toutes les fenêtres ! »

Elle étouffe un juron. Alors ce diable de Vidal a condamné durablement les ouvertures de sa maison ! Cela fait peut-être des jours qu'il a transformé son logis en prison pour enfant, et elle n'en a rien vu, rien que les volets clos. Quelle idée insensée a germé dans son esprit tordu ? Elle cesse ses efforts et s'appuie contre le mur, pour réfléchir au problème. Il faudrait au moins un bon pied-de-biche pour franchir l'obstacle. Elle se frappe la tête du plat de la main. Un pied-de-biche, Vidal en garde un dans la remise des étables ! Poussant un nouveau juron, elle s'engouffre dans l'appentis.

Elle y est accueillie par les braiments misérables d'ânes faméliques, qui soulèvent la poussière et la paille dans des jappements désespérés pour attirer l'attention sur leur sort. Plus de nourriture dans leur auge, trop peu d'eau à leur portée. Ici aussi, la marque de la folie de Vidal n'est que trop visible. Aube tâtonne dans la pénombre en évitant de s'approcher trop près des animaux nerveux. Il y a plus que de la faim dans leur attitude : une sorte de panique sourde y est perceptible, qui les fait tourner et s'agiter sur place en renâclant. Elle trouve rapidement ce qu'elle cherche : un bon pied-de-biche droit et ferme, du bon acier pour rompre le bois et fausser les clous. Au moment où elle pose la main dessus, un cri bref monte de la maison. Aube se fige, tous les sens en alerte. Le cri est suivi bientôt d'un choc sourd, puis d'un autre bruit étouffé, comme du bois fracassé ; alors Kari et Cylil se mettent à hurler. Aube se précipite à l'extérieur, son cœur battant la chamade.

« Kari ! Cylil ! Grand Cieux, qu'est-ce qu'il y a ? »

Mais les enfants hurlent sans répondre. Elle se rue vers la fenêtre, fiche l'extrémité du pied-de-biche entre les deux volets. Pousse de toutes ses forces, tire, pousse encore ; elle peut sentir le bois se fendre, mais la structure tient bon. À l'intérieur, les cris se taisent soudainement. Enfin l'un des volets cède et s'abat sur le sol, l'autre chavire dans un grincement de charnières et reste suspendu au montant de la fenêtre. Aube retrousse ses cottes et enjambe l'entablement pour se faufiler à l'intérieur.

Elle est tout de suite saisie par l'atmosphère renfermée qui règne dans la demeure. La pièce est sombre, plus sombre qu'elle ne devrait à cette heure où le soleil est encore haut. La lumière du jour illumine le dallage au pied de la fenêtre ; au-delà, le mobilier se fond dans la pénombre. Elle promène son regard autour d'elle, incertaine de son environnement. Le sol est jonché de débris divers : les restes fracassés d'un tabouret de bois, quelques cuivres et autres objets domestiques. Et des gravats, des gravats tout autour de l'âtre, qui bée plus largement qu'à sa dernière visite, comme si Vidal avait entrepris de l'élargir à coups de pioche. Une brise malsaine lui caresse le visage. Elle frissonne : c'est comme si de longs doigts humides lui avaient soudain frôlé la joue.

L'air est chargé de poussière tourbillonnante. Une vibration frémissante agite les portes des armoires et fait tinter la vaisselle de cuivre. Quelque chose est en train de s'éveiller, qui appartient au monde de l'invisible, et la malveillance de cette chose gagne en intensité à chaque instant. Saisie à nouveau d'un sentiment d'urgence, Aube appelle :

« Kari ? Kari ? !

– Ici, Aube ! »

Guidée par les voix, elle peut maintenant distinguer deux petites formes sombres recroquevillées dans un coin, blotties l'une contre l'autre derrière l'abri précaire d'une chaise renversée. Elle se dirige vers elles.

Un son nouveau s'élève alors dans la demeure et la fige sur place : un grondement caverneux qui évoque le bruit d'une meule écrasant le grain, un bruit fluctuant qui paraît à la fois monter du sol et provenir de l'étage. Une lumière blanche jaillit des jointures entre les pierres, générant de fantastiques perspectives dans la pièce. Dans cet éclairage nouveau, un objet flou s'élève lentement, une lourde jarre de terre cuite que rien ne porte, mais qui décrit pourtant dans les airs une ellipse inquiétante. À moitié aveuglée par la lumière étrange, Aube fait un pas de côté, cherchant à positionner une lourde table entre elle et l'objet volant. La jarre reste suspendue dans le vide, tournant lentement sur place. Puis soudain, elle s'élance vers l'intruse avec une célérité stupéfiante. Aube a tout juste le temps de se jeter au sol ; le projectile siffle au-dessus d'elle et va s'éclater contre le mur du fond. La voix de Kari monte du chaos :

« C'est les voix ! Elles veulent nous empêcher de partir ! »

Aube se redresse sur les genoux.

« Ce sont les esprits, oui ! Des esprits furieux ! Mais je jure que je vais vous tirer de là ! »

Elle se précipite vers les fillettes, écarte la chaise d'un geste vif, et soulève Cylil en l'empoignant sous le ventre.

« Viens, Kari ! Vers la fenêtre ! Dehors ! »

En quatre enjambées, Aube atteint la fenêtre et enfourne la cadette de Vidal à travers l'ouverture, vers la lumière solaire et la sécurité. Puis elle se retourne vers Kari :

« Dépèche-toi, Kari ! »

Mais la petite reste tétanisée au milieu de la pièce. Autour d'elle, les forces invisibles sont plus que jamais à l'œuvre. La lueur blanche pulse lentement ; des murmures confus roulent dans l'air et l'enfant les écoute, fascinée, bien qu'en apparence ils ne forment aucun mot intelligible. Aube bondit vers elle et l'empoigne brutalement par le bras.

La porte de la grande desserte murale se met à vibrer violemment, comme si mille diablotins sauvages étaient retenus à l'intérieur. Aube réagit instantanément. Elle plonge et plaque Kari au sol, juste à temps pour éviter une véritable décharge de vaisselle qui percute le mur opposé avec une force inouïe. Maintenant l'armoire murale est béante, elle vomit le reste de son contenu en une fracassante cascade de cuivre. Aube n'hésite plus : elle enfourne la gamine dans la fenêtre, bon gré mal gré, puis se vautre littéralement sur l'entablement, roule au dehors et se reçoit comme elle peut sur la terre à l'extérieur, où elle reste étendue pour le compte.

La lumière de Suros caresse les joues d'Aube Romo. Son cœur bat à tout rompre, elle halète comme si elle avait couru des lieues.

Lentement, elle se relève, et ses premiers pas sont pour s'écarter de la maison furieuse. Les deux filles de Vidal se tiennent à quelques pieds d'elle, l'air grave et les membres tremblants. Elle ouvre les bras et les serre brièvement contre son cœur.

« Maintenant, rentrons à la maison. Celle-ci n'est plus la vôtre. »

⁂

Aube inspecte les marques de coups sur la peau de Kari. Vidal n'y est pas allé avec le dos de la cuillère : la joue de l'enfant est tuméfiée et son épaule porte l'empreinte brunie d'hématomes en cours de guérison. Elle fait pivoter la fillette sur elle-même pour découvrir son dos. Kari geint doucement dans son baquet d'eau. Entre ses omoplates et jusqu'au creux de ses reins, courent de longues traces rouges, comme les sillons laissés par des griffes patientes et appliquées… ça n'a pas de sens, pourquoi infliger de tels sévices à sa propre fille ? Les coups pourraient s'expliquer par une poussée de colère démente, mais les griffures du dos révèlent une intention beaucoup plus perverse, plus patiente et plus sensuelle. Elle a du mal à réprimer un frisson de dégoût.

En soupirant, elle trempe un linge dans la bassine d'eau tiède. Elle devra déployer des trésors de patience pour amener Kari et Cylil à lui raconter les heures de douleur et d'incompréhension. Pour l'instant, les petites ont avant tout besoin de repos et de sécurité, ça ne serait pas humain de les presser de questions. Elle entreprend de laver leurs petits corps meurtris avec toute la douceur du monde, comme la gardienne d'un jardin sacré. Dans le corridor adjacent, un petit pas de souris se fait entendre ; puis la porte s'entrouvre et la silhouette lutine de Sita s'immisce furtivement dans la salle d'eau. Son visage réservé, encadré de mèches brunes, exprime mille questions muettes. Aube fronce les sourcils :

« Va dormir, Sita ! Laisse-nous un peu tranquilles ! »

La petite frimousse se renfrogne en reproche muet, mais l'enfant n'insiste pas et s'éclipse.

Aube considère un instant Kari, l'œil grave. La fillette n'a pas desserré son poing gauche depuis le début du bain. En fait, elle ne se souvient pas d'avoir vu sa main ouverte depuis qu'elle l'a tirée de la maison. Frappée par cet étrange comportement, elle saisit doucement le poignet de la petite, qui se rétracte imperceptiblement. Kari retrousse les narines, rétive.

« Montre-moi ça, murmura Aube. Qu'est-ce que tu caches dans ta main ? »

Sous la pression délicate de l'adulte, les doigts de l'enfant cèdent et se détendent. Aube voit alors ce qu'elle a tenté de dissimuler : l'annulaire se termine en croûtes du plus vilain aspect, un aggloméRat de chairs recousues à la va-vite, sans baume ni onguent, de deux ou trois points grossiers. Il y manque une bonne phalange. Elle en reste bouche bée.

« Grands astres ! souffle-t-elle. Que t'est-il arrivé ? »

Kari cache ses yeux, l'air honteuse, mais ne dit rien. Aube baisse le menton pour cacher son trouble. Elle n'en finit pas de faire l'inventaire des signes de démence de Vidal. Tiau ! Si sa fille s'est coupée une tranche par accident (et il y a manifestement des jours de cela), il faut être le pire des pères pour ne pas la soigner plus correctement ! Elle se refuse à envisager d'autres hypothèses ; coupant net toute réflexion, elle entraîne Kari vers son officine, pour des soins plus dignes.

Bientôt le soir tombe. Elle installe les fillettes de Vidal dans son propre lit et les borde avec tendresse. Kari s'endort comme une masse, déposant pour un temps la souffrance et l'angoisse. Cylil geint doucement, le menton enfoui sous ses draps. Aube se penche sur elle pour embrasser son front ; alors l'enfant glisse fébrilement sa main dans la sienne et serre. Aube se tient silencieuse à côté d'elle, jusqu'à ce qu'une respiration régulière lui apprenne que le sommeil et l'apaisement ont gagné Cylil à son tour. Elle repose doucement la main de la fillette sur les couvertures et s'éloigne furtivement. Elle va se poster à la fenêtre et considère un moment les pins sombres qui dévalent le versant du Mont Carmin comme une foule empressée. Au-delà d'une délicate brisure, les arbres se bousculent sur les premiers coteaux du Mont Voisin, jusqu'à la bosse dénudée qui couronne la colline. Là se tient la demeure de Vidal, coquille vide et silencieuse, guère plus vivante qu'une ruine. Aube tire une chaise à elle et s'assied face à la fenêtre pour faire le guet. Si Vidal revient chez lui, il faut qu'elle le sache à temps pour anticiper sa réaction. Maintenant elle n'a plus aucune certitude, et la peur la gagne, minute après minute. Et si Vidal cherche à reprendre ses enfants ? C'est ici qu'il viendra d'abord, sans aucun doute ! Elle a senti tant de violence en lui, prête à jaillir… qu'arrivera-t-il s'il y donne libre cours, si les esprits décuplent sa force et sa colère, contre elle et contre les enfants ? Comme on est seule, dans les montagnes ! Elle se sent fatiguée, vidée, mais pourtant il lui faut encore lutter contre le sommeil. Pour tromper ce nouvel adversaire, elle laisse son regard parcourir le tracé des constellations, détaillant par l'imagination les membres stylisés d'animaux fabuleux. Kiarvathi est haute dans le ciel ; Sahari et Vâli paissent paisiblement un peu plus bas.

Peyr lui a dit un jour : « La lumière des étoiles est une chose vivante, Aube, comme l'air, le feu ou les créatures animées d'un souffle. Lorsqu'elle tombe sur nous, quand pleuvent sur nos demeures ses esprits chatoyants, elle éveille d'anciennes, de très anciennes choses dans l'âme humaine. »

Et Peyr lui avait parlé de l'aube des temps. À cette époque, les grands astres étaient plus grands et plus brillants qu'aujourd'hui. Alors leur formidable lumière emplissait le ciel et jetait sur la terre les mille feux d'un jour permanent. C'étaient comme autant de soleils contradictoires, chacun d'eux cherchant à saturer le monde de son propre rayonnement. Ils régentaient la terre, non pas comme ils le font aujourd'hui, discrets, subtils et lointains, mais en rois énormes et triomphants.

Lorsque naquirent les premiers hommes, des fragments solides se détachèrent de chacun des huit grands astres et s'abattirent sur le monde en javelots ardents. Ces éclats percèrent les cœurs des pères des hommes et vinrent s'y loger ; alors leurs âmes s'embrasèrent, et ils virent pour la première fois le monde avec l'œil de l'émotion. De chair brute qu'ils étaient, ils devinrent des êtres animés de pulsions et de désirs. Depuis, le monde a changé, les planètes se sont enfoncées dans la nuit, et pâle est aujourd'hui leur radiance ; pourtant, leurs éclats sont toujours enfouis au plus profond de nous. Voilà pourquoi notre humeur est vulnérable à la lueur des astres : parce qu'en descendant sur nous, les esprits astraux stimulent les antiques éclats fichés dans nos cœurs, et que chacun de ces éclats tend à nous faire agir d'une façon qui dépasse notre vouloir et notre raison. Ils sont les forces primitives tapies dans l'âme humaine ; et si ceux des astres fastes nous poussent à aimer, rêver ou créer, ceux des astres néfastes allument en nous rancœur, colère et angoisse.

C'est beau, à la fois rassurant et terrifiant ; Aube juge que, si c'est vrai, alors il faut sereinement s'abandonner à la clarté des étoiles. Mais Vidal, lui, ne le doit pas ; car c'est l'éclat de la maléfique Kiarvathi que les esprits ont réveillé en lui, et son influence n'est pas subtile, comme celle des esprits dormants, mais dévorante comme un soleil obscur.

Aube dodeline de la tête, luttant contre l'oubli. Là-bas, sur le Mont Voisin, une silhouette sombre se coule hors de l'abri des arbres et glisse en silence vers la demeure de Vidal. Aube émerge aussitôt de sa torpeur et retient son souffle, tous ses sens en alerte : une minute plus tard, un vacarme de bois fracassé s'élève de la bâtisse du marchand et se réverbère contre le flanc des montagnes. Puis les ânes se mettent à braire sauvagement. Une faible lueur apparaît derrière les volets brisés, tremblote quelque temps, timide feu follet de montagne, puis vacille et meurt. Aube plisse les yeux : à l'instant, elle aurait juré voir une grande forme se couler hors de la maison, puis une seconde, plus diffuse, qui glisse sur le sol à sa suite, étrange chapelet d'ombres animé d'éclats miroitants. La nuit est claire, et il n'y a pas une lieue à vol d'oiseau de la fenêtre des Romo au Mont Voisin ; pourtant l'obscurité est anormalement dense autour de la bâtisse, si bien qu'elle ne parvient pas à distinguer clairement les formes. Mais son cœur lui souffle que Vidal est rentré chez lui, et qu'il en est ressorti aussitôt pour marcher vers un nouveau but.

Prise d'une sombre crainte, elle quitte sa chaise et dévale les escaliers jusqu'au rez-de-chaussée. En toute hâte, elle ferme les volets, fixe les crochets de fer en travers et verrouille la porte. Puis elle s'adosse à cette dernière et se met à écouter anxieusement la nuit à travers le bois, dans l'attente d'un bruit de pas. Son cœur bat à tout rompre ;

chaque souffle de vent lui glace les sangs. Elle se surprend à murmurer pour elle-même :

Du calme, Aube Romo ! Tu es dans la demeure d'un magicien. Il y a dans cette porte et dans ces volets de puissants esprits du bois, que même la morsure de la hache ne peut mettre en déroute. Cette maison est bien gardée, aucun Vidal ne va y pénétrer cette nuit !

Pourtant l'anxiété afflue à nouveau en elle en une vague irrésistible. Il faut chasser la peur par l'action. Elle se rue dans le salon et tâtonne à l'aveuglette derrière le coffre de Peyr, jusqu'à ce que sa main rencontre la froideur du métal. Étouffant une exclamation, elle empoigne l'objet, le long tube de fonte : la couleuvrine de Peyr. Une bouche froide, œuvre des forgerons mortels, capable de cracher le feu sans l'aide d'aucun esprit. Elle la lève triomphalement au-dessus de sa tête, puis l'abandonne aussitôt sur le parquet pour se mettre à farfouiller sur les étagères. Elle trouve rapidement ce qu'elle cherche : une gourde de cuir qui déverse une poudre grise, une chandelle, quelques mèches d'étoupe et un petit sac qui renferme de lourdes billes de plomb. Gagnée d'une nouvelle assurance, elle empoigne vaille que vaille tout ce fourbi, gravit l'escalier et va se poster à nouveau à la fenêtre de la chambre. À présent Vidal peut bien venir : dans quelques instants, elle aura chargé de poudre l'étroite chambre ajourée dans le haut de l'arme, placé un minuscule boulet dans sa gueule, et allumé une mèche pour prêter sa braise au tonnerre. Il y a quatre enfants dans cette maison, et pour l'instant, ce sont tous les siens. Si Vidal n'entend pas cela, alors elle saura bien lui faire comprendre.

Mais Vidal se garde bien d'approcher. Où qu'il soit allé, il a préféré cacher les tourments de son âme ; renoncé à nuire pour cette fois. Bientôt, les premières lueurs du jour s'en viennent chasser la peur et baigner le monde de rassurantes certitudes. L'aurore découvre une Aube défaite, voûtée sur sa chaise, un long tube de métal posé dans son giron ; et ses rayons dorés font scintiller la rosée salée sur ses joues. Au terme de sa veille, la mère vigilante a laissé s'écouler quelques larmes de rage et de sourd chagrin. Elle vient de réaliser ce qu'elle a fait de sa nuit : elle a clos ses volets et préparé une arme mortelle pour recevoir la visite de son plus proche ami. À présent que le soleil apaise ses craintes, Aube Romo fond comme neige ; il ne reste plus en elle que de la pitié et une grande douleur pour un homme qui s'est perdu sous les étoiles.

⁂

Les jours passent sans que Vidal donne le moindre signe de vie, ni à Aube, ni à quiconque à Pélagis ou dans les grands alpages. Il s'est fondu dans la montagne, avalé par les paysages grandioses des Monts de Soufre, quittant pour longtemps le domaine des hommes pour se perdre dans le mythe et le silence.

Le septième jour après cette fameuse nuit de veille, Aube décide qu'elle est lasse de le guetter. Il est temps pour elle de libérer son esprit de la crainte et de l'attente. Un œil vers le Mont Voisin, un œil sur les enfants : c'est trop pour une femme seule. Il faut vivre. Vidal est parti pour de bon ; il a renoncé à lui reprendre Kari et Cylil et s'est éclipsé en lui laissant ce nouveau fardeau.

Ce matin-là, la demeure de Vidal semble flotter, grisâtre, dans une mer de brume qui s'est laissée descendre du bout de vallée pour submerger les racines du Mont Voisin. Une fois encore, Aube sent son regard s'égarer vers la bâtisse ; une fois encore, elle sent sa nuque se roidir. Elle décide que c'est la dernière fois qu'elle le regarde ainsi, ce maudit mas, menace inerte mais obsédante, suspendue dans le vide : il est temps pour elle de s'y rendre à nouveau. C'est peut-être la seule façon d'apaiser ses craintes : aller sur les lieux de l'angoisse pour faire le point et chercher à savoir. Savoir si les esprits habitent toujours la demeure, si Vidal est bien revenu la nuit où elle a cru le voir entrer chez lui pour en ressortir aussitôt. D'ailleurs les fillettes ont grand besoin de récupérer quelques effets. Aube fixe sa volonté vers ce but, empoigne son bâton et prend à nouveau le sentier des pins. Il est encore noyé de brouillard ; mais on sent que le soleil est sur le point de percer ce voile humide, parce que des pépites dorées luisent déjà sur la cime des grands résineux.

La maison de Vidal n'est plus la même qu'autrefois. C'est maintenant une grande forme froide et creuse, une coquille vide spoliée de son âme, caressée par des lambeaux de brume ouatée. Les volets brisés pendent, misérables, tout comme la porte à moitié arrachée de ses gonds. Aube n'en croit pas ses yeux : il faut une force colossale pour déloger une robuste porte comme celle-là de son cadre et fausser ses épaisses charnières de fer. Pourtant Vidal avait la clef : aux dires des enfants, elle pend à son cou. Le loquet n'est plus tiré ; de toute évidence, s'il s'en est pris à l'huis, c'est uniquement par rage, après l'avoir ouvert.

Aube tremble à cette idée. Une telle force, une telle fureur ! Le tonnerre d'une arme à poudre aurait-il suffi à les calmer, si le dément était venu ensuite au Mont Carmin ? Elle en douterait presque.

Hésitante, elle fait le tour de la maison. La brume achève de s'effilocher, déchirée par les lances solaires qui tombent du ciel et font déjà reluire les pierres. Mais Aube ne se sent pas prête à entrer, pas encore. Elle préfère d'abord visiter les étables, bien qu'elle redoute le spectacle qui l'y attend. Elle tire à elle l'un des lourds battants qui s'ouvre en grinçant. Un rai de lumière s'écoule sur la paille sèche à l'intérieur ; dans l'ombre, elle perçoit un mouvement furtif et un faible halètement. Quelque chose de vivant s'ébroue…

Sept jours. Les ânes ont survécu sept jours à la famine. Elle les a entendu braire les premiers soirs ; plus rien depuis, et pourtant ils vivent toujours. Jamais, au cours de la semaine écoulée, elle n'a trouvé le courage d'aller les libérer : le souvenir de la fureur des esprits est trop fort. Qu'elle est stupide ! Il n'y a plus la moindre vie dans la maison. Les astraux n'ont existé que par et pour Vidal ; à présent qu'il est parti, ils se sont probablement dissipés dans l'oubli… et elle, ignorante et craintive, elle a abandonné ces pauvres bêtes à leur misère. Riant et se maudissant à la fois de sa lâcheté, elle ouvre grand la porte aux bêtes et les rend à la liberté des pâturages. Une à une, elles défilent devant elle, les flancs creux et les oreilles basses ; puis, mues par l'instinct, elles se regroupent sur le flanc de la colline et inclinent timidement leur long cou pour flairer avec circonspection l'odeur de l'herbe grasse.

Maintenant, elle a trouvé le courage d'entrer dans la demeure.

La pièce commune est obscure et poussiéreuse. Des gravats jonchent toujours le sol devant la cheminée qui bée, ravagée par quelque maillet furieux. La vaisselle d'argent traîne encore sur le sol, comme après quelque festin gargantuesque, et la table gît renversée. De la présence de Vidal, du souffle des esprits, elle ne voit pas de trace plus récente. Elle fait plusieurs fois le tour du rez-de-chaussée en se tapotant nerveusement les avant-bras ; puis monte à l'étage et fouille méthodiquement les coffres et les placards à la recherche d'un signe, d'un fait singulier ou d'un début d'explication. Elle ne trouve rien de plus significatif qu'un gros livre de compte et quelques inventaires. Elle avait vaguement espéré découvrir l'un ou l'autre indice qui puisse la mettre sur la piste du marchand : la voilà bien déçue. L'esprit ailleurs, elle se met à farfouiller dans les coffres. Elle en tire une pleine brassée de petites robes, de braies et de chaperons aux couleurs vives, et les lie en un baluchon chamarré pour les ramener aux fillettes.

Alors il est bel et bien parti, le bougre ! Il a emporté son or avec lui, car elle sait qu'il gardait un bon magot, et n'en a pas trouvé trace. Mais où peut-il bien être allé ? Il n'a pas d'autre famille, pas d'autre avoir, aucun endroit où trouver aide ou secours en dehors de Peyr et d'elle ! Peut-être qu'il poursuit quelque chimère inspirée par la démence, un Château de Sel fantasmatique perdu quelque part sur la route des étoiles. Les enfants ont prononcé ce nom ; c'était là que leur père a prétendu aller, lorsqu'il les a quittés en scellant sa porte derrière lui. Y aurait-il quelque chose à ce sujet dans les livres de Peyr ? ça ne signifie peut-être rien, mais elle a tout de même envie de savoir.

Ses sentiments sont encore confus. La compassion a grandi en elle ; elle voudrait retrouver le marchand disparu, l'arracher à la folie de l'étoile et rendre à ses filles un père sain. Il reste un ami, et plus que jamais a besoin de secours. D'un autre côté, la colère ne l'a jamais vraiment quittée, et le doigt mutilé de Kari est là tous les jours pour lui rappeler combien la démence de Vidal est profonde. Elle doit bien se l'avouer : même si elle ne veut en rien son malheur, elle ne souhaite pas le retour du marchand, du moins pas avant que Peyr ne soit lui-même revenu.

⁂

Les jours se succèdent maintenant dans la tranquillité. L'air est tiède et sec, et les genévriers sont encore en fleurs. Sita et Lupin jouent avec Kari et Cylil le plus naturellement du monde, sans tenir compte de leurs mines soucieuses et sans leur poser de questions. C'est la meilleure médecine qu'on puisse leur apporter : celle de la vie qui s'écoule et produit ses enchantements. Aube a l'impression que sa famille s'est réellement agrandie de deux têtes blondes. Misère ! Et si Vidal ne revenait jamais ? Le jour où les fillettes retrouveront toute leur joie de vivre, pourra-t-elle assumer quatre enfants turbulents ? C'est qu'à cet âge, on oublie si vite les tourments…

Dans le même temps, une grande promesse renaît dans le cœur d'Aube : Peyr sera bientôt de retour. D'ici une semaine, deux peut-être, il gravira le Mont Carmin et s'en reviendra étreindre les siens. Une joie profonde fleurit en elle, une joie égoïste qui se moque bien de Vidal et de son infortune. Le retour de Peyr signifie la sécurité, la chaleur et la fin des doutes.

Elle pose le regard sur la vallée. Ce jour-là, elle se sent parfaitement détendue. Les murs blancs des maisons de Pélagis scintillent au soleil dans le creux du val. Ils sont comme une invitation à descendre, une fête en promesse. Il est temps de refaire des provisions ; c'est matière à s'occuper l'esprit et à retrouver un peu de plaisir. Laissant les enfants pour deux ou trois heures, elle cède à son envie et descend le versant de la colline en chantonnant.

Il souffle sur la place de Pélagis un vent tiède, qui soulève une poussière trouble et fouette agréablement la peau. À chaque saute, il semble révéler aux sens un peu plus de l'univers riche et bariolé de la foire estivale. Il y a les couleurs vives des étals et l'aimable chaos des enclos à bestiaux, les paniers et les caisses débordant de fruits verts, les jurons du porcher et les appels lunatiques des mules ; la litanie entêtée des colporteurs, la mélopée d'un ascète mendiant, et les exclamations puissantes des hommes. Il y a ces poissons séchés venus tout droit de la mer, qui s'alignent sur leur étal ; les riches poudres à prière, pour s'oindre le front de couleurs sacrées ; et aussi ce gamin qui est tombé par terre et reste là à pleurer, parce que personne ne vient s'occuper de le redresser et qu'il n'imagine pas encore le faire seul, elle l'aurait bien relevé, elle a encore assez d'amour à donner à des enfants.

Et puis, un salut ici, une révérence là, un sourire furtif adressé sans honte par quelque jeune homme au cœur allègre, et voilà que des conversations se nouent, et qu'elle retrouve un peu le monde, ce monde que Vidal, lui, a préféré quitter.

Devant le temple, elle assiste à l'office des singes.

À l'appel du carillon, les macaques qui peuplent les toits du sanctuaire hurlent une longue invitation à l'adresse de leurs frères, qui maraudent dans les rues de la ville. Ceux-ci délaissent aussitôt leurs chapardages pour s'assembler sur le parvis, face au portique ornementé. Il en arrive de partout, dans un état d'excitation intense. Sur une ultime volée de clarine, Pardos, l'orateur, sort du temple drapé dans un manteau de soie bleue, la rune du soleil tatouée à la poudre d'or sur le front et les tempes. Il braise ses encensoirs et les agite devant cette étrange assemblée ; alors comme par miracle, le silence se fait. Les singes s'accroupissent face à lui le plus sagement du monde, pour attendre les derniers arrivants.

Ceux-ci déboulent bientôt des montagnes, en une vaste bande menée par un grand dominant – un mâle énorme et couillu, que les gens d'ici nomment Mourhir, le roi des singes. Sa troupe cavalcade à travers la ville sans malmener aucun étal, et vient à son tour s'asseoir devant le prêtre, dans un calme presque surnaturel. Pas un jeune qui remue, pas une narine qui frémisse.

L'orateur entame alors sa cérémonie, invoquant sur les faces roses des macaques la lumière des astres fastes, pour qu'elle leur apporte la sagesse. Il les enjoint d'écouter le chant des étoiles, de cesser de voler les hommes et d'opter pour une vie de vertu. Il les asperge d'eau colorée et d'autres poudres saintes, avant de les bénir, puis de leur servir une digne offrande de nourriture – histoire de s'assurer qu'on les reverra à l'office, la semaine suivante. Des pattes circonspectes se tendent vers les fruits et les viandes salées ; des regards prudents se lèvent vers Mourhir, dans l'attente de son approbation.

Une fois ses frères rassasiés, le Roi des singes se dresse sur ses antérieurs, face à l'assemblée simiesque. D'un couinement puissant, il donne le signal du départ. Son clan se lève alors d'un seul mouvement et quitte la ville en grande galopade, pour rejoindre son royaume de coteaux.

Après leur départ, Aube éprouve l'envie de s'asseoir un peu, pour faire la causette à l'orateur. Ce dernier l'accueille bien volontiers dans sa nef ; ils se mettent à deviser de choses et d'autres.

Au fil de la conversation, il vient à la jeune femme l'idée de questionner Pardos sur le Château de Sel. Une discrète lueur de joie s'allume dans le regard du vieillard. Il y a peu d'ouailles devant son temple ; il peut se laisser aller aux délices d'un récit, goûter un peu aux joies de la parlote :

« Ah, on voit bien que tu n'es pas née ici, Aube Romo ! Le Château de Sel, c'est la forteresse que tu peux voir du haut de la Branlebosse. Quand tu te retournes vers l'Ouest et que ton regard passe au-delà des Crêtes du Bouquetin, tu aperçois son dôme bizarre qui dépasse, au-dessus de l'arête. Mais elle a sa base dans un vaste cirque rocheux. C'est un robuste donjon, posé sur un solide éperon ; et tout autour s'étend une blanche étendue de sel cristallin qui miroite au soleil comme de la neige. Tu l'as sans doute déjà aperçu, et tu l'appelles peut-être le Fort Sinistre, comme d'autres ici à Pélagis. C'est là que vivait l'ogre Inioulbah. »

« Du temps de mon grand-père, Inioulbah maraudait dans les montagnes. Il s'emparait des jeunes garçons et des petits bergers solitaires qui croisaient sa route, et il en faisait son festin. Il était grand : plus grand que quatre hommes, et sa peau était solide comme du cuir. Il était sans pitié aussi ; et assez riche pour se payer les services d'une troupe de coquins qui chassaient pour lui et rançonnaient les gens, non content de les priver de leur progéniture. Il s'était installé au Château de Sel avec ses ribauds, et mon grand-père disait que d'autres ogres s'étaient établis au même endroit avant lui, il y a des générations de cela, aussi loin que remonte la mémoire. Quand on consulte les chroniques, on se rend compte que le Château de Sel a toujours été un repaire d'ogre, et ce fléau revient périodiquement dans le pays. »

« Bientôt, Inioulbah et sa troupe de coupe-gorge devinrent si puissants et si nuisibles, que les plaintes venues de Pélagis alertèrent le comte de Thorkarin, là-bas dans son palais de la côte. Alors il quitta ses soieries et ses brocarts pour s'en venir chevaucher un peu par ici, à la tête d'une brillante troupe de chevaliers, et il fit tant et si bien qu'il finit par couper la tête d'Inioulbah et pendre ses gredins aux hourds de leur château. Et pour qu'il n'y ait plus d'ogre dans les Monts de Soufre, il abattit le pont qui permettait l'entrée de la forteresse. Plaise aux cieux que cela suffise ! En vérité, les gens d'ici auraient souhaité qu'il la rase pierre par pierre, cette maudite bâtisse ! »

Prise soudain d'un fort sentiment de malaise, Aube salue l'orateur d'un timide hochement de tête, et s'empresse de prendre congé. Maintenant, elle ne souhaite plus rien d'autre que retrouver sa maison du Mont Carmin et rejoindre les enfants. Elle n'a pas aimé ce récit ; elle n'aime pas davantage les idées qu'il lui met en tête. Superstition ou pas, on ne peut demander à la femme d'un magicien d'ignorer les récits fabuleux.

Elle prend la route du Mont Carmin. Celle-ci longe la rivière et passe sous les bois de mélèzes qui flanquent la base du Mont Voisin, avant de s'incurver pour entamer l'ascension vers la maison des Romo. Le souffle de l'air tiède et le chant cristallin de la cascade dissipent rapidement l'ombre qui s'était posée sur son cœur ; elle se morigène pour s'être laissée troubler par des récits de bonne femme. Tout en cheminant, elle se met à rêver à Peyr, aux sourires de Sita et Lupin, et aux joies qu'ils auront bientôt tous ensemble. Elle éprouve une folle envie de serrer ses deux enfants contre elle, de leur parler de leur père, de faire rire Kari et Cylil, histoire d'alléger un peu leur peine… Bientôt, au prochain tournant, la bordure des arbres s'effacera pour révéler à son regard la longue pente qui mène à la demeure familiale ; elle pourra alors retrouver les siens.

Alors qu'elle déborde les derniers mélèzes, le vent lui porte un cri d'enfant, un seul appel bref et strident. Ce n'est sans doute qu'une exclamation ludique, une protestation de gosse qui joue ; pourtant Aube sent son sang se glacer. Elle presse le pas, et l'ombre tombe à nouveau sur son cœur.

Le versant dénudé du mont Carmin s'élève progressivement jusqu'à une plateforme aplanie, adossée à de plus hautes falaises. Là, bien en vue depuis la vallée, aussi sûre et durable qu'un roc, l'antique maison des Romo se chauffe paresseusement au soleil. Aube lève le regard vers elle ; alors un second cri d'enfant brise le silence des montagnes. Avant même que l'écho n'achève de s'éteindre, une silhouette énorme surgit sur le flanc de la bâtisse, et en s'avançant jusqu'au rebord de la plateforme, recouvre la façade de son ombre mouvante. L'intrus s'immobilise au bord du vide et se tient là, dressé face à la vallée, regard de feu, muscles puissants sculptés dans l'ivoire. Aube sent son souffle se visser dans sa gorge.

Il est venu, le monstre, le croqueur d'enfants. Sa rage et son appétit ne se sont pas éteints avec la solitude et l'errance. La lueur de la planète les a nourris, tout comme elle a nourri son corps jusqu'à lui donner des proportions surhumaines. Il s'est vêtu de cuir pourpre, tel un seigneur des orages. Sa barbe et ses cheveux ont poussé en sauvage crinière rousse qui flotte dans le vent comme une couronne de feu. Sa peau s'est muée en une sorte de cuir pâle et ferme, qui luit au soleil comme de la cire. Grands cieux ! Il est devenu haut comme trois hommes ! Tous ses traits sont puissamment dessinés, façonnés en caricature béate des pires instincts humains. Pourtant c'est bien le visage de Vidal, un Vidal à l'œil rose flamboyant de démence et de fureur primitive.

Il a jeté derrière son épaule une sorte de vaste filet de corde, qu'il porte comme s'il s'était agi d'un simple sac de paille, et qui se distend de façon informe sous le poids de quelque furie. Dans cette nasse grossière, Kari, Cylil, Sita et Lupin, pêle-mêle, se débattent sans espoir. Leurs petits visages surnagent avec peine entre les mailles épaisses, leurs mains menues se crispent désespérément sur la corde ; ils ruent des pieds, crient et appellent Aube de toute leur âme.

Elle reste un instant frappée de stupeur ; puis relâche tout l'air de ses poumons en un unique cri. Dévorée d'angoisse, elle se met à courir droit vers la maison, ignorant les lacets du chemin, affrontant de front la montagne. L'ogre incline vers elle son ignoble face. Son regard est semblable au halo du soleil par le plus chatoyant des crépuscules. Il a l'air un peu surpris, pas décontenancé pourtant. Sur le masque pesant de sa figure s'esquissent plusieurs personnages, hébétés ou perplexes, ou déformés d'appétits grossiers. Le vent fait voler ses cheveux et révèle deux courtes cornes qui prennent racine dans le marbre de son front. Il la toise ainsi quelques instant du haut de la pente, immobile comme une poupée aux dimensions grotesques. Puis, comme si elle ne signifiait rien, le monstre pivote lentement, lourdement, et commence à se détourner d'elle. Aube se met à hurler des paroles insensées :

« Vidal ! Vidaaal ! Bouge pas de là, espèce de chien ! Maudit croque-doigt, fils de bâtard ! Je monte ! Reste là ! »

L'ogre se retourne, et un éclat d'une terrible perversité embrase ses yeux roses, mille étoiles de malheur dans un ciel de fin du monde. Son visage s'anime, sa bouche s'ouvre. Sa voix gronde comme le tonnerre et se répercute sauvagement sur la paroi rocheuse derrière la maison :

« De quoi t'étonnes-tu, Aube Romo ! Tu as voulu m'enlever mes enfants, je te prends les tiens. Au fond, ce n'est que justice ! » Un ignoble sourire sardonique fend le cuir luisant de sa face : « Maintenant j'ai à faire avec eux au Château de Sel. Dis-leur donc au revoir, sois une bonne mère ! »

Elle crie précipitamment :

« Non ! Attends ! Vidal ! »

Elle se remet à courir désespérément, le souffle court, le cœur prêt à exploser. Mais la pente est implacable ; ses jambes s'alourdissent à chaque foulée, brisées par la violence de l'effort. L'ogre ne bouge pas : debout face à la vallée, il la regarde s'essouffler, avec sur les lèvres une expression d'incrédulité dédaigneuse. Fatalement, elle finit par rater un pas. Sa botte se niche entre deux pierres, sa jambe se tord en un angle bizarre et l'envoie lourdement valdinguer au sol. Elle tente bien de se relever, mais sa cheville gauche la trahit. Hurlant sa douleur, elle comprend qu'elle n'ira pas plus loin. Agenouillée face à la montagne, courbée en deux, elle ne peut retenir ses larmes. Le vent s'engouffre dans ses cheveux, les sanglots montent dans sa voix.

« Arrête… ! halète-t-elle. Arrête, Vidal, je t'en prie ! »

Il la contemple de toute sa hauteur. L'expression de son visage change imperceptiblement. Ses traits épais se teintent d'une compassion attendrie, qui rappelle de façon perverse les meilleurs moments du Vidal d'autrefois ; mais il y a aussi dans son regard un détachement qui dément la pitié. Sa voix rocailleuse s'adoucit d'inflexions familières pour redoubler son supplice :

« Allons, Aube ! Des enfants, tu en feras d'autres ! Tu as toute la vie devant toi… ceux-ci sont dans ma besace, n'y pense plus ! Maintenant, il me faut te quitter, vois-tu, je ne suis plus le même homme. J'ai apprécié ta compagnie. Adieu. »

Elle hurle :

« Non ! »

Les dieux savent comment, elle puise dans les tréfonds de son être le courage de se remettre debout. Mais déjà le monstre se détourne d'elle et marche à grandes enjambées vers la paroi rocheuse. Parvenu à sa base, il lève une jambe à l'horizontale et pose la plante du pied sur le rocher ; puis il fait de même avec l'autre et ne touche plus le sol ; il incline le buste en arrière et commence à s'élever, son filet à l'épaule, au mépris des lois de la pesanteur. Il marche sur la paroi verticale comme d'autres marchent sur la terre ferme, énorme et légèrement voûté, sa longue chevelure rousse flottant sous lui. Il présente toute sa face au ciel, au soleil et aux étoiles sinistres tapies derrière sa lumière.

Aube claudique vers le sommet de la pente, les mâchoires écrasées de douleur et d'angoisse ; elle voit sa maison ouverte aux vents, et l'ogre tout là-haut, à bien dix toises de hauteur déjà. Elle le voit parvenir au sommet de la falaise, se rétablir à la verticale et disparaître derrière le rebord, emportant dans sa nasse Sita, Lupin, Kari et Cylil vers quelque impossible destin. Alors seulement, elle cesse le combat ; elle se laisse choir au sol et pleure toutes les larmes de son corps.

La montagne est tranquille ; l'air est tiède et sec, et les genévriers sont en fleurs. Rien ne peut troubler le cycle immuable des saisons dans la vallée de Pélagis.

Peyr

Peyr Romo atteint le sommet de la crête au début de l'après-midi. Il a forcé la marche : il ne s'est arrêté qu'une fois, brièvement, pour prendre une collation près d'un petit lac aux eaux turquoise. Une fois en haut, il s'accorde quelques secondes de répit pour réajuster son paquetage ; puis, d'un pas mesuré, il franchit les quelques mètres qui le séparent du rebord, pour plonger son regard dans le vide de l'autre côté.

Il a déjà vu le *Fort sinistre* auparavant, lors de ses randonnées. Par ciel couvert, c'est un tableau plein de mélancolie. Cette fois, le soleil stagne à la verticale des montagnes, et l'étendue de sel cristallisé, en contrebas de la crête, vous crève littéralement les yeux. La lumière crue jaillit du sol comme mille éclats d'acier sous la forge, emplit l'air de nappes floues. Au milieu de cette mer vibrante est planté un îlot rocheux qui dresse la forteresse comme une lance de pierre, face aux parois abruptes du cirque salin. Le château d'Inioulbah prend naissance là où le roc se mue en pierre travaillée, ouvre la gueule à vingt pas de hauteur, élève son dôme à plus de cent.

Peyr se couche sur le ventre pour observer la bâtisse – cette vieille légende qu'il n'aurait jamais cru voir revivre. Il se force à garder la tête froide, refrénant le sentiment d'urgence qui l'anime depuis le début de la journée. Du temps, il va forcément en avoir besoin pour trouver le moyen d'entrer. Les parois du donjon sont lisses et n'offrent que peu de prises ; c'est une masse toute droite et vertigineuse, qui semble taillée d'une pièce dans le prolongement du rocher. Pour atteindre l'entrée monumentale suspendue à bonne hauteur, il faudrait dresser contre le roc des échelles d'assaut colossales. Une arche de pierre prend racine sous son seuil, s'arque bravement au-dessus du vide pendant une dizaine de pieds, puis s'interrompt aussitôt pour tomber en ruines. En face, sur l'une des falaises du vallon, on peut voir une naissance d'arche similaire, brisée net dans son élan. Entre les deux, une ancienne pilastre à moitié éboulée trône au milieu du salar, autre témoignage du pont qui permettait jadis l'accès au castel. Le comte de Thorkarin l'a jeté bas, il y a de cela plusieurs vies d'hommes. Il a coupé le château du reste du monde, pour qu'aucun ogre ne vienne jamais plus l'habiter. Mais pourtant, un ogre est bel et bien entré en possession de son héritage…

Ce matin même, Peyr est rentré au pays. Il a découvert son épouse assise devant la porte de sa demeure, tremblante et brisée. Quand il a gravi la pente du Mont Carmin, elle n'a pas semblé le voir, bien qu'elle n'ait cessé de regarder dans sa direction. C'est seulement lorsqu'il est parvenu devant elle qu'elle s'est soudain agitée. Elle s'est emparé de sa main pour la couvrir de baisers, comme une gosse éperdue, avant de déverser tout un flot de paroles d'une voix grêle et fléchie par le désespoir. Son état faisait peine à voir. Dans la poussière de ses joues creuses, les sillons laissés par ses larmes avaient eu le temps de sécher. Sa cheville avait doublé de volume : une grosse poire jaunâtre, toute marbrée de mauve. Avait-elle seulement mangé quelque chose récemment ? Depuis combien de temps croupissait-elle sur le perron de la maison ?

Trois jours auparavant, le croque-mitaine était venu emporter ses enfants.

Ce soir-là, et encore tout le jour suivant, elle avait hurlé, hurlé à perdre haleine vers la vallée, sans que personne ne daigne entende son cri. À bout de gorge, elle avait fini par se résoudre à renoncer aux secours. Elle s'était couchée sur le seuil, bien décidée à ne pas dormir. Assommée de douleur et de fatigue, elle n'avait plus eu qu'une pensée en tête : il fallait que son amour revienne ; tant que cela ne serait pas, le temps resterait figé sur leur malheur.

Il a fallu un long moment à Peyr pour démêler ses paroles et appréhender la sordide réalité. Il n'a pas eu le temps de se poser beaucoup de questions. À peine pris celui de remettre son épouse d'aplomb et de lui apporter quelques soins. Puis il a dit :

« Va dormir, Aube ! Je vais au Château de Sel. Si tu dors assez longtemps, je serai de retour à ton réveil, avec les enfants. »

Aube a esquissé un sourire soulagé, mangé un peu, puis s'est endormie avec une expression rassérénée. La pauvre ! Tout son être réclamait un peu d'abandon ; pour accéder enfin à l'oubli, elle s'est laissée aller à commuer ces belles paroles en certitude. Touchante confiance ! Peyr n'est sûr de rien. Il est lui-même à la torture, et cela lui donne la nausée de penser qu'à son retour, si seulement il revient, il lui faudra peut-être plonger son amour dans des tourments sans rémission…

Les murs du château scintillent par endroits de cristaux de sel, incrustés au fil des siècles entre leurs jointures. Une haute terrasse les couronne, ceinte d'un parapet aux créneaux taillés en mitres. Sur celle-ci, les bâtisseurs ont édifié un dernier étage, plus étroit et largement aéré de fenêtres, puis l'ont coiffé du dôme que l'on peut apercevoir depuis la distante Branlebosse. La surface de cette coupole est couverte de petits carreaux orange, bleus, verts ou turquoises qui dessinent une mosaïque mutilée par le temps.

Pas le moindre signe de vie dans la forteresse.

Peyr rampe en arrière et s'assied un peu plus bas dans la pente, hors de vue du château. Il défait son paquetage et le pose contre ses genoux pour en vérifier le contenu. La lourde couleuvrine de fonte, qu'il portait tout à l'heure en bandoulière, repose maintenant à ses côtés : c'est son alliée la plus précieuse en ces circonstances, car s'il doit affronter l'ogre en combat, il lui faudra compter pour rien la courte épée qu'il porte au côté. Il vérifie que la gourde qui renferme la poudre est fermement vissée, fait craquer à plusieurs reprises son briquet à amadou, mais ne délace pas le petit sac de cuir qui contient les billes de plomb. Inutile de charger l'arme dès maintenant, il faudra être prêt à effectuer l'opération très rapidement, sitôt qu'il sera entré dans la place forte.

Une fois certain que tout est en ordre de ce côté, il s'allonge sur le dos, le plus confortablement qu'il peut. Pour le mage, pense-t-il avec ironie, c'est l'heure de faire la sieste. Plissant les yeux pour se protéger du soleil, il lève la main droite, les doigts en éventail, et la promène devant son regard en lents mouvements gracieux. Il a l'air d'un berger au repos qui trompe l'ennui en prenant plaisir à des gestes futiles, en poète. Il focalise sa conscience sur les lignes orangées qui courent le long de son index, sortes d'onctueux serpents de feu qui s'entrecroisent et jouent les uns avec les autres pour dessiner des runes sur la peau. Il esquisse un sourire : ce matin, il a éveillé d'éphémères esprits du feu qui dansaient dans l'âtre, et il leur a donné un nom pour les soumettre à sa volonté. Celui-ci est maintenant inscrit en langue antique sur son doigt effilé : un unique vocable pour désigner beaucoup d'ardeur élémentaire, flammes autrefois sans conscience, à présent captives dans leur écrin de runes, à même la chair du mage. Il suffirait de le prononcer pour qu'elles rugissent au-dehors et se ruent vers ses ennemis. Juste pointer le doigt…

Quelque part dans la forteresse, un âne émet un braiment sourd.

Peyr ferme les yeux. Le ciel est trop clair et trop lumineux. Pourtant, il a besoin de retrouver un unique corps céleste, une luciole endormie qui tremblote quelque part au-dessus de sa tête. S'il le débusque, il pourra franchir le vide et gagner instantanément la terrasse au sommet du donjon. Il sait comment faire, bien qu'il soit incertain de sa réussite : c'est un acte magique des plus hardis. À ce jour, il ne l'a effectué qu'une seule fois. Il s'abandonne lentement dans une sorte de torpeur et plonge en lui-même, jusqu'à en oublier le contact de la pierre sur laquelle il repose.

Sa respiration se fait pesante et régulière ; la vacuité s'insinue peu à peu en lui. À travers ses paupières, le soleil force encore le passage, teintant d'orange sombre le voile rétinien. Il l'ignore, le rejette, se laisse aller dans les profondeurs de son être pour échapper au monde extérieur. Suros pâlit, se fane dans l'esprit du mage. L'univers sous ses cils est gagné peu à peu de ténèbres croissantes. Il quitte le monde des sens pour explorer le monde intérieur, les vastes contrées de l'esprit dont les routes ne sont parcourues que par les initiés. Là, tout est à l'image du macrocosme ; les grandes planètes brillent aussi en dedans, car de la même façon qu'elles ont généré le ciel et la terre, elles sont les sources et l'architecture de toute pensée humaine, les fondements secrets de nos êtres. L'astre qu'il ne peut trouver dans le ciel, Peyr peut le retrouver en lui.

L'obscurité ouvre au mage des espaces infinis, des abîmes tournoyants de silence. Il flotte à la dérive dans un monde vide et informe. Bientôt, ce lieu tranquille se peuple d'étranges animaux : formes vagues ou pétillantes, chants à peine entonnés, contours esquissés mais déjà mourants, oiseaux diaphanes aux couleurs bouillonnantes. Ce sont des flots d'idées qui naviguent à sa rencontre, le traversent et l'effleurent au passage. Il les reconnaît pour siennes et les ignore, car il veut aller au-delà de ce voile futile. Il sait qu'il ne doit pas leur laisser le temps de prendre forme, sans quoi elles se coaguleraient en un monde intermédiaire infranchissable. Un soupir : l'essaim bourdonnant le dépasse en une vague euphorique, monte en flèche et se perd dans le néant derrière lui. Seuls demeurent le silence et l'obscurité. Peyr découvre l'univers au-delà de son être intellectuel, l'endroit où se tapissent les huit cordes qui font vibrer le vivant : c'est le Calice, tel que le nomment les mages, le cœur de l'être. Observer le Calice, c'est observer le reflet réduit du cosmos ; et comme le cosmos, c'est un endroit obscur et apparemment infini. Ici, le mage redevient minuscule, et l'ego voyageur est ramené à sa vraie dimension.

Bientôt, Peyr perçoit dans les vastes ténèbres un objet estompé. Juste un éclat de conscience, un point de puissance, un Être Fondamental ; l'une des sources de l'univers. Il la reconnaît : c'est l'astre Sahari, celui qu'il a toujours préféré, et qu'il a toujours retrouvé le plus facilement. De néant qu'elle était, la planète prend forme de connaissance, puis de perception, et enfin d'émotion. Ses lignes deviennent tangibles ; elle se dote d'un volume, d'une couleur : un bleu léger veiné d'ambre pur, baignant dans un halo doré. Elle bourdonne d'une seule note, d'une ineffable beauté, qui emplit le silence. Il l'admire et l'aime, se baigne quelques instants dans ses émanations sereines, le temps de prendre ses repères dans l'infini. À partir de Sahari, il peut maintenant s'orienter, retrouver d'autres objets célestes, d'autres corps fondamentaux. Il y en a un, non loin, qui l'attire par sa force d'existence, son omniprésence, il peut l'observer facilement, cela vaut le coup de prendre le risque, c'est…

… Kiarvathi. Énorme et rouge sombre, elle palpite dans le néant comme le corps gonflé et repu d'une énorme tique. Il s'en est rapproché déjà, car l'être planétaire l'aspire, bien plus fort qu'il ne l'aurait imaginé. Il peut se sentir transpercé par sa lumière à en avoir la nausée, ballotté par son flux sauvage. Un tonnerre sourd lui emplit les sens ; l'astre gronde, comme toujours, de rage, de frustration retenue, et de monstrueux appétits exprimés dans une triomphale affirmation de soi. Aujourd'hui, c'est tellement fort que l'ego-Peyr a peur de ne pas parvenir à échapper à l'attrait de la planète. Mais il n'est pas homme à perdre son sang-froid. Des années de sapience l'ont préparé à affronter l'éclat des astres ; il sait comment se comporter en présence de sa Kiarvathi *intérieure*. Rien ne sert de lutter contre ce flux d'idées et de pulsions inavouables qui vous noie ; la juste réaction, au contraire, c'est de se laisser emporter par la vague, se laisser drosser sur des lieues cosmiques pour reprendre pied quelque part dans la tranquillité d'un vide éloigné… et dans le silence universel. Kiarvathi se tait bientôt, et Peyr l'observateur est à nouveau seul dans l'immensité de son être. Immobile dans l'infini.

Là, au milieu de nulle part, le mage apaise sa conscience bousculée. Il se rétracte en lui-même, se réduit à un point minuscule pour réfléchir quelques instants. Il vient de franchir un obstacle inattendu, mais il a beaucoup appris. Il ne s'était pas attendu à trouver un tel géant stellaire au cœur du Calice. Il est maintenant empli d'une certitude : dans le monde extérieur, au-dessus du Château de Sel, la planète brillera cette nuit d'un éclat supérieur à tous les autres astres ; elle rayonne déjà, tapie sournoisement derrière la radiance solaire, elle inonde les anciennes pierres d'esprits étrangers.

Tout en tirant froidement des conclusions, Peyr écoute le silence. La planète qu'il cherche n'est pas loin, il le sait : lorsqu'il tait ses pensées, il peut percevoir un chant nouveau qui fait vibrer l'éther. Il porte toute son attention sur cette note unique, frémissement magnifique qui parcourt le vide en semant des germes mystiques. Petit à petit, la vibration s'amplifie, le monde se met à tanguer. Soudain la nuit se déchire et en jaillit une brutale explosion chromatique. Une boule de cuivre liquide emplit désormais l'espace de toute sa majesté. La lueur déferle et l'inonde, le baigne de nouvelles sensations.

Peyr contemple Vâli, le Vagabond, l'astre du voyage.

Des huit grandes planètes, les astres majeurs, Vâli est sans conteste la plus étrange. Les meilleurs astronomes peinent à prévoir son mouvement céleste. Discrète, elle affectionne le crépuscule et l'aurore, mais décrit dans le ciel des ellipses inconstantes. Insaisissable par nature, toujours mouvante, elle détient les clefs du voyage. Elle est l'astre dont Peyr a besoin pour transporter son corps au sommet du Château de Sel.

La planète vibre doucement sur place, bercée par d'invisibles vagues, tandis que sa lumière s'adoucit peu à peu en une tiède caresse orangée. Le cuivre chatoyant paraît s'éteindre et se solidifier. Maintenant, la surface lisse et brillante réfléchit des paysages inconnus, vertes vallées, contrées célestes qui se succèdent sur le métal en d'éphémères visions. Peyr dilate sa conscience et se met à murmurer des mots étranges, consonnes rudes, voyelles qui ruissellent comme l'eau souterraine. Il égrène les vers dans la langue oubliée des antiques géants. La planète l'écoute en bourdonnant. Vâli est comme un œil, ou comme la lentille d'une longue vue. En son cœur, qui s'éclaircit prestement, le mage aperçoit maintenant le monde extérieur au Calice : le ciel clair et les hautes cimes des Monts de Soufre. Il y fait jour ; pourtant il peut voir un minuscule point lumineux derrière le voile de l'azur : Vâli encore, mais telle qu'elle est dans le ciel du monde réel, dans l'univers physique. Cette fois, il l'a vraiment trouvée. Le mage tend la main, la pose sur la surface de l'astre ; il s'avance et traverse le miroir.

Là-bas, sur le dos de la crête, Peyr Romo vient d'ouvrir les yeux. Toujours profondément enfoncé en lui-même, il remue des lèvres comme un somnambule. Son regard, fixé droit vers le ciel, est creux, son visage inexpressif. Son corps obéit pourtant à l'appel lointain de sa conscience. Un instant, il semble se raidir et se tendre. Ses pupilles se dilatent, sa nuque se soulève au-dessus du sol. Puis il pousse un profond soupir, sa tête retombe sur le côté et tout son corps se relâche. Il s'abandonne et sombre dans une inconscience profonde.

⁂

La pierre est froide. L'air a fraîchi. La nuit ouvre au regard d'infinies perspectives de poussière étoilée. Peyr Romo repose maintenant sur la plus haute terrasse du Château de Sel, adossé au parapet face au dôme bigarré. La transition par Vâli lui a coûté les dernières heures de soleil, mais le déplacement physique a bel et bien réussi – il en paie le prix dans toutes les fibres de son corps. Sa tête lui pèse ; la viande de ses cuisses est dure comme du marbre. Son esprit s'éveille, pourtant son souffle demeure figé dans sa poitrine, gelé en un bloc d'air immobile. Peyr connaît un instant de panique lorsqu'il réalise qu'il ne respire pas. Il se plie en deux pour forcer son corps à réagir, mais ne parvient qu'à éructer un râle chétif. Ses mains battent l'air ; il roule lourdement sur le flanc. Enfin, il pousse un lourd soupir et se vide d'un coup de toute la tension qui lui contracte la poitrine. L'instant d'après, il aspire une profonde bouffée de vie, un peu de ce vent sec et tiède qui bat la terrasse.

Le Pélagien se lève lourdement. Il doit s'appuyer de tout son poids au parapet pour juguler le vertige qui s'empare de lui. Son corps entier est parcouru de douloureux tremblements. Ses jambes se dérobent ; il se sent totalement désorienté. Il se force à ralentir le rythme de son cœur, à expirer lentement.

Doucement. Pas bouger. Tenir debout…

Ses sens reviennent un à un, au rythme du sang qui bat ses tempes. L'air vif et salin ranime ses membres engourdis. Bientôt, il ose s'écarter du parapet pour faire quelques pas sans appui. Il entreprend de contourner l'édifice octogonal qui lui fait face. Le mur est bâti de pierres roses parfaitement taillées. Perchés à bonne hauteur, les vitraux brisés des fenêtres crèvent des trouées vers un intérieur obscur. Au sud s'ouvre un portail : deux grands battants de bois dont la peinture délavée porte encore le fantôme de quelque figure mythologique, de pourpre et d'ocre.

Peyr s'adosse à l'un des créneaux mitrés et s'assied à l'abri du vent, son sac à côté de lui. Il installe la couleuvrine en travers de ses genoux, ouvre la poire qui contient la poudre grise, en verse un peu dans la chambre ajourée au sommet de l'arme, et tasse légèrement. Puis il tire de son sac une courte mèche d'étoupe, met le feu à son extrémité, et souffle dessus pour moucher la flamme. Il porte les fibres rougeoyantes à ses yeux et prononce quelques formules runiques, histoire de s'assurer que la braise couvera sans s'étouffer, quel que soit le vent. La mèche se consumera avec une infinie lenteur, sous le contrôle d'un élémentaire éveillé. Viendrait même la fin de la nuit, il en restera toujours un bout ; mais il n'aura qu'à prononcer un simple mot pour qu'elle se ravive en un instant. Il fiche l'autre extrémité dans le chien de la couleuvrine. Ce sera un avantage que de maîtriser aussi parfaitement l'allumage : bien des guerriers ont perdu la vie en manipulant ce type d'arme, parce que le feu prenait trop tard, ou que la poudre noire n'y réagissait pas. Peyr place un boulet dans la gueule de fonte, l'y cale avec un bouchon d'étoupe. Puis il se lève, passe son bras dans la bandoulière, de façon à garder le tube de métal à l'horizontale, et se retourne vers le dôme.

Il coule un regard vers le ciel, et croise aussitôt l'œil céleste de Kiarvathi.

Le mage cligne des paupières, ébloui un court instant. Le *Dévoreur* se vautre dans sa propre lumière, écrasant le Zénith en toute insolence. Son éclat malsain découpe des ombres acérées sur la terrasse du donjon. L'une de ces ombres frémit imperceptiblement dans le vent ; elle met le mage en alerte.

Perché sur le dôme lépreux se tient un vautour.

Peyr sait tout de suite qu'il a affaire à un esprit – parce qu'il ne l'a pas entendu arriver, parce qu'il y a dans ses yeux une lueur astrale, et parce qu'avec son cou sinueux et son corps plus noir que la nuit, il lui inspire cette sorte de frisson nauséeux, propre à la présence des êtres spirituels qu'il a appris depuis longtemps à reconnaître. L'oiseau le toise avec malveillance ; Peyr soutient son regard sans ciller. *Ne pas montrer sa peur* est la toute première règle lorsqu'on est confronté à des esprits hostiles, sous peine de décupler leur pouvoir. Celui-ci garde l'accès au donjon, et son silence signifie *je t'interdis d'entrer.*

Pas question de se laisser impressionner.

Ignorant délibérément le veilleur, Peyr s'avance vers le portail. En posant les mains sur les battants de bois peint, il sent une pointe froide lui piqueter le cœur, et les muscles de ses bras se nouer. Il sait de quoi il s'agit, pas besoin de lever le regard pour le savoir : immobile sur le dôme, l'esprit-vautour tente de le soumettre à sa volonté. Une âme étrangère, malsaine et dominatrice, se couche pesamment sur la sienne, dans le dessein de l'étouffer. Mais Peyr en a vu d'autres : il lui suffit d'une courte mantra prononcée à voix basse pour s'en affranchir et remettre son corps en mouvement. Il fait un pas en avant ; les deux vieux battants s'ouvrent sous sa poussée.

Léger froissement de plumes : l'esprit perché déploie ses ailes pour prendre son envol. Elles se dilatent et deviennent immenses, emplissent le ciel d'un bout à l'autre. Leur ombre tombe sur le château comme retombent les pans d'un manteau. L'être à forme d'oiseau s'élève très haut au-dessus des cimes et jacte un seul cri ; puis il se dissipe et la nuit retrouve un peu de sa clarté.

Les yeux de Peyr sondent la pénombre sous le dôme. La lumière des étoiles n'éclaire pas plus loin que quelques pas ; elle tombe, froide et grise, sur la pierre du seuil, s'infiltre par les fenêtres béantes. Le mage lève la couleuvrine à hauteur de son visage ; il murmure quelques mots, puis souffle doucement sur la mèche d'étoupe. Une étincelle ardente s'en détache et part à la dérive vers le cœur de l'obscurité. Pendant quelques instants, Peyr la laisse explorer les entrailles de la bâtisse. L'infime feu follet folâtre un peu sans perdre sa route, finit par rester suspendu sous le centre du dôme. Un seul mot du mage, et il s'embrase. Il devient une sphère de feu suspendue dans les airs, plus vive que dix torches ; sa clarté révèle brutalement les contours d'une vaste chapelle octogonale. Les lieux sont presque vides ; un autel dépouillé de tout ornement et deux bancs de bois constituent le seul mobilier. Près du mur nord s'ouvre un escalier qui plonge vers les profondeurs du donjon. Non loin de là, quelques débris de statues jonchent le plancher de chêne ; dans un coin, un vieil écu cabossé aux couleurs de Thorkarin rouille contre un mur.

Plus marquante est la vaste fresque murale qui occupe tout le fond de la salle. On y voit un ogre immense, le torse dressé au-dessus des montagnes, brasser des armées entières et les enfourner dans sa gueule, tandis qu'à l'arrière-plan se déchirent des nuages d'orage, et que dans leur trouée, un soleil rouge dévore le ciel. La peau du monstre est figurée par une couche de cire blanche, qui donne du saillant à ses muscles et les rend liquides sous la lueur des flammes. Le peintre a laissé de longues stries de peinture carminée s'écouler par-dessus, créant l'impression que les épaules et le torse du colosse ruissellent de sang. Les yeux et le nez ont été grattés par quelque profanateur, effacés et réduits à néant ; mais cette absence même parvient à provoquer le malaise, tout comme les courtes cornes qui crèvent son front, et la couronne d'esprits féminins qui tournoient autour, ailes noires, robes dorées, trompettes embouchées. Les vandales, probablement les gens d'armes du comte de Thorkarin, ont attaqué la fresque en plusieurs autres endroits, peinture frottée au chiffon, graffitis obscènes tracés à la mine de plomb, sans parvenir à briser l'inquiétante impression qui se dégage de l'ensemble. La lumière clapote d'étrange façon sur des couleurs inaltérées, caresse des textures étrangement mouvantes. Les personnages ont quelque chose d'obsédant – face vide de l'ogre, terreur mêlée d'exaltation de ses victimes. *Au bout du compte*, se dit Peyr, *tout ce qu'ils ont réussi à faire en effaçant ce visage, c'est à le rendre interchangeable.* Et brièvement, les traits de Vidal lui apparaissent dans l'ovale de la tête monstrueuse.

Il se détourne, écœuré.

La lumière ambiante décline par saccades ; la sphère ardente est en train de mourir. Peyr se tourne vers elle et inspire lentement : elle se met à glisser vers lui, jusqu'à venir s'immobiliser à quelques pouces de sa bouche. Elle y demeure collée, même lorsque le mage se retourne pour faire face aux premières marches de l'escalier. Il se penche en avant, puis expire avec force ; son souffle envoie valdinguer la balle de feu vers les profondeurs.

Il entreprend la descente à sa suite.

L'étage au-dessous est proprement vertigineux. Il n'a pas été conçu pour gagner de l'espace utile, seulement pour élever le donjon aussi près du ciel que possible. Le résultat est une vaste cavité borgne, qui doit mesurer plus de vingt pas de haut. La seule chose qui meuble les ombres de ce vide béant, c'est la puissante cage d'escalier charpentée – huit volées de marches bâties les unes au-dessus des autres. Et puis les cheminées trapues, à peine esquissées sous la lueur tremblotante de la sphère, qui crépite à mi-hauteur, suspendue dans le néant. Sans oublier les trois titanesques trompes de cuivre noirci accrochées aux soupentes, leurs pavillons pointés vers une unique rosace pratiquée dans le mur sud. Peyr a déjà vu des cors de ce genre : on les utilise dans les royaumes de Chimère pour célébrer le culte païen du Vintou. Leur mugissement inspire la peur, et c'est sans doute pour cela qu'Inioulbah en a farci le ventre de son donjon : pour se faire entendre depuis la vallée. Cette salle tout entière n'est qu'une vaste caisse de résonance, un clocher lugubre proclamant la domination du seigneur des lieux.

Le feu vagabond grésille encore un peu, puis s'éteint pour de bon. Seule demeure la lueur ténue de la mèche d'étoupe, dans les mains du mage : à peine assez pour entrevoir ses pieds. Le pélagien poursuit sa descente, environné de ténèbres profondes. Un abîme dans lequel son seul repère est le bois de l'escalier, qui craque sous ses pas, éveillant des échos qui planent longuement.

Il finit par atteindre le niveau du plancher, poussiéreux et couvert de débris. Les marches taillent leur route au travers ; il les emprunte pour déboucher à l'étage inférieur, dans un espace aux dimensions plus humaines.

Couloir de pierre nue, entièrement plongé dans l'obscurité. Plusieurs portes de part et d'autre, dont les contours se laissent à peine deviner. Au bout, un escalier en colimaçon logé dans une tour étroite, révélé par la clarté des étoiles, qui tombe d'une petite fenêtre en ogive. Peyr demeure un moment indécis, à tendre l'oreille. L'impression d'entendre glisser les ombres : leur frottement contre la pierre des murs, leur chuintement sinistre dans les cheminées du château. Elles ont quelque chose de trop pressant, ces ombres, elles étranglent le peu de clarté qu'il tient dans les mains. Et puis, il y a ce souffle froid qui court dans la bâtisse, une brise au parfum de cave et de boucane. Le cœur du mage ralentit sans raison apparente ; ses doigts se mettent à trembler malgré lui. Une sueur lente rampe sur sa peau, gouttes glacées accrochées à ses pores comme des parasites, qui refusent de s'écouler… Il souffle sur la mèche, avec plus de force. À nouveau jaillit une étincelle. Mais cette fois, elle ne musarde pas : elle file tout droit vers le bout du couloir, pour s'épanouir presque instantanément en orbe de feu. Aussitôt, Peyr sent se relâcher la pression qui pesait sur son être. Dans le même temps se dissipe le froid, aussi soudainement qu'il est venu.

Esprits, songe-t-il.

Il n'est pas seul au Château de Sel. Des âmes invisibles rôdent tout autour de lui. Elles feront tout pour l'affaiblir ; le moindre de leurs assauts est de provoquer son inconfort. Tant que la sphère ardente restera vivace, elles se tiendront à distance, car il s'agit d'astraux plus puissants dans les ténèbres. Mais que la lumière vienne seulement à faiblir, et elles reviendront de plus belle, toujours plus oppressantes. Heureusement, cette fois, le feu perdurera : le magicien lui a offert davantage de son souffle. Le prix à payer, c'est la perte d'une petite longueur de mèche. Il pourra recommencer l'opération deux fois, trois peut-être, mais pas davantage, s'il veut conserver sa couleuvrine prête à tirer. Cela suffira sans doute, à condition de ne pas traîner en route. Le vrai danger est ailleurs : les esprits ont détecté sa présence, il est probable que tôt ou tard, ils le feront savoir à l'ogre. À leur manière détournée, ils parviendront bien à lui faire sentir qu'un intrus s'est invité dans la forteresse. Peyr dispose d'un temps limité ; il faut qu'il trouve ses enfants au plus vite.

Heureusement, il lui reste plusieurs tours dans son sac.

Il pose sa main gauche contre le mur, déployée en éventail. Ses lèvres s'agitent, sa langue façonne des runes subtiles, qui éveillent de minuscules parts d'âmes tapies sous ses ongles. Lorsqu'il crache la dernière syllabe, ses doigts se détachent de lui : ils se muent en petits lézards moirés munis de pattes minuscules, qui s'agitent à toute allure, se contorsionnent et se cambrent sur la pierre. Les cinq se mettent à courir en cercle à la surface du mur, en une ronde affolante de vivacité. Le mage frappe deux fois du bout de sa couleuvrine contre la pierre, exactement au centre de leur danse. Puis il approche sa bouche et ordonne :

« Cherchez les enfants ! Sita et Lupin. Kari et Cylil. »

Deux des lézards roulent sur eux-mêmes pour faire face à la tour, et filent se perdre dans ses entrailles. Le mage frappe encore trois fois la pierre et ajoute :

« Trouvez Vidal. »

Aussitôt, les trois derniers doigts partent à l'assaut du colimaçon. Peyr doit réprimer un haut le cœur. Il s'efforce d'ignorer la gêne, de s'habituer à l'absence d'une partie de lui-même. Pas question d'attendre le retour de ses petits informateurs : il lui faut profiter de la lumière de la sphère ardente pour avancer autant que possible. Laissant derrière lui le couloir silencieux, ignorant les portes closes, il entreprend à son tour la descente des marches.

L'escalier s'enroule sur toute la hauteur de la tour. Au niveau immédiatement inférieur, l'air du dehors s'engouffre par une poterne entrouverte ; derrière, la claire nuit se découpe entre les arches d'une galerie couverte aux proportions monumentales. Ce balcon est à taille d'ogre ; de toute évidence, il a été conçu pour laisser le passage à l'ancien seigneur des lieux au faîte de sa puissance.

Plus un ogre dîne, plus il grandit. Voyons quelle stature avait atteint Inioulbah…

En franchissant l'ouverture, Peyr ne peut réprimer un sifflement appréciateur. Le promenoir mesure bien vingt coudées de haut pour dix de large, et s'étire tout le long de la façade du donjon. Depuis cette position dominante, le tyran pouvait embrasser du regard l'essentiel de son domaine, et imposer sa voix à toute sa maisonnée. Nul doute qu'alors, les cœurs se tassaient, les âmes vacillaient, la pierre elle-même frissonnait.

Le mur qui borde la galerie, du côté intérieur, est doté de hautes fenêtres dignes d'un temple, à présent barrées de planches de sapin. Sur l'autre flanc, un parapet de pierre soutient de vastes arcatures en ogives, ouvertes sur le vide. Le mage se penche par-dessus le rebord, et risque un œil en contrebas.

Serrée entre le donjon et ses dépendances, la cour du château est étroite et triangulaire. Son seul résident est un âne solitaire attaché à une vieille carriole, tête basse, le pelage en décrépitude, une vraie ruine. Au-dessus de lui, quinze anneaux de cordes décrépits pendouillent aux poutres saillantes d'un grenier à grain : témoignage des exécutions ordonnées jadis par le comte de Thorkarin, pour mettre au pas les soudards d'Inioulbah. Plus haut encore, Kiarvathi domine le ciel nocturne, ployant les constellations autour d'elle et reléguant dans les ténèbres les étoiles d'été. Sa lumière est encore plus vive que celle de la lune ; elle se réverbère sur les pierres et les cristaux du Château de Sel, et rend la nuit flamboyante.

Peyr ne parvient pas à quitter l'âne des yeux. Sa vue lui serre le cœur malgré lui.

Bon cieux, ce qu'il les aimait, ses fichues bourriques !

Brusquement, il se rappelle qui est l'ogre d'aujourd'hui : un montagnard de Pélagis, un brave homme qui était jusqu'il y a peu son ami. Est-ce sa faute, à Vidal, si le *Dévoreur* s'est éveillé dans son âme paisible, au point d'étouffer son monde intérieur, de renverser tout ce qu'il était ? Peyr lui-même a découvert toute la puissance de la planète en explorant le Calice ; il l'a vue, énorme et pulsante, trôner sans pudeur au cœur de son propre esprit.

Il se secoue. Pas le moment d'avoir des états d'âme. Il se trouve dans un lieu formidablement dangereux et ne peut pas se permettre d'abaisser sa garde. Il aurait mieux valu attendre le jour pour pénétrer dans la forteresse : la nuit, la radiance de l'astre décuple les forces du monstre et en fait un adversaire d'autant plus redoutable. Mais le temps est compté ; et puis, après tout, lui aussi peut se révéler un homme dangereux quand il le veut. Au besoin, il affrontera le maître du Château de Sel et le tuera.

Il se détourne du parapet. Hésite entre revenir sur ses pas pour descendre à l'étage inférieur, dans un escalier à taille humaine, ou bien emprunter le chemin de géant et gagner la tour épaisse à l'autre bout de la galerie, barrée d'une porte colossale dont l'imposante serrure de fer a été forcée à la hache. Suivre la voie de l'ogre, c'est sans doute le plus sûr chemin pour le confronter ; mais c'est aussi s'exposer au risque d'une rencontre en espace ouvert, quand il serait plus avisé de le harceler depuis un couloir étroit. Dans tous les cas, rien ne vaut de demeurer trop longtemps au balcon, avec la balle de feu suspendue derrière les arcades, nettement visible pour tout observateur extérieur.

Peyr prend sa décision. Il traverse la galerie, s'en va poser sa main droite sur la lourde porte de la tour, et pousse. Le battant résiste, coincé par des gravillons. Un instant, le mage regrette de ne pas avoir l'usage de sa main gauche ; elle n'aurait pas été de trop pour forcer le passage. Faute de mieux, il se sert de son épaule pour peser contre le bois. Celui-ci cède pouce par pouce, ouvrant un passage suffisant pour se faufiler.

D'un souffle, le mage expédie la sphère de feu au-dedans.

Il s'apprête à la suivre, lorsque, dans son dos, les planches qui barrent les fenêtres de la galerie explosent sans crier gare. Des débris fusent tout autour de lui. Il plonge au sol, boule sur lui-même, gêné par sa couleuvrine ; relève la tête juste à temps pour voir un nuage sombre rouler hors de la fenêtre la plus proche. Une chose poussiéreuse et grise, qui bouillonne dans l'air comme une nuée d'orage : mélange de suie et de cendres, probablement issues des vieilles cheminées du château. Au-dedans s'agitent des silhouettes si rapides qu'il est impossible de les cerner ; certaines d'entre elles sont vaguement luminescentes.

Le Pélagien bondit sur ses pieds. Déjà, la masse opaque est occupée à prendre forme ; elle se façonne un long cou sinueux, claque du bec et déploie deux vastes ailes noires. Un grand vautour fuligineux vomit du fraisil, puis fond brusquement sur Peyr.

Le mage ouvre la bouche pour claquer un mot d'abjuration. Mais la nuée est bien trop rapide : elle est sur lui avant qu'un son n'ait pu franchir ses lèvres. La cendre envahit son gosier ; il n'a que le temps de serrer les mâchoires pour empêcher le monstre de poussière de s'y engouffrer plus avant.

Pas un esprit, mais un ensemble, réalise-t-il. Et puis la tourmente grise l'engloutit tout entier.

Ce devrait être froid, mais c'est brûlant ; ce devrait être inerte, pourtant c'est vif et tout empli de présences glissantes, qui cherchent à se faufiler dans ses naseaux, à envahir ses poumons. Peyr sent la panique le gagner. Privé du Verbe, il se sent totalement désarmé, réduit à battre vainement des bras. En désespoir de cause, il se rue dans la tour. La chose s'y précipite à sa suite, adhérant à sa nuque comme le panache d'un homme en feu. Aveuglé de suies tournoyantes, il s'empêtre dans quelque chose de mou : une grande tenture miteuse, qu'il arrache d'un geste, sans trop savoir comment. Il s'en sert pour fouailler au hasard dans le corps de l'ennemi. La nuée se met à chuinter et siffler ; sous l'action de cette épée de velours, sa trame d'esprits se distend, éclate en volutes distinctes. Peyr en profite pour interposer l'étoffe devant ses lèvres, aspirer une grande goulée d'air, et aboyer enfin ses mots de pouvoir :

Hattoth Katta ! Hattoth !

Un bruit sec comme la détente d'une arbalète, suivi d'un bref éclair de lumière pâle. La poussière demeure un instant en suspension, chassée dans toutes les directions par une bulle invisible, puis retombe lentement au sol, abandonnée par les forces qui la mouvaient.

Peyr s'adosse au mur, le cœur qui bat à tout rompre. Il a du mal à retrouver son souffle ; un désert entier lui pèse sur la langue. Par mesure de précaution, il éructe un mot de vision et sonde la pénombre, de ses yeux de sorcier. Mais les grands astraux ont été projetés au-dehors, étourdis et probablement même dissipés par l'incantation ; ils ne sont pas prêts de revenir.

Mille cieux ! Que c'était juste… je dois être plus prudent, si je ne veux pas blanchir mes os ici !

Face à lui, la sphère de feu ronronne doucement au plafond, lustrant les plâtres et les bois de la chambre arrondie dans laquelle il vient de pénétrer. Au centre se dresse un lit colossal, coiffé d'un baldaquin en brocart ; un être de cinq pas de haut pourrait s'y allonger sans craindre de dégarnir ses orteils. Or, quelqu'un s'est vautré récemment dans cette couche monumentale : les draps froissés sentent la lavande, avec en arrière-fond, une étrange odeur de sueur épicée, à la fois capiteuse et repoussante.

Adossées au mur ouest, trônent trois grandes cages en bois de chêne. Leur intérieur est capitonné de velours et garni de coussins de soie fine ; un confort qui tranche singulièrement avec leurs barreaux de fer, barbelés de pointes cruelles. Dans la seconde, quelqu'un a abandonné un petit berger de bois, avec son chien de laine et ses moutons de chiffon pâle. Tristes compagnons de jeu d'une enfance condamnée… le mage ne peut s'empêcher de faufiler sa main entre les vicieuses épines de fer, pour ramasser la figurine pastorale. Il souffle dessus pour en chasser les cendres.

Grands cieux ! songe-t-il. *Si ceci fut la chambre de l'ogre, combien de gosses gardait-il auprès de lui, et pendant combien de temps est-ce qu'il les tenait en vie* ? Il n'ose imaginer les nuits angoissées des petiots, passées à veiller le sommeil du monstre.

Peyr range la poupée dans son havresac, et poursuit son inspection. Les murs de la chambre sont ornés de fresques champêtres, aux couleurs passablement défraîchies. On y voit des ribambelles de bambins charnus courir ensemble dans des prés fleuris, ou se baigner nus dans des ruisseaux voluptueux. L'œuvre est exécutée sans grand goût, à l'ancienne mode des cités du sud ; mais il y a quelque chose, dans les yeux des chérubins, qui retient le regard : une sorte d'appel sensuel, d'offrande malsaine au spectateur. La perspective est curieusement tordue, ployée de la même façon que le *Dévoreur* ploie le ciel, au-dehors : d'une façon presque sphérique.

À droite du baldaquin s'ouvre une galerie de géant, fermée d'une vaste tenture de velours moisissant. Celle-ci frémit imperceptiblement ; sa bordure latérale se soulève pour laisser le passage à trois petits lézards moirés, qui s'en reviennent vers leur maître depuis les profondeurs du château. Ce sont l'index, le pouce et l'auriculaire de Peyr : il peut les reconnaître rien qu'à leurs tailles relatives et leur façon de se plier. Les voilà qui caracolent en ronde sur le mur, frénétiques, bondissent et pirouettent en l'air pour retomber comme par miracle les quatre pattes sur la pierre. Le mage récupère aussitôt deux d'entre eux, laissant au petit doigt le soin de le guider. Il fait jouer ses articulations, tente en vain de réveiller ses phalanges engourdies. Où restent donc son majeur et son annulaire ? Sa main demeure inutilisable, sans eux ! Il se demande s'il ne ferait pas mieux d'attendre leur retour, pour retrouver la plénitude de ses moyens. Or, il y a grand risque à demeurer trop longtemps sur place : chaque instant passé augmente les chances que l'ogre soit averti de sa présence.

Il faut bouger. Diminué ou pas.

Il vérifie sa couleuvrine, replace le boulet bien au fond du tube, calé par son bouchon d'étoupe. Fait jouer le chien, souffle un peu sur la mèche ; puis s'aventure dans la galerie monumentale, à la suite de son minuscule éclaireur. Le sol est couvert d'un interminable tapis levantin, qui étouffe le bruit de ses pas. De fines archères crèvent le mur de droite, laissent pisser de maigres faisceaux de clarté lunaire – ou bien est-ce la radiance de Kiarvathi ? Peyr juge cette pâleur suffisante pour éclairer ses pas. Il ouvre la bouche, aspire à lui la sphère de feu, qui s'en vient docilement flotter devant ses lèvres, tanguant sur d'invisibles vagues. Il inspire encore et l'enfourne dans sa gueule béante, puis referme souplement ses mâchoires, en serpent repu. Un instant plus tard, il recrache une minuscule bille de braise, comme on crache un noyau de cerise. Étincelle moribonde qui demeure suspendue avant de s'effacer doucement…

Il décide de marcher désormais dans l'ombre, le long du mur intérieur.

Au bout de trente pas, le lézard effectue une curieuse acrobatie, puis s'engouffre soudain dans un corridor latéral. Peyr s'y engouffre à sa suite. C'est une coursive de domestique, à dimension humaine ; un étroit chemin de traverse sur la galerie d'honneur de l'ogre. Ici, pas de meurtrières qui tailladent l'obscurité ; juste des torchères vides alignées au mur, témoignage de luminaires aujourd'hui disparus. D'un soupir, le magicien ranime la braise au bout de sa mèche ; un halo rougeâtre tombe sur le bout de ses pieds.

Le couloir décrit un coude, puis bascule dans un escalier abrupt, qui s'abîme dans les ténèbres. Le marcheur l'aborde avec circonspection. L'impression de descendre dans une cheminée, tant la rampe est raide, et ses marches hasardeuses – inégales et posées de guingois, certaines à peine assez larges pour y nicher le talon. Chaque pas nécessite de l'attention. Il songe aux serviteurs d'autrefois, qui devaient gravir quotidiennement cette pente périlleuse, les bras chargés de plats, tremblant de renverser le vin qu'ils portaient à la chambre du maître. Est-ce dans ce dessein qu'elle a été conçue : éprouver les servants, ériger le seigneur des lieux en dieu inaccessible ?

Sur le mur, l'auriculaire se tortille d'impatience, incapable de comprendre la lenteur des pieds. Dix fois, il plonge dans les ombres, dix fois il remonte chercher son maître, soufflant pour manifester son agacement. Mais lorsque, finalement, Peyr touche terre au bas de l'escalier, le petit reptile moiré se fait soudain peureux. Il ne progresse plus que par bonds frénétiques, entre lesquels il se fige sur la pierre, tendu comme un chien en arrêt. Finalement, après un nouveau coude, il s'immobilise pour de bon.

Quelques pas plus loin, une épaisse tenture de velours ferme le passage. Une lumière jaunâtre s'insinue au-dessous. Peyr comprend que le but est atteint. D'ailleurs, le son qui claque derrière le rideau ne laisse que peu de place au doute : un *Tchac* régulier, le choc du fer contre le bois. Pesant, incisif. Presque machinal.

Peyr Romo, mage de Pélagis, retient son souffle. Ses doigts se tendent vers le tissu, se faufilent entre l'étoffe et le mur. Il coule un regard par l'ouverture ainsi ménagée.

Le couloir débouche sur une étroite plateforme de chêne, qui surplombe de hautes et vastes cuisines voûtées. À gauche, un escalier charpenté permet la descente dans la salle. Sur la droite, en contrebas, s'ouvre un âtre assez vaste pour faire rôtir un bœuf ; un feu crépite sous une lourde marmite de fonte, où bouillonne de la graisse. Les étagères et les tabliers de cheminée s'ornent des légions de cierges épais, qui s'affaissent sous la chaleur de leur flamme et s'épanchent en lagunes onctueuses. Leurs myriades de points lumineux miroitent dans l'air trouble, se réverbèrent sur les arches et les pilastres qui rythment la longueur de la salle, toutes incrustées de sel.

Au centre, un géant s'affaire devant un large établi, le dos tourné au mage. Une caricature d'humain, épaisse et cireuse, mais vêtue comme un duc, d'un pourpoint de velours, la caboche auréolée d'une vaste crinière rouge feu. Une chose sculptée à la semblance de Vidal, mais qui ne peut être Vidal, tant chacun de ses mouvements est obscène. Dans sa pogne, il brandit un couperet à sa mesure, qu'il abat sur la nuque d'un âne mort, couché en travers de l'établi. Au quatrième coup, la tête se détache. Le colosse l'écarte d'un revers de main, puis retrousse sa manche, fourre son avant-bras dans la panse entrouverte de l'animal et la déchire de ses doigts crochus. La tripaille se répand autour de son poignet, glisse mollement au pied de l'établi, avec un bruit flasque. Le monstre s'empare aussitôt d'un large coutelas, et entreprend de découper la bête.

L'Ogre du Château de Sel prépare un repas de misère, un mets indigne de lui. Tous ses sens sont entièrement absorbés par cette tâche. L'odeur du sang emplit ses naseaux et le plonge dans une sorte de transe. Il gronde et murmure des syllabes vides de sens, le bras rougi jusqu'au coude. L'air autour de lui vibre de façon malsaine, déforme l'image des objets les plus proches ; le monde ploie aux vagues d'un invisible flux.

Médusé par le spectacle, Peyr connaît un instant d'hésitation. La raison impose d'épauler sa couleuvrine et de tirer, avant que l'autre ne remarque sa présence. Mais le monstre n'a pas encore porté la main sur lui, et il ne peut se résoudre à l'exécuter de sang-froid. Et s'il pouvait encore le sauver ?

L'amitié, c'est bien joli. Mais là, c'est de la vie de mes mômes qu'il s'agit… désolé, mon gros.

Il pose le canon de son arme dans le creux de son bras gauche, et pousse la pointe entre le rideau et le mur. Murmure trois mots pour raviver la mèche.

Le Croque-mitaine grommelle quelque chose d'incompréhensible, puis s'empare à nouveau du hachoir. Soudain, il se raidit. Pendant un court instant, son geste demeure en suspens ; sa respiration elle-même semble se figer. Lentement, sa main soulève le couperet, l'incline d'un côté puis de l'autre, comme pour en jauger le tranchant.

Il se retourne d'une pièce, les babines retroussées de colère.

Ses petits yeux roses trouvent l'intrus au premier regard. Son bras se détend brusquement, avec une force stupéfiante. Le coupe-viande tournoie dans l'air et vole tout droit vers Peyr, qui n'a que le temps de se jeter de côté. Le fer colossal manque de peu sa cible, traverse la tenture et heurte la pierre quelque part au fond de la coursive, dans un *clang* assourdissant. L'Ogre s'empare du coutelas, pousse un grognement rageur et charge tout droit vers la plateforme de chêne.

Détonation : Peyr vient de tirer. Vidal titube, s'arrête en pleine course. Une fleur rouge s'épanouit au beau milieu de sa poitrine, juste au-dessous du cœur. Le colosse porte la main à son sein, contemple, incrédule, sa paume souillée de sa propre humeur. Ses traits se convulsent de rage. Un rugissement rauque enfle dans sa gueule ; il le vomit vers le mage, crachote au passage un peu de sang. Mais se remet aussitôt en marche, la lame au poing, d'un pas plus traînant.

Asshh ! siffle le sorcier.

Un faisceau de flammes jaillit de sa main droite, enrobe le géant d'un voile ardent. Sa crinière s'embrase, chevauchée d'élémentaires furieux ; son front ivoirin se pare de reflets vifs. Mais le monstre ne ralentit pas pour autant. Il fond sur Peyr, les lèvres tordues d'un abominable rictus, franchit en trois pas la dernière arcade qui le sépare de lui. Le sorcier n'a que le temps de se jeter en arrière pour éviter le formidable coup de taille que le géant cornu lui assène en travers de la rambarde.

Il se replie dans l'étroite coursive, où l'autre ne peut le suivre ; les pans lacérés de la tenture s'interposent entre eux. À travers leur déchirure, Peyr voit danser les flammes et tanguer fugitivement la monstrueuse silhouette. Puis celle-ci s'abîme sur le côté, et on n'entend plus qu'un ronflement craquetant, qui s'étouffe par saccades.

Haletant, le mage s'empare de sa poire à poudre, et s'affaire à recharger sa couleuvrine. Mais sa main morte ne lui facilite pas le travail ; l'autre tremble et peine à verser le pulvérin. De l'autre côté du tissu, un grognement triomphal retentit, suivi d'un grand fracas de bois. L'ogre est toujours bien vivant ; il faut croire qu'il a réussi à s'éteindre. À présent, il renverse le mobilier et brise tout ce qui croise sa rage de bête blessée, à en juger par le bruit. À moins que sa fureur ne suive un dessein plus raisonné ? Peyr ne tient pas à le savoir ; il s'empresse d'enfourner un boulet dans le canon de son arme. Le bouchon de sa corne à poudre lui tombe des doigts et roule au sol ; il renonce provisoirement à le ramasser, affairé qu'il est à bourrer de l'étoupe.

Un choc mou : quelque chose de lourd vient d'atterrir dans l'ouverture, emboutissant le rideau. Des branches fines se fichent dans sa déchirure, suintantes d'un liquide épais. Un second fagot de bois vient aussitôt rejoindre le premier, bientôt suivi d'un troisième, et puis d'un objet plus lourd jeté en travers, les ruines d'un banc ou d'un siège capitonné. Une flaque graisseuse s'écoule sous la tenture, rampe sur le seuil du couloir. Quelque part sur le côté de la plateforme, Vidal émet une sorte de gloussement. Sa voix s'élève, exaltée, dotées de basses chaudes et profondes qui n'appartiennent pas au marchand d'ânes d'autrefois :

« Peyr Romo ! Je sais que tu es là, maudit charmeur de chèvres ! Tu te crois plus sage que moi, avec tes sortilèges, mais qui a vécu par le feu périra par le feu, tu m'entends, et qui a vécu par la poudre périra par la poudre ! »

Et le voilà qui part d'un rire énorme, dont les échos rebondissent contre la voûte arrondie des cuisines, un vrai grondement d'orage, si tournant que Peyr ne parvient plus à en localiser la source. Il a beau épauler sa couleuvrine, la cible s'abstient d'ombrager le rideau et de paraître dans son champ de tir. Il se demande brièvement s'il ne ferait pas mieux de tenter immédiatement une sortie, plutôt que de risquer de se laisser prendre au piège entre ces murs resserrés.

Léger craquètement de feu : le halo d'une torche rayonne au travers du velours, s'abaisse vers les branchages imbibés d'huile. Le tout s'embrase d'un seul souffle. En quelques instants, un véritable mur de flammes s'élève dans l'entrée du couloir. Une fumée opaque s'engouffre à l'intérieur, happée par l'appel d'air ; des morceaux d'étoffe s'envolent avec elle, accompagnés d'escarbilles brûlantes. Peyr recule, s'empresse de couvrir de la main le goulot béant de sa gourde à poudre.

Une seule étincelle là-dedans, et j'explose avec elle !...

La chaleur s'insinue dans les muqueuses de son nez et de sa gorge ; la coursive est devenue un enfer. Les poumons en feu, Peyr se replie jusqu'à l'escalier abrupt, dans lequel roulent d'impressionnantes fumerolles. Il se recroqueville au pied des marches, cherche un peu d'air au ras du sol. Gravir un tel obstacle dans ces conditions paraît impossible, mais retourner sur ses pas serait encore plus suicidaire. Et pourtant, il ne peut pas rester là, à suffoquer lentement ! L'ogre cherche à le débusquer des galeries secondaires, où il ne peut entrer ; à l'heure qu'il est, il doit être en train de contourner pour le cueillir à l'autre sortie. Il faut à tout prix le gagner de vitesse !

Peyr rassemble son courage, inspire tout ce qu'il peut d'air respirable et, nanti de ce maigre viatique, attaque l'ascension de la rampe périlleuse. Mais cette dernière est impitoyable de raideur, et plus il s'élève, plus il s'enfonce dans la mélasse. Ses inspirations s'écourtent et se saccadent ; le sang lui bat douloureusement les tempes. Ses pieds se logent avec difficulté sur les marches piégeuses. La tête lui tourne et menace son sens de l'équilibre ; il redoute de partir en arrière et de chuter, entraîné par le poids de son havresac. Il finit par utiliser sa main, son coude, ses avant-bras, par ramper à la verticale, sa couleuvrine en bandoulière sur le côté. Pour comble, sa mèche a cessé de rayonner de la lumière : c'est le souffle de Peyr qui lui donne vie, et ce souffle est en train de s'étioler. Le Pélagien en est réduit à progresser à tâtons dans les ténèbres âcres, incapable d'évaluer ce qui lui reste à grimper, ni s'il aura le temps de le faire avant de s'évanouir. Au prix d'un ultime effort, il se traîne sur les derniers degrés, et bascule enfin dans le couloir supérieur, alors même qu'il était sur le point de s'abandonner.

Il demeure étendu au ras du sol pendant un bon moment, à happer du bec des filets d'air moins viciés, luttant pour rester conscient. Il ne sait plus qui il est, ni où il est. Par chance, la plus grosse part des fumées roule au plafond, si bien que le mage finit par retrouver un peu ses esprits.

Il ne lui faut qu'un moment pour se rappeler la situation.

L'autre issue, vite ! Sinon il va me devancer à la sortie !

Ignorant les quintes de toux qui lui fouaillent la poitrine, il se lève laborieusement, replonge la tête dans les volutes. Titube comme un homme ivre, prend appui sur le mur pour franchir un coude. Ses yeux se voilent, encrassés de larmes et de suie – Mille insectes cendreux piquant sous ses paupières. Désormais, son seul repère est la pierre, rugueuse sous sa paume.

Soudain, le mur s'efface. L'air pur ravive ses sens, la pâle lueur des étoiles s'insinue à travers le magma de sa cornée. Il vient d'échapper à l'infernale cheminée, pour se retrouver en terrain découvert, à la merci de l'Ogre, dans la grande galerie aux fines meurtrières. Un pas traînant monte du fond de celle-ci, incroyablement pesant, mais encore assourdi par les obstacles. Le monstre est en approche ; il n'y a pas d'échappatoire à la confrontation.

Peyr tire sur sa bandoulière pour ramener sa couleuvrine devant lui. Peine perdue : tout le pulvérin s'est envolé de la chambre à poudre pendant l'ascension, il n'est même pas sûr que le boulet soit encore en place. Le mage recule. Sa main se pose d'instinct sur la poignée de son épée. Une lame dérisoire pour faire face à ce qui s'en vient, mais il est déjà trop tard pour recharger son trait à poudre. Là-bas, au bout du tunnel, il devine les contours d'un escalier monumental, qui s'enfonce vers les niveaux inférieurs. Il lui semble que l'Ogre vient d'entamer son ascension, car son pas a ralenti la cadence. Il se fait même laborieux. Bientôt, son souffle se fait entendre : lourd et entrecoupé de cliquetis, un vrai soufflet de forge.

Plus sérieusement touché qu'il le pensait, le bougre…

Une enjambée, encore, puis deux, chacune plus lente que la précédente. Et puis, plus rien : la formidable créature s'est immobilisée quelque part dans l'escalier, incapable d'aller plus loin. Seul demeure le râle de ses expirations, qui résonne dans la galerie. Sa voix s'élève depuis le fond des ombres, rauque et graillonnante :

« Va-t'en…. Peyr ! Emporte ce que… tu es venu… chercher, et tire-toi ! Ça… vaudra mieux…. pour nous deux… »

Un aveu de faiblesse, indubitablement. Seulement, Peyr n'est plus en état d'en tirer parti : ses jambes tremblent, la douleur martèle son front et ses tempes, un crochet de fer lui laboure les poumons. Du coin de l'œil, il surprend la ronde de trois petits lézards, qui s'agitent sur le mur intérieur, pressés d'attirer son attention.

Le Pélagien décide qu'il est temps de prendre congé.

Il pose la main gauche sur la pierre, récupère son majeur et son auriculaire ; puis se détourne et file sans demander son reste, droit vers la chambre d'Inioulbah.

Un vaste silence étoilé, qui pâlit peu à peu au ras des montagnes. C'est à cela que ressemble le ciel, lorsque Peyr émerge à l'air libre, dans le balcon couvert. Un spectacle presque rassurant après l'enfer de l'incendie, s'il n'y avait, en descente vers l'ouest, cette tache de lumière aux subtils reflets rouges, qui tarde à s'abîmer derrière les crêtes.

Peyr frissonne. Aucune envie de musarder sous les cieux torves, en vue de cet œil sournois. Sur le rebord du parapet, son annulaire fait des caprices, pressé qu'il est de filer vers la tour au colimaçon. Il se tortille, se love, mordille nerveusement le bout de sa queue. Sans lui, sa paluche refuse encore de reprendre vie. Le sorcier fait jouer ses autres doigts, blancs comme ceux d'un mort. Parvient péniblement à plier la première phalange. Un infime mouvement qui lui tire une grimace douloureuse.

Comme pour le narguer, le lézard se carapate et disparaît dans la tour au colimaçon. Peyr s'empresse de le suivre, au cas où il s'aviserait de jouer la fille de l'air. Si on les laisse trop longtemps libres, les doigts de mages finissent par prendre goût à l'autonomie. Celui-ci est déjà bien assez éveillé : il serait sage de ne pas trop attendre pour le rapatrier, sans quoi il finira par lui échapper pour de bon.

Il entame sa descente, à la lueur de la mèche.

Deux niveaux plus bas, il débouche dans un petit corps de garde aux tables renversées ; puis, de là, dans une nouvelle galerie monumentale, éclairée cette fois de fenêtres en ogive à barreaux métalliques. À quinze pas sur le mur intérieur, une vaste porte de chêne focalise l'attention de l'annulaire. Le voilà qui court à toute allure à sa surface, décrivant des courbes et des arabesques, finit par s'engouffrer dans le trou de la serrure.

Trouvé ! Songe Peyr.

En quelques enjambées, il gagne la porte, pousse le battant des deux mains. Fermé, bien évidemment. Son poing cogne le bois :

« Sita ? Lupin ? »

Pas de réponse. Il pose l'oreille contre le chêne, affine son sens de l'écoute. Derrière, il lui semble entendre quelque chose respirer. Le mage recule d'un pas, ouvre sa paume juste sous la serrure. Le lézard moiré en émerge, se tortille au-dehors et tombe dans la main offerte.

Peyr l'élève jusqu'à ses lèvres, et se met à chuchoter.

L'esprit-doigt s'en va ramper sur l'index. Il s'agrippe des pattes postérieures à la dernière phalange pour étirer son corps dans le prolongement de celle-ci, raide comme une baguette. Pendant un moment, il semble que le mage est doté d'un long, très long doigt écailleux, bourgeonnant de pattes crochues. Il le fourre en douceur dans la serrure, décrit de petits mouvements tournants. Un instant plus tard, un déclic se fait entendre. Peyr presse la poignée, pousse légèrement le battant, qui grince et frotte contre le sol. Dans la foulée, il lance sa main droite vers le ciel, expédie en l'air le lézard tout surpris, puis le rattrape de la gauche, à laquelle l'animalcule se réincorpore instantanément.

Le sorcier fait craquer ses doigts, heureux de se retrouver entier. Souffle sur sa mèche pour en raviver le feu, et pousse la porte pour de bon.

La pièce dans laquelle il pénètre est éclairée de larges fenêtres ogivales, livrée à la clarté des étoiles. Au sol, cette dernière révèle les motifs anguleux d'un tapis levantin. Au fond, par-delà une table basse garnie d'objets étranges, se trouve un lit trop grand, et sur ce lit, au bord des couvertures, deux pâles taches de lumière blanche, en forme de visages d'enfants.

Peyr retient son souffle, le cœur en bascule. Il s'engage dans la pièce à pas lent, comme s'il craignait de réveiller les deux êtres endormis sous les fenêtres, dont les traits rayonnent d'une aura surnaturelle. Le garçon sommeille paisiblement, le menton sur ses deux poings, qui émergent des draps. La fille s'est enroulée autour de lui, tel un ange protecteur. Elle a posé un bras en travers des épaules de son petit frère ; ses cheveux bruns lui ruissellent dans le cou. Tous deux ont l'air si tranquilles, que le mage lui-même sent sa respiration s'apaiser, épousant le rythme profond du souffle des deux petits dormeurs. Ses yeux se brouillent malgré lui ; c'est la plus belle chose qu'il ait vue depuis qu'il est entré au Fort Sinistre.

Ses pieds glissent en silence jusqu'au bord du lit. Il passe la main sur le front de Lupin, le trouve étrangement froid. Ses doigts dessinent une ombre trop prononcée sur sa peau lisse, s'enfoncent à travers des couches tangibles de lumière d'astre. Un peu de ce nimbe remonte le long de ses phalanges, langues furtives qui explorent sa chair avec douceur, puis se défilent soudain, comme si elles craignaient d'être surprises, et replongent aussitôt dans leur lac pâle.

L'enfant, lui, ne réagit guère.

Le mage se penche jusqu'à humer la chevelure de la fillette. Elle sent le sel, la cardamome et les fleurs des montagnes, un parfum à vous affamer. Il chuchote doucement à son oreille :

« Sita… réveille-toi… »

Pas de réaction.

Il lui secoue l'épaule, d'abord en douceur, puis de plus en plus fort. Mais la petiote ne bronche pas, plongée qu'elle est dans son sommeil étrange. Le mage recule d'un pas, pivote pour étudier la pièce tout autour de lui. La table basse retient son attention. Quelqu'un y a disposé de petits bocaux de verre, contenant des cristaux de teintes rouges, ocre et violacées. Au centre, dans un vaste cadre de bois fleurant la colle de lapin, de petites mains habiles ont disposé ces granules en un paysage multicolore, hanté d'une terrible face rougeâtre, à la gueule béante.

Le mage passe le bout du doigt sur la fresque, puis le porte à ses lèvres.

Du sel... naturellement coloré.

Il se retourne vers ses enfants, dont les frimousses rayonnent dans la pénombre, pareils au reflet de la lune sur un lac tranquille. Lequel des deux a ouvré ce tableau poudreux ? Sita, ou Lupin ? Sita, sans doute. Elle a toujours été plus patiente. L'ogre leur a donné de quoi s'occuper, elle en a profité pour exorciser sa terreur.

Ils ont passé suffisamment de temps ici, l'un comme l'autre. Il est grand temps pour eux de s'en aller...

Il claque des doigts sous le nez de Lupin, à plusieurs reprises. Sans succès. Prononce plusieurs mots de pouvoirs. Finit par approcher ses lèvres de celles de son fils, et inspirer profondément. Le linge de lumière qui recouvre le petit visage commence à se déformer, aspiré vers la bouche du mage. Au début, il s'étire docilement ; puis, sur le point d'entrer dans ce gouffre d'homme, il se rebiffe ; se tortille et se révulse, file sur le côté pour échapper à son emprise. Ce faisant, il se décroche de l'enfant, coule dans son cou et va se noyer dans les plis des draps, laissant le visage éteint et gris sous la lueur des étoiles.

Lupin frissonne dans son sommeil ; remue dans le giron de sa sœur. Peyr le pince doucement près de la clavicule, pour l'éveiller. Le garçon fronce les narines, ouvre les yeux. Son père élève sa couleuvrine sous son menton, de sorte que la lumière de la mèche révèle ses propres traits.

« Papa... ? »

La voix d'un enfant qui n'ose y croire. Peyr sourit, caresse furtivement la joue de son fils, puis s'attelle à éveiller sa grande sœur, de la même façon.

Sita émerge plus lentement, et son réveil semble plus rude. À peine a-t-elle reconnu son père, qu'elle se redresse sur son séant, laisse échapper un hoquet d'angoisse, jette autour d'elle des regards alarmés. Sa main agrippe l'avant-bras de l'adulte, se crispe douloureusement dessus, jusqu'à ce que ces ongles fassent perler un peu de sang. Le sorcier s'efforce, en douceur, de décrocher cette serre.

« Tout va bien, Sita, murmure-t-il, des trésors de tendresse dans la voix. Je suis là. Nous allons partir d'ici. Tout de suite. »

Il dépose un baiser sur sa joue. Elle hoche la tête, fébrile. Lâche prise et baisse le front pour cacher ses larmes. Peyr la laisse sangloter un peu. Puis, du bout des doigts, il lui relève le menton, pour l'amener à le regarder en face :

« Dis-moi, Sita. Où sont Kari et Cylil ? Elles n'étaient pas avec vous ? »

L'enfant croise le regard de son père pendant un court instant, puis détourne les yeux, mal à l'aise. Et d'un ton étrangement détaché, presque solennel :

« Il est venu les chercher avant qu'on s'endorme. On ne sait pas où elles sont allées… »

Peyr inspire profondément, tâche de sourire pour cacher son inquiétude.

« Bon. Une chose à la fois. Je vais d'abord vous mettre tous les deux en sécurité, hors d'ici. Ensuite, je reviendrai chercher Kari et Cylil. D'accord ? »

Et sans attendre de réponse, Peyr s'empare de Lupin, et le remet sur pied. À travers les carreaux des fenêtres, le ciel rosit imperceptiblement.

« Nous allons sortir par le vieux pont en ruines, j'ai apporté de quoi descendre. Sita, je voudrais que tu prennes ton frère par la main. J'ai besoin de garder les miennes libres au cas où. Ça ira ? »

La fillette acquiesce, l'air résolu. Et parce qu'il ne faut jamais se fier aux paroles d'un ogre, le mage recharge sa couleuvrine et se la passe en bandoulière, mèche braisée. Puis il hoche la tête pour donner le signal du départ, et emmène ses enfants encore hagards dans le couloir principal.

Celui-ci décrit un coude, avant de déboucher dans un vaste hall haut de douze pas – véritable puits carré excavé dans le ventre du château, crevé de plusieurs arches obscures, piqué de meurtrières à différentes hauteurs. Par ces failles sournoises, les arbalétriers d'Inioulbah pouvaient soudain décider de vous transformer en pelote d'épingles, au gré des humeurs de leur maître. C'est ainsi, dit-on, que le tyran se débarrassait de ses vassaux en disgrâce, sur le seuil de la grande salle, au moment du dîner. Il abattait ses gens au premier soupçon, au moindre désamour ; tout le monde savait que ses exécuteurs guettaient derrière les archères, observant passivement les allées et venues, attendant patiemment ceux que le Sire désirait *congédier*, à sa façon radicale. Plus d'un hôte devait ressentir un frisson en empruntant ce passage obligé. Ceux qui se croyaient dans les bonnes grâces du maître traversaient d'un pas assuré, proclamant ainsi leur statut d'hommes bien en cour ; ceux qui doutaient s'efforçaient de ne pas presser l'allure, de peur d'aggraver la suspicion et de sceller leur sort prochain.

Dans le mur est, une arche en ogive encadre deux grands vantaux de hêtre, surmontés d'un tympan sculpté : l'entrée de la grande salle du château, ou bien de quelque temple castral. Accrochés au tympan, des enfants de pierre tirent la langue, défèquent et compissent tout ce qui leur passe dessous – un arrosage auquel on consentirait volontiers, comparé à celui des arbalètes. Plus bas, sur les ventaux de bois marquetés d'ivoire, un sage à tête de grenouille, assis en tailleur, paumes tournées vers le ciel, dévoile les mystères de sa panse ; des poissons à visages d'enfants, dotés de petites mains potelées, cheminent tout au long de ses entrailles, irradiant ses intérieurs d'énergie mystique. Autour de lui, les runes des huit astres majeurs déploient leur cercle céleste, dans un ordre inhabituel et sacrilège – le soleil au-dessous, Kiarvathi en gloire.

Au sud, un colossal escalier d'honneur en marbre rose s'élève vers les étages. Sur les premières marches, le mage repère des taches de sang.

Vidal était ici, il y a très peu de temps. C'est d'ici qu'il s'est adressé à moi, quand il a renoncé à grimper !... où est-ce qu'il est *allé se terrer, à présent* ?

Il tourne sur lui-même, canon pointé devant lui, sonde les ombres du regard. Pas une qui palpite ; pourtant la présence de l'ogre est perceptible partout. Elle flotte dans le vestibule, accrochée aux pierres, aux poutres, aux vides et fissures.

Sans dire mot, Peyr presse ses mômes dans le haut tunnel voûté qui fait face à l'escalier. Plein nord, si son sens de l'orientation ne le trompe pas : la direction de la bouche du fort et de l'antique pont d'accès. Ici, la pierre est plus grossière, couverte d'une épaisse couche de suie qui absorbe la lumière. Les ténèbres ont une consistance épaisse, pesante, la mèche qui rougeoie dans les mains du mage peine à les dissiper. Sita et Lupin se rapprochent de leur père, se serrent d'instinct contre lui. Quelque chose croque et crisse sous leurs semelles, à chaque enjambée.

Du sel, encore. Des cristaux soufflés par le vent depuis le portail. Des morceaux de croûte, emportés par les bottes des soldats...

Une vingtaine de pas plus loin, la lumière des étoiles coule à travers les barreaux d'une lourde herse de métal, qui barre le passage à quelques coudées de la sortie. Peyr s'approche, d'un pas circonspect. Le fer est épais, couvert de picots gros comme le pouce. Lors du sac de la place forte, les hommes du duc ont abattu ses glissières, privant la grille de son assise ; mais depuis lors, quelqu'un l'a remise en place, en maçonnant à la va-vite les pierres d'origine. Le mage en reste pantois.

Il faut une force formidable pour redresser cette chose ! Même Vidal n'aurait jamais dû y arriver seul ! Comment a-t-il fait ?

L'œil avisé de Peyr parcourt les contours de l'obstacle, à la recherche d'une faille. Or, s'il est une chose que l'ogre a négligé de réparer, c'est le sol. Sur le flanc droit, l'une des dalles a été ôtée, laissant un passage tout juste suffisant pour qu'un gosse s'y faufile.

Parfait. Tu es allé un peu vite en besogne, mon gros… ça va nous servir, ce trou de souris !

Il pose la main sur l'épaule de sa fille :

« Sita, tu passes la première. Glisse-toi là-dessous en douceur, fais-toi plate comme de la vermine. Sois cloporte, et tout ira bien !… »

L'enfant fait la grimace, mais s'exécute sans broncher, au grand soulagement de son père. La voilà qui se coule dans la fosse et s'allonge pour ramper. Son dos glisse sous les piques, s'y frotte à peine. Elle sinue avec prudence, attentive à ne pas se blesser.

Va, mon précieux petit cloporte… Tu es presque passée.

Quelques instants plus tard, la gamine se redresse sans mal de l'autre côté.

« À toi, Lupin ! Si ta grande sœur y est arrivée, ça va être un jeu pour toi. »

Le garçonnet le regarde sans comprendre.

« Mais… et toi ? T'es trop grand pour…

– Ne t'occupe pas de ça. Dépêche-toi, garçon ! »

Lupin hésite, presse nerveusement la main de son père. Jette un regard vers sa sœur, paraît désemparé de trouver le fer entre eux. C'est cette séparation qui emporte sa décision : cela fait quatre jours qu'ils affrontent l'enfer ensemble, et que Sita veille sur lui. Il file se coucher dans la fosse, rampe du plus vite qu'il peut, de toute la force de ses petits coudes. Passe sous les pointes sans même les effleurer, puis se redresse de l'autre côté, et se retourne aussitôt vers la herse, quêtant le regard de son géniteur.

Mais de là où il vient, le tunnel est à présent vide de toute présence. Le garçon fouille les ténèbres, cherche en vain la braise rassurante de l'adulte.

« Je suis là, Lupin ! » énonce une voix dans son dos.

Il se retourne et ouvre des yeux incrédules en découvrant son père aux côtés de Sita, nettement détaché sur le fond d'étoiles et de ciel rosissant. La fillette hausse les épaules :

« Bah, c'est papa », commente-t-elle, comme si ce qui vient de se passer était la chose la plus naturelle du monde.

Peyr ébouriffe les cheveux de son fils, s'efforce de lui sourire.

« Viens, bonhomme. On sort d'ici… »

Cette fois, il les prend tous deux par la main, et les emmène vers la haute ouverture en ogive où se découpe la nuit, au seuil de ce qui fut autrefois un pont. Dehors, l'Est s'enlumine peu à peu de rose, tandis qu'à l'ouest, c'est tout le ciel nocturne qui s'effondre dans les montagnes, entraîné par la chute de Kiarvathi. La Planète choit dans les cimes en monstre vaincu, gicle sa pâle lumière à fleur de crêtes avant de s'étouffer derrière le roc.

Peyr ne peut s'empêcher de la regarder mourir. Puis il franchit le portail monumental, depuis longtemps privé de ses vantaux. La brise sèche s'en vient lui pincer les joues. Il s'avance de quelques pas sur l'ancienne rampe, dont les restes s'élancent encore crânement au-dessus du vide. Tâte un peu la solidité de la pierre, ose marcher jusqu'à sa brisure, et se penche par dessus.

Vingt mètres de chute potentielle. Et des rochers pointus accrochés au-dessous, tels des récifs dans la mer de sel.

Le Pélagien ôte son havresac de son dos et le dépose à ses pieds, sangles dénouées. Il commence à extraire divers objets empaquetés ; puis plonge les deux mains à l'intérieur pour dégager une forme plus volumineuse. Sita le regarde faire avec impatience, tout en jetant des regards anxieux à la herse et aux ténèbres amassées derrière, dans le ventre du château. Bientôt, une sorte de gros ballot de chanvre et de bois émerge de la gangue de cuir : une échelle de corde soigneusement enroulée sur elle-même. Peyr lève les yeux vers sa fille :

« Nous allons descendre, Sita. Ce ne sera pas très difficile, mais ce sera un peu long. Vous avez bien besoin de manger un bout. Quelque chose de fortifiant. »

La fillette secoue la tête, l'air contrit. Peyr se fait impérieux :

« Tiau ! Fais ce que je te dis, Sita ! Il y a des gâteaux au miel dans ce petit baluchon que tu vois là. Mange-en un au moins, sinon tu ne te sentiras pas la force pour ce qui t'attend ! »

La môme tressaille au son de sa voix, se raidit ; son regard s'enfuit sur le côté. Peyr regrette immédiatement d'avoir haussé le ton. Sentiment qu'un fil ténu vient de se rompre, que son enfant lui échappe. Sita ramasse l'un des petits ballotins que Peyr a tiré du sac, dans un geste presque honteux. Avec une sorte d'empressement, elle empoigne Lupin par le bras et l'entraîne avec elle dans un recoin du portail. Elle se recroqueville maladroitement sur le sol, passe le bras autour des épaules de son frère pour l'attirer à elle, et entreprend d'ouvrir le baluchon. Lorsque les gâteaux à moitié écrasés apparaissent, elle lève le regard vers son père et lui adresse un long reproche muet. Puis sans crier gare, avec une sorte de violence, elle enfourne dans sa bouche une main débordante de nourriture émiettée, qu'elle engloutit sans vraiment mâcher, les yeux toujours sur Peyr. Pendant un instant, le mage songe à la gifler, histoire de l'aider à reprendre ses esprits. Mais quelque chose lui murmure d'y renoncer. Les astres seuls savent dans quels moments terribles sa fille a puisé une telle colère de manger…

Il se détourne et entreprend de fixer solidement l'échelle de corde aux gonds de l'antique portail, avant de la dérouler dans le vide, sur le côté de la rampe. Lorsqu'il a fini, il s'adresse à sa fille par-dessus son épaule, du ton le plus calme qu'il peut :

« Nous sommes prêts. Sita, il va falloir que tu descendes la première. Moi je te suivrai avec Lupin dès que tu auras touché terre. L'échelle est un peu trop courte, elle s'achève à deux pas du sol ; il te faudra sauter de la hauteur d'un homme. Je sais que tu y arriveras ; je suis là s'il y a le moindre problème. »

Elle se lève avec raideur, laisse aller la main de Lupin. Son regard vague par-delà les épaules de Peyr, vers la tache d'or de Suros, qui émerge des montagnes. En cet instant, elle paraît plus fatiguée que jamais ; et pourtant il y a dans ses yeux une lueur combative, que Peyr juge de bonne augure. Il s'accroupit près du rebord. Sa fille vient le rejoindre, d'un pas hésitant. Il tend un bras pour l'aider ; elle l'agrippe d'une main qui tremble un peu, s'y accroche pour se retourner et aborder la descente. Vingt mètres sur une route incertaine, qui ne manquera pas de se balancer dans le vide à chaque mouvement. Son calme ne tiendra qu'à un fil… En tâtonnant, elle parvient à poser les pieds sur les échelons supérieurs, bien que ceux-ci aient tendance à filer sous le rebord à la moindre pression. Dans la foulée, elle ose peu à peu abandonner l'appui de son père pour s'en remettre entièrement au chanvre et au bois.

À présent, la corde et l'enfant vibrent de tension partagée, à l'unisson dans le néant du ciel. Le premier pas était le plus difficile, et Sita l'a accompli sans mal, au grand soulagement de son père.

« C'est parfait, ma belle ! Lorsque tu seras en bas, cours vers les ruines à l'autre bout du pont, et cache-toi au-dessous des arcades, derrière les gravats. Cela vaut beaucoup mieux que de rester en évidence sous les murs du château. Je te reprendrai là une fois que je serai descendu avec Lupin. Va ! »

L'enfant entame la descente avec une agilité inattendue, signe que sa peur s'est muée en aiguillon. Son allure est même un peu trop rapide ; au bout d'une quinzaine de barreaux, l'échelle se met à tanguer furieusement d'un côté à l'autre. Instinctivement, Sita cesse tout mouvement et se plaque contre elle.

« Un peu moins vite ! Essaie de rester bien au centre et de ne pas faire de mouvements trop brusques ! »

Mais l'enfant n'ose plus faire un geste. Figée au beau milieu de l'échelle, agrippée à elle comme un nourrisson à sa mère, elle se tétanise.

« Sita ? Qu'est-ce qui se passe ? »

La petite émet un gémissement. Ses yeux se ferment, sa joue frotte contre le chanvre, tandis que ses lèvres remuent dans un murmure inaudible. Soudain, sans qu'elle ait fait le moindre geste, de violents soubresauts secouent les cordages ; on dirait qu'un géant en a empoigné le bout pour l'agiter furieusement, propageant vers le haut des ondes violentes. La fillette lève vers son père des yeux désespérés. Elle ouvre la bouche pour crier, mais aucun son n'en sort, rien qu'une pâle lueur d'or rouge qui flotte dans l'air sec.

Lupin se fait fébrile. Il se ramasse contre son père, murmure dans un souffle :

« Ce sont les voix, les voix dans l'ombre… elles lui parlent, elles ne veulent pas qu'elle parte ! »

Le sorcier baisse brièvement les yeux vers son garçon, constate qu'il a lui aussi les yeux mi-clos. Ses petites lèvres tremblent et s'agitent :

« S'il te plaît, papa… fais-les partir ! »

Peyr pousse un juron. Satanés esprits ! Il s'en croyait débarrassé… Bondissant sur ses pieds, il se campe debout au bord du vide, ouvre les bras et tonne de la voix. Ses paroles frappent le ciel et la terre de runes percutantes comme la foudre. Sa colère fait le reste : les astraux de Kiarvathi lâchent prise et se laissent balayer par sa fureur, projetant d'imperceptibles ombres sur le sel en contrebas. Ils s'en vont clapoter passivement contre les contreforts du château, affaiblis déjà par les premiers feux du jour.

« Allez, Sita ! encourage le Pélagien. Que tes jambes soient fortes, et tes bras rapides ! Plus rien ne peut t'arrêter, à présent ! »

L'enfant se détend d'un coup ; ses membres se remettent en action. En quelques mouvements, elle parvient au bas de l'échelle, auquel elle demeure suspendue comme une grappe de raisin à sa vigne.

« Vas-y, saute ! Ne traîne pas ! »

La fillette se ramasse sur le dernier barreau, tournoie sur elle-même pendant un moment, avant d'oser lâcher prise. Elle se reçoit en souplesse deux bons mètres plus bas, et se remet sur pied sans mal.

« Bravo ! clame son père. Et à présent, file te mettre à l'abri ! »

Elle n'hésite pas davantage. Elle s'élance sur la plaine saline, de la foulée la plus rapide que lui permettent ses jambes d'enfant. Peyr accompagne sa petite silhouette du regard, jusqu'à ce qu'elle s'accroupisse derrière le tas de gravats le plus lointain, disparaissant à sa vue.

« Parfait. Lupin, à nous ! » dit-il en attirant son fils à lui. Le mage se retourne dos au vide, agrippe le cordage qui file depuis les gonds du portail, et descend se poster sur les échelons supérieurs.

« Vas-y Lupin, viens me rejoindre. Retourne-toi, fiche tes pieds sur les barreaux. Je suis là pour te rattraper si tu glisses. »

Le gamin hésite, jette des regards anxieux à la herse ténébreuse. L'idée que l'ogre puisse revenir force son courage. Il s'empare de la corde, pose la chausse sur la première traverse, et entame bravement sa descente, entre les deux bras de son géniteur. Le souffle de ce dernier lui caresse la nuque, accompagné de mots apaisants. Très vite, père et fils trouvent leur rythme, synchronisent leurs mouvements. La brise se faufile sous leurs vêtements. Peyr songe que ce moment serait presque agréable, s'il n'y avait la menace du monstre, et l'ignorance des tourmentes que ses enfants ont dû affronter pour survivre jusqu'à ce point.

Parvenu au bas de l'échelle, le mage se laisse choir au sol, puis ouvre les bras pour y accueillir son fils. Lupin lâche prise et y atterrit en douceur, noue ses petites menottes tout naturellement autour de la nuque paternelle. Peyr décide de le garder contre lui encore un moment. Il se met en marche sur la croûte de sel, sa progéniture accrochée à sa poitrine.

Un peu plus loin, ils retrouvent Sita derrière les ruines du pilastre effondré. Le Pélagien dépose son tendre fardeau, puis caresse le menton de sa fille :

« Ce n'est pas fini, ma grande. Il faut que je retourne là-haut, chercher Kari et Cylil.

L'enfant acquiesce en silence.

« Je veux que vous m'attendiez ici, bien cachés. Je ne serai pas très long ; je reviendrai bientôt avec vos amies. Si je ne suis pas de retour quand le soleil descend sur les crêtes, c'est que les choses sont plus… difficiles. Dans ce cas, ne m'attendez pas, et débrouillez-vous pour commencer votre retour vers la vallée. »

Nouvelle approbation, un peu moins assurée.

« Parfait. Je suis sûr que ça va bien se passer. En attendant, prends ça. »

Il lui tend la figurine de berger, qu'il a ramassée tout à l'heure dans la cage de la chambre de l'ogre.

« Si jamais vous êtes en difficulté, dis-le à cette poupée. J'entendrai tout ce que tu lui diras. Seulement, ne lui parle que si tu es vraiment en danger : là où je vais, j'aurai besoin de toute ma concentration. Bien compris ? »

Elle opine du chef, une fois encore, en serrant contre elle le petit personnage. Puis, sur un ton détaché, elle déclare :

« Elle pourra pas descendre comme nous, tu sais…

Son père fronce les sourcils :

« Qui ça ? La poupée ? »

La fillette pousse un soupir agacé.

« Non ! Kari ! Pas par l'échelle de corde…

– Pourquoi ?

– Parce que… » elle se détourne, se mord la lèvre.

« Eh bien, Sita ? Qu'est-ce qu'il y a ? Dis-moi… »

Il passe une main dans la frange de l'enfant, écarte une mèche de sa vue. Mais la petite se contente de baisser le front obstinément. Ses mots sont trop lourds pour franchir ses lèvres, ou bien si salés que sa bouche s'en dessèche. Elle finit tout de même par hausser les épaules, en fronçant le nez :

« Parce que l'ogre lui a mangé la main », lâche-t-elle sobrement. Elle lève vers son père des yeux éteints, et ajoute : « Tout rongé. Jusqu'aux os. »

Le sourire de Peyr caille comme du lait. Sita ne réalise pas à quel point elle tremble ; elle cherche encore à faire la dure. Mais sa parole est libérée, elle doit finir de la vomir :

« C'est quand il est venu la chercher. Il l'a soulevée par la taille pour la serrer très fort contre sa poitrine. Elle était toute menue entre ses gros bras, ses pieds battaient dans le vide loin du sol. Il faisait très sombre, mais j'ai quand même bien vu ce qu'il faisait. Il a pris son poignet pour le poser contre sa bouche ; il s'est mis à le couvrir de baisers, puis à le suçoter doucement, les yeux fermés, comme si c'était un quartier de melon. Il ronronnait comme un chat. Et puis soudain, il a fait une affreuse grimace et il a commencé à ronger, comme ça, du bout des dents. Kari hurlait, mais Vidal grondait encore plus fort et couvrait ses cris. Il y avait quelque chose qui rugissait dans sa poitrine, c'était terrifiant ! Il l'a emmenée avec lui, la barbe toute barbouillée de sang, et un peu plus tard, ça a été le tour de Cylil. Mais elle, je ne sais pas ce qu'il lui a fait, parce qu'il a disparu tout de suite avec. »

Peyr Romo, mage de Pélagis, baisse les yeux. Pour la première fois depuis qu'il a retrouvé ses enfants, son moral est en berne, et son cœur résigné.

Bon cieux, est-ce qu'il y a encore seulement quelque chose à sauver de ces deux-là ?

Mais il n'a pas le droit de laisser le doute derrière lui. Il leur doit bien ça, aux gamines de Vidal !

« Je n'ai que trop tardé, souffle-t-il. Bougez pas d'ici, tous les deux. Je fais au plus vite, et je vous jure que je vous ramène à la maison ! »

Il presse ses lèvres contre le front de sa fille, farfouille dans la tignasse de Lupin, et les étreint tous deux longuement. Puis se détourne, et se remet en marche sur la croûte de sel, vers la forteresse dont les pierres retrouvent peu à peu leur teinte rosâtre. Autour de lui, les rayons obliques du soleil naissant révèlent les mille nuances de couleur du sel : longues traînées rouges là où le fer s'en mêle ; franges d'ocre vif à la lisière des rochers ; traces verdâtres au pied de l'éperon.

Là-haut, au-dessus des crêtes, un vol de chocards tournoie lentement. Le sorcier a besoin de leurs services. Il puise dans sa besace un boulet de plomb, qu'il lève en offrande vers le ciel, minuscule planète ; puis siffle, et clame ses runes d'appel, en vibrante litanie.

Une paire d'ailes noires entame sa descente en réponse…

Vidal

Tu es venu comme un voleur, toi dont j'honorais l'amitié. Tu as sauté mes murs, malmené mes familiers, chapardé mes provisions ! Tu t'es permis de me tirer dessus, de me cracher ton feu à la figure. Puis tu es reparti comme tu étais venu, en emportant les meilleurs morceaux de mon cellier. Les chairs tendres que je gardais au frais sous la gaze de lune !

J'aurais dû te pourchasser dans les montagnes, grondant comme une avalanche. J'aurais galopé dans l'air, varappé le ciel, tonné ma colère ! Je t'aurais acculé dans une combe. Je me serais amusé un peu, jouant au chat et à la souris, avant de fondre sur toi pour t'arracher la tête d'un seul coup de mes crocs. Mais je n'ai pas oublié que tu fus mon ami. Au vrai, ton offrande de plomb m'a coupé l'envie de sortir.

Si tu savais combien cette trahison m'a peiné !... Ce n'est pas mon corps que tu as meurtri, c'est mon âme montagnarde ! Je deviens sensible avec la belle saison, sinon, sois certain que je me serais fait violence. J'aurais puisé dans l'Astre pour guérir sur-le-champ et te dévorer les entrailles, juste vengeance pour tes rapines !

Maintenant, j'attends de toi une explication.

C'est bien, que tu sois revenu. Je suppose que tu veux me faire des excuses, peut-être même causer un peu. Il se peut que je mette de côté ma rancœur, si tu t'aplatis. Je n'ai pas eu beaucoup de bonne compagnie depuis mon élévation, je veux dire, celle de quelqu'un qui soit un peu plus qu'un aspic, qui puisse me tenir tête en conversation.

Je vois que cette fois, tu es entré par la grande porte, comme un invité honorable. Pourtant, je ne t'avais pas encore convié ! Ce n'est pas la modestie qui t'étouffe, Peyr Romo, espèce de pompeux magiocrate ! Où te crois-tu ? Tu es dans la maison d'un éveillé, un ogre, un Légitime ! Qu'est-ce que tu dis de ça ? Être l'avatar du Dévoreur, ça vaut bien tes prétentieux titres de crache-rune et mâche-plume ! Mais tu n'as pas encore assimilé les convenances, tu ne comprends pas qu'entre nous, les règles du jeu ont changé. Tu n'es plus l'homme supérieur toisant le bon larbin qui décrotte ses bourricots. Je me réjouis de te revoir, maintenant que tu es tout menu, et que c'est moi qui te surplombe ! Peut-être que cette fois, c'est à mon tour de t'enseigner. À moins que je ne t'ensaigne, si tu as le malheur de m'offenser à nouveau...

Qu'y a-t-il ? Tu te demandes comment il se peut que les murs te parlent, hein, et les figures sur le portique de ma salle de banquet, et les gargouilles aux gouttières ? Allez, vas-y, lève les yeux. Cherche ! Pathétique, ta façon de touiller les ombres. Tu vois, Peyr, tu te mesures mieux à présent : bien moins malin que tu le penses. Ces pierres sont accordées à ma voix. Elles sont ma caisse de résonance, ma panse de géant. En vérité, tu es déjà dans mon ventre. Tu l'es depuis que tu as franchi ma herse, mais cette vérité ne t'es pas encore apparue. Ces agnelets, là-haut, qui prennent tant de plaisir à te chier dessus, ils font ma volonté. À travers eux, c'est moi qui te conchie. Je suis l'incarnation de l'astre ! Je suis ce castel tout entier !

Il te reste bien des choses à apprendre, homme de Pélagis. La première, et la plus urgente, c'est que si tu entres dans ma grande salle avec ton arme, *tu meurs*. Immédiatement. Tu n'auras pas même le temps de t'en rendre compte, que ton corps sera déjà parti en barbaque, là, sur le seuil. Moi, j'en verrai la flamme de loin. Pas besoin même de me lever. Dépose ton maudit tube à feu, ou bien va te faire rôtir, mais ne viens pas dire que je ne t'avais pas prévenu. Estime-toi heureux que je te fasse cette faveur : c'est bien parce que je tiens à palabrer encore un bout avec toi. Nous avons bien des choses à nous raconter, hein, vieille canaille ! Il reste tant de choses sous le ciel, dont tu ignores l'existence...

Les portes du festin

Les chérubins aux fesses de granit, perchés sur le tympan, ne font pas que menacer le passant de leur cloaque : ils dégoulinent réellement d'une merde grumeleuse, à l'odeur de soufre ; et leurs petits sexes dressés pissotent une urine sanglante, qui éclabousse le marbre au seuil du portique.

Son chocard sur l'épaule, Peyr a reculé de quelques pas. Cela fait trois fois qu'il égrène ses runes briseuses pour dissiper l'illusion ; pourtant le prodige demeure, plus malodorant que jamais. La chiure que produisent les entrailles des statues n'a rien de fantasmagorique...

Raccordées aux latrines, sans doute, par un système de canalisations ! *Quel esprit tordu a conçu cet artifice* ?

Même dans leurs plus triviales intentions, les bâtisseurs du Fort sinistre ont eu le souci d'asseoir la puissance de l'ogre. Cette douche merdeuse devait être une alternative aux arbalètes : elle saluait l'entrée de ceux que le maître voulait humilier, au su et au vu de toute la cour. Une telle disgrâce ruinait pour longtemps l'influence des prétentieux, à la grande joie du tyran. Un manteau de merde, c'est un honneur que votre entourage n'oublie pas de sitôt... Par la même occasion, le miracle marquait les esprits crédules, en suggérant l'intervention de la Planète. À l'homme immodeste, les Astres doivent offrir une récompense à sa mesure...

Peyr tourne sur lui-même, lorgne successivement les meurtrières, puis les ombres dans les hauteurs du hall. La voix de Vidal tombe de partout à la fois, incroyablement présente, et pourtant si assourdie qu'il n'en comprend pas le moindre mot.

Tu te donnes trop de peine, mon gros… Je ne pige rien à ton charabia !

Tout autour de lui, le mage devine d'autres ouvertures cachées, conçues pour amplifier et propager le son. Le grand hall du château est creusé pour démultiplier la présence du seigneur, pour qu'elle rôde et vous pèse, à chaque instant.

Mais moi, je crois savoir où tu es allé te terrer, croqueur de main. Sois tranquille : bientôt, nous parlerons tout à notre aise !

La piste du colosse est aisée à suivre : une traînée de gouttes carminées, qui relie l'escalier de marbre au portique. Du sang, il y en a aussi sur l'un des deux grands battants de bois marquetés d'ivoire, une tache vaste comme l'empreinte d'un ours. Avec un peu de chance, l'ogre est toujours derrière ; le moment est venu de l'affronter pour de bon.

Peyr souffle sur la mèche de sa couleuvrine, vérifie pour la dixième fois que le bouchon de tissu qui ferme sa gourde à poudre est bien en place – l'autre, l'originel, il l'a perdu dans l'escalier infernal, semant par la même occasion la moitié de son pulvérin. Sur son épaule, le chocard frémit de toutes ses plumes : il a senti la tension dans le corps du sorcier. Son bec s'entrouvre et se referme, laisse échapper un râle. Peyr lui caresse brièvement la nuque. Au-dessus d'eux, le flot de merdaille a cessé ; seul ruisselle encore le pissat rubicond, de plus en plus mollement. Le mage attend patiemment qu'il daigne se tarir, puis claque dans ses mains. Alors, dans un silence de gonds bien graissés, le portail colossal s'ouvre de lui-même.

Derrière, il neige du feu. L'antichambre de la grande salle est saturée de braises vives, qui tournoient dans l'air aux sautes d'un inaudible vent. Celui-ci fouette vers le dehors des myriades d'étincelles, qui viennent se déposer sur les vêtements du mage, et commencent à y creuser leur nid. Légions d'insectes palpitants, qui sombrent à travers les fibres et s'enfouissent en profondeur, jusqu'à venir brûler la peau sous-jacente. Mais Peyr ne se soucie pas de leurs piqûres : il a compris où était le vrai danger.

Il baisse les yeux vers la gourde à son flanc.

Déjà, trois ou quatre scories ont commencé à creuser le cuir ; une cinquième s'est enfoncée profondément dans le bouchon de tissu, en tournoyant comme une vrille. Le Pélagien s'empresse de les étouffer entre ses doigts. Mais ces choses sont vivantes, animées d'esprits perfides ; rien ne sert de vouloir les éteindre. Il les chasse à grands gestes de main, pioche de l'ongle pour les déloger. Rien à faire : les minuscules lueurs demeurent bien accrochées. Dans quelques instants, elles atteindront la poudre noire ; alors c'en sera fini du mage, de ses certitudes et de toutes ses belles paroles.

Le chien et le chocard

L'ogre est assis sur son trône, le torse raide, appuyé contre le dossier démesuré qui file vers la voûte – interminable lame d'ébène ouvragée comme un temple. Le monstre respire lentement, et sa poitrine se soulève au rythme de son souffle. Il a repoussé dans les accoudoirs de son siège le pavillon articulé qui lui permet de magnifier sa voix vers le dehors. Assez tonné : parler fort lui vrille les côtes et tourmente son foie. Maintenant, il veut jouir de quelques expirations tranquilles, reposer un peu la brûlure de ses entrailles. Le maître du Château de Sel a bien besoin d'un répit dans la douleur, alors il demeure immobile, à renifler son propre sang. Il éprouve cette force étrangère à l'œuvre dans son ventre, l'invisible navette dont le va-et-vient répare la trame de ses chairs.

Autour de lui, la grande salle est plongée dans le silence. Pas de vaisselle sur les tables de chêne, nul hanap où gargouiller son vin, et pas non plus de petit page dodu prêt à le verser, les lèvres tremblantes et la fesse docile. Seules, du côté de l'entrée, quelques braises volages badinent avec les ombres, en folâtrant comme des bourdons. Dans leur errance, elles évitent soigneusement les estocades que le soleil matinal boute à travers les vitraux rouge sang du mur est. Il y roule une vieille, vieille poussière, qui se décante comme du tanin…

Le colosse ne peut s'empêcher de couler un regard vers la droite, vers l'âtre monumental où trônent les reliefs de son dernier festin – joyeuses carcasses accrochées à leur broche tels des petits singes, lambeaux de chairs tendrement dorés, collés sur des os d'une blancheur presque pure. Le géant se mordille la lèvre, tandis que remonte en lui la mémoire d'un plaisir indicible. Il joue un peu avec le souvenir, le mordille, le caresse, puis le repousse avec regret : ce n'est pas le moment de se laisser distraire.

L'explosion survient brutalement, plus sèche qu'un coup de tonnerre, assourdie par les portes closes du narthex. Un peu de son souffle franchit les interstices entre les battants, soulève les bourdons de feu et les emporte en spirale vers le plafond. Un sourire narquois taille dans la face cireuse de l'ogre ; ses petits yeux roses brillent tels des astres moqueurs. Il reporte toute son attention vers le fond de la salle.

Peyr va entrer par là, c'est une évidence.

Même mourant, même démembré, il voudra encore lutter, dusse-t-il pour cela ramper sur un ventre sanguinolent. L'ogre n'a aucune confiance dans son trépas ; la graine de mage est plus tenace que le chardon. Bien sûr, il ne viendra pas par la double porte en bois rouge qui fait face au trône ; il préférera sortir discrètement par le côté du narthex, passera par une poterne à sa mesure, ce qui lui permettra de ne pas s'offrir d'emblée au regard du géant. Quel que soit son état, un homme avisé reste un homme avisé, pas vrai ?

Et voici que les ombres frémissent dans l'angle de la salle. Ce n'est pas pour esquisser un sorcier, mais pour cracher un fuseau de plumes noires, qui file tout droit vers le trône. Le colosse tend la main pour l'attraper au vol, mais la douleur atrophie son geste, et l'oiseau lui file entre les doigts. Il vient se poster juste au-dessus de lui, croche ses ergots à quelque ajour du gigantesque dossier d'ébène. L'ogre ne peut pas le voir, incapable qu'il est de tourner la tête ; mais il entend dans sa nuque le froufrou des rémiges, et le souffle rauque qui sort d'un bec râpeux.

Ce maudit volatile façonne des mots d'hommes.

La langue est inconnue, mais les syllabes sont articulées distinctement – une litanie grinçante et multiple, comme si trente crapauds ânonnaient, assis dans le gésier de l'oiseau. Le croque-mitaine tend l'oreille, cherche en vain à distinguer un sens. Il s'en agace, agite la main avec dédain.

« Arrrhh, fous-moi le camp, avec ton charabia ! Je ne comprends mie ! Foutu chocard… Dis à ton maître de venir me parler lui-même ! Qu'est-ce qu'il craint ? Je ne vais tout de même pas le manger !…

– Je suis là, Vidal ! » énonce une voix claire.

Et Peyr Romo apparaît sur le côté du narthex, le corps constellé de minuscules étoiles rougeoyantes. Exactement comme le croque-mitaine l'avait prévu. Des braises volettent dans son sillage, en abeilles tenaces, forment un cortège nerveux. Celles qui recouvrent ses vêtements s'avivent soudain en présence de l'ogre, mais le mage ne semble ni s'en soucier, ni en souffrir.

« Ah, Peyr », déclare simplement Vidal. Et ce disant, il lève vers lui ses prunelles rose pâle, et esquisse un sourire fiévreux.

Le Pélagien ne porte pas de blessure apparente, bien que ses traits soient roussis, et son pourpoint piqueté de trous assez larges pour y faufiler le doigt. L'ogre ravale sa déception. Il se console en constatant que son visiteur ne porte pas son tube à feu, ni sa gourde à poudre, dont la sangle d'attache a été tranchée d'un coup de couteau ; juste une courte lame au côté.

« Salut, Vidal, énonce le Pélagien. Il fait trop chaud, chez toi… »

Le sorcier s'avance à pas lents, sans quitter du regard le fauve assis sur le trône. Crinière hirsute dévastée par le feu, ce dernier est encore plus terrifiant. Son front a fondu comme un cierge, sur tout le côté droit, en longues coulées noircies qui lui empèsent les yeux ; seules ses deux cornes demeurent fermes et saillantes. Sur ses genoux, le géant a posé une vieille couverture en tartan, comme autrefois, dans sa maison du Mont Voisin. Reliquat d'une humanité plus douillette ? Témoignage de sa fragilité de bête blessée, ou bien tentative d'apitoyer le visiteur, en réveillant le souvenir des heures familières ? Cela lui donne toujours l'allure d'un grand-père, aussi immense, aussi grotesque qu'il soit devenu.

Sous le velours déchiqueté de son pourpoint, il couve une blessure béante, un petit gouffre rouge qui s'ouvre comme le puits des enfers. Au vu de cette boursouflure, Peyr s'étonne qu'il puisse être encore en vie.

Le Pélagien balaie rapidement les alentours du regard. Il note les stalles adossées au mur est, vaste banquette où sept ogres pourraient prendre place côte à côte. Sacrée pièce d'ébène, qui ne parvient cependant pas à éclipser le trône, dont le dossier flirte avec la voûte, et dans lequel Vidal lui-même paraît ratatiné. Derrière ce siège monumental palpitent des ombres profondes, que le mage ne parvient pas à percer du regard ; cela bouillonne et cela vibre, et parfois même, cela bourdonne comme un essaim.

La voix du monstre s'élève, grave et sensuelle. Ses riches harmoniques se répercutent sur les voûtes de la grande salle et la font résonner comme une timbale :

« Me disais bien que tu viendrais… tu n'as pas pu t'empêcher de me poursuivre dans ma nouvelle existence. Je le savais bien ; je m'y attendais assez. Je n'ai pas de chance d'avoir un ami comme toi. Tu es beaucoup trop possessif ! »

Le mage s'arrête à cinq pas du trône. Il ouvre la main, la tend vers le colosse :

« Tes filles, Vidal. Libère-les. Je les récupère, et je te jure que je m'en vais sur-le-champ. »

L'ogre esquisse un affreux sourire, qui dévoile ses dents pointues. Il pousse un petit soupir d'aise :

« Haaaa… Tu les veux pour toi, hein !… Vieux coquin ! Je ne te savais pas si lubrique ! » Il marque une courte pause, tambourine des doigts sur son accoudoir. « Très bien, sers-toi ! Je te les ai préparées à point. »

Et ce disant, son bras désigne les restes dans l'âtre.

« Qu'est-ce que t'en dis ? Sont-elles à ton goût, ou veux-tu que je les apprête pour l'amour ? Il m'a semblé que tu aimais la sobriété. J'ai songé qu'elles seraient bien, ainsi dévêtues… »

Il se pourlèche la lèvre, déglutit bruyamment :

« J'ai peut-être exagéré dans le dépouillement, évidemment. Tu me connais : je me laisse vite emporter. Je n'ai pas toujours le sens de la mesure. Tu ne les aimes pas trop charnues, j'espère ?… »

Silence. Même si Peyr avait eu quelque chose à dire, il n'en aurait pas été capable. Il demeure vissé sur place, le cœur contracté, à prendre la mesure de l'horreur. Les fils de soie d'or qui ruissellent des carcasses ne laissent aucune place au doute, pas plus que les petits vêtements entassés sur le côté de l'âtre. Il est venu trop tard ; il est venu pour rien.

L'ogre semble se délecter de son désarroi. Il dodeline de la tête, se fend d'un sourire goguenard. Et d'un ton désolé :

« C'est bête : je m'aperçois que je ne t'en ai pas laissé. Pardon, mon ami… J'aurais dû mieux anticiper ta visite ; on se serait partagé ce festin. Combien de temps qu'on n'a plus dîné en tête à tête ? C'est un mets qui manque à ton expérience, la chair tendre, j'aurais aimé que tu goûtes ça… »

Il se penche en avant, l'œil canaille, s'enflamme d'enthousiasme :

« Si tu veux, va chercher les tiens ! On remet ça sur-le-champ. Tu ne le regretteras pas, ça se voit qu'ils sont savoureux !… »

Il se met à rire, un son énorme et caverneux, qui fait tressaillir les pierres. Le regard assassin que lui dédie le mage le coupe dans son hilarité. La bête ne peut s'empêcher de s'attendrir un peu :

« Allez, fais pas cette tronche… je sais bien ce que tu penses, vieux brigand ! Tu penses que j'ai fait quelque chose d'horrible. Ça te ressemblerait bien, de penser ça. Pourtant j'en avais le droit : c'étaient mes propres petites filles, les miennes ! Chacun dispose de ses enfants comme il l'entend. C'est la loi… non ? D'ailleurs, mon père ne s'est pas gêné pour disposer de moi à sa façon. Mais je ne songe pas à m'en plaindre, et je ne passe pas non plus mon temps à m'en vanter… »

Il n'y a plus rien à dire, alors le mage se tient coi. Ce qui lui reste de vigilance, il le réserve à la surveillance du colosse. Attentif au moindre frémissement de sa masse, qui pourrait trahir une soudaine montée de violence.

L'ogre se racle la gorge, un peu embarrassé par le silence :

« Bon, d'accord. Je n'aurais pas dû t'enlever tes chiards. Ça ne se fait pas, entre vieux amis. C'est à cause d'Aube, vois-tu : elle m'a énervé. Elle n'avait pas à se mêler de mes affaires ! Encore moins soustraire mes filles à mon autorité. Les cieux savent qu'elles avaient bien besoin d'être matées ! Ta femme, elle faisait exactement le contraire de ce qu'il fallait. Je te jure, quand elle me les a soutirées, ça m'a vraiment contrarié ! Mais on peut passer au-dessus de ça, qu'est-ce que t'en dis, Peyr ? De vieux amis comme nous ne se quittent pas à cause des lubies d'une bonne femme !… »

Son rire tressaille à nouveau, rocailleux comme l'avalanche, et pourtant incroyablement familier :

« Tu sais que t'es un foutu salopard ! Tu te rends compte, tu m'as tiré dessus sans sommation. Sur moi (il se frappe la poitrine) ! Ton vieux conteur d'ânes ! Je n'arrive pas à y croire. Heureusement que je suis solide... » Il passe la main sur sa blessure, contemple un instant ses doigts poisseux de sang : « Qu'est-ce qui t'a pris, bon cieux ? Comme si on ne pouvait pas discuter d'abord, entre gens sensés !... »

Il se laisse aller en arrière sur son trône, épiant du coin de l'œil la réaction du mage. Comme celui-ci demeure impénétrable, il finit par se renfrogner :

« Tu sais, je ne suis plus en colère contre toi. N'empêche que t'es un emmerdeur... Je commençais à peine mes chasses ! La montagne est pleine de petits bergers en vadrouille, et d'autres âmes encore plus tendres. C'est tout juste si j'y avais goûté ! Maintenant, je vais devoir attendre de guérir. Ça va me coincer des jours dans cette salle obscure, alors que l'été est là. Dire que j'en avais le cœur tout guilleret... »

À nouveau, ses mots se heurtent à un mur de silence. Plus rien ne semble émouvoir le masque glacial du sorcier. Le monstre pousse un soupir résigné.

« Bon, puisque tu ne dis rien, alors va-t-en ! Qu'est-ce que t'attends ? Prends tes gosses et tire-toi ! Je me demande bien pourquoi tu restes... »

Un sourire s'ouvre, onctueux, dans la cire de sa face.

« Ah, je sais ce que c'est ! Tu veux savoir comment je suis devenu si grand. Hein ? Si. Ne nie pas. Tu es jaloux, tu veux connaître le sortilège ! »

Il se rengorge, prend un air emprunté.

« Ce n'est pas grave, je vais te raconter. Mais d'abord, fais taire ce maudit volatile qui marmonne dans ma nuque : c'est agaçant au possible, je ne comprends rien à ses galimatias. Il m'embête, alors que j'ai des choses importantes à t'expliquer ! Vois-tu, j'ai découvert mon vrai potentiel. Écoute, magicien ! Ça pourrait te servir un jour, à toi aussi ! »

Peyr frémit des paupières, le regard fixé sur les ombres mouvantes derrière le trône. Il se force à remuer la langue :

« D'accord, Vidal. Explique-moi au moins ça. »

Une lueur jubilatoire pétille dans les yeux du géant.

« À la bonne heure, tu as retrouvé la parole ! On cause, on se raconte, on réapprend à se connaître ! Installe-toi, le mage, et prête-moi ton oreille : je vais la grignoter de mots... »

Il s'humecte les lèvres, prend un air grave et se lance.

« Tu ne l'as sans doute jamais compris, mais auparavant, j'étais comme un homme mort. Sous mes airs de boute-en-train et de joyeux drille, je cachais mal mon immense, immense vacuité. Depuis le trépas de ma femme, j'avais perdu le secret du désir, qui est aussi celui de la jeunesse et du renouveau. Au fil des ans, j'avais soigneusement tué le peu qu'il y ait jamais eu en moi de conquérant – à petit feu, comme se perd le jus de cuisson. À cause de mes propres dispositions d'esprit, jamais rien d'inattendu ne m'arrivait plus ; tout n'était que stérile répétition. Ah, cette longue et monocorde procession des jours, je m'y abandonnais comme le noyé à l'abîme... ». Ses grosses narines frémissent de dégoût. « Lamentable ! crache-t-il. La réalité, c'est que je n'avais tout simplement pas assez de force pour m'inventer un futur digne de ce nom. Ayant accepté cela, je me consolais piteusement en rêvant au leur. » Il a un mouvement sec du menton, à l'adresse des deux carcasses rôties. « Je leur construisais de vaniteux châteaux d'avenir ; mais moi, moi j'étais juste une vieille ombre qui rôdait au pied de leurs tours. Un être vain et tassé ; une victime passive, offerte au sacrifice. »

Il marque un court silence pour appuyer ses dires, haussant le menton et écarquillant les yeux d'un air entendu.

« Et puis, cet été. »

« Cédant à l'habitude, je suis descendu à la foire de Caleste, comme toujours à la tête d'une colonne d'ânes stupides et sales à fourguer au premier crétin venu. Rejouant ainsi inlassablement la même crétine compulsion : vendre et faire fortune, pour être un jour enterré dans de beaux vêtements, et, ah, pourrir dans de la soie fine. Ç'aurait pu être ma fin un jour ou l'autre. Oh ! le beau souvenir que je vous aurais laissé, à toi, à Aube, et à tous les pisses-droit de Pélagis ! Mais non ; par bonheur, je ne suis jamais arrivé jusqu'à cette maudite foire. J'ai décidé de gagner un peu de temps en coupant par le col de l'Ermite. Et tu sais quoi ? Ça a été le raccourci le plus long de ma vie ! »

« Cette maudite varappe est périlleuse à descendre, et mieux vaut ne pas la négocier trop vite. À force de beugler sur mes ânes pour leur faire presser l'allure, j'ai manqué d'attention pour moi-même. Mon pied est parti tout seul sur la pierraille, la pierraille s'est mise à dévaler, et moi j'ai culbuté la tête la première et volé en l'air pour une roulade mémorable. Quinze ou vingt pas plus bas, c'est mon front qui a frappé le roc en premier ; le choc m'a laissé assommé pour le compte. »

« Aujourd'hui encore, je me demande combien de temps a bien pu durer mon inconscience. Quand j'en suis sorti, mes ânes vaguaient aux alentours, j'avais de la merde tiède dans les bottes, et le soleil était sur le point de se coucher. Je gisais sur le flanc, tout croqué, à mi-pente du pierrier. J'étais persuadé d'être brisé de partout, et je commençais déjà à me dire que j'étais bon pour mourir sur place de faim et de soif et pour servir de nourriture aux chocards. Eh bien, à peine le temps d'y penser, j'étais remis sur mes deux pattes. Ce fut l'acte le plus aisé du monde ; au vrai, j'ai connu des levers plus difficiles juste à cause d'un repas trop lourd. À part une légère barre au front, je ne ressentais ni douleur, ni fatigue, ni courbature. En vérité, je tenais une forme incroyable, et l'envie de me dépenser comme jamais. Une sensation unique, formidable ! »

« Je me suis mis à crier et courir et virevolter dans la caillasse pour rameuter mes grisons : à peine le temps de quelques taloches, et j'en avais refait un troupeau bien docile. J'ai mené cette colonne jusqu'au lac en contrebas, avec ses eaux déjà noires sous la brune, et son long refuge de pierre au bord. Voilà bien ce qu'il me fallait : un toit pour la nuit. »

« Il n'y avait personne dans le ventre du refuge, et pas davantage de mobilier. Ce n'était qu'une longue salle vide et basse, sans fenêtres, au sol de terre grossièrement battue. La nuit tombait : j'ai attaché mes bêtes à l'intérieur, puis je suis allé au lac me laver chausses, mollets et bottes de la merdaille qui les couvrait, puisque dans mon évanouissement, je m'étais causé ce désagrément. J'ai dîné sommairement de mes provisions salées. J'avais dix fois trop d'ardeur pour dormir, alors j'ai décidé de monter sur une crête voisine, juste pour voir ce qu'il y avait derrière. Tiau ! ça faisait longtemps que je n'avais pas grimpé avec un tel plaisir. Comme tout m'était facile ce soir-là ! C'est ainsi que j'ai aperçu au loin le Château de Sel derrière la Branlebosse. Une vue glaciale, j'ai trouvé. C'est aussi la toute première fois que j'ai remarqué l'étoile : elle scintillait juste au-dessus du dôme de bronze, plus brillante que dix Sahari. Ce soir-là, c'était elle le pivot du ciel. »

« Je suis redescendu m'asseoir auprès du lac, et regarder ses eaux se rider de risées nocturnes. Je n'avais pas du tout froid malgré mes jambes nues. J'étais bien content d'être là, et à vrai dire, j'étais même bien content d'être tombé : ça m'avait rendu une ardeur de vingt ans, allez dieux savoir comment. J'avais l'impression de galoper sur le monde. À un moment donné, j'ai surpris le reflet de l'étoile qui flottait sans ballotter à la surface de l'eau. Troublé par sa fixité, je me suis levé pour jeter un coup d'œil au ciel dans mon dos. »

« Elle s'est embrasée dès l'instant où j'ai posé mon regard dessus. Son nimbe a dévoré les autres astres pour emplir la moitié du ciel, sans un bruit. La lune s'est éteinte pour lui faire place nette, elle s'est réduite à une vague empreinte luminescente reléguée dans les ténèbres de sa part de nuit. Il s'est mis à faire soudain terriblement chaud dans mes montagnes, chaud et clair. J'avais les oreilles qui bourdonnaient, les iris saturés de lumière, et le monde tournait tout autour de moi. Je titubais, comme ivre, tandis que ma peau buvait malgré moi toute la radiance de l'Astre et m'en gorgeait à nausée. J'ai cherché appui un instant contre le mur du refuge. J'ai enfoui mon visage dans le creux de mon coude pour préserver mes yeux de cet incroyable feu céleste, je me suis accroupi contre la bâtisse, puis recroquevillé sur moi-même. Alors j'ai senti décroître peu à peu la pression dans mes tempes, tandis que la nuit, par-delà mes paupières, retrouvait graduellement sa noirceur. L'étoile – la planète – était en train de se coucher derrière l'horizon. »

« J'ai rouvert les yeux. Toujours assis sur mes talons, j'ai levé la tête pour regarder les autres astres retrouver peu à peu leur place dans l'éther, et leur mouvement de tourbillon se ralentir, se ralentir, tandis que le silence emplissait tout de sa pesanteur. Et puis soudain, alors même que je croyais le phénomène terminé, une flambée de lumière s'est abattue du ciel. Comme un javelot de braise, elle a frappé le monde juste derrière le refuge. Il n'y a eu ni souffle ni vacarme, point d'embrasement, pas le moindre son, en fait ; mais j'ai senti sur le coup trembler le fond de mes os. »

« J'ai retenu ma respiration et j'ai attendu, sans plus oser bouger, que la folie du ciel manifeste sa prochaine lubie. C'est alors que j'ai perçu ce halètement lourd à quelque pas de moi. »

« Il a surgi de derrière la bâtisse, trottinant d'un pas souple : un énorme chien sombre, plus grand que mes ânes, au pelage totalement noir, je veux dire, noir d'absence, noir de néant. Il n'en luisait que deux yeux de perle, qui feignaient de ne pas me regarder, et dedans la gueule, deux rangées de dents semblables à des lignes de crêtes. Par quelque caprice de la nature, sa robe ombreuse avait laissé nue la peau de ses mâchoires, mauve et ocre, maladive, tendue comme parchemin sur l'os. Il arrivait sur moi d'une allure apparemment décontractée, mais en réalité rapide et suffisamment directe pour que je sente venir la menace. J'ai perçu son odeur : celle du feu et des scories de métal, celle du sang sur la fourrure. Une peur paralysante m'a serré le cœur. J'ai juste pensé que j'allais finir en barbaque dans l'instant. »

« Le vent a soufflé comme un goût de sel sur mes lèvres ; et alors, le chien s'est mis à parler. Ou plutôt, à murmurer dans le vent. Sa voix n'émanait pas seulement de son robuste poitrail : elle montait du sol en grondant, s'enflait dans l'air en dilatant les constellations. Mais il s'adressait à moi seul, et tandis qu'il discourait, je voyais pulser au fond de son gosier un soleil sombre en suspens. Il me disait des choses, des choses… qui me faisaient frémir d'horreur et de répulsion. Il m'invitait, au mépris du sens commun, à découvrir et à commettre… à aiguiser… à goûter… à transgresser… à accomplir… eh bien, quelque chose de totalement *nouveau*. J'étais en nage, les braies et la chemise me collaient à la peau ; toute mon eau me fuyait le corps. La bête m'a montré un avenir tellement *choquant*, tellement extraordinaire, que mes sens s'en sont voilés, et que j'ai connu un moment d'absence. »

« Je suis revenu à la pleine lucidité parce que le monstre me *léchait* la main. Sa langue chaude, puissante et granuleuse, sur ma peau nue… j'en ai hurlé de colère. Je l'ai repoussé d'un coup de mon poing nu en travers de la mâchoire – à peine a vacillé sa lourde masse. J'ai ramassé pierre sur pierre, et je me suis mis à les lui lancer à la face, avec une violence incroyable. Cela lui rebondissait sur le crâne, apparemment sans l'affecter ni provoquer d'autre réaction qu'un silence inexpressif. Enfin, il a levé le museau et émis un grondement sourd, tout empli d'une douloureuse déception. D'un seul coup, il s'est détourné de moi, et il s'est mis à courir droit devant lui, courir avec frénésie en galopant vers le ciel. Je l'ai vu quitter terre et s'élever au-dessus des pics, ses pattes fouillant à toute allure la trame de la nuit ; puis il a disparu dans l'ombre trouble entre les constellations. »

« Lui parti, je ne savais plus où j'en étais. Je me suis vautré dans le lac ; l'eau fraîche m'a fait du bien. Je suis rentré à l'intérieur du refuge, et je me suis couché contre les flancs de mes ânes à la recherche de chaleur et d'oubli. J'avais un de ces maux de crâne qui montait ! Une douleur terrible, lancinante, qui prenait racine au beau milieu de mon front, et de là rayonnait jusqu'à la pointe de mes cheveux. J'ai dû me vomir dessus quatre ou cinq fois. Assommé par la souffrance, j'ai fini par cesser complètement de penser, et je suis parti à la dérive. »

« Deux jours. Ou trois peut-être. Sans bouger du refuge. Sans rien manger. Juste me traîner au-dehors de temps en temps pour boire au lac, et tremper dans l'eau un linge, en faire une compresse pour l'enflure énorme de mon front. Puis revenir à l'intérieur et me coucher, rester là à trembler et frissonner, et tâcher d'oublier la souffrance sous mon crâne. »

« Ah, Peyr Romo ! M'être senti si malin et si fort pendant un court moment, pour découvrir que ma chute m'avait finalement réduit à tel état grabataire… quelle déception ! »

« Tandis que je la ruminais, moribond, dans l'obscurité du refuge, me passaient et repassaient par la tête les images et les mots soufflés par la bête. Mourant, j'ai fini par m'y abandonner complètement. À quoi bon résister à ces délices qui me traversaient l'esprit, ces merveilleux forfaits ? Puisque j'allais m'éteindre avant de les commettre… j'ai cédé pour ne pas user dans la lutte le peu qu'il me restait de force vitale, et qu'en a-t-il été, au bout du compte ? » il ouvre les bras, radieux : « Me voilà ! Bien vivant ! Plus farceur que jamais !

Il s'arrête au beau milieu de la phrase, et se met à rire en silence, rire comme un dément, les épaules agitées de tressaillements.

« Qui que soit cet animal, ou cet esprit, il mérite toute ma reconnaissance. Car il m'a fait découvrir des appétits – et des plénitudes – inouïes, d'une intensité que tu ne peux même pas imaginer. Il m'a rallumé. Il m'a redonné envie de vivre pour explorer ces nouvelles possibilités, et depuis toute ma force vitale s'est embrasée dans cette quête sensuelle. »

« Mais il a aussi fait beaucoup plus que cela. Il m'a permis de grandir. Cela n'est pas possible, quand tu te dissous dans ta propre marmaille. Grâce à lui, j'ai compris qu'il fallait d'abord la ravaler pour retrouver tout mon potentiel. Il y a un nombre limité de vies possibles, Peyr, et ce nombre est sans doute inscrit dans les astres. Pour qu'une nouvelle vie puisse voir le jour, il faut obligatoirement qu'une ancienne s'efface quelque part sous les étoiles. Lorsque tu fais un gosse, tu joues le jeu des cycles. Tu étouffes ton propre futur et tu entres dans cette logique qui te conduit à te dessécher toi-même. Ce n'est pas ton propre enfant qui prend ta place, non, il prend la place de quelqu'un d'autre, dont le fils prendra sans doute la tienne tôt ou tard. Rajoute la charge d'une seule vie dans la balance des existences, et tu cautionnes cette mascarade. »

L'ogre incline la tête sur le côté et laisse son regard divaguer dans les vitraux. Il a terminé sa causerie ; le voilà qui se fait songeur. Comme le mage ne dit toujours rien, il se met à rêver tout haut :

« Tu ne peux pas savoir, Peyr, le goût que ça a, les enfants. Le délice de leur peau, leur odeur légère et affolante… la chère de ma chair. C'est la sensation la plus formidable qu'on puisse connaître, un accomplissement total… La force née de moi et qui retourne finalement en moi, grandie entre-temps, amplifiée d'avoir vécu de sa propre volonté… ah, mordre à pleines dents dans cette fontaine de vie, dévorer tous ces possibles et ces futurs pour se les approprier !… se gonfler de rêves et d'énergie intacte, non corrompue, en avaler la source pour qu'elle continue à se diffuser en moi, comme un miel délicieux et fortifiant… »

« Mais je peux aussi manger les enfants des autres ; et ça aussi, c'est un tout grand plaisir. Je me serais bien farci les tiens si tu m'en avais laissé le temps, et je crois bien que j'en aurais tiré beaucoup de force : je retrouve en eux ce petit quelque chose de toi, qui les rend savoureux. Mais il y a encore beaucoup d'autres mioches dans ces montagnes, et aussi une infinité de bambins à travers le royaume, qui ne demandent qu'à perdre de la graisse, comme mes pitchounes, et désencombrer notre futur. Ces choses-là doivent être mangées tôt pour rendre tous leurs arômes. Et tu sais quoi ? Plus j'en mangerai, et plus je grandirai, plus ma vie sera prolongée et plus je serai puissant. N'est-ce pas formidable ? Je suis immortel, comme Inioulbha ! J'ai des siècles devant moi pour repousser les limites étroites de l'humain et déployer ma toute puissance à la face du monde. Je suis chaud, Peyr, plus chaud et plus vivant que tu ne le seras jamais. Je perçois le monde avec une acuité nouvelle, je brille comme une flamme ardente. Parfois je me sens capable de bondir vers les étoiles pour les engloutir. Un jour je grimperai là-haut les dévorer, puis je relâcherai des pets de flammes, et toi, le mage, tu observeras le ciel et tu les appelleras « comètes » ! » Il rit à nouveau, d'un rire joyeux, presque solaire.

« Il me semble que tu as tendance à oublier quelle fut la fin d'Inioulbh », note Peyr d'un ton détaché.

L'hilarité du géant se casse net. Son visage se fige en une grimace fielleuse.

« Inioulbha avait contre lui un duc et son armée ! gronde-t-il. Il a choisi de rester pour défendre ses murailles avec sa troupe de crétins ; il s'est comporté en seigneur terrien, et ce faisant il s'est pris lui-même au piège. Inioulbha est mort étouffé dans sa propre suffisance ! Pas moi ! Je suis de nature plus modeste. Que j'apprenne seulement que le duc de Thorkarin, le prince de Narrakhin ou l'Héritier-Roi marche sur moi, et je prends aussitôt le large. Je peux marcher dans les airs. Je peux parcourir de grandes distances en un temps bref. Je peux harceler une armée dans les montagnes, surgir sur elle à la nuit venue, tuer dix ou vingt hommes et disparaître aussitôt. Je peux guérir de n'importe quelle blessure. Jamais – JAMAIS ma tête ne se fichera au bout d'une lance ! »

Il termine sa diatribe dans un rugissement ; ses avant-bras quittent l'accoudoir, son torse se redresse à la verticale. Peyr s'y était préparé : il fait un bond en arrière pour se mettre hors de portée, tandis que, dans un froissement de plumes, le chocard s'envole du dossier. Mais l'ogre ne tente rien de plus ; il n'avait pas d'autre intention que de manifester sa colère.

« Écoute-moi bien, petit chanteur de runes ! gronde-t-il. Si tu es encore en vie, c'est parce que je le veux bien. Je n'oublie pas que tu as été mon ami. Je déplore seulement que tu sois trop étroit d'esprit pour le rester, je ne me fais aucune illusion là-dessus. Tu as repris tes mômes ; je te les laisse bon gré mal gré. Tire-toi maintenant, avant que je t'arrache la gorge ! » Et il dévoile ses crocs.

Mais Peyr demeure immobile, la mine sombre, à sept pas du trône.

« Tu ne m'as pas entendu, à ce qu'on dirait, assène le monstre. Ou peut-être que tu aimes jouer avec la mort ? »

Il se radoucit :

« Allez, Peyr Romo, il vaut mieux pour toi foutre le camp, maintenant, avant qu'une autre lubie me prenne. Disparais, et qu'on n'en parle plus. C'est beaucoup mieux ainsi... »

Pour toute réponse, le mage tire son épée du fourreau.

L'ogre en reste estomaqué un court instant. Sa main se glisse sous le tartan ; une vilaine lueur s'allume dans ses yeux.

« Peyr, Peyr... à quoi est-ce que tu penses ? Es-tu fou, ou suicidaire ? Même blessé, je peux encore te briser d'une seule poigne... » Sa grosse patte boute sous la couverture une bosse sournoise, qui remonte vers son ventre avec une lenteur calculée. « Je croyais pouvoir t'élever au-dessus du troupeau. Je t'avais traité en pair, en pardonnant ta traîtrise ; mais toi, tu t'entêtes à me décevoir... Tu sais, je n'ai que trois pas à faire pour te croquer. Et tu veux savoir, petit mage ? Tu as tort de me tenter. Parce que, moi, en ce moment... j'ai une faim de LOUP ! »

Et ce disant, il envoie valser sa couverture et bondit sur ses pieds, un vilain coutelas dans la pogne.

Peyr n'attend pas qu'il fonde sur lui. Son bras gauche décrit un arc de cercle dans le vide, avec la violence d'un coup armé. À sept pas de là, l'ogre se plie en deux, frappé au ventre par une invisible masse. Il pousse un long hurlement de douleur, si puissant que les vitraux en tremblent.

« Assis ! » tonne le mage.

Le colosse vacille et retombe lourdement en arrière, le cul sur son siège. Il demeure un moment souffle coupé, à considérer son adversaire d'un œil incrédule. Ce dernier ne lui laisse pas le temps de se reprendre. Laissant bas l'épée, il lève à nouveau son poing gauche et tranche dans le néant, en diagonale descendante. Le monstre se tord de plus belle, bouche déformée en un cri silencieux. Il porte les doigts à sa blessure, contemple le sang qui s'écoule à flots vifs. Haletant comme un bœuf, il parvient à éructer :

« Mais qu'est-ce… qu'est-ce que tu m'as fait ? »

Le sorcier ouvre la main, révèle une petite bille de métal coincée entre son pouce et son index.

« C'est simple, Vidal : tout à l'heure, je t'ai mis dans la panse un boulet enchanté. Pendant que tu te répandais en vains discours, mon chocard chuchotait pour l'éveiller de sa torpeur. Celui que je tiens en main est son époux dans le sortilège. Tous deux sont liés par la rune : je n'ai qu'à lever l'un pour que l'autre danse dans tes entrailles, au gré de mes envies. Et justement, après ce que j'ai vu ce matin, mon envie est grande. Très, très grande ! »

Sur ce, sa main fauche l'air à nouveau, tranchante comme une lame. Et puis encore. Et encore. L'ogre beugle de plus belle, à s'en sortir les yeux de la tête, à s'en arracher la langue. Il voudrait extirper de son ventre cette chose froide qui baratte ses entrailles et les jette contre ses côtes ; expulser le vautour qui déchire son foie, ses reins, ses intestins. Il finit par basculer en avant, assommé de douleur ; glisse à bas de son trône, et s'affale mollement sur la pierre froide, comme une marionnette dont on a tranché les fils.

« Arrête, râle-t-il. Arrête ça… Peyr… s'il te plaît… »

Un gémissement de garçonnet, sans ressort et sans force. Vidal goûte le sang chaud qui gargouille dans sa bouche ; il le sent se répandre dans sa panse et s'écouler au-dehors par le trou de son cul. Peyr le toise sans complaisance, l'épée basse :

« Je pensais me servir de ça pour te forcer à libérer tes enfants, déclare-t-il. Mais puisque j'arrive trop tard, je sais ce qu'il me reste à faire. Désolé, Vidal ; tu es totalement perdu. Je ne peux pas te laisser vivre, pas avec ce que tu viens de commettre. Tu es au-delà de toute rédemption. »

La peur sourd dans les prunelles du monstre. Il rugit, claque furieusement des mâchoires et tente de se relever. Mais ses jambes refusent de lui répondre ; il n'en ressent plus qu'un vague fourmillement.

« Si tu souffres trop, assène le mage, tu n'as qu'un mot à dire pour mettre fin au calvaire. J'enverrai ton hôte à la place qui est la sienne : au beau milieu de ton cœur.

La bête serre les dents, parvient à esquisser son sourire séducteur :

« Sacré farceur… tu ne peux pas… faire ça… à un vieil ami. »

Le sorcier hoche la tête, la mine funèbre, baisse la main sobrement.

« Tu as raison, soupire-t-il. Je ne peux pas. » Le chocard vient se poser sur son épaule en cliquetant du bec. « Je ne suis pas un tueur de sang-froid. Même après ce que tu as fait, je ne parviens pas à t'exécuter. Mais tu ne nuiras plus à personne : j'ai fait ce qu'il fallait pour ça. »

L'ogre grommelle une sorte d'acquiescement, le menton enfoui dans son poitrail. Il halète un bon moment en silence, vautré sur son flanc, essayant d'apaiser un peu l'insupportable souffrance. La colère de Peyr, elle aussi, s'est apaisée en partie ; pour un peu, il ressentirait de la compassion.

Au bout d'un temps, le monstre trouve la force de marmonner :

« Mes jambes… je ne sens plus mes jambes… »

« Et tu ne les sentiras plus jamais. Mon offrande est allée se caler dans le bas de ton dos ; je crois bien qu'elle t'a broyé une vertèbre ou deux. Même un ogre ne peut pas guérir de ça. Tu peux bien jouir de ton trône pour le restant de tes jours, mais tu ne marauderas plus dans les montagnes ! »

Vidal relève le menton, un éclat opiniâtre dans le regard. Il pousse des deux bras contre le dallage, dans un effort désespéré pour s'arracher au sol. Il grogne et souffle comme un damné, mais ne parvient qu'à ramper lamentablement, en traînant ses hanches mortes derrière lui. Et soudain, le prédateur en lui cesse d'exister. Sa rage laisse place à un calme résigné ; sa grosse face n'est plus qu'un pâle masque de désespoir, où s'abîment deux soleils roses.

« Très bien, gronde-t-il, courbant la nuque. Alors, tue-moi, qu'on en finisse ! Je ne veux pas rester dans cet état.

– Non, Vidal, énonce tranquillement le mage. Tu vas rester assis ici, à écouter pleurer ton ventre. Cela te laissera le temps de réfléchir à ce que tu as fait. » Il rengaine sa lame. « Je me demande en combien de temps ça meurt de faim, un ogre…

– Petite merde ! Tu ne peux pas me laisser comme ça ! »

Comme le mage tourne les talons, l'ogre se met à beugler, bavassant du sang à chaque mot :

« Tu n'as pas les couilles pour m'achever ! Maudite tafiole que tu es ! Achève-moi, si t'es un homme ! Tu me dois bien ça ! »

Peyr hésite, troublé. Il contemple le triste pantin vautré sur les marches du trône. Ventre en bouillie, gueule barbouillée, caboche fondue. Une ruine d'ogre, hantée d'un spectre d'homme. Lentement, les doigts du sorcier trouvent leur détermination ; ils se posent à nouveau sur la poignée de son épée.

L'ogre approuve d'un hochement de tête.

« Va te falloir de la force, glisse-t-il, sur un ton encourageant. C'est qu'elle est solide, cette nuque ; un coup ne suffira pas. Essaie au moins de trancher comme un guerrier. Tu vois ce que je suis devenu, mon vieil ami ? C'est sans espoir, hein… »

Le Pélagien opine en silence. Il dégaine d'un geste ample, se force à respirer profondément. Calme. Il faut maîtriser pleinement son corps pour porter un tel coup.

À peine a-t-il fait trois pas vers le géant, que les ombres derrière le trône se remettent à bouillonner. Elles se dilatent, roulent sur place comme un orage, agitant dans l'air une odeur de fer et de vieille fourrure.

Peyr recule de plusieurs pas. Il scrute ce magma opaque, incertain du danger. Quelque chose est en train d'y prendre forme : une silhouette massive et décharnée, hantée de deux astres blancs qui flamboient dans les ténèbres. D'un geste vif, le mage trace sur son front la rune du soleil.

Lentement, une gueule émerge de la brouillasse, des volutes épaisses accrochées à ses crocs. Un molosse noir comme le néant s'avance sur le côté du trône, babines pelées, prunelles de feu lacté. L'apparition ne semble pas s'intéresser au magicien ; elle renifle un peu l'air ambiant, puis trottine tout droit vers le géant abattu, d'un pas étrangement silencieux. Parvenue à son chevet, elle ploie l'échine pour humer la bedaine ensanglantée. Elle la fourrage de la truffe, le souffle lourd, fourre sa patte sous le corps massif, comme pour le retourner. Le blessé demeure sans réaction, les yeux emplis d'un désespoir fatigué. Le chien finit par s'asseoir devant lui, en gardien silencieux. Ses astres d'yeux se posent sur Peyr ; il se met à gronder.

« Laisse-moi passer, tonne le mage. Je dois libérer cette âme. »

La bête décroche sa mâchoire, dévoile le soleil rouge qui brûle au fond de son gosier. Sa voix s'adresse directement à l'esprit de Peyr :

« *Approche, sorcier. Tu dois défaire le mal que tu as causé.*

– *Je ne peux pas. Cet être a demandé à mourir…*

– *C'est une injonction que t'adresse le ciel. C'est toi qui l'a brisé, il t'appartient de le réparer.*

– *Je n'obéis pas aux Faux soleils qui prétendent* régir *le monde.* »

Une langue mauve roule hors de la gueule du molosse, se tortille comme un orvet. Le monstre branle du chef, halète sourdement. Des étoiles scintillent dans le noir de son pelage, en lentes spirales. Ce manteau est taillé dans la trame même de la nuit ; un pan de cosmos drapé sur une âme carnassière.

« *Prends garde, sorcier* ! gronde la créature. *Tu es ici dans Son domaine…*

– *Le monde terrestre n'est en rien Son royaume. Ne me menace pas, esprit, car sous le règne de Suros, je ne te crains pas* ! »

Le chien s'abstient de répondre ; il préfère disparaître purement et simplement, dans une brève rafale de sel. Mais son halètement demeure à rouler sous les voûtes, emplissant la grande salle de son angoisse. Le mage tourne sur lui-même, incapable de localiser la menace. Un rapide regard lui apprend que Vidal est entré en transe, les yeux dans le vague, l'esprit absent. Ses grosses lèvres murmurent quelque chose d'inaudible, emportées dans une litanie d'outre-ciel.

Un regain de lumière attire l'attention du magicien sur la droite. Le soleil matinal a gagné en puissance ; ses rayons embrasent les vitraux, baignant toute l'aile est de la salle d'une clarté rubis. Soudain, le souffle impie cesse de rôder pour se focaliser en ce seul lieu : les hautes fenêtres vermeilles. Peyr plisse les yeux. Dans chacune d'elles, des dizaines de petites flaques d'or rouge clapotent, enserrées dans leurs croisillons de plomb. Au fur et à mesure que décroît le feu solaire, elles retrouvent peu à peu substance solide, et avec elle, toute la netteté de leur mosaïque.

Là, assis au cœur d'un grand vitrail, trône le molosse. Dix-neuf carreaux de verre constituent son corps plat ; ses yeux peints à l'émail toisent fixement le mage. Une créature immobile, qui n'en conserve pas moins sa voix :

« *Regarde ce que tu as fait !* reproche-t-elle en douceur. *Il est couché par terre, il ne peut plus bouger !*

– *Cela me convient parfaitement.*

– *Ses os sont encore tendres ; il a grandi trop vite. Ta petite planète grise s'est fichée dans l'un d'eux. Elle compresse sa moelle, elle l'empêche de bouger. Rappelle ta petite planète grise ! Laisse-la sortir de son ventre !*

– Toute chose est à sa place. Je ne changerai rien.

– Nous pouvons t'offrir l'immortalité. Les grâces que les sages obtiennent au prix de douloureuses années de dévotion, je les ferai tiennes en échange de ce simple service !

– J'ai vu la valeur de tes dons. Je préfère m'en passer. »

La voix ne s'avoue pas vaincue ; elle prend le temps de mûrir ses arguments. D'angoissants bruits de gueule meublent son silence, bruits hargneux des crocs sur les os. Et l'être planétaire revient à la charge :

« Tu es un mage ; tu sondes les portes des astres. Je te permettrai de les ouvrir. Je t'offrirai les clefs des Sept sceaux de l'invisible. Ta puissance sur ce monde ne connaîtra pas de limites !

– Tu ne peux offrir ce que tu ne détiens pas. Cesse maintenant de perdre ton temps. Ne vois-tu pas qu'il fait nuit dessous le monde ? Qu'attends-tu pour filer là-bas ? »

La réponse déplaît au chien céleste. Son grondement emplit le sol et les murs. Comme en écho, la lumière du jour s'avive à nouveau derrière le verre, jusqu'à l'incendie.

Ce n'est pas le soleil, songe Peyr, inquiet. *C'est une autre force tapie au-dehors…*

Gorgé de feu rouge, le vitrail se dilate. Il enfle et désenfle comme un cœur malade, arrondit sa bedaine jusqu'au point de rupture, avant d'exploser soudain en éclats vermillons. Le mage se couvre les yeux du bras, s'attendant à subir une pluie de verre ; or rien de tel ne se produit. Lorsqu'il ose regarder, la fenêtre est intacte. Mais en lieu et place du molosse, se tient maintenant une figure agenouillée : celle d'un sorcier à barbe blonde, les deux mains liées à un tronc posé en travers de ses épaules. Ses paupières sont cousues entre elles, sa gorge pisse le sang ; un poisson arrondi se tortille dans sa bouche, et deux vautours lui crèvent la joue de leur bec.

Le magicien décide de ne pas ignorer cet avertissement.

D'un mot, il éveille les trois esprits gardiens tapis dans ses chakras. Ceux-ci émergent de son corps sous forme de renards de feu. Le premier fuse hors de sa poitrine, tel un javelot. Le second tourbillonne au creux de sa panse. Le troisième jaillit de son pubis. Tous trois s'élèvent dans les airs, et s'en vont tournoyer autour de sa tête, en couronne ardente.

Dans le dos de Peyr, quelque chose renifle. Odieux raclement de gorge. Lentement, le mage se retourne.

Un être osseux rampe sur la table de banquet, traînant sa panse dans une flaque d'ombre épaisse et bitumeuse. Son épine dorsale s'étire comme un serpent sous sa peau pâle ; elle sinue sous la traction de trois maigres paires de bras, dont les coudes saillent vers le haut, telles les pattes d'une énorme araignée. Le buste et le visage sont ceux d'une vieille, très vieille femme aux joues creuses, qui bave une morve noirâtre entre ses chicots.

L'apparition relève la tête et grimace horriblement. Ses petites prunelles grises sont d'une familiarité hideuse : cette chose à teint de cadavre a le culot d'arborer, bon gré mal gré, les traits de Peyr Romo.

« *Tu ne ssais pas encore ce que sssa fait,* siffle cette caricature, *d'avoir l'animosité du Dévoreur. Toutes les nuits, il te tourmentera. Ssa lumière pèsera ssur tes rêves, qui ne sseront qu'effroi. Ton front ssera de plomb, tes organes dansseront dans ta pansse, et tu sssueras, tu ssueras à t'en rougir la peau. Tu ne dormiras plus que tordu, tu te recroquevilleras dans l'esspoir d'échapper au regard du ssiel, et chacun de tes matins ssera plus amer que le pressédent. On ne te connaîtra plus qu'amer et malveillant. Tel ssera le prix de ton refus !* »

Sur ce, la créature ouvre la gueule et se met à cracher vers le sorcier des glaviots de bitume enflammé. Les renards ardents bondissent pour les intercepter en plein vol, en les attrapant entre leurs crocs. Mais la vieille en renifle toujours plus, qu'elle vomit l'un après l'autre, en tir nourri. Peyr lui donne la réplique : il ouvre la bouche et souffle, une expiration lente et profonde. Celle-ci s'enfle en un vent puissant, qui fouette les cheveux clairsemés de l'apparition, renvoie ses crachats s'écraser sur sa propre face, et la repousse peu à peu vers l'autre bout de la table. La chose dérape dans la flaque ombreuse ; elle coasse un cri rauque, fouaille le bois de ses six bras difformes, mais recule inexorablement, tel un insecte affolé. Le mage amplifie son souffle, lèvres arrondies ; à croire qu'il ne va jamais s'arrêter d'expirer, que ses poumons possèdent des réserves infinies.

Soudain, la créature éclate. Elle gicle en flots noirâtres, qui maculent les vitraux de taches plus sombres que la nuit.

Et voilà que ces taches grandissent, grandissent sur le verre et le dévorent à toute allure. Elles se rejoignent et se fondent en une aile immense, qui s'étire encore, d'un seul souffle, jusqu'à engloutir l'intégralité des fenêtres. La grande salle se noie dans des ténèbres presque totales.

Silence. Puanteur du soufre. Grondement sourd du chien, qui rôde dans l'obscurité. La noirceur des vitraux ne semble plus avoir de fond ; le monde autour du château est devenu un vaste néant, où tremblotent par moment des esquisses d'étoiles.

Peyr rugit un mot de pouvoir. Aussitôt, le feu des renards se ravive, projetant sur les dalles un halo orangé. Cela suffit au mage pour s'orienter. Tournant sur lui-même, il devine la masse sombre du narthex. Sur le côté se trouve la poterne par laquelle il est entré. Le moment est venu de tirer sa révérence : il se hâte dans cette direction, ses esprits-gardiens sur les talons.

Il n'a pas fait trois pas, que le grognement du chien redouble de hargne, quelque part devant lui. Peyr s'immobilise, sur ses gardes, sonde en vain les ombres. Ses renards remontent à sa hauteur et grondent à leur tour, crocs dégarnis, leurs grands yeux bleus incendiés d'ardeur guerrière. Prêts à affronter l'invisible monstre qui leur barre la route du salut…

Un coup sourd, tonné contre le bois.

Face au mage, les deux puissants vantaux rouges du narthex se mettent à trembler. Quelque chose de gros fouine derrière, presse pour entrer. Cela cogne, cela frotte et secoue. La traverse rue dans ses accroches, mais tient bon : le portail demeure clos.

Un mugissement s'élève alors, semblable à la plus venteuse des tempêtes, puis décline et meurt. Et les portes cessent aussitôt de frémir…

Le calme est de courte durée.

« Tu dois m'aider, Peyr Romo ! rauque le caquet de Vidal, quelque part dans le dos du magicien. Tu dois me libérer de ton sortilège ! » Sa voix de basse s'exalte, en plein regain de force : « Le Dévoreur est au-dehors, à présent, et son héraut est parmi nous ! Ils ne te laisseront pas partir tant que tu ne feras pas leur volonté ! »

Et de partir d'un rire énorme, qui rebondit conte la pierre.

Soudain, dans le mur est, l'un des vitraux s'embrase. Une boule de feu palpite en son centre, grossissant à vue d'œil. Issue du néant, elle crève le verre sans le briser, file tout droit vers le trône et explose au cœur de la salle en nuée de braises ardentes – minuscules météores qui ralentissent progressivement leur ascension pour se fixer dans les ténèbres sous la voûte, en dessinant des constellations. Alors le Château de Sel cesse d'exister au-dessus du mage, pour laisser place à d'infinies perspectives de poussière d'astres et de planètes obscures. Seuls demeurent les murs, qui découpent leurs silhouettes décapitées dans cette terrifiante nuit cosmique.

Peyr Romo se tient seul face au jugement du ciel.

Le sol tremble. Les étoiles elles-mêmes frémissent, secouées dans leur tamis. Un grondement plus profond et plus vaste que celui du molosse bouscule le silence, le rugissement d'une entité céleste en approche. Peyr sent tous ses organes se contracter. Là-bas, par-dessus le mur nord, une ombre hémisphérique emplit progressivement l'horizon. Une masse gigantesque rampe dans les ténèbres ; le monde se courbe sous son poids. Plus cela s'avance, et plus l'air se compresse ; le corps s'empèse, et toute pensée se ralentit.

Je dois sortir d'ici. Tout… de… suite !

Souffle court, le mage se remet en mouvement. Mais c'est à peine s'il peut encore lever les jambes : elles pèsent plus lourd que du bronze. Un pas vers la poterne. Un autre. Chacun plus difficile que le précédent.

Et déjà, la chose le surplombe.

Une monstrueuse sphère noire, constellée de taches pulsantes, flotte par-dessus la muraille en roulant lentement sur elle-même. Dans sa marche céleste, elle écrase les constellations. Les renards de feu sont arrachés au mage, emportés vers le haut par une force irrésistible. Les voilà réduits à des braises tournoyantes, satellisés autour du titan planétaire, qui gronde sa domination.

Le Dévoreur, ou du moins sa manifestation spirituelle, trône en empereur au zénith. Sous cette meule infernale, impossible de faire un pas de plus. Les chairs se tassent, la volonté elle-même s'aplatit. Les pensées se hachent en menus morceaux.

Je. Dois. Fuir. Avant. De. Me. Morceler.

Le sorcier n'a plus qu'un seul échappatoire : cet autre lui-même qui est apparu dans le vitrail, avatar de verre agenouillé, supplicié par les vautours. Abandonnant son corps physique, il projette sa conscience vers lui.

Une sensation de cisaillement, accompagnée d'un brusque gel.

Son nouveau corps est froid et lisse ; il crisse de l'intérieur, tout crevé de bulles d'air immobiles. Chaleur du sang qui ruisselle dans son cou. Panique d'un étouffement. Peyr-de-verre se meurt, égorgé comme un porc ; mais au moins ses pensées se meuvent librement. Il est aveugle, mais il éprouve pleinement la sensation de ses mains, liées aux extrémités du tronc qui lui broie la nuque. Une furieuse volonté de vivre s'empare de lui. *Bouger ! Briser ! Ne pas trépasser* !

Peu à peu, la verrière s'anime. Ses linéaments de plomb se tordent ; le personnage barbu se courbe comme un arbre dans la tempête. Le bois bascule sur ses épaules et s'en vient percuter la surface de son monde glacé. Masse sourde qui heurte avec violence une paroi invisible, et fait trembler cet univers confiné, jusque dans ses fondements. Les vautours de la fenêtre glapissent d'indignation et fondent sur le mage. Leurs coups de becs cruels redoublent son supplice ; mais cela n'empêche pas Peyr de frapper, et frapper encore de son gourdin improvisé.

Et soudain, le vitrail vole en éclats. Une vague de lumière solaire déferle à l'intérieur du château, anéantissant immédiatement la nuit mystique, sa sphère et ses étoiles perverses. Peyr-de-verre explose en centaines de morceaux, drossés à travers la grande salle comme des fétus de paille. Sa conscience se laisse balayer sans résistance, pour mieux reprendre pied dans son corps physique.

Les retrouvailles avec la chair sont amères. Cieux ! Que sa viande est raide, tendue de toutes ses fibres ! Il demeure un instant agenouillé sur les dalles froides, haletant comme un faon pourchassé. Libéré de la pesanteur astrale, mais totalement vide de force.

Au-dessus de lui, le Fort Sinistre a retrouvé toute sa consistance. Les renards de feu galopent en cercle sur la voûte de pierre, la tête à l'envers. L'ogre gît toujours au sol, un sourire stupide figé sur sa grosse face pâle. Mais derrière le trône, des ombres mouvantes s'assemblent à nouveau, plus menaçantes que jamais.

Le Pélagien rassemble ses dernières forces pour leur échapper. Il rampe se réfugier là où elles ne pourront aller : dans la pleine lumière, qui s'écoule en oblique depuis la fenêtre brisée. Peyr s'y baigne, s'y rassure un instant. Tout autour de lui, des ailes brassent les ténèbres, des yeux féroces brasillent leur impuissance. Il s'efforce de les ignorer pour consacrer toute son attention à sonder le ciel. Derrière le soleil se cache une petite planète de cuivre au doux bourdon d'abeille. Il ne lui faut que quelques instants pour sentir sa présence : à cette heure, le Vagabond se trouve pratiquement dans l'axe de Suros.

Sortir d'ici, oui… mais pas sur ces pauvres jambes !

Il quittera les lieux comme il y est entré : en transitant par Vâli. Murmurant à voix basse, il projette sa conscience vers l'astre du voyage, il s'y engouffre tout entier. Dans un formidable regain de lumière, la salle du trône s'efface à ses sens. La dernière chose qu'il entend, c'est la voix de Vidal qui rugit, avec une fureur désespérée :

« Peyr ! Tu dois m'aider, par le cul des dieux ! C'est le ciel qui le veut ! Je suis la porte des Astres, je suis celui qui souffle l'éther ! Tu ne peux pas partir, Peyr Romo, tu dois me guérir ! Tu m'entends ? PEEEEEYYR ! »

Et puis plus rien, juste le grand silence des sphères, et la paisible dérive au cœur d'un océan cuivré…

⁂

Une brise fraîche, qui se faufile sous sa chemise.

Le sol sous le dos du magicien est tiède et sec, abrasif. Pourtant la sensation de flotter est toujours bien présente. Peyr est vaguement conscient de reposer dans le cirque salin, non loin des pilastres du pont, mais une part de son être plane encore dans les astres. Comme tout est calme à la lisière des mondes, tout est doux ! Aucune envie de quitter déjà cet état bienheureux ; il a bien mérité un répit avant de reprendre pied dans le réel.

Seulement, il y a cette voix qui fait tout pour le tirer de sa torpeur, un voix ingénue de petit garçon :

« Papa… pourquoi tu dors ? »

Tout d'abord, il ne comprend pas la question. Elle lui paraît totalement incongrue : il ne dort pas, il lutte pour sauver sa vie, ou du moins, c'est ce qu'il faisait, il y a encore quelques instants. Qu'on lui laisse donc le temps de reprendre ses forces ! Il en a tant besoin…

Mais le petit garçon tire sur sa manche avec insistance, et refuse d'en démordre :

« Papa…. Pourquoi tu dors ? »

Ouvrant les yeux, le sorcier réalise que le soleil est trop bas sur les crêtes. Il se rappelle alors qu'il a transité par Vâli, et que beaucoup de temps a pu s'écouler. Il se décide à secouer sa carcasse. En maugréant, il pose les mains au sol, se hisse péniblement sur ses genoux.

Face à lui, s'épanouit un petit visage constellé d'adorables chiures de mouche orangées.

« S'il te plaît, papa… prie le garçonnet. Je veux rentrer à la maison. On est pas bien, ici, on a faim… t'es parti trop longtemps ! »

Peyr Romo, mage de Pélagis, bougonne quelque chose d'inintelligible. En réalité, ce qu'il voudrait dire, c'est : *Oh si, j'étais bien ici ! Je profitais d'un peu de paix !* Mais comment se dérober à ce tenace marmouset ? La paternité est un sacerdoce sans concession. Il rassemble son courage et se lève, à gestes précautionneux.

Sensation de vertige. Ses guiboles se font prier pour tenir droites ; il a l'impression qu'elles vont se dérober sous lui.

« Combien… combien de temps que je suis là ? » marmonne-t-il.

Lupin cligne des yeux, incapable d'exprimer les durées. Il se contente de hausser les épaules :

« On t'a laissé faire dodo, juste un peu. Sita m'a obligé… »

Peyr se retourne. Il découvre sa fille sur le côté de la pilastre en ruine, occupée à refermer les sangles du havresac laissé à sa garde. Sa tâche achevée, la bambine lève ses petits yeux noisette et croise le regard de son père. Elle ne dit pas un mot ; mais sur son visage, il devine une impatience agacée, et aussi quelque chose d'autre, comme une sorte de défiance grandissante.

Lupin n'a toujours pas lâché la manche de son géniteur :

« On t'a laissé faire dodo, mais maintenant c'est le soir, papa, tu vois bien ! T'as promis qu'on rentrerait à la maison. On ne veut pas des choses qui reviennent dans le noir. Allez, papa… s'il te plaît ! »

Le sorcier esquisse un pâle sourire. Il faufile une main attendrie dans les cheveux de son garçon, puis dépose un baiser sur son front.

« Tu as raison, fils. On ne veut pas de ces choses-là. J'en ai assez, moi aussi. Viens, on va se mettre en route ! »

Il passe son bras autour des épaules de Lupin et l'emmène à pas lents vers sa grande sœur au regard grave. Mais la petiote esquive leur approche ; elle se détourne pudiquement en serrant quelque chose contre son bas-ventre, et file se réfugier un peu plus loin, sous l'arche éboulée.

Et soudain, sa petite voix murmure directement à l'oreille du mage, comme portée par le vent :

Tu sais, j'ai peur de toi, papa. S'il te plaît, ne viens pas trop près de moi.

Peyr réalise alors ce que la fillette tient dans ses mains : le petit berger de bois qu'il lui a offert tout à l'heure, nanti d'un charme de murmure.

Cela lui serre le cœur.

Si j'avais pu ramener Kari et Cylil vivantes, songe-t-il, *les choses seraient différentes… Sita ne me regarderait pas de la sorte en cet instant. Elle ne douterait pas de moi* !

Mais il est arrivé trop tard ; à présent, il sait qu'il lui faudra beaucoup de patience pour retrouver la confiance de sa fille.

Le mage pousse un soupir désenchanté. Il suffit qu'un seul ogre s'en vienne, pour que tous les pères cessent aussitôt d'être des valeurs sûres. L'ombre qui protège devient celle qui menace, la terre se délite sous les pieds de quelques pauvres gosses, et leurs racines les tirent au-dedans pour les étouffer. Alors tous les autres mômes lèvent vers l'auteur de leur jour des regards soupçonneux, hantés par une seule et même angoisse : Et le mien ? Est-ce qu'il choisira un jour de me croquer ? Après tout, l'ogre aussi était gentil, au début, lui aussi chérissait ses bambins, avant que ses cornes ne poussent… Qu'est-ce que j'ai à faire pour que ça n'arrive pas au mien ? Est-ce que ça aidera, si je me comporte bien, si je me fais assez aimer ?

Et le gosse finit par s'endormir, la couverture remontée jusqu'au dessus du nez, en songeant avec angoisse à la lutte intérieure qui agite certainement l'adulte dans la chambre voisine, et qui peut le faire basculer à tout instant, peut-être pour de simples vétilles, dans le camp des dévoreurs de chair.

Lettre de Peyr Romo à l'orateur de Pélagis

Mon cher Pardos,

L'autre jour, nous avons commencé à évoquer la transformation de ton paroissien, Vidal Silarius, devenu (et resté, par ma négligence) l'ogre des Monts de Soufre. Nous avons été interrompus dans cette discussion par l'office des singes ; peut-être aussi par ta réticence à entendre parler de ces choses en présence d'autres oreilles. Or, ces oreilles ont des bouches, et ces bouches évoquent déjà très largement le sujet, qui rebondit d'une âme à l'autre en semant toujours plus d'effroi dans la vallée. Tu es en charge de ces âmes ; je pense donc que notre conversation ne peut en rester à ce point superficiel. Il est bon que je t'en dise plus sur ma compréhension du phénomène.

Tu sais que nous, les mages, nous nous efforçons de maîtriser les esprits.

Il y a les éphémères, invisibles bribes de conscience surgissant du néant pour s'y refondre presque aussitôt, dans un bouillonnement permanent qui échappe à l'œil du profane ; certains ne durent pas plus d'une respiration. Nous les éveillons, nous leur donnons un nom pour prolonger leur existence, et nous les employons à notre service. Et puis il y a les *Vraies âmes,* des êtres pérennes qui rôdent derrière le voile des Brumes, et peuvent le franchir à notre appel ; et les âmes astrales, qui sont comme les yeux et les doigts des grands astres. Ces entités-là sont douées de leur propre volonté, et leur commerce est délicat, car elles ont eu des années, parfois des siècles pour affiner leur intelligence.

Le contrôle des esprits fonde l'essentiel de l'art du sorcier, mais il n'en constitue pas la part la plus puissante. Je n'ai jamais évoqué devant toi les Sept Sceaux de l'invisible, et je ne pensais pas avoir un jour à le faire ; mais au vu de la situation, il est temps que je t'informe un peu plus des mystères des mages.

Tu es prêtre ; tu n'ignores pas ce qu'est le *Calice*, le cœur secret de l'âme humaine. Tu sais qu'il est le reflet du macrocosme, et qu'il en contient tous les éléments ; tu comprends donc que le soleil et les sept grandes planètes brûlent aussi en nous. Entendons-nous bien : ce qui arde sous nos crânes, ce ne sont pas seulement des braises d'astres, ni même des avatars des huit astres majeurs. Ce sont les Huit eux-mêmes, dans toute leur plénitude. Nous sommes contenus dans le cosmos, où nous ne sommes qu'infime poussière ; mais pourtant nous le contenons tout entier dans la plus petite part de nous-mêmes.

Il y a donc, dans chaque homme et chaque femme, huit sources infinies de puissance, cinq qui sont jugées fastes, et trois considérées comme néfastes. Si nous pouvions puiser librement dans ces titans, notre pouvoir serait sans limites. Mais nous ne sommes que des humains et ne pouvons prétendre user de la pleine mesure des Astres ; du reste, leur feu risquerait de nous tuer, fragiles cosses de chair que nous sommes. C'est pourquoi cette source est *verrouillée*. Chacune de nos planètes intérieures est fermée par un sceau, qui agit comme un barrage, et ne laisse s'écouler en nous qu'une infime part de lumière céleste. Sept rivières et sept couleurs, sept humeurs et sept pulsions fondamentales qui nous meuvent et nous émeuvent – Huit, si l'on compte Suros, autour duquel tout est ordonné.

Or, ces sceaux peuvent être brisés.

C'est là une tâche excessivement complexe, une longue quête mystique dans les vastes contrées à l'intérieur de l'être. Elle comporte de grands dangers ; seuls s'y risquent les mages les plus hardis. Le jeu en vaut pourtant la chandelle : celui qui rompt le sceau d'une planète, dispose de tous les privilèges associés à cette planète. Il devient capable d'outrepasser les limites du monde physique et d'accomplir d'incroyables miracles, du moins dans le domaine de réalité gouverné par l'astre libéré. En vérité, les esprits ne peuvent qu'influencer, altérer et mouvoir ; alors que le thaumaturge qui brise un à un les sept sceaux s'affranchit des lois fondamentales de la nature.

Je devine d'emblée ton scepticisme, peut-être même ta répugnance. Il te semble qu'en agissant ainsi, on transgresse l'univers et l'on sombre dans la plus grande démesure ; tu maudis les sorciers de ne pas savoir rester à leur place sous le ciel. Songe pourtant que, chez toutes les anciennes races de géants, l'un des Sept sceaux était naturellement entrouvert. Le peuple de Samath était nommé « Peuple solaire », parce que Suros galopait en eux bien plus librement et plus fort que chez les autres races ; et celui d'Antaqua « Peuple de la lune », car Lua se déversait dans leur poitrine en abondance. Ces peuples étaient jugés saints, parce qu'ils étaient des fontaines d'astres fastes ; au contraire des géants noirs ou gris, qui étaient comme des tempêtes au cœur desquelles grondait l'une des trois planètes néfastes – Kiarvathi, Senthori ou Issa.

Si cela peut te rassurer, je n'ai jamais entendu parler d'un mage, mort ou vivant, qui soit parvenu à briser plus de trois sceaux sur les sept. Moi-même, je n'en ai brisé qu'un seul, et je doute d'entreprendre jamais d'en conquérir un deuxième. La tâche est par trop terrifiante, et nos gardiens intérieurs bien trop dangereux à affronter ; plus d'un aspirant a échoué et sombré dans la folie. Reste que l'une des planètes majeures m'est maintenant familière – tu me permettras de taire son nom – et que j'ai pris pour habitude d'en parcourir les chemins. Tu n'imagines pas les licences que cela me donne…

Mais c'est de Vidal Silarius que tu souhaites entendre parler, et non des géants, ni des secrètes transgressions des mages. J'en viens alors au fait :

Pour une raison que j'ignore, le sceau de Kiarvathi s'est rompu spontanément dans l'âme du marchand d'ânes. Peut-être est-ce dû à sa chute dans le pierrier du col de l'Ermite, ou peut-être à quelque autre accident qui m'échappe ; il est possible que la proximité du Château de Sel ait joué un rôle dans ce processus. La première conséquence, c'est que le calice de Vidal est maintenant totalement inondé par la puissance de Kiarvathi. Il s'en sert pour grandir physiquement, se fortifier et marcher dans les airs, outrepassant totalement ses limites humaines ; elle lui commande de se nourrir en dévorant les êtres plus faibles, et lui ne peut s'opposer à cette pulsion qui le déborde.

La seconde conséquence, c'est que Vidal est entièrement connecté à la Planète. Il est devenu une sorte de fenêtre par laquelle les âmes célestes du Dévoreur peuvent pénétrer librement en ce monde. J'ai d'abord cru que ces fichus astraux étaient descendus du ciel par eux-mêmes, et qu'il était tombé sous leur influence, jusqu'à devenir peu à peu un monstre. Mais en fait, c'est *lui* la source de ces entités. Il a autour de lui une cour qui peut encore grandir, et c'est par lui que le rayonnement de la Planète est plus fort dans les montagnes.

Voilà ce que je crois savoir de la question. Je te laisse juge de ce qu'il convient d'expliquer aux Pélagiens ; tu as les cartes en main, à toi d'en faire l'usage le plus sage pour apaiser un peu l'angoisse de nos compères, tout en les gardant avertis et vigilants. Bien sûr, rien de tout cela ne nous aidera à sauver le marchand d'ânes. Le sceau qui fut brisé ne peut être réparé, et ton paroissien a déjà commis trop d'actes impardonnables. Mais au moins comprenons-nous un peu mieux notre ennemi : c'est le premier pas pour le vaincre, au cas où il viendrait à quitter à nouveau sa retraite.

Et puis, Pardos, ma famille et moi, nous ne resterons pas toujours à Pélagis ; un jour, ce sera à toi de conserver ce savoir et de le transmettre. Car ce n'est pas le premier ogre qui s'éveille auprès du Château de Sel ; dans dix ans, trente, cent peut-être, il en viendra sans doute un autre. Tu devrais t'y préparer ! Épluche les chroniques et les registres de naissance ; retrouve les noms des précédents croquemitaines, et tâche de savoir s'il existe entre eux un lien de parenté : ce que nous prenons pour une cause géographique prend peut-être racine dans des liens du sang – dans les montagnes, les gens migrent peu, les familles se mêlent. Qui sait s'il n'y a pas, à l'origine de tout cela, un mage qui aurait commis la folie de briser volontairement le sceau de Kiarvathi, et aurait transmis à sa descendance une fragilité de ce côté ? Si cette hypothèse est juste, alors nous saurons peut-être quelles familles surveiller. Le jour où ce verrou se rompra à nouveau dans un cœur montagnard, j'ai l'espoir que ton successeur le détecte à temps pour en avertir les sages ; ils parviendront peut-être alors à sauver cette âme avant qu'elle ne commette l'irréparable, et protègeront la vallée en étouffant le mal à sa source.

Amitiés,
Peyr Romo

DÉDICACE

Chose promise, chose due.

Celui-ci, ma fille, je te le dédie tout entier, rien qu'à toi. Juste pour te remercier d'être bien vivante.

Quand tu as pointé le bout de ton museau, délicieux avorton dodu, j'ai bien failli te croûter sur le champ. Faut dire qu'après seize heures d'attente en salle d'accouchement, j'avais un peu les crocs, et ta mère, qui bossait un poil plus que moi, je te dis pas la fringale ! Par bonheur, on a gérés, on s'est rabattus sur l'infirmière en chef. Ou peut-être que c'était le nourrisson d'à côté, ou bien une jeune mère exsangue livrée prête à farcir (merci la césarienne !). Mes souvenirs sont un peu flous ; juste qu'on a bâfré ça d'une canine distraite, l'attention ailleurs. Tu comprends : l'émotion de te découvrir. Miss méconium que t'étais, va, toute badigeonnée de caramel collant...

Ah, tu me l'as réclamé, ce fichu bouquin, ce bréviaire impie ! J'espère au moins qu'il t'aidera à devenir une ogresse civilisée, qui sait prendre le temps d'attiser son appétit. Bouffe de tout, mais en esthète, hein ! Hume, salive, goûte d'abord avec les yeux. Garde bien en bouche les meilleurs morceaux. Oublie pas d'être amoureuse du menu. Rends grâce à tout ce que tu ne boufferas probablement jamais, car l'immortalité n'est pas dans la satiété, mais dans l'appétit.

Tous les ogres savent ça !...

LES
EAUX
DE SOUS
LE MONDE

Aux victimes de la poliomyélite, noueux et noueuses de notre monde réel.

À ces femmes courageuses d'Afghanistan et du Pakistan, qui battent la campagne pour vacciner leurs compatriotes contre ce fléau, et le paient souvent de leur vie, fauchées par l'obscurantisme. Puisse l'Astre Sahari veiller sur elles.

Le Nimiron :
La Révérende mère Arandith
Sœur Ajhar, doyenne et chantre
Sœur Millé, doyenne, *entrée en rédemption*.
Sœur Nasha Vajouri, doyenne
Sœur Sann Vajouri, doyenne
Sœur Gwenyffar, doyenne

Sœur Lyfenn, chirurgienne
Sœur Kautra, cellérière
Sœur Brynné, copiste et archiviste

Sœur Mururi, jeune sœur aux cheveux blonds
Sœur Fétré, la sœur sans sourcils
Sœur Gypse
Sœur Priya, compagne de chambre de sœur Gypse
Sœur Hurunn, la muette
Sœur Azal, la *noueuse*

Et une quarantaine d'autres *Servantes d'Harienn Nimir.*

Le Saharon :
Agyre, abbesse
Sassane, nochère de fortune
Iraé, chantre
Nour, chirurgienne

1. Agyre

Printemps 1165

Vingt et un jours de pluie.

La terre se délite. Le fleuve lampe avidement les éruptions du ciel, comme si les gouttes étaient des messagers des Astres. Il boit à s'en rendre malade, enfle et vomit son trop-plein sur les pieds des hommes, longuement. Des flots brunâtres s'épanchent dans les rues de la cité, se glissent sous les portes des bourgeois ; gonflent dans les demeures, soulèvent les tables comme des navires et poussent les habitants à se réfugier aux étages, tels les rats au grenier.

Et ce n'est encore que le début.

Un peu partout en amont, les affluents précipitent leurs offrandes dans la rage fluviale, en continu. Celles-ci dévalent à toute allure vers le sud, roulant leurs boues, leurs charognes et leurs débris de bois, et finissent par déferler sur la ville. Cette vague-là arrive en force, comme une charge de chevalerie. Elle se fracasse sur les maisons riveraines, dont elle emporte les fondations. Des pans de murs entiers s'écroulent dans le cours, entraînant à leur suite les planchers, le mobilier et les hommes hurlants. Une nuit de terreur et de désarroi.

Quand vient le matin, la moitié de la ville a les reins dans l'eau. Le ciel a daigné s'ouvrir un peu ; un soleil timide révèle l'ampleur des dégâts aux bourgeois abasourdis. Les singes se sont réfugiés sur les chapiteaux sculptés des temples, et les humains là où ils peuvent, sur les toits, les collines et les éminences.

Le *Chabaauri*, la saison des pluies de printemps, n'a pas été clément aux riverains de l'Angmuir.

Une semaine plus tard, les eaux souillées n'ont pas fini de se retirer.

Les Citadins y pataugent toujours, immergés jusqu'aux hanches. Des carcasses de chèvres et de porcs dérivent dans les rues inondées, s'accumulent dans les recoins, panses gonflées assaillies par les mouches, parfois drapées d'étoffes flottantes, enroulées au hasard des flux. Des coffres, des tonneaux, des idoles de cèdre ballottent contre les murs détrempés, s'immiscent dans les maisons par les fenêtres à demi-submergées. Des charrettes renversées émergent ici et là, squelettes pathétiques. Cela pue la vase, la viande avariée et le bois en décomposition.

Il règne un grand silence clapotant, troublé d'appels sporadiques, de bruits de cognée, quelquefois de cloches, de gongs et de chants propitiatoires, montés des temples.

Les maux de ventre sont venus s'ajouter aux plaies qui frappent la cité de Feddrantir. Les enfants ont la fièvre et la diarrhée. Les sinistrés s'entassent dans les halles épargnées par la crue. Pour comble, l'hôpital monastique des sœurs saharistes est en grande partie inondé : seuls le sanctuaire, le réfectoire et les dortoirs des moniales surnagent sur leur butte, flanqués du vieil hospice originel. Pour les rejoindre, il faut mettre une embarcation à l'eau et naviguer à travers les canaux de fortune que sont devenues les rues.

C'est donc en bateau qu'arrive le magicien ; peu avant le crépuscule, par la rue des gantiers, dans une barque qui louvoie entre les débris. L'homme est assis au banc de nage, barbe blonde émergeant de sous sa capuche grise. Il a les yeux clairs et le teint basané des gens de Nardoresse. Debout derrière lui, à la poupe, se tient une grande moniale en robe brune et chaperon bleu, qui pousse de sa perche contre l'invisible fonds pavé. Son regard attentif surveille les flots opaques, comme si elle craignait qu'il en surgisse quelque bête sournoise.

Sa nervosité n'échappe pas au mage.

« Tu as peur de voir remonter un cadavre », commente-t-il.

La sœur secoue la tête en dénégation, raide comme un piquet.

« Serpents », siffle-t-elle en réponse.

Le sorcier laisse le bout de ses doigts effleurer négligemment la surface de l'eau. La Sahariste veut sans doute parler des *akarnas*, les serpents fluviaux du sud, dangereux en cette saison. Les bourgeois craignent que ces eaux fangeuses n'en soient infestées ; quand l'Angmuir s'invite dans les demeures, il emmène avec lui sa vermine.

Sauf que lesdits serpents ne sont pas assez gros pour assaillir des humains dans une barque ; il n'est même pas certain qu'ils osent s'aventurer à l'aveuglette dans ces canaux turbides. Peut-être la sœur s'inquiète-t-elle davantage d'une rumeur qui circule depuis quelques jours dans la cité. On parle d'un long corps écailleux sinuant au ras des eaux, aperçu au crépuscule entre deux éboulis, une chose pâle, épaisse comme un tronc d'arbre ; et de pauvres gens entraînés dans les flots sinistres par quelque invisible prédateur.

Ayé, songe le mage. *On raconte que. On a entendu dire. Mais ceux qui manquent à l'appel ont disparu le premier jour, emportés par le courant ; ou bien ils sont morts de fièvre par après, devant témoins.*

Le crépuscule et la faim sont propices aux illusions ; une branche flottante suffit à générer un monstre. Et la catastrophe éveille toutes sortes de fantasmes. Il ne faut pas chercher bien loin les inspirations de celui-ci. Le regard du mage s'attarde sur les façades qui l'entourent : volets ornés de fresques délicates, aux étages épargnés par le flot ; gargouilles et silhouettes taillées dans la pierre au fronton des maisons. Partout, la même figure revient : de grands serpents à torse d'homme ou de femme, aux chevelures d'algues ou de mousse, la nuque parfois doublée d'une collerette de lézard.

Nagas.

Le plus mystérieux des peuples Antiques. Le sorcier n'est pas tout à fait certain qu'ils aient réellement existé, sinon dans les mythes, ou peut-être seulement sous forme spirituelle. Pourtant, ici, à Feddrantir, leur souvenir est omniprésent.

Il lève les yeux : par-delà les toits d'ardoise, à un pâté de maisons de distance, émerge l'imposant *gopura* du Temple de l'Hydre. Un grand trapèze de pierre et de stuc démesurément étiré vers le ciel, une merveille de chapiteau sculpté, foisonnante de longs corps écailleux entrelacés les uns aux autres, de torses fins à la peau glabre, de bras agiles armés de lances et d'épées courbes. Toute une nation d'hybrides, moulée et peinte avec raffinement, dans des tons ocre, ivoire, verts et pourpre. Dans ce sanctuaire, les nagas sont encore adorés comme des dieux ; c'est par leur intervention mystique que les prêtres interprètent la bonne ou la mauvaise fortune de la cité. La colère du fleuve, par exemple, n'est-elle pas l'expression de leur mécontentement ?

Dans les feux rasants du contre-jour, le gopura ornementé semble bel et bien grouiller d'une vie surhumaine. Celle-là n'a rien d'une illusion : ce sont les singes qui infestent ses sculptures. Une forte coterie de chapardeurs sous-alimentés, assemblés là-haut à l'abri des flots, épiant les rues à la recherche de quelque pitance à ravir.

« Tu scrutes les eaux, dit le mage. Moi je me méfie davantage des toits. Les macaques sont affamés ; il n'hésitent pas à agresser tout qui porte un peu de nourriture… »

Pas plus tard qu'hier, à l'auberge, une bande belliqueuse s'est introduite dans les celliers pour rapiner des vivres ; une servante a perdu une oreille dans l'affaire. Mais la sœur se fiche bien de ce péril ; elle ne daigne pas lever le regard des flots.

« Les singes, au moins, nous gardent des reptiles, rétorque-t-elle, farouche. Ils sont un mal nécessaire. »

Elle pèse sur sa perche pour négocier un virage, et engager l'esquif dans la rue des Tanneurs.

« Sais-tu que l'eau s'est insinuée dans la fosse à serpents du temple ? poursuit-elle. Les *bramynn* ont pris tous les risques pour en sauver le plus grand nombre. En récompense pour leur bravoure, certains de ces pieux servants ont été sanctifiés d'un baiser. »

Elle claque des mâchoires de façon suggestive, mimant la morsure.

« N'empêche qu'une partie des serpents sacrés ont été emportés par le flot. Va savoir où ils rôdent, désormais… il y a plus venimeux que les *akarnas* dans ce courant. »

Elle porte deux doigts à son front pour conjurer les Astres, et se mure dans un silence lourd de sous-entendus.

À présent, la barque glisse sous les murs austères du monastère sahariste, planté sur sa butte à deux pas du fleuve, avec son abbatiale, son réfectoire et le vieil hospice des origines, en pierre noire. À leurs pieds, vautrés dans le marécage urbain, les bâtiments du nouvel hôpital n'en finissent pas de sombrer. À l'avant-plan, un éléphant blanc comme neige joue de la trompe pour dégager un tronc d'arbre qui s'est encastré dans l'une des fenêtres du rez-de-chaussée. Son corps rebondi penche, piaffe, éveille des vaguelettes qui viennent mourir sur le flanc de la barque. Perché sur son dos, un cornac encapuchonné insulte l'animal sans ménagement.

« Si je te disais qu'on logeait encore des gens à l'étage de cette aile, au plus fort de la crue, commente la nochère. Des malades difficiles à transporter. Le niveau était plus élevé d'un mètre ou deux ; l'eau lapait le plancher sous leurs lits. Au moindre remous, on la voyait suinter entre les lattes. Pourtant, l'abbesse n'a pas voulu d'une évacuation précipitée. Finalement, la pluie a cessé, et la fange n'est jamais montée plus haut ; nous avons fini par vider les lieux tout à notre aise, en ménageant les patients. Est-elle devineresse ou seulement folle téméraire, notre abbesse ? À toi de te faire une idée. »

Elle pique de la perche pour ramener son esquif vers les fondations du vieux monastère, et le ranger le long d'un escalier de pierre, dont les marches émergent de l'eau. Le mage y prend pied, le baluchon à l'épaule, offre son avant-bras à la nochère. Celle-ci esquive la main tendue ; elle n'a nul besoin d'aide pour débarquer.

Tous deux entament l'ascension vers les hauteurs du couvent. L'escalier, étroit et dépourvu de rambarde, s'élève à flanc de muraille sous les fenêtres du grand réfectoire. Au terme d'un long vertige, il débouche sur une petite poterne, que la sœur ouvre sans faire de manières, pour pénétrer dans l'enceinte du monastère.

Un autre univers, paisible et sec. À l'abri des tourmentes du monde d'en bas.

Des silhouettes féminines vêtues de brun, voilées de bleu, glissent en silence le long des murs, les bras chargés de linge propre ou de plantes fraîches. D'autres méditent dans l'herbe du cloître, assises en tailleur devant la statue de la déesse, ou promènent des convalescents à pas précautionneux. Quelque part à l'intérieur du réfectoire, des rires clairs résonnent ; leur spontanéité évoque quelque souvenir heureux au mage, qui sourit malgré lui.

La nochère emmène le visiteur à travers le jardin, puis dans le bâtiment de l'abbatiale ; enfin, à l'intérieur de celui-ci, jusqu'à une imposante double porte, qui ferme la grande salle du chapitre.

« Sa *Seigneurie* t'attend à l'intérieur », glisse la moniale, appuyant sur le titre avec une note d'irrévérence. Et après un instant d'hésitation, elle ajoute, sur un ton protecteur : « Elle sera soulagée de ta venue. »

Elle pousse l'un des battants et se coule au-dedans, suivie aussitôt du mage.

La salle est spacieuse, bordée de douze sièges de chêne qui se font face – hauts dossiers sculptés d'animaux et de scènes champêtres où se mêlent la jeunesse et la vieillesse, la vigueur et la maladie. Huit grands vitraux baignent ses travées dans une lumière douce et cuivrée, entrecoupée de rais azurés. Leurs feux ruissèlent, au sol, sur une vaste mosaïque circulaire figurant la corneille et le cygne saharistes, entrelacés tendrement, comme des jumeaux dans le ventre de la déesse. L'oiseau du renoncement et celui du renouveau, les deux faces complémentaires de l'Astre…

Dans le mur du fond se découpe une grande baie taillée en ogive, ouverte sur le vide. L'abbesse Agyre, drapée d'un manteau bleu céruléen, se tient debout dans l'encadrement de cette dernière, le dos tourné à la porte.

« Votre Compassion, proclame la moniale, voici votre invité. »

La dignitaire pivote pour leur faire face.

« Merci Sassane. Tu peux nous laisser. »

La sœur nochère s'incline brièvement et se retire sans un mot.

Le mage conserve le silence tandis que l'abbesse l'étudie, un sourire indéfinissable sur les lèvres. Perdu sous les plis de son capuchon, le regard de l'hôtesse demeure énigmatique ; à peine en devine-t-on l'éclat. Les grandes ailes de corbeau tatouées sur ses joues ne font que l'ombrager davantage.

« Approche, Peyr Romo. Nous avons beaucoup à nous dire. »

Sa voix est chaleureuse, légèrement cassée, un timbre de quadragénaire. Le mage s'avance à sa rencontre ; ses pas éveillent des échos qui se réverbèrent contre la voûte de pierre. Il s'arrête à trois pas de la religieuse, incline le buste avec un peu plus de cérémonie qu'il ne devrait. D'un geste évanescent, elle l'incite à se redresser.

« Il paraît qu'une grosse étoile filante a été aperçue à la fin de l'hiver, déclare-t-elle sans préambule. Un trait de feu venu d'orient, visible dans tout le Vieux Duché. Elle s'est abattue quelque part dans les montagnes. Les bramynn estiment qu'elle est la cause de ce fléau de pluies qui n'en finit pas de nous ruiner. Qu'en pense le savant que tu es ? Est-ce que le ciel a décidé de nous punir ? »

Le mage se racle la gorge :

« Sainte mère, permets-moi d'oser une explication plus simple. L'hiver s'est montré particulièrement tardif dans le Nord, et sa débâcle est survenue de façon soudaine, à la veille du *Chabaauri*. La neige accumulée dans les montagnes et celle qui recouvrait la plaine se sont déversées dans l'Angmuir, et puis les pluies sont arrivées sans nous laisser de répit. La combinaison de ces deux maux est redoutable… »

L'abbesse hoche la tête, puis ôte sa capuche, révélant un visage illuminé de quelques rides délicates – malicieuses virgules au coin des yeux, aux commissures des lèvres.

« Ah, magistère, ton regard porte loin ! Il embrasse l'amont, les cimes et le ciel. Dis-moi, de quelles eaux sont faites tes prunelles ? »

Elle avance ses longs doigts vers la joue du mage, comme pour l'effleurer d'une caresse ; refrène son geste au dernier moment, les yeux brillants d'une ardeur singulière. Ces phalanges interminables, pleines d'une assurance fragile, Peyr les reconnaîtrait entre toutes. À peine sont-elles un peu plus rêches que dans son souvenir…

Elle se retourne pour faire face à la baie à nouveau :

« Des siècles de lutte pour bâtir nos royaumes, soupire-t-elle, et pourtant nous ne sommes toujours rien devant la colère de la nature. Quelle leçon d'humilité… les vois-tu, toutes ces œuvres des hommes bousculées, tombées en ruines ? L'orgueil d'une cité jeté bas… »

Du menton, elle désigne le spectacle qui s'étale à ses pieds.

Peyr s'avance à ses côtés et se penche à son tour sur le vide.

Les relents de la ville envasée reviennent empester ses narines. Depuis ce point d'observation surélevé, le regard embrasse les quartiers du port ; il porte même jusqu'à la Neuville, plantée sur l'autre rive de l'Angmuir. Sauf qu'il n'y a plus de rive ; elle s'est perdue dans le lointain, dissoute en reflets fauves dans l'horizon. Le fleuve est partout. Dans la vaste plaine, dans les rues, au pied des remparts, dont de larges pans se sont effondrés, sapés par les eaux. Feddrantir n'est plus qu'une grande souille, un bourbier de gravats, de limons, de bois et de charognes.

Rien n'a résisté à la colère des flots : les moulins, les pontons, les grues du port, tout est renversé, retourné, chamboulé. Même le légendaire

Pont des Ardents a rompu sa garde : sept de ses dix-huit arches se sont écroulées, laissant des pilastres orphelines au milieu de l'immense lit fluvial. Quant aux navires qui chevauchaient le courant, ils ont vidé les étriers. Brisé leur carcasse contre des tours ou valdingué carrément dans les artères de la ville. Rue des Alezans, une petite gabarre s'est coincé la coque entre les encorbellements des étages, dévastant le torchis des façades ; elle est encore suspendue dans le vide, en plein passage, à présent que l'eau a trop baissé pour la porter. Plus près, juste au pied du couvent, un gros navire s'est encastré dans la halle au grain : quinze mètres de quille fichés comme un pieu dans la gueule du bâtiment. Le mage peine à en détacher ses yeux, tant la vue est impressionnante.

« Grave ce spectacle dans ta mémoire, Peyr Romo, murmure l'abbesse. On s'en souviendra pendant des générations… »

Elle garde le silence un instant.

« Il paraît que, les premiers jours, on a vu des morceaux de glace à la dérive frapper les pilastres du pont de Kalamir, rapporte Peyr. Qui aurait cru un tel miracle possible ?

– Seulement les fous et les rêveurs d'apocalypse.

– Et les chasseurs d'étoiles filantes, bien sûr. Je me demande qui les bourgeois de Feddrantir rendent responsables de la colère céleste… »

Elle soupire :

« Les *Gris*, évidemment. Nous en avons une grande communauté, ici. Pêcheurs, débardeurs, manouvriers, mineurs… au mieux tolérés par les bonnes gens. »

Peyr réprime une grimace. Les yeux rosés, la peau couleur de cendre, les *Mornillons* diffèrent tant des autres peuples que leur humanité même est sujette à caution. Il est rare qu'ils soient accueillis sans heurts dans les villes de l'Héritage.

« Depuis hier, certain prédicateur s'en prend à eux sur la place du Temple, déplore l'abbesse. Il proclame que les *Gris* ont offensé les nagas, et que ces derniers ont conjuré les débordements du fleuve pour se venger. Avec leurs bicoques de bois en bord de rive, nos pauvres *Mornillons* ont trinqué plus que le reste de la cité. La moitié de leur habitat a été emportée. Penses-tu que leur malheur éveille la compassion ? Au contraire, les bourgeois y voient une preuve de leur culpabilité. Tu sais comment sont les gens… ils ont besoin de décharger leurs frustrations. J'aimerais pouvoir faire taire ce prêcheur de haine avant que ça ne dégénère... »

L'abbesse esquisse un sourire désabusé.

« Mais parlons d'abord de toi, Peyr. Depuis combien de jours es-tu coincé ici ?

– Je n'ai pas été très avisé. Je me suis laissé piéger au début de la crue, à trop attendre que la pluie cesse. À présent, je suis bien forcé de prendre patience, jusqu'à ce que les chemins redeviennent praticables.

– Tu aurais dû nous demander le gite dès que tu es arrivé, dit-elle. Nous t'aurions accueilli dans la chambre des hôtes de marque. Tu sais que tu es toujours le bienvenu au sein de notre ordre. Pourquoi perdre ton temps et ton argent dans une auberge ?

– Agyre, rétorque-t-il avec douceur, vous avez tant à faire, et si peu de place pour héberger les sinistrés. De quel droit serais-je venu vous encombrer ?

– Dis plutôt que tu as peur de réveiller le passé, Peyr... peur d'avoir des regrets, peut-être ? »

Elle esquisse un sourire gentiment provocateur, qu'il lui retourne aussitôt, avec une tendresse un peu amère :

« Tu sais qu'on m'attend.

– Dans cette nouvelle vie que tu t'es choisie, oui... une vie plus sage qu'autrefois. Plus sûre, aussi. » Elle soupire : « Il est loin, le temps de nos licences et de nos vagabondages... mais je ne te blâme pas. Nous devenons tous plus prudents avec l'âge. Nous attendons moins de l'existence... nous cessons d'avoir foi dans les mirages... » Son regard se perd dans le vague.« De si beaux mirages, pourtant... »

Bonne joueuse, elle porte deux doigts à son front :

« Je bénis le chemin que tu t'es choisi. Tu dois être un père merveilleux. »

Elle a les yeux brillants en prononçant ces mots ; il détourne les siens, comme s'il avait quelque secret à cacher.

– Tu ne m'as pas fait venir seulement pour évoquer notre jeunesse, déclare-t-il. N'est-ce pas ?

– Non, c'est vrai. Je l'avoue, j'ai besoin de toi. » Elle corrige aussitôt : « Je veux dire que ton aide serait des plus utiles à notre communauté, en ce moment. Le secours d'un mage versé dans la connaissance des esprits... et puisque tu es parmi nous...

– D'accord. Je t'écoute. »

Elle s'assied sur l'une des banquettes latérales maçonnées dans l'arche de la baie ; invite le sorcier à faire de même face à elle, puis pose les deux mains sur ses genoux joints, et commence :

« La crue fait ressurgir des choses étranges des tréfonds de l'âme humaine. Elle soulève de tristes alluvions, qui troublent l'eau de nos sens. La haine envers les *Gris* en fait partie. Mais il semble que d'autres ombres sourdent du silence du couvent d'Harienn Nimir. Des ombres de nature spirituelle, comme il sied à un monastère... et les *Servantes* de Nimir sont perturbées. Très perturbées...

– Il est rare que le *Saharon* s'inquiète pour le *Nimiron*, s'étonne Peyr.

– Il n'est pas rare que le *Nimiron* suspecte le *Saharon*. Cela fait quarante ans que nos deux institutions sont concurrentes dans l'accueil des malades et des miséreux, et notre rivalité a longtemps pris des allures de vendetta. Dans ce contexte, les apparitions dont se plaint la Révérende mère Arandith sont pour le moins... embarrassantes. »

Elle se penche en avant, baisse le ton :

« On aurait vu une corneille au blanc plumage hanter les couloirs de son couvent, chuchotant d'impudiques litanies. On l'aurait même vue se transformer en l'ombre d'une Sahariste. Ce ne sont peut-être que des fantasmes, mais les *Servantes* semblent y croire, et les réfugiés hébergés par le *Nimiron* aussi. Arandith met en cause notre ordre. Elle nous suspecte de manigancer quelque chose contre elle. Elle exige que nous prenions soin de nos propres revenants, ou que nous débusquions les sorcières tapies en notre sein, de peur qu'elles ne soient source de l'épidémie en cours. »

Elle soupire :

« Tu sais que nous aurons à cœur de défendre les *Gris*, au cas où ils endureraient de nouvelles persécutions. Quitte à leur faire barrage de nos corps. S'il y a une cause qui peut retourner le peuple contre nous, c'est bien celle-là. Pour peu que la vieille animosité entre le *Nimiron* et notre communauté s'embrase à nouveau, la Révérende mère aura beau jeu d'ajouter son grain de sel à la rumeur populaire. Elle rappellera le passé rebelle de notre ordre, notre manque de fermeté notoire dans le voeu de chasteté, et ne s'étonnera pas de notre complicité avec les *Gris* ; elle rapportera les faits étranges survenus dans ses propres murs et contribuera à enflammer le peuple contre nous. Au moins, sauve-nous de cette tension inutile…

– Comment ?

– Va au *Nimiron*, s'il te plaît, et enquête sur les phénomènes qui se déroulent en son sein. La corneille blanche n'est pas seule en cause ; d'autres sœurs auraient eu des visions terrifiantes, depuis sept ou huit jours. Pour preuve de ma bonne foi, je me suis engagée à payer entièrement tes honoraires ; la Révérende mère est d'accord pour cette formule, pourvu que tu fasses cesser la hantise, réelle ou fantasmée, qui frappe son couvent.

– Mmh », fait le mage.

Et il réfléchit un moment, le menton dans les mains. Sans prononcer un mot.

« Parle-moi un peu de vos chamailleries avec le *Nimiron*, déclare-t-il finalement. Que je sache dans quel bousin je mets les pieds. »

2. Le Mont-aux-râles et le mont Calvent

« La mesquinerie est universelle, Peyr ; elle n'épargne pas les âmes consacrées.

» La dispute entre mon *Saharon* et la Congrégation des *Servantes* d'Harienn Nimir est consignée dans nos annales. Tu y découvrirais comment la bassesse peut saper des cœurs pieux voués à l'innocence ; tu t'affligerais de tant d'ardeurs perdues, qui auraient été mieux employées dans la contemplation des Astres et le secours aux nécessiteux.

» Notre communauté s'est installée dans la cité en premier, il y a quatre fois vingt ans. À l'époque, l'ordre de Sahari sortait à peine de la clandestinité ; sa réputation de mouvement séditieux prompt à épouser les révoltes populaires nous valait la méfiance de la noblesse et des élites de la caste sacerdotale.

» La grande épidémie a changé leur regard. Pendant ces trois années d'épreuves, le courage et l'abnégation des nôtres ont forcé l'admiration de nos détracteurs. Alors que les *bramynn* de la Vieille religion s'étaient claquemurés peureusement dans leur logis par crainte de la contamination, nos *sœurs corneilles* ne ménageaient pas leurs efforts pour aller au-devant des malades et affronter la *Blanche misère* en face – jusqu'au sacrifice suprême, dans bien des cas. C'est ainsi qu'elles ont conquis leur respectabilité et l'amour du peuple. Les maistres de Feddrantir ont jugé utile de se concilier leurs bonnes grâces ; la Duchesse elle-même s'est empressée d'offrir un terrain dans l'enceinte de la cité, pour qu'elles puissent y fonder un hôpital digne de ce nom.

» C'est ainsi qu'elles sont entrées en possession du Mont-aux-râles.

» Ça n'avait encore rien d'un lieu saint. On y voyait toujours les ruines des grandes fourches caudines où tant de pendus s'étaient balancés au vent, du temps où l'endroit servait de place de haute justice. Aucun bourgeois ne souhaitait s'établir sur ce roc, par crainte des mânes des suppliciés. Mais nous, saharistes, n'avons pas peur des morts : la corneille n'est-elle pas réputée absoudre et escorter les âmes dans leur migration vers les Astres ? Nos mères fondatrices avaient épousé la pauvreté ; elles ont su se contenter de cette offrande. Elles ont bâti un solide cloître de pierre noire, nanti d'un bon jardin officinal, ainsi qu'une première grande salle des malades, qui constitue aujourd'hui le Haut hospice.

» Et pendant trois décennies, elles se sont contentées de ce patrimoine.

» Durant ce temps, la cité a continué de grandir, stimulée par les flots de richesses venues des Royaumes du Crépuscule. Ses habitants se sont multipliés à l'intérieur des remparts et dans les nouveaux quartiers au-dehors, dépourvus de caniveaux et de puits digne de ce nom. Promiscuité, manque d'hygiène, indigence des travailleurs précaires : les sœurs ont eu tant à faire qu'elles ont conçu le projet d'étendre leurs locaux. Elles avaient même entamé des négociations pour racheter le plateau des anciennes tanneries – la dalle rocheuse surélevée que tu as pu voir, calée entre le Mont-aux-râles et la butte du Calvent, et collée à cette dernière. Il aurait suffi d'une passerelle pour la relier au cloître, par-dessus la rue des Tanneurs.

» C'est à ce moment que la Congrégation d'Harienn Nimir est venue nous pourrir l'existence.

» Tu sais que la foi solaire a toujours cherché à étendre son influence dans les pays baignés par l'Angmuir, restés, pour la plupart, féaux à la Vieille religion de cendres. C'est une conquête lente, qui se heurte à bien des résistances. Harienn, l'Avatar du Soleil, a trois visages : l'un guerrier, l'autre savant, le troisième féminin et charitable. C'est ce dernier que les pontifes de la capitale ont décidé de promouvoir à Feddrantir, car il touche davantage le cœur du peuple. Nimir, la Consolatrice, a donc pris pied dans la cité par l'entremise de ses *Servantes*. Un petit cénacle de barons convertis s'est cotisé pour financer la fondation de leur couvent – un second hôpital dédié aux indigents et aux malades, qui ne pouvait que faire de l'ombre au nôtre. Pour comble, ils l'ont établi sur la butte du Calvent, À moins de deux cents pas du Saharon…

» Notre abbesse d'alors s'est indignée de ce voisinage étroit. Elle a porté plainte devant la commune et devant la duchesse. Mais les zélateurs de la nouvelle religion avaient gagné en influence à la cour ; ils ont soutenu que la cité était assez vaste pour deux *hôtels des Astres* et fait valoir l'intérêt, pour les nécessiteux, d'avoir le choix entre deux spiritualités dissemblables. Quant à la proximité des deux couvents, pourquoi s'en émouvoir ? Les artisans d'un même métier ne sont-ils pas réunis dans les mêmes rues ? La duchesse a prêté à ces arguments une oreille réceptive ; ça ne la dérangeait pas de pouvoir compter sur un ordre moins remuant que le nôtre pour organiser la bienfaisance, même s'il lui fallait pour cela ouvrir grand la porte à la Foi solaire. »

« Il a fallu quatre années pour que la construction du *Nimiron* soit menée à bien ; mais pas plus de quelques semaines pour que les premières frictions entre les deux congrégations surgissent.

» Au début, les *Servantes* d'Harienn Nimir descendaient chaque matin chanter dans les rues pour se faire connaître des bonnes gens. Elles proclamaient la compassion de la déesse et les vertus de son hébergement, promettaient davantage de confort et de dignité que le *Saharon* n'en pouvait offrir : viande deux fois par semaine, un seul malade par lit, et autres luxes impensables. S'il n'y avait eu que ces boniments pour attirer les indigents, ç'aurait été de bonne guerre. Mais dans le même temps, la Révérende mère de Nimir dévoyait, à prix d'or, les meilleurs apothicaires de la cité, les chirurgiens-barbiers les plus habiles, et s'assurait de l'exclusivité de leurs services, privant du même coup notre hospice de compétences cruciales.

» Nos sœurs en ont conçu beaucoup de rancune.

» Notre ordre a compensé ces pertes en faisant venir des praticiennes expérimentées d'autres couvents ; la solidarité sahariste nous a permis de garder la tête haute. Néanmoins, au bout d'un an ou deux, le *Nimiron* nous avait raflé les patients les plus riches, ceux qui payent et contribuent à financer les soins des pauvres. Quant au menu peuple, il se partageait équitablement : aux nimiriennes, les adeptes de la nouvelle religion et les vieillards sévères ; à nous, les esprits libres, les vagabonds, les cœurs rebelles.

» Nous n'étions pas seulement rivales dans la séduction des malades et des indigents. Nous l'étions aussi dans la conquête des vocations, nécessaires à la bonne marche des hospices. Or, les demoiselles à consacrer aux Astres ne sont pas légion.

» Notre abbesse en avait parfaitement conscience. Elle envoyait donc ses moniales hors des murs du cloître, prêcher sur les places publiques, dans les halles, devant l'hôtel de ville et les écoles pour jouvencelles. Venez ! disaient-elles. Jeunes filles, parmi nous, vous vivrez libres de corps et d'âme, hors de la tyrannie d'un époux, sous la protection de notre sororité ! Que vous soyez fille de bramynn ou de paysan, nous sommes toutes égales dans la lumière de Sahari. Vous apprendrez qu'en cultivant le renoncement matériel, on renaît plus indépendante et plus forte ; vous deviendrez les personnes les plus résilientes au monde ! Mais les *Servantes* de Nimir étaient là aussi, dans les mêmes lieux publics, à faire entendre leur voix plus fort si elles le pouvaient. Dressées à l'autre bout de la place, elles rétorquaient : Filles ! N'allez pas vous flétrir au Saharon, dans la misère et le dénuement ! Se dévouer aux malades, c'est déjà faire assez d'ascèse ; Harienn Nimir vous offrira meilleure résidence, un repas digne de votre travail, et la protection de l'Avatar du Soleil, Harienn tout puissant ! Et elles ajoutaient, perfides : Pères, ne donnez pas vos pucelles à l'ordre des Corneilles, elles en feront du gibier de potence, des rebelles et des catins ! Alors mes consœurs répondaient par d'autres insultes ; parfois même, elles finissaient par en venir aux mains avec les nimiriennes, devant la foule assemblée. Ah, quel spectacle lamentable ce devait être de voir ces femmes en habit monastique, vouées au secours des malheureux, s'arracher le chaperon, se bouter des coups de pied, se rouer de taloches ! Les entends-tu, Peyr, se traiter mutuellement de sac à foutre, de rouchie, de suce-la-foire ou de croûte-à-cul, en invoquant les Astres et en se frappant avec leurs symboles sacrés ? Un seul de ces épisodes suffisait à ruiner pour longtemps l'image des deux couvents ! Ce pourquoi, certaines des belligérantes, prenant soudain conscience de leur emportement, s'empressaient d'apporter des soins à celles qu'elles avaient rossées, bien en vue du public. Les cogneuses tombaient alors dans les bras les unes des autres, s'embrassaient en signe de paix, pleurant et riant dans la lumière des Astres… pour mieux recommencer plus tard, malgré leurs beaux serments.

» En vérité, la querelle a fini par empoisonner l'esprit de toute une génération de moniales, dans les deux ordres. Et par éveiller toutes sortes de délires.

» Tous les midis, les nôtres descendaient sur la place du Chien noir pour servir une soupe populaire aux indigents. Les nimiriennes avaient bien vu le succès de cette coutume ; elles s'étaient empressées de l'imiter en refourguant leur propre tambouille place de l'Orpaille. En s'efforçant, bien sûr, de surenchérir : plus copieuse, plus généreuse, plus goûteuse que celle des Saharistes, etc. Elles sont même allées jusqu'à l'agrémenter d'épices précieuses, inconnues des papilles miséreuses. La lutte entre nos deux ordres est alors devenue aussi une affaire de cuisine. Un jour, quelque chose a mal tourné dans la boustifaille des *Servantes* ; peut-être qu'elles y ont fichu trop d'aromates, ou des *kamarikas* immatures, dont l'amertume a gâché totalement la saveur du repas. Quand leurs convives se sont mis à recracher la soupe, elles ont juré leurs grands cieux que c'était un coup des Saharistes, que l'une des nôtres avait empoisonné sciemment leur marmite, et que si quelqu'un tombait raide mort, c'est nous qu'il faudrait blâmer. Elles se sont si bien persuadées de cette fable que la Révérende mère a déposé une plainte officielle devant la duchesse, et qu'il a fallu organiser un tribunal religieux pour trancher, avec sept bramynn de la cité, absolument mortifiés de perdre leur temps dans une affaire si sotte.

» Mais les semaines suivantes, à midi, on a vu des petites frappes des bas-quartier barrer l'accès à la place du Chien noir et renvoyer les affamés vers la place de l'Orpaille, jouant du bâton, si bien que, pendant plusieurs mois, presque personne ne s'est avisé de goûter au bouillon des saharistes. Le crois-tu, ça, Peyr ? Le Nimiron, qui finit par frayer avec la pègre ! Du moins si l'on se fie à nos annales, et je les crois sur ce point, bien qu'elles soient partiales et passent sans doute sous silence quelques-uns de nos propres coups tordus.

» Et les mesquineries de cet acabit n'en sont pas restées là ; chaque année apporte son lot d'anecdotes navrantes. Une fois, c'est le Nimiron qui organise une procession somptuaire en l'honneur des trois visages d'Harienn, pour éblouir le peuple. Aussitôt, le Saharon s'empresse de mettre sur pied une contre-procession avec des miros, des boiteux et des incontinents, au prétexte de célébrer, par une *marche douloureuse,* les vertus du dénuement et de l'ascèse. Pour encourager les participants, nos sœurs les gavent de *feuilles des fées*, qui les amènent aux portes de la transe, dans une allégresse brumeuse, où s'oublie la douleur. Ce cortège de misère s'arrange pour couper inopinément celui des Servantes et ruiner ses fastes bien ordonnés : aveugles enfiévrés qui percutent les marcheuses, renversent les reliques et les encensoirs, s'empêtrent dans les bannières… S'ensuit alors un pugilat en bonne et due forme, un de plus dans la triste histoire de nos congrégations.

» Ces petits drames de rue étaient certes retentissants ; mais en réalité, la véritable lutte se déroulait de façon feutrée, dans les cénacles des élites et de la noblesse. Il s'agissait, pour chaque couvent, de convaincre un par un les donateurs les plus fortunés de la cité, les notables les plus influents. En cette bataille s'affrontaient l'abbesse et la révérende mère, à coup d'arguments théologiques et politiques. La première jouait sur l'hostilité des bramynn de cendre envers la nouvelle religion solaire ; la seconde rappelait les révoltes populaires dans lesquelles les confréries et sororités saharistes s'étaient compromises autrefois, et la menace qu'elles constituaient pour l'ordre établi.

» Cette lutte d'influence a connu son paroxysme dans la conquête du plateau des anciennes tanneries, situé entre nos deux couvents. Le Saharon le convoitait depuis longtemps pour y bâtir ses annexes ; le Nimiron s'est empressé de faire offre pour lui rafler la mise. L'affaire a débuté dès la troisième année du Nimiron. Elle a duré une décennie, et fait beaucoup pour attiser les tensions : contre-offre, pots de vin, procès en annulation de vente, etc. Nous avons fini par perdre la partie, et la dalle surélevée des Tanneries est allée aux *Servantes* de Nimir, tandis que notre abbaye devait se rabattre sur les terrains inondables en contrebas, plus près du fleuve – et c'est pourquoi notre nouvel hôpital barbote aujourd'hui dans la flotte, alors que celui de Nimir joue les sauveurs en accueillant les sinistrés dans ses salles bien au sec.

» Mais nous nous sommes vengées par anticipation. Tu as sans doute remarqué que la roche des Tanneries est étroite en son début, du côté opposé à l›Angmuir ; en vérité, on ne peut y accéder que par une courée qui appartient en copropriété aux trois maisons qui l'entourent. Mon ordre a racheté ces dernières en douce, à l'insu de la Révérende mère. Les anciens propriétaires étaient disposés à laisser cette voie ouverte pour servir de portique au Nimiron ; cependant, aucune servitude ne fixait ce droit de passage dans l'écrit. Une fois les biens acquis, nous nous sommes empressées de murer l'entrée de la cour. À cause de ce coup tordu, les *Servantes* n'ont pu bâtir aucun portail pour leur nouvel *Hospice des Tanneries*. Le seul accès possible passait donc par l'autre flanc du Calvent. Un détour aberrant : les indigents, valides ou non, étaient forcés d'escalader d'abord la colline par le nord, puis de traverser tout le couvent, y compris les Hauts jardins du cloître et les abords des réfectoires privés de la congrégation, pour, enfin, redescendre, par un escalier externe assez raide, jusqu'au jardin des Tanneries. Ah ! Comme les *Servantes* détestaient cette irruption constante de la plèbe malodorante dans leur intimité, sous les fenêtres de leurs chambres, matin et soir, même la nuit, braillant son vin et sa complainte ! Nos anciennes abbesses semblaient juger que cette petite satisfaction mesquine valait bien l'achat de trois baraques strictement inutiles pour nous – qui sont d'ailleurs restées deux décennies à l'abandon. Tu te doutes que je ne partage pas leur avis.

» Les Nimiriennes ont pris leur revanche en détournant discrètement leurs eaux usées vers notre nouvel hôpital, couché au pied du leur, sous la dalle des tanneries. Cette souillure a ruisselé le long du rocher, s'est infiltrée dans nos murs, écoulée goutte à goutte dans nos cuisines et notre salle des convalescents. Un pissat de malades et de grabataires, charriant la foire des pots de chambre, infesté d'esprits néfastes avides de propager leurs maux et purulences à d'autres victimes – je frissonne en songeant à ceux qui ont peut-être trépassé à cause de cette pollution volontaire. Le procès à ce sujet a duré pas moins de douze ans, jusqu'à ce que le Saharon parvienne enfin à démontrer l'origine monastique des eaux brunes et leur nature mortifère. Le Nimiron, alors, a dû courber le front et jouer la carte de l'ignorance et de la bonne foi, ce que personne n'a cru. Mais au moins, cette résolution a fini par déboucher sur une paix précaire, qui survit vaille que vaille depuis une décennie. Les égouttages impurs ont été canalisés et menés au fleuve. Ma prédécesseure a consenti à revendre les trois maisons inutiles au Nimiron, même si le prix payé est resté en travers de la gorge des *Servantes*. Un geste d'apaisement un peu hypocrite de notre part, destiné avant tout à nous donner bonne image devant la cité. Nul n'en est dupe, mais la trêve tient sur ces apparences, et je n'entends pas la mettre en danger.

» J'ai pris mes fonctions ici il y a sept ans, Peyr. Je ne peux rien imaginer de plus épuisant que ces mesquines disputes de voisinage. Je ne veux pas qu'elles recommencent, j'ai tellement mieux à faire de ma charge ! Il faut utiliser le peu de feu d'Astres qui nous est donné, à nous, frêles humains, pour bâtir des choses qui valent la peine, et apprendre à mieux nous aimer. Ne penses-tu pas ? »

3. Ces choses qui se chuchotent

Premier jour.

Pour entrer au cloître d'Harienn Nimir, on aborde le mont Calvent par son flanc septentrional, hors de vue du Saharon, en gravissant une rampe pavée qui mène au portique principal. Peyr débarque sur cette dernière d'un pied sûr, puis Sassane tire la barque au sec et l'attache à une carriole renversée.

Une centaine de pas à grimper, et les voici tous deux devant la robuste porte cochère taillée dans le mur d'enceinte. Une entrée désormais réservée à la communauté monastique, puisque depuis dix ans, les nécessiteux peuvent emprunter la porte des Tanneries pour accéder directement au nouvel hôpital. Sassane frappe à l'huis, trois coups puissants de sa grande main anguleuse, puis reste plantée face à l'arche, droite et silencieuse.

Au bout d'un temps, les battants s'ouvrent ; une moniale en robe blanc crème et chaperon orange apparaît dans l'embrasure. Ses yeux sévères, sertis dans un visage sans âge, toisent la Sahariste avec une animosité froide, avant de se tourner vers Peyr, pour un examen plus bref.

« Que voulez-vous ? assène-t-elle.

– Je suis l'enquêteur dépêché par l'abbesse Agyre, rétorque Peyr. La Révérende mère est au fait de ma venue. »

Pour la circonstance, le mage arbore autour du cou le symbole de la nouvelle religion, dans laquelle il a été élevé jadis. Un geste diplomatique plus qu'une profession de foi véritable, mais la sœur portière se laisse amadouer : une fois son regard posé sur le pendentif, ses traits se détendent quelque peu.

« Entrez, dit-elle, et attendez ici. Je vais m'enquérir de ça. »

Elle s'efface pour laisser passer les deux visiteurs, puis les plante sur place dans la cour d'entrée, sans autre forme de courtoisie, avant de disparaître par une galerie couverte, le long du temple abbatial.

Ce dernier écrase Peyr et Sassane de toute sa majesté. Son imposante façade est taillée dans la pierre noire locale, mais un parement de stuc blanc l'éclaircit, qui réverbère la lumière d'un soleil radieux.

Couronnant son dôme plaqué de bronze, les trois têtes de l'Avatar contemplent l'horizon, chacune dans sa direction canonique : nord-est pour Harienn Nimir, Sud-sud-est pour Harienn Yedu, tandis qu'Harienn Tolaan, le guerrier, fait face à l'ouest, affrontant de son regard d'acier les Royaumes païens du Crépuscule. Quelque part sous cette coupole, des carillons à vent tintent doucement, amplifiés par une voûte de pierre ; leurs clapotis de métal murmurent une atmosphère céleste, propice à la méditation. De temps à autre, une silhouette blanche et fauve glisse dans la galerie couverte et s'éloigne vers les dépendances à droite de la cour, sans accorder plus d'un bref coup d'œil aux visiteurs.

La sœur portière s'en revient quelque temps après, flanquée d'une petite femme entre deux âges, à la peau brun sombre, qui vient se camper en face d'eux. L'arrivante est parée des attributs du pouvoir religieux : une grande chasuble orange brodée de fil doré, qui recouvre presque entièrement le crémeux de sa coule, et une haute coiffe en forme de siège élancé. Son front mat arbore le grand *narvin* du soleil, tracé à la poudre d'or.

La Révérende mère Arandith a beau n'arriver qu'au menton de la grande Sassane, elle ne manque pas de prestance. Il y a quelque chose d'impérieux dans ses amples yeux bruns, surlignés d'épais sourcils qui s'entremêlent d'une façon un peu hirsute au-dessus de son nez.

Peyr s'incline avec déférence.

« Votre Radiance, salue-t-il.

– Relevez-vous, maître Romo, enjoint-elle. Vous étiez attendu. »

Et au lieu de lui tendre sa main à baiser, elle se détourne prestement, invitant ses hôtes à la suivre sans plus de formalités. D'un pas vif, elle les entraîne dans la galerie couverte, le long du temple. Ses sandales cloutées claquent contre le dallage de pierre noire comme les bottes d'un soldat, résonnent avec force sous les arcades voûtées.

Parvenue devant une vasque murale, la Révérende mère s'arrête net, trempe les pouces dans l'eau, et s'en sert pour oindre le front de la Sahariste, puis de Peyr, en signe d'accueil dans l'espace consacré. Ce faisant, son regard tombe sur le symbole solaire au cou du sorcier. Elle émet un petit gloussement satisfait :

« Je vois que l'abbesse a eu le tact de nous envoyer un bon *Confiant*. Je m'en félicite. Je redoutais quelque nécromancien débauché ou va savoir quel faiseur de désordre déniché parmi les ouailles les moins recommandables du Saharon. Je suis heureuse que ce soit un mage honorable et un fidèle de l'Avatar. Cela mettra tout le monde à l'aise. »

Elle recule d'un pas, l'examine sans vergogne :

« Vous avez la carnation et l'accent du vieux sang de Nardoresse. Non, ne dites rien... Une famille patricienne, n'est-ce pas ? Un antique lignage, des plus respectables. Armateurs, sans doute, dans la Guilde pourpre ? Ai-je raison ? Vous voyez, je connais bien le pays. »

Elle lui prend la main avec empressement – ses paumes sont froides et rêches.

« Il est bon que vous soyez parmi nous, maître Romo. Mes *Servantes* sont très perturbées par ces... apparitions. Cette corneille chuchote des choses... des choses dérangeantes. Il est tentant d'y voir une provocation obscène du Saharon, un sortilège destiné à nous moquer et à troubler la bonne ordonnance de notre communauté. Et en un sens, je prie pour que ce soit le cas. Ce serait tellement plus simple, tellement plus... familier. L'hypothèse que cela puisse venir d'*ailleurs* est encore plus déconcertante... »

Elle relâche les doigts du mage, pivote sur ses talons et se remet en marche, martelant le sol de plus belle, de son pas de sergent. Une fois le temple dépassé, la galerie débouche sur une cour secondaire, qui flanque le réfectoire des moniales. On accède à ce dernier par un escalier latéral. La Révérende mère le gravit prestement, suivie de ses hôtes. Sur le seuil de la bâtisse, elle se retourne à nouveau vers Peyr :

« Mes sœurs sont déjà prévenues de votre arrivée, l'informe-t-elle en lui tenant la porte. Je les ai fait réunir dans ce réfectoire, juste avant d'aller vous accueillir. Je pense que vous les trouverez loquaces... elles ont hâte de se confier, oui, déposer leurs angoisses dans des oreilles compétentes... n'hésitez pas à les rassurer d'emblée, quand bien même vous n'auriez encore aucune idée de la nature du mal. Cela ne peut que faire du bien à la communauté. »

Puis elle s'engouffre à l'intérieur.

Cinquante moniales sont réunies dans la grande salle du réfectoire, autour de longues tables de bois clair. Une assemblée dévorée de curiosité, qui bruisse de chuchotis et d'exclamations étouffées, picore du regard l'invité barbu assis à la place d'honneur, entre la Révérende mère et les doyennes, et lorgne avec méfiance la grande Sassane. Cette dernière se tient prudemment en retrait ; sa grossière robe de lin brun contraste avec la mise éclatante des *Servantes* solaires – robe ivoirine, chaperon orange, *narvin* du soleil tracé sur le front. Dans les rais de lumière qui tombent des vitraux, une poussière indolente dérive, agitée de lents tourbillons.

Mère Arandith se racle la gorge et prend la parole, les deux mains sur la table.

« *Servantes* du Soleil-Reine ! Voici Peyr Romo, mage de Nardoresse. On le tient pour un savant honorable, versé dans l'art des esprits. Vous comprendrez sans mal la raison de sa présence parmi nous. »

Et elle adresse à l'assemblée un regard éloquent, qui provoque de nombreux hochements de tête et quelques soupirs d'angoisse contenue.

« Comme vous le savez, poursuit la Révérende mère, ce sera bientôt *l'heure*. Cette fois, quand l'oiseau de malheur paraîtra, maître Romo sera là pour le confronter. Il y parviendra d'autant mieux qu'il sera parfaitement informé des faits dont vous avez été les témoins jusqu'ici ; aussi, je vous enjoins à lui dire dès à présent tout ce que vous savez. Qu'il se fasse une idée claire de la hantise qui nous frappe ! Parlez en bon ordre, et soyez précises ; souvenez-vous que nous ne sommes pas de ces babillardes qui couinent à tort et à travers, même et surtout dans les temps difficiles. »

Du bout de son index, elle touche l'arrête de son nez, geste qui, dans les régions du sud, invite à la réflexion et à la maitrise de soi. Puis elle promène son regard sur les visages silencieux de ses moniales, à la recherche d'une volontaire pour ouvrir les débats. Elle finit par arrêter son choix :

« Kautra. Expose-nous les choses. »

Une sœur aux épaules épaisses, au nez camus, se lève et prend la parole, après s'être éclairci la gorge.

« Tous les jours, à l'heure de la prière des pauvres, une corneille blanche comme l'ivoire apparaît dans la grande salle de la Maison des indigents, aux Tanneries. C'est d'abord un bruit d'ailes qui rode au-dessus de nos têtes. Nos regards cherchent en vain sa source dans la pénombre de la charpente. Et puis soudain, les ailes se taisent et elle est là, perchée sur une poutre, à nous narguer. L'œil vif, cerné de noir... Elle marmonne et chuchote, à mots d'humains... des choses étranges et inconvenantes, que nous pouvons toutes entendre et comprendre, et qui nous mettent mal à l'aise. »

Elle trace rapidement le signe du soleil sur son front, baisse le menton et se mure dans un silence gêné.

« Quels genres de mots, sœur Kautra ? questionne Peyr, d'un ton doux.

– Oui, quel genre de mots ? appuie la Révérende mère. Dis-le au mage. »

La moniale lui adresse un regard de reproche un peu désemparé, comme si elle se sentait piégée par sa supérieure.

« Des choses qui ont trait aux œuvres de la chair, concède-t-elle à contrecœur. Des œuvres... préliminaires et infécondes. Les réfugiés et les malades les entendent aussi. Cette... apparition les terrifie. Ils voient en elle l'incarnation des fièvres et des diarrhées qui les frappent, un mauvais esprit venu s'emparer de leurs âmes affaiblies pour les perdre dans les fosses de l'éther... C'est au point que certains préfèrent quitter le *Nimiron* avec leurs enfants et le peu d'effets qu'il leur reste.

– Ayé, se lamente une sœur dépourvue de sourcils. Ils fuient notre maison comme si elle était la source des maux... Et puis quoi ? La plupart n'ont nulle part où aller.

– Chht, gronde la Révérende mère. Restons charitables envers eux.

– De toute façon, le Saharon est sous eaux, poursuit la sœur sans sourcils, en émettant un ricanement amer. Il ne va pas les accueillir mieux, ces couillons !

– Silence, Fétré ! » l'admoneste mère Arandith.

Cette fois, la fautive baisse le front et se tient coite.

« Quand cette chose a-t-elle commencé à vous visiter ? interroge Peyr.

– Depuis que le flot a commencé à se retirer lentement des rues, dit Kautra. Cinq jours, en comptant celui-ci.

– L'oiseau s'est donc manifesté... cinq ou six fois ?

– Cinq. Du moins sous cette forme. Mais dernièrement, nous l'avons vu également prendre une autre apparence, qui révèle sans doute sa nature véritable... »

Elle pince les lèvres, toise Sassane, qui ne bronche pas, d'un œil suspicieux, puis ferme les paupières un court instant et précise :

« Il y a trois jours, après la prière, nous avons entendu à nouveau son froufrou d'ailes, cette fois dans nos corps de logis. Mururi l'a suivie jusque dans les cuisines. »

Elle se retourne vers une jeune sœur au teint pâle, aux boucles dorées, qui se tient non loin d'elle. Celle-ci frissonne, comme si elle s'éveillait d'un rêve. Ses paroles sortent avec fluidité :

« Ça voletait dans le corridor du réfectoire, narre-t-elle. C'est même entré ici brièvement, par la porte ouverte. À cette heure-là, il n'y a plus personne dans la salle ; mais les rayons du soleil tombaient en diagonale par les grands vitraux du sud. La corneille a changé brusquement de direction pour les éviter. On aurait dit qu'elle rebondissait dessus comme un caillou sur l'eau ; et quand elle s'y frottait, son ventre devenait brillant comme du feu et vaporeux comme la brume. » Tout en parlant, la moniale lève sa main menue pour désigner les hautes fenêtres en ogive dans le dos de Peyr, et tracer dans l'air le mouvement de l'oiseau. « Elle a fait plusieurs embardées de vitrail en vitrail, avant de battre en retraite et de se ruer vers la porte pour quitter les lieux. Ça n'aime pas la pleine lumière, je pense, alors c'est retourné dans un couloir plus ombragé, et ça s'est engouffré dans les cuisines, qui sont vides à cette heure. Jusque-là, je n'avais pas peur. Je suis entrée à sa suite, et je l'ai cherchée du regard dans les recoins. »

« Et c'est là que je l'ai vue. »

« Une grande femme en tenue monastique, debout, très raide, dans l'ombre à côté de la cheminée. Sa peau était blafarde, marbrée de taches sombres, comme celle d'un cadavre. Son chaperon délavé n'avait pas de couleur, mais c'était bien une coiffe de Sahariste, je l'ai reconnue, tout comme sa robe mangée aux mites. Toutes ces frusques, pouach, ça puait le moisi ! Et cette… chose me regardait fixement, un vague sourire aux lèvres. Alors j'ai pris peur, et je me suis enfuie des cuisines.

– Une Sahariste, gronde Kautra.

– Ou son ombre, marmonne une sœur.

– Une revenante, une âme en peine, glisse une autre.

– Ou une sorcière bien vivante, tapie au cœur du Saharon, s'indigne Fétré-sans-sourcils. Plus miteuse que la plus miteuse des Saharistes. Qui se transforme en oiseau et use de ses maléfices pour créer le scandale, semer la zizanie et décrédibiliser notre communauté. »

Les *Servantes* s'agitent sur leurs bancs, nerveuses. Dans l'ombre, Sassane serre les mâchoires, retenant quelque réplique bien sentie.

Peyr promène son regard sur l'assemblée :

« Qui d'autre a vu cette nonne blafarde ? »

Les moniales se regardent, hésitantes.

« Sœur Azal, déclare Kautra.

– Et où est cette sœur Azal ?

– Va savoir, dit l'une.

– En train de fureter quelque part, dit une autre.

– Dans les cryptes, peut-être, suggère une troisième. On ne l'a pas trouvée à temps pour la réunion. »

La Révérende mère Arandith esquisse un sourire teinté d'indulgence.

« Azal se montrera quand elle se montrera. En attendant, y a-t-il d'autres faits étranges dont vous souhaitez faire part au mage, et qui soient survenus depuis les inondations ? »

Silence.

« Des murmures, lâche une longue sœur au visage ovale. Dans les couloirs…

– Comme ceux de la corneille ? » questionne Peyr.

La longue sœur dodeline de la tête, dubitative.

« Je ne dirais pas ça. Quand la corneille chuchote, elle a une voix bien à elle, rauque mais féminine, avec un petit ton narquois, provocant. Elle vient toujours en fin d'après-midi. Les autres murmures surviennent le soir, lorsque le soleil descend sur les eaux. Personne ne comprend ce qu'ils racontent ; ils n'ont pas de voix propre. »

Elle balaie l'assemblée du regard, comme pour prendre ses consœurs à témoin ; et comme personne ne dit rien, elle finit par baisser le menton et contempler ses mains jointes.

Puis une autre sœur prend la parole :

« Il y a des odeurs, aussi, dit-elle. Celle de l'humidité qui monte des cryptes, mais pas seulement. Nous humons des choses qui ne peuvent pas être là.

– Des visages et des ombres, risque une autre, qui se défilent au bout d'un couloir. Mais si furtifs…

– Et des goûts, dit une troisième. Des goûts qui s'imposent sur nos langues, sans que rien les ait éveillés.

Peyr hoche la tête, pose son menton sur ses pouces joints, pour réfléchir quelques instants. Le silence qui l'entoure est pesant.

« Ainsi s'expriment les esprits, énonce-t-il finalement. Ils ne possèdent pas les mots, alors ils s'adressent à vos sens en les induisant en erreur. Ils parlent par impressions. »

La Révérende mère hausse le nez :

« Mais les esprits ne peuvent guère causer de mal, lorsqu'on leur oppose une foi ferme », déclare-t-elle avec assurance.

Peyr incline le chef, sceptique :

« Cela dépend de ce qui les meut. »

À ses côtés, Arandith pince les lèvres, contrariée par cette réponse.

« Quoi qu'il en soit, déclare-t-elle, vous êtes là pour les interpréter, et au besoin, pour les chasser. N'est-ce pas, maître Romo ? »

Le mage demeure imperturbable.

« Chasser les esprits, c'est comme lutter contre l'eau qui s'infiltre, énonce-t-il d'un ton doux. Elle finit toujours par trouver une autre voie pour entrer. Il est plus avisé de dialoguer, comprendre, et le cas échéant, apaiser. »

La Révérende mère claque la langue :

« Vous ferez comme il vous convient, tranche-t-elle, du moment que vous nous débarrassez de ces maléfices. Et de ce ou celle qui les éveille. »

Elle s'adresse à l'assemblée :

« *Servantes* de Nimir, le mage Peyr Romo est notre invité. Qu'il soit choyé comme tel. ».

Aussitôt, deux jeunes moniales se pressent vers les cuisines, dont elles reviennent avec du pain, du fromage et un cruchon de *Sanastis*, le breuvage monastique à base d'herbes et de grain fermenté. Peyr décline le repas, mais fait honneur à la boisson, qu'il partage avec la Révérende mère et les autres dignitaires du couvent, en faisant tourner le gobelet de main en main, selon la coutume.

Une sœur basanée aux cheveux gris, le front orné du trident symbolique des médecins, vient se présenter à lui :

« Je suis Lyfenn, sourit-elle. Bienvenue parmi nous, maître Romo !

– Lyfenn est notre chirurgienne, l'introduit Arandith. La meilleure du sud de l'Héritage ! Je l'ai vue opérer avec succès des cataractes, recoudre des fistules et même reconstruire un nez pour lui rendre apparence humaine.

– Nous vous avons réservé la chambre des hôtes de marque, déclare Lyfenn avec humilité. Elle fait trois fois la taille d'une de nos cellules, et dispose d'un bon âtre et d'une jonchée fraîche – un luxe par les temps qui courent. Vous y serez au sec et à votre aise.

– Si vous le permettez, je dormirai au Saharon, décline Peyr. L'abbesse m'a déjà invité à loger, et je ne puis me dérober sans discourtoisie, sauf lorsque la nécessité de l'enquête me retiendra ici. »

À ses côtés, la Révérende mère fronce ses gros sourcils :

« Voilà qui est inopportun, maître Romo.

– Agyre vous a promis de prendre en charge l'ensemble des frais afférents à mon travail, déclare le sorcier, d'un ton conciliant. Cela inclut le couchage. Elle n'avait pas volonté à vous offenser ou à vous griller la politesse. »

Mère Arandith dodeline de la tête, marquant le scepticisme :

« Je vous laisse le soin d'évaluer ce qui est discourtois et ce qui ne l'est pas… »

La garce ! Songe Peyr. D'abord, elle m'accueille comme un sauveur ; mais à la moindre contrariété, elle me bat froid ! Comme quoi, le terrain est toujours bel et bien sensible entre les deux couvents.

Il tressaille de surprise, parce que quelque chose de frais vient de s'enrouler sans crier gare autour de ses mollets. Baissant le regard, il découvre à ses pieds une grande sœur ventrue, agenouillée, un linge humide entre les doigts.

« Hurunn ! » tonne la Révérende, d'une voix qui claque comme un fouet.

La moniale ventrue sursaute, bondit sur ses pieds et recule de plusieurs pas, l'air apeuré. Elle baisse le front, contrite, les mains recroquevillées sur sa serviette mouillée.

L'indélicate doit avoir la cinquantaine au moins ; la mise négligée, les joues flasques, des cernes tristes qui pèsent sous les yeux. Peyr note le tremblement dans ses doigts, le regard de chien battu, la tension dans ses épaules et la raideur du dos. Des signes qu'il peut reconnaître sans mal.

Celle-ci est habituée à être rudoyée, devine-t-il. Elle vit dans l'attente des prochains coups...

Dans le même temps, des relents désagréables s'imposent à ses naseaux – une odeur corporelle âcre et piquante, témoignant d'un certain mépris de soi.

« Veuillez excuser Hurunn, commente mère Arandith. Elle est muette, et ne sait pas comment manifester sa présence. Elle ne songe pas à toussoter ou poser la main sur votre épaule, ou à quelque autre façon délicate de solliciter votre attention. Ce serait lui demander trop d'humanité. »

D'un geste sec, elle arrache le linge humide des pattes de la malheureuse, pour le tendre à Kautra :

« Laver les pieds en signe de bienvenue fait partie des coutumes de notre ordre. Vous le saviez, je pense ? Hurunn a voulu bien faire. Et elle aurait accompli là une œuvre honorable, n'était sa maladresse proverbiale. »

Sans un regard pour Hurunn, Kautra s'agenouille à son tour au pied de Peyr, et entreprend de lui rafraichir les mollets, avec une lenteur pleine d'égards. Le mage se laisse faire de bonne grâce.

« Ne te presse pas, Kautra, ronronne la mère Arandith. Maître Romo a bien mérité un petit répit avant de se mettre à la tâche. Ce ne sera pas bien long, en vérité. Car l'heure avance, n'est-ce pas ? Il est proche, le temps de la prière aux indigents… sa première parmi nous, en compagnie de notre corneille indésirable. Êtes-vous impatient, magicien ? Ou redoutez-vous la rencontre ? »

Le moment venu, la Révérende mère prend la tête du cortège qui quitte le réfectoire en direction de la Maison des Indigents. À ses côtés vont les cinq doyennes, vieilles femmes austères et silencieuses, les mains chargées d'encens, de santal et de poudres sacrées. Peyr marche au sein de cet aréopage, calquant son pas sur celui des *Servantes*.

La procession arpente d'abord les Hauts jardins qui s'étendent au pied des corps de logis. Elle adopte une allure cérémonielle, rythmée par le balancement des encensoirs. Depuis cette grande terrasse arborée, un escalier maçonné descend à flanc de rocher. Il n'y a pas si longtemps, c'était encore l'unique accès vers le plateau des anciennes Tanneries, deux ou trois mètres en contrebas. En l'empruntant, les moniales entonnent un cantique. Leur apparition sur les marches attire les regards d'un groupe de convalescents qui déambulent dans les Bas jardins, aux soins de novices. Plusieurs d'entre eux lèvent les yeux et portent l'index à leur front, pour saluer la Révérende mère avec respect.

À peine cette dernière a-t-elle terminé sa descente, que les plus hardis se pressent vers elle en claudiquant, avides de toucher le liseré de sa robe, comme si elle était une Immaculée ou un Avatar. Arandith en tire un plaisir perceptible. Elle se rengorge visiblement, tout en bénissant ses adorateurs à tour de bras et en leur imposant les mains pour dispenser son supposé pouvoir de guérison. Peyr est l'objet d'une curiosité plus discrète ; les pensionnaires le lorgnent d'un œil circonspect, en se demandant probablement quelle sorte de notable il est, et ce que sa présence signifie pour la communauté.

L'hospice des Tanneries consiste en plusieurs bâtiments distincts, reliés les uns aux autres par des galeries couvertes, et espacés par des jardins. Le mouroir – pudiquement appelé Maison du Voyage – est séparé de la Maison du Repos, où séjournent les malades, et de la Maison des indigents, havre des sans-logis, des aveugles et des impotents.

Alors que la procession approche de cette dernière surgit la religieuse la plus incongrue qu'on puisse imaginer. La créature cavale sur quatre pattes, les jambes tendues, le cul pointé vers le ciel, si prestement que, dans son enthousiasme à se joindre au cortège, elle manque de renverser Kautra. Peyr la prend d'abord pour une des invalides de l'hospice, avant de réaliser son erreur. Car l'arrivante est affublée de la robe blanc crème des *Servantes* et de leur chaperon orange. Certes, le costume est écourté, taillé à mi-cuisses, laissant paraître des braies aux genoux doublés de cuir ; certes, les mains de la jeune femme – elle ne doit guère avoir plus de vingt ans – sont chaussées de gants épais, qui servent de semelles à ses membres antérieurs ; et ses épaules sont harnachées d'une sorte de joug de cuir bouilli, auquel sont accrochées deux besaces, qui valdinguent à chacun de ses pas. Néanmoins, la donzelle arbore bel et bien tous les signes du culte, chaperon noué selon la règle de l'ordre, rune solaire tracée sur le front avec un soin dévot. Une *Servante* de Nimir, à n'en pas douter…

Ce curieux personnage s'en vient trotter joyeusement auprès de Peyr :

« Magicien, magicien, magicien ! » s'exclame-t-elle, en lui dédiant un large sourire.

Ce n'est pas une interpellation, mais une déclaration d'enthousiasme, qui n'appelle pas de réponse. La nonne quadrupède s'immobilise net et, tenant provisoirement sur trois pattes, elle lève la main droite pour saluer le mage.

Peyr lui rend son sourire, puis l'étrange moniale, obéissant à quelque impulsion incompréhensible – où est-ce une forme de pudeur ? – file aussitôt vers l'arrière du cortège, les hanches en l'air, de toute la vitesse de ses quatre membres.

« Azal a hâte de faire ta connaissance, s'amuse la blonde Mururi.

– C'est donc elle, l'insaisissable sœur Azal, qui furète partout ?

– Oui. Tu l'imaginais sans doute plus… verticale ? Et pourtant, son infirmité ne l'empêche pas d'explorer tous les recoins du couvent. »

Peyr baisse le regard, touché par la compassion. D'un souffle, il interroge :

« Les fièvres roides, je suppose ?

– Ayé. Quand elle était toute gosse. Ça lui a tordu les hanches et engourdi les reins ; il lui est impossible de se déplier complètement pour tenir debout, alors elle cabriole comme elle peut, en présentant ses fesses aux Astres. Harienn ne saurait lui reprocher cette impudeur... »

À ses côtés, Kautra porte deux doigts à son front, fataliste :

« Ces maudites fièvres te ravagent le corps au hasard, semant leurs raideurs et leurs déformations. D'autres mômes y perdent l'usage des mains ou de la parole, parfois la vie… hélas, ces maux risquent de revenir en force dans les semaines à venir, à présent que les eaux sont contaminées par toute la merde de la cité… combien de gosses vont devenir des *noueux*, comme elle ?

– Azal ne s'en tire pas si mal, au fond, renchérit Mururi.

– Nous l'avions gardée comme pensionnaire, à la Maison des Indigents. Mais elle est bien trop vive de corps et d'esprit pour se contenter d'une existence d'assistée, alors elle a prêté ses vœux comme *Servante*, sitôt qu'elle a pu. Elle a fait ses preuves, elle fait sa part comme elle peut. Tout le monde l'aime bien, même Arandith… elle est tellement solaire ! »

Puis elle ferme son clapet, parce que la Révérende mère, sur le point de pénétrer dans la Maison des indigents, s'est retournée vers eux pour leur imposer le silence d'un regard.

La bâtisse est construite toute en longueur, sur un seul niveau ; elle se compose d'une unique grande salle, adossée au roc du haut couvent et flanquée de quelques dépendances. Elle jouit de peu de lumière : les fenêtres sont étroites et espacées, pour mieux préserver la chaleur et limiter le coût du bois de chauffage pendant la saison froide.

Les yeux de Peyr mettent un peu de temps à s'habituer à la relative pénombre qui règne à l'intérieur. La jonchée d'herbes qui couvre le sol a connu des jours meilleurs ; elle exhale une odeur de paille pourrie, qui se mêle aux relents humains imprégnant les draps, aux fumets de bouillon froid, et aux senteurs de latrines. Des deux côtés d'une allée centrale s'alignent des compartiments de tissu tendus sur une armature de bois. Ces chambres de fortune sont censées offrir un semblant d'intimité aux résidents ; mais depuis la crue, celle-ci n'est plus qu'un vœu pieux. Les familles de réfugiés s'entassent à six ou sept dans ces aires de trois mètres sur trois, partagent les paillasses en tournante, ou dorment simplement au sol, les uns sur les autres, sur des nattes au pied du lit. Ce grouillis humain déborde même dans l'allée centrale, si bien que nul ne se déplace sans enjamber quelque frère d'infortune, enroulé dans une couverture de laine grossière. Ici, les chairs frissonnent, glacées de fièvres, fripées par les flots, gonflées par les maux de ventre ; les enfants luttent contre la diarrhée, les hommes adultes se bagarrent pour un peu d'espace, et les femmes pour échapper à leurs effleurements lubriques ; les proches se serrent les coudes, partagent le peu qu'ils ont, prient et parfois chantent pour oublier tout ce que les eaux leur ont volé.

Mais à ce moment de la journée, ces souffrances terrestres perdent de l'importance, face à la menace diffuse de l'au-delà. La plupart des réfugiés ont déjà les yeux levés vers la charpente. Ils scrutent les ombres, anticipant l'apparition de la corneille blanche, la chuchoteuse de maléfices. La venue de la Révérende mère ne les rassure en rien ; ils savent que la prière collective sonne l'heure de l'intrus. À moins qu'elle ne la provoque ?

Une quinzaine de *Servantes* pénètrent dans la salle à la suite d'Arandith et de Peyr. Les autres sont contraintes de demeurer dehors par le manque de place, sans que le cortège soit rompu pour autant.

Mère Arandith lève les bras et prend la parole :

« Fidèles du soleil-Roi ! Voici le moment de la prière. Un moment de communion avec nos astres intérieurs ; et aussi un temps de partage et de réconfort mutuel, que rien ni personne ne pourra nous voler. Quels que soient les maléfices qui viendront troubler nos oraisons, ne vous laissez pas distraire ; ignorez-les simplement. Restons centrés les uns sur les autres, abrités dans cette forteresse d'âmes que nous édifions ensemble, dans notre élan vers le ciel. »

Et elle s'apprête à entonner son cantique.

Mais elle n'en a pas l'occasion.

Car déjà, un bruit d'ailes froisse le silence. D'abord diffus, il enfle peu à peu dans le secret de la charpente, au-dessus des têtes, jusqu'à s'imposer à l'esprit. Arandith perd immédiatement l'attention de ses ouailles, au profit de l'intrus. Les fronts se plissent, anxieux. Les mères entourent les enfants de leurs bras. Plus personne ne songe à chanter ; chacun se tient coi, le cœur en suspens.

Peyr lève le regard, et marmonne quelques mots, pour attiser ses sens de mage. Mais lui-même peine à repérer l'oiseau dans la trame complexe des boiseries qui s'entrecroisent.

« Montre-toi, maudit nuisible », gronde Kautra, la mine mauvaise.

La corneille vient finalement se poser sur un robuste entrait, bien en vue de tous, au milieu de la salle. Figurine blanche comme l'ivoire suspendue, figée, au-dessus des têtes. Un peu plus brillante qu'elle ne devrait, et pourtant bien tangible d'apparence. La voilà qui entrouvre le bec, et commence à murmurer…

C'est d'abord un chuchotis incompréhensible, mâchonné d'un timbre rauque, qui résonne dans le silence de la halle. Malgré lui, Peyr tend l'oreille, cherche à discerner des sons articulés. La voix de l'oiseau enfle peu à peu, gagne en netteté. Les chuintements et les croassements se font syllabes, qui s'enchainent, tissant des mots clairement audibles. Rien qui ressemble à de longues phrases ; seulement des injonctions brèves, vibrantes, précises dans leur impudeur. Des suppliques d'amante à son amant. Des appels à la langue, aux doigts, au frottement des corps. Les mères plaquent les mains sur les oreilles de leurs mômes, les hommes baissent le regard au sol, et nombre de *Servantes* font de même, pressées de masquer leur embarras.

Dans le même temps, une subtile fragrance emplit la salle – épaisse, capiteuse et moite. Peyr met un moment à l'identifier : le parfum des sécrétions féminines. L'odeur irréelle du plaisir plane sur l'assistance, s'empare de ses sens. La plupart des auditeurs n'en ont pas conscience ; elle se fond dans le sortilège flou qui les emporte et les effraie tout à la fois. Peyr, lui, la reconnaît pour ce qu'elle est : un autre message de l'esprit perché au-dessus d'eux.

Celui-ci poursuit son babil érotique, changeant parfois subtilement d'inflexions de voix. *Encore tes lèvres là, encore* ! Tu sais où… *oui, tu sais…* À croire que l'oiseau rejoue les dialogues d'une étreinte secrète dont il a été le témoin, sans jamais évoquer le coït ni le plaisir de l'amant.

Et puis soudain, un bâtonnet de bois fuse en tournoyant vers les hauteurs, frappe la poutre juste au-dessous de la corneille, tandis qu'un juron masculin s'élève en contrebas. L'un des pensionnaires de la Maison des invalides vient de perdre son calme. Mais son geste impulsif a manqué sa cible. L'esprit opalescent s'envole sur-le-champ, file au travers de la charpente. Il passe comme un fantôme au-dessus de Peyr et de la Révérende mère, vague tache pâle qui glisse sous les lauzes du toit, puis disparaît sous l'arbalétrier du pignon, avec un bruit de froissement de plumes qui se prolonge un bref instant.

Et puis le silence revient.

« Où elle est passée ? » grogne un enfant.

– Partie, répond machinalement Kautra. Faufilée par quelque trou dans la toiture.

– Vers le dehors ? s'étonne Peyr. Je croyais qu'elle n'aimait pas la lumière du jour.

– La pointe du pignon donne sur le Haut jardin, rétorque Mururi. Dans un bosquet à prière ombrageux. Je vous y mène ? »

Le mage acquiesce et emboite le pas à la jeune moniale, suivi de la Révérende mère et de Kautra. À la sortie, ils retrouvent Sassane, qui demeure poliment debout au-dehors, à se faire oublier en attendant qu'on ait besoin d'elle.

« L'escalier ! » commande Arandith, comme si cette instruction n'était pas déjà superflue. En quelques enjambées précipitées, elle passe devant Mururi pour reprendre les rênes du petit groupe, et l'emmener vers les hauteurs, via les marches par lesquelles le cortège est descendu un peu plus tôt.

Une fois en haut, elle tire tout droit vers un épais boqueteau bordé de haies, calé entre les fondations du réfectoire et le parapet des Hauts jardins. Un sentier étroit s'enfonce au-dedans ; elle l'emprunte à pas cadencés, plus martiale que jamais, sans se soucier de la griffure des branches.

Au cœur de cet ombrage, elle trouve un gros rocher saillant et s'immobilise devant, les mains sur les hanches.

« Voilà, assène-t-elle.

– Voilà quoi ? risque Sassane.

– Nous ne sommes pas nées de la dernière pluie. Avant-hier, juste avant la fin de la prière collective, nous avons posté deux ou trois sœurs sous ces arbres, pour tenter de comprendre par où la corneille se défile. »

Elle se tourne vers le sud, pointe une forme triangulaire qui se laisse deviner à travers un épais treillis de branchage : le pignon de la Maison des indigents.

« Mururi l'a vue jaillir du faite du toit, puis voltiger vers elle au travers des rameaux. L'oiseau est parvenu jusqu'ici, et, avant que notre sœur puisse l'intercepter… »

Elle s'accroupit, désigne une sorte de terrier tapi sous le rocher saillant :

«… il s'est faufilé dans ce trou pour y disparaître. N'est-ce pas, Mururi ? Un comportement des plus étranges pour un corvidé. »

La blonde Mururi se tient coite, consciente qu'Arandith entend conserver le monopole de la parole. La Révérende mère se redresse :

« Que dites-vous de ça, magistère ? Pensez-vous que cette créature crèche sous terre ? Est-ce une corneille ou un rat ? »

À la jubilation dans sa voix, il est manifeste qu'elle en sait davantage, aussi Peyr se garde-t-il bien de répondre.

« La corneille ne s'enterre pas, intervient un timbre jovial. Elle retourne se cacher dans les cryptes. Je le sais. Je l'ai vue. »

Peyr pivote sur ses talons, découvre le visage ingénu d'Azal, qui les observe avec une curiosité teintée d'excitation. La *noueuse* déglutit bruyamment, puis adresse au sorcier un sourire d'invite, comme pour lui dire : *vas-y, messire, pose tes questions.*

« Oui, qu'as-tu vu là en bas, ma chérie ? minaude la Révérende mère, un sourire protecteur sur la face. Raconte au mage… »

Azal se passe la langue sur les lèvres, puis trottine jusqu'à Peyr, et vient s'asseoir en face de lui – si l'on peut nommer s'asseoir les contorsions qu'elle impose à ses jambes maigres pour contraindre ses hanches à épouser le sol.

« Là en bas, il y a eu de l'eau… commence-t-elle.

– Azal adore se rendre dans les cryptes, coupe Arandith. Personne n'y va jamais, à part elle. La plupart sont à moitié obstruées d'éboulis ; il est plus facile d'y progresser à quatre pattes. J'aurais dû lui interdire de descendre après la crue. Je ne pensais pas que l'eau se serait infiltrée jusque-là : c'est trop haut par rapport au niveau du fleuve. »

La *noueuse* ne se formalise pas de l'interruption ; elle conserve son sourire radieux sur les lèvres, comme si l'honneur de parler au mage devait ensoleiller tout le reste de son existence.

« C'est remonté, déclare-t-elle. Oui, c'est remonté brusquement par le puits, comme si la terre vomissait : de la vase toute brune, qui vous lèche les genoux, mais pas plus haut ; et puis c'est redescendu presque aussitôt, reparti dans le puits. Mais en laissant des tas de détritus bizarres. Je te montre, magicien, je te mène, si tu veux ! »

Elle déglutit encore, avec une difficulté manifeste, puis elle ajoute, l'air sagace :

« J'ai vu la nonne blafarde, tu sais ! La Sahariste… Je l'ai croisée là-dessous hier matin, dans les cryptes. Et je l'ai vue aussi se transformer en corneille, œil noir, blanche plume. Alors, tu descends avec moi, hein, tu viens, dis ? Je t'expliquerai où, je t'expliquerai tout ça ! »

4. Une vieille bouche fétide

Pour explorer les cryptes du couvent, sœur Azal dispose d'un équipement ingénieux. Son harnais est doté de deux pontets de métal, un sur chaque épaule. À ces derniers sont suspendues deux lanternes, chacune d'elle munie d'un cache orientable, que la moniale peut ajuster d'un coup de patte, pour braquer son feu dans une direction de son choix. Doit-elle escalader un éboulis, ou, comme à présent, emprunter un escalier, les deux lampes demeurent droites dans leur suspension, grâce à des contrepoids judicieusement placés.

Elle descend *l'escalier des ténèbres* à reculons, enjambant une marche sur deux de ses grandes foulées d'araignée. Elle les connaît si bien qu'elle n'a pas besoin de regarder où fiche les grolles : sa semelle trouve toujours naturellement où se poser. Peyr la suit d'un pas plus circonspect, inquiet de l'humidité de la pierre. Les derniers degrés s'avèrent particulièrement périlleux, couverts qu'ils sont de vase fraîche – si glissants que le mage, malgré les sabots cloutés que lui a imposés sa guide, cherche, du bout des doigts, des prises dans le mur pour s'assurer.

« Attention, magicien ! ça dérape, ça dérape partout ! » avertit la moniale.

Elle lève le nez vers lui, sourit de toutes ses dents et ajoute, ingénue :

« C'est plus facile à quatre pattes ! »

Et elle part d'un rire chaleureux, qui éveille des résonances incongrues sous la terre.

Tous deux finissent par poser le pied dans la première crypte, celle qu'Azal appelle *l'antichambre*. Les lanternes de la jeune *Servante* éclairent une longue salle voûtée percée de plusieurs ouvertures latérales, certaines encombrées d'éboulis. Le fond se perd dans les ténèbres. Les proportions du lieu sont surprenantes : quatre hommes pourraient y marcher de front ; quant à la voûte, elle perche à près de quatre mètres de haut. Levant le regard, Peyr y distingue de petits tétons de calcaire luisant, et même plusieurs stalactites longues comme l'index.

« De quand datent ces caves ? interroge-t-il. Elles sont forcément plus anciennes que le monastère… »

Azal pivote des quatre semelles pour lui faire face :

« Plus anciennes, oui, bien plus anciennes ! Plus vieilles que la mémoire. Tu vas voir… »

Elle fait volte-face et se remet en marche avec assurance, pataugeant d'un pas glissant dans deux pouces de vase fraîche. Peyr y plonge le sabot avec prudence, regrettant de ne pas avoir emporté un bâton pour prendre appui : une troisième patte, c'est mieux que deux, même si ça reste moins stable que d'en utiliser quatre.

L'air a quelque chose de fétide ; l'odeur de l'humidité et des sédiments se mêle d'autres notes complexes, que le sorcier peine à identifier, et qui lui paraissent changeantes – certaines capiteuses, d'autres désagréables et organiques. Une subtile amertume vient se poser sur sa langue, comme s'il avait avalé accidentellement un insecte. Tous ces signes auraient échappé à un profane ; le mage y reconnaît les manifestations d'âmes primitives qui rôdent dans l'obscurité – une ébullition d'éphémères, et peut-être, le murmure d'entités plus éveillées. Les premiers ne l'inquiètent pas : lorsqu'un milieu se transforme, l'activité des esprits primaires tend à se densifier.

« C'était au sec, ici, avant l'inondation ? interroge-t-il.

– Sec, oui ! Complètement sec ! » répond sa compagne.

Il scrute les ténèbres. Le faisceau des lanternes révèle un grouillement de minuscules moustiques qui s'affairent à fleur de fange. Il accroche aussi des éclats solides enlisés : tessons de céramique, plaquettes d'os ou de résine, et même de menus objets de métal brillant. Peyr se penche pour en ramasser un, l'élève devant ses yeux. Il tourne et retourne entre ses doigts une pièce de cuivre de grande taille, d'un aloi oublié depuis des siècles.

« On trouve d'étranges trésors, ici, commente-t-il.

– Oui, dit Azal. Venus avec la crue. J'en ai cueilli, de ces trésors, j'en ai cueilli beaucoup, tu sais ! Je te les montrerai.

– Et tu dis que cette boue miraculeuse est remontée brusquement par un puits ?

Elle acquiesce d'un menton frénétique.

« Oui, et repartie dedans depuis... Regarde, magicien ! »

Elle pointe ses lanternes vers une ouverture circulaire qui crève le sol, au beau milieu de la salle. Une gueule ténébreuse d'un mètre cinquante de diamètre, cerclée d'une courte margelle, et fermée par une robuste grille de métal aux charnières oxydées.

« Ça ! » dit-elle simplement.

Elle trotte jusque-là, pose sur la margelle une patte familière.

« La bouche qui vomit de la boue, ajoute-t-elle. Vieille bouche fétide aux dents rouillées. »

Peyr vient la rejoindre au bord du puits, et plonge le regard au-dedans. Le feu des lanternes caresse les premières rangées de pierre maçonnée à l'intérieur, encore couvertes de limon luisant. Très vite, celles-ci laissent place à de la roche taillée, sur laquelle l'aura lumineuse expire. En-deçà, tout n'est plus que ténèbres insondables.

« Ceci n'a pas été creusé pour amener l'eau, commente le mage.

– Non, confirme Azal. Pas de trace de potence ni de poulie. Et puis, c'est une faille naturelle, là-dessous.

– Et cette grille me paraît solidement forgée. »

Il lève sur la *noueuse* un regard inquisiteur. Celle-ci lui répond d'un sourire sagace. D'un revers de main, elle nettoie quelques empans de margelle de la boue qui les recouvre. Apparaissent alors des symboles gravés dans la pierre : des runes de l'Antique langue des géants.

« C'est bien ce que je pensais, commente le mage. C'est un passage vers l'Inframonde. Scellé comme il se doit. »

Les doigts d'Azal s'activent encore à dégager la fange ; ils révèlent une plaque de bronze sertie dans la margelle. Celle-ci est ciselée d'une longue inscription en caractères plus menus, accompagnée de gravures figuratives : serpents, nain difforme, nagas au regard torve.

« Sais-tu ce qu'est ceci, Azal ?

– Non, magicien. Je me suis souvent demandé.

– C'est un sortilège de garde. Il barre le passage à tout ce qui pourrait remonter d'en-bas.

– Sauf à l'eau et à la vase, rétorque malicieusement la moniale.

– Sauf à l'eau et à la vase, oui. Rien ne peut s'opposer à ces forces-là. »

Il incline la tête :

« C'est pourquoi cette crue est un problème pour le couvent. Les flots se sont infiltrés sous terre par toutes sortes de fissures, jusqu'à venir emplir les cavités qui se trouvent directement sous nos pieds. D'une façon ou d'une autre, ils s'y sont accumulés, au point d'être forcés de remonter vers le haut par l'unique voie possible, et de déborder brièvement dans ces caves… Seulement, d'autres choses sont remontées avec eux, soulevées dans leurs remous. Des choses qui demeuraient, jusque-là, enfouies dans le *Monde du dessous…* »

Il brandit la pièce de cuivre ramassée un peu plus tôt sous le nez d'Azal :

« Tes *trésors* sont en réalité des offrandes aux puissances des mondes inférieurs, jetées dans le puits à une époque lointaine. Ce lieu n'est pas une simple crypte, mais une salle de cérémonie très ancienne. Ce qui explique ses dimensions. »

Azal acquiesce d'un menton frénétique :

« Tout ça, oui, toutes ces caves, c'est un vieux temple, un sanctuaire impie ! La Révérende mère ne te le dira pas, tu sais, magicien. Cela doit être oublié, disparaître sous la sainteté du Nimiron. »

Et elle déglutit, comme toujours avec difficulté. Le mage la fixe un moment :

« Un temple en l'honneur de qui, dis-moi ? »

Pour toute réponse, la moniale tourne les talons et s'en va trottiner vers le fond de la crypte. Là, elle empoigne l'une de ses lanternes pour l'incliner vers le haut, de biais. Sa lumière lèche un pan de mur à moitié couvert de plâtre, révélant des fresques délavées, lépreuses mais encore en partie lisibles.

Peyr s'approche à son tour, de son pas dérapant et mal assuré.

« Voilà qui est plus clair », constate-t-il simplement.

Figurés en pigments fauves, roux, ocre et verts, des nagas géants enroulent leurs corps sinueux autour d'hommes ligotés, qu'ils soulèvent et portent à leur bouche entrouverte, pour les dévorer. D'autres, plus fins et beaucoup plus menus, volent dans l'air comme des flèches, fusent vers des vieillards et des enfants qu'ils finissent par frapper, s'engouffrant dans leurs chairs par tous les orifices de la tête. Ces personnages occupent l'essentiel de la fresque, mais pas l'entièreté : relégués dans les coins, des nains grimaçants, des cafards à face humaine, des araignées sans yeux et d'autres silhouettes à moitié effacées rampent ou se terrent, écrasés par la toute-puissance des nagas et de leurs épouses, les vouivres.

« Tu n'es pas surpris, hein ? constate Azal.

– Non, pas vraiment. Le culte du Peuple Sinueux est profondément enraciné à Feddrantir. Peu de cités l'honorent de cette façon. Mais c'est une dévotion mêlée de crainte, car les Nagas résident dans l'Inframonde, comme tout ce qui est secret, dangereux et incontrôlable. Ce sont des puissances qu'il vaut mieux se concilier et apaiser, au besoin par des sacrifices. »

Azal lève les yeux vers la fresque, contemple les personnages dévorés.

« Des sacrifices humains ? » interroge-t-elle.

Peyr hoche la tête :

« À une époque reculée, oui. De pauvres hères qu'on précipitait dans ce puits, en déverrouillant la grille le temps nécessaire, ou bien des criminels coupables d'actes particulièrement odieux. La pratique est attestée dans les archives du temple de l'Hydre, dont ceci était peut-être une fondation secondaire. La maison de Guivre, autrement dit, les ducs de Feddrantir, prétend descendre des nagas ; mais c'est tout de même elle qui a interdit cette pratique cruelle il y a plusieurs siècles.

– Il y a un autre puits semblable, sous le temple de l'Hydre ?

– Vraisemblablement. Et peut-être d'autres encore, ailleurs dans la cité. » Il s'amuse de la subtile nuance de déception qu'il décèle dans les yeux de la *noueuse*. « Ce n'est d'ailleurs pas l'apanage de Feddrantir. On trouve des passages comme celui-ci dans nombre de vieilles villes du pays, tapis dans des lieux secrets, sous d'anciens bâtis. Les mages pensent qu'à une certaine époque, ils s'ouvraient spontanément, partout où les humains et les Antiques résidaient en grand nombre. À croire que les vivants et les forces inférieures s'attirent comme le fer et l'aimant, jusqu'à en fissurer la terre… La plupart de ces cheminées et de ces failles ont été scellées à un âge très antique, bien avant que l'Héritage commence à s'unifier.

– Par les géants ?

– Oui, par les géants. Ces grilles et ces sortilèges de garde gravés dans le bronze sont typiques de leurs œuvres.

– Pourquoi ne pas avoir simplement muré ou comblé les passages ?

– Parce que cela aurait incité la terre à en ouvrir d'autres. L'Inframonde *respire*, comprends-tu ? Il serait illusoire de vouloir le fermer hermétiquement. »

La moniale cille, manifestement avide d'en apprendre davantage. Peyr sourit, charmé par sa curiosité et sa spontanéité :

« Ces choses t'intéressent, hein, Azal ? »

Elle lui rend son sourire, opine d'un menton enthousiaste.

« Je risque de te décevoir, dit Peyr. Les mages en savent peu sur le *Pays d'en-bas.* Mais grâce aux Antiques, nous avons tout de même une certaine compréhension de sa nature. Il contient les eaux primordiales qui irriguent la terre – un océan mystérieux, discontinu, opaque, parfois même diffus ou fangeux, qui s'étend partout sous nos pieds, entrecoupé de cavités sèches. Ce monde n'est pas mauvais en soi ; seuls ses habitants le sont souvent. C'est la source fondamentale dans laquelle puise toute vie, et tout en même temps, c'est le royaume des choses mortes. Les deux sont liés dans un cycle éternel : ce que la terre distille et ressource, de la pourriture végétale jusqu'aux cadavres des hommes et des animaux, finit par s'égoutter dans le *Pays d'en-bas*, où cela se transforme en nutriments pour les vivants. Les racines boivent les eaux de sous le monde, et par elles, se fortifient et grandissent, pour nourrir les bêtes de leurs fibres. »

Il désigne le puits :

« En dehors de ce lent transfert, le Dessus et le Dessous communiquent peu, et seulement de façon diffuse. Les grilles sont là pour contenir les entités que les Géants ont jadis incarcérées sous terre, pour les empêcher de remonter.

– Les nagas, commente Azal.

– Oui. Les nagas, les Géants noirs *Nendous*, et d'autres vieilles, vieilles créatures. Et aussi des ombres qui nous ressemblent davantage, des ombres d'humains… »

Du coin de l'œil, elle lorgne l'ouverture obscure, comme si quelque chose de néfaste pouvait en surgir à tout instant.

« Les gens d'autrefois pensaient que leurs défunts résidaient *là-dessous* jusqu'à la fin des temps, poursuit le sorcier, en compagnie des forces primordiales. Lorsqu'ils approchaient des avens et des grottes, ils croyaient entendre les murmures de leurs ancêtres monter du sol, et venaient chercher auprès d'eux conseil et réconfort. Et d'une certaine façon, ils l'obtenaient, sans doute. Mais d'une certaine façon seulement… »

Le mage relève le nez :

« Grâce à la sagesse des géants, nous savons désormais que la partie immortelle de l'âme, que nous appelons la *pépite*, s'envole vers les vastes espaces célestes, une fois libérée du corps. Seules demeurent ici-bas des couches spirituelles dont elle s'est débarrassée pour entamer sa migration, comme le serpent abandonne sa mue. Des ombres et des reflets d'ego, qui se laissent couler dans l'Inframonde, et vont s'y délabrer peu à peu au fil des siècles, plus ou moins rapidement, car aucun esprit, hors la pépite, n'a d'existence permanente… Parfois, elles chuchotent pour les vivants ; on peut les écouter là où s'ouvre la terre. Il arrive même qu'elles remontent à la surface et se manifestent, à l'occasion de grands bouleversements. Comme cette inondation… »

Il pose sur Azal un regard entendu.

« Tu crois que la corneille… commence cette dernière.

– Combien de fois l'as-tu croisée ici, dans ces caves, depuis que l'Inframonde a dégorgé par ce puits ?

– Mais que ferait une Sahariste morte sous le Nimiron ? »

Elle soupire et se tourne spontanément vers une ouverture voûtée pratiquée dans le mur ouest.

« C'est vrai, je l'ai entendue là-bas, derrière cette arche, dit-elle. À plusieurs reprises. La première fois, c'était en descendant vérifier le niveau de l'eau, il y a six jours, au petit matin. Un bruit d'ailes assourdi par l'écho, difficile à localiser. Tu sais, magicien, par-delà ce passage, il y a tout un réseau de caves et de cryptes, la plupart à moitié éboulées. À ce moment-là, je n'avais pas encore entendu parler de corneille blanche, et mes sœurs non plus. J'étais étonnée qu'un oiseau soit entré ici ; j'ai supposé qu'il y avait, quelque part, une ouverture menue qui communiquait avec le dehors. J'ai tout de suite eu envie de la découvrir. Mais je n'ai pas osé m'aventurer dans ces cryptes, parce que le niveau de la vase était toujours élevé – le puits en avait ravalé la plus grande part, mais il restait tout de même une couche haute d'une coudée et demie, contenue par la margelle, qui s'écoulait lentement vers ces caves plus basses. » Elle désigne à nouveau l'ouverture murale à l'ouest, se frappe la tempe du plat de la main : « Je suis curieuse, mais pas complètement dingue, donc, j'ai remis ce projet à plus tard. »

« Et puis, le lendemain, la corneille blanche est apparue dans la Maison des Indigents. Je n'ai rien dit de mon oiseau souterrain, parce qu'il n'y avait encore rien de sérieux à dire. Mais la hantise a continué. Avant-hier, la Révérende mère a placé des sœurs en faction dans le bosquet à prière, pour apprendre par où passait la *chuchoteuse*. Elles l'ont vue s'enfouir sous terre, sous ce rocher au pied des fondations du réfectoire. À l'aplomb de mes cryptes, donc… Dès que je l'ai su, je suis redescendue ici pour l'attendre. J'en ai profité pour farfouiller longuement la vase dans les caves secondaires, en quête d'autres trésors recrachés par le puits. Mais c'est seulement le matin suivant que j'ai de nouveau perçu le battement d'ailes, avec cet écho lugubre propre aux souterrains. Le niveau des boues avait assez baissé, alors je n'ai pas hésité : j'ai passé l'arche et je suis partie à la recherche de la corneille.

– Seule ? l'interrompt Peyr.

– Oui, toute seule. Même en temps normal, personne d'autre ne se risque jamais au-delà de l'Antichambre, tu sais. Les éboulis réduisent l'espace ; souvent, ça ne passe pas debout. Je suis la plus *adaptée* à cet environnement. »

Elle déglutit bruyamment, puis poursuit :

« J'ai franchi plusieurs obstacles et traversé plusieurs cryptes encombrées d'éboulis ; j'ai dû m'écorcher les fesses contre la voûte pour négocier des goulots très étroits, et ramper pour passer d'équerre au-dessus d'un vieux tas de pierres, incapable que je suis de plier les hanches – je me débrouille toujours pour me faufiler partout, tu sais, magicien, même si parfois, je me fais mal. À la fin, j'ai fini par localiser le bruit, dans la cavité voisine ; un battement continu qui faisait du surplace. Je n'avais plus qu'une ouverture à franchir. J'ai pris une inspiration et j'ai fait un pas en avant. »

« Le bruissement des plumes a cessé sitôt que je suis entrée. À la place, un chuchotement est né dans les ombres, hors de portée de ma lanterne. Quelque chose qui râlait et pestait pour soi-même, à la manière d'une vieille solitaire. C'était une longue crypte, tout juste assez haute pour qu'une personne *normale* puisse y tenir sur deux pattes. Je me suis avancée vers le fond à pas lents, en m'attendant à trouver la corneille blanche perchée quelque part. Au lieu de quoi, j'ai vu des yeux froids luire dans l'ombre. J'ai fait un pas de plus, et ma lumière est tombée sur la nonne blafarde, debout en face de moi, dans sa tenue de Sahariste. »

« Elle m'a lancé un long regard hostile. Sa robe était trempée. Son chaperon dégouttait d'eau limoneuse, qui suintait sur sa peau livide ; ça faisait ressortir les veines noires dans son cou, tu sais, noires comme celles d'un cadavre, si ce n'est que sa jugulaire pulsait, bien vivante, pareille à un gros lombric tortillant sous sa chair. On est restées face à face à se regarder pendant un long instant. J'étais trop surprise pour réagir, j'avais cette goutte de peur glacée qui descendait lentement le long de ma colonne vertébrale. »

« La nonne blafarde a levé la main, et elle a commencé à la refermer sur du vide, comme si elle voulait écraser un fruit, en me toisant avec une sorte de colère rentrée. Dans le même temps, la peau de son visage noircissait à vue d'œil, en longues craquelures filamenteuses qui s'étendaient autour de ses orbites. Aussitôt, le feu de mes lanternes s'est mis à décliner. »

« Je crois que c'est à ce moment que la goutte de peur a atteint mes hanches. Du coup, j'ai cessé de la sentir, et j'ai retrouvé mes moyens. J'ai dit : *Non, s'il te plaît ! J'ai besoin de la lumière* ! La nonne blafarde a baissé le bras ; sur le coup, mes lanternes se sont éteintes, mais seulement pour un bref instant. J'ai entendu un son feutré, comme une vesse-de-loup qui éclate ou un petit sac de farine qui se déchire, et le battement d'ailes est revenu. Il m'a frôlé les joues et filé dans mon dos, vers la sortie. Quand la lumière a rejailli, j'étais toute seule dans la pièce, mais deux ou trois plumes blanches voletaient encore, sur le point d'épouser le sol. »

« J'ai attendu un moment, puis j'ai fait le trajet du retour la trouille au ventre. Pour me rassurer, je me répétais que la corneille m'avait rendu la lumière, et qu'il n'y avait pas de raison qu'elle m'attaque, puisqu'elle ne l'avait pas fait quand je l'avais débusquée. N'empêche qu'au bout du compte, j'étais bien contente de retrouver le ciel et le soleil. »

Elle se mord les lèvres d'un air un peu penaud, levant le regard vers Peyr comme si elle avait fait une bêtise. Le mage pousse un léger soupir.

« Tu as raconté tout cela à Mère Arandith ? »

Elle opine.

« Et sachant tout cela, elle te laisse redescendre ici avec moi ? »

Elle lève vers lui un regard un peu hésitant :

« J'étais vraiment en danger ? »

Peyr sourit intérieurement :

Si sagace, et pourtant si ingénue. Ou alors, plus téméraire qu'Agyre !

Plutôt que de lui apporter une réponse directe, il choisit de l'associer à ses réflexions :

« Je vois trois possibilités, énonce-t-il. La première : la corneille est une ombre, reflet délabré d'une défunte dont l'âme véritable a depuis longtemps migré vers les astres. À cause de la crue, cette ombre a pu s'échapper de l'Inframonde et remonter jusqu'à nous. Mais pour avoir observé l'oiseau blanc, je lui trouve un aspect bien trop tangible pour un esprit en déliquescence – et son comportement le prouve : à notre connaissance, il passe toujours par des ouvertures physiques. Cette chose, quelle qu'elle soit, n'est pas seulement de nature spirituelle. »

« Alors venons-en à la deuxième possibilité : il arrive que l'âme d'un défunt ne trouve pas le chemin du ciel. N'ayant pas fait sa mue et ne s'étant pas délestée de ses couches inutiles, elle reste sujette à toutes sortes d'illusions qui la désorientent… Elle s'égare alors dans le *Monde du Dessous* et s'y laisse piéger, retardant indéfiniment son envol. Ces âmes-là sont des revenants véritables. Etant encore *habitées*, elles ne se délabrent pas ; au contraire, l'Inframonde leur donne de la substance, au point qu'elles reconstituent parfois une sorte de corps physique, qui n'est pas pleinement de la même matière que le nôtre, mais de celle dont se tisse l'Inframonde. Un corps qui peut se transformer selon les circonstances… »

« Enfin, nous ne pouvons écarter la troisième possibilité : la corneille pourrait être également une entité native de l'Inframonde, qui a pris l'apparence d'une Sahariste pour semer le chaos au Nimiron, pour des motivations qui nous échappent encore. C'est une hypothèse peu probable, en raison des antiques sortilèges de garde, mais c'est de loin la plus préoccupante, bien que la deuxième, celle d'une revenante dotée d'une incarnation tangible, ne soit pas à prendre à la légère. »

Pour la première fois, Azal pâlit. Elle tourne nerveusement la tête, regarde autour d'elle, comme si la nonne blafarde allait réapparaitre d'un instant à l'autre. Elle finit par baisser le front.

« Magicien, est-ce qu'il peut faire cela, le *Pays d'en bas* ? Donner un corps physique à une âme qui n'en a plus ? »

Peyr secoue le chef :

« Le *Royaume des ombres* n'est pas réellement dans la continuité du nôtre, Azal. Il appartient davantage à cet au-delà que nous appelons *l'autre côté* ou *l'Outre-songe*, dont il est une sorte de chambre secrète. Une chambre immense, infinie même, et pourtant scellée. Je peux te le démontrer, si tu veux. »

Il ramasse un petit bloc de pierre abandonné dans la vase, puis se dirige vers le puits, d'un pas plus incertain que jamais.

« C'est l'occasion de vérifier mes suppositions, affirme-t-il.

– Lesquelles ?

– Que ce trou est bien un passage. Les sortilèges de garde et la grille ne sont pas une preuve suffisante : parfois, les anciens ont pris une fissure inoffensive pour une porte de l'Inframonde, et l'ont inutilement bardée de charmes protecteurs. Or, tous les gouffres ne mènent pas en droite ligne au *Pays d'en dessous* ; il arrive que la frontière se trouve beaucoup plus bas, et que l'on puisse circuler longuement sous terre avant de faire le pas de trop. Mais il y a un moyen presque infaillible de vérifier. »

Il pose la pierre sur la margelle.

« Approche, Azal. Et tends bien tes esgourdes. »

La *Servante* rapplique au petit trot, ragaillardie par la curiosité ; elle passe le menton par-dessus la margelle. Peyr lui adresse un sourire entendu, puis pousse la pierre, qui bascule par-delà le rebord, entre les barreaux de la grille, et disparaît aussitôt dans les ténèbres insondables du puits.

Peyr compte ses respirations. Quatre, cinq, six… au bout de dix, c'est toujours le silence. Au terme de vingt, il faut admettre que le gros caillou s'est perdu corps et bien, sans heurter ni roche ni eau.

« Je ne comprends pas, dit Azal. On n'est qu'à quelques mètres au-dessus du fleuve. Il devrait encore y avoir de la flotte dans ce puits, au même niveau que dans les rues.

– Oui. Car le liquide arrive toujours à la même hauteur partout, entre des espaces qui communiquent. N'est-ce pas ? »

Il lui pose une main amicale sur l'épaule :

« Le flot se trouve bien là-dessous, jeune fille. Mais ce n'est déjà plus notre monde, et il n'obéit plus aux mêmes lois. Nous sommes bel et bien en présence d'un passage. Un lieu dangereux, mais d'un très haut intérêt pour des personnes curieuses comme toi et moi... »

En remontant des cryptes, le mage et la moniale font halte dans les celliers du couvent. Peyr en profite pour s'asseoir sur un sac de grain et ôter ses sabots cloutés.

« Tout à l'heure, s'enquiert-il, tu m'as dit que tu avais ramassé beaucoup d'objets dans l'*antichambre*, dit-il. Des choses apportées par la crue… »

Azal incline la tête avec un air gêné. Spontanément, elle tire de sa besace une sorte de baluchon empli de plaquettes d'os ou de résine et de tessons de céramique.

« Mes trésors, dit-elle. Cueillis dans la vase. Je m'excuse, si j'aurais pas dû. »

Et elle tend le paquet à Peyr. En examinant son contenu de plus près, le mage fronce les sourcils.

« Ce sont des messages adressés aux forces souterraines, dit-il. Tout est couvert d'inscriptions. Des prières, des remerciements, des requêtes sans doute ; peut-être aussi des malédictions. »

Il lève le regard :

« Cela confirme que ce puits a bien fait l'objet de dévotions et de cérémonies autrefois. Si tu le permets, je vais emporter ces objets et tâcher de les déchiffrer. J'en apprendrai peut-être davantage sur le passé du lieu.

– Vas-y, magicien ! Je te les laisse, si tu penses qu'ils peuvent t'être utiles. »

Il hésite :

« En vérité, je n'en sais rien… mais si la crue a remué les forces qui se trouvent *là-dessous*, alors mieux vaut que je me familiarise avec elles. La connaissance des dévotions d'autrefois pourrait être riche d'avertissements. »

5. L'offrande des souvenirs

Deuxième jour.

Lorsque Sassane ramène Peyr au Nimiron, le lendemain matin, un tambour langoureux résonne quelque part dans les bas quartiers de la cité. La brume qui nappe les rues inondées semble frémir au rythme de ses pulsations. De temps à autre, la frappe s'interrompt ; le son lugubre d'une flûte renaît alors du silence, rapidement accompagné d'un chant plaintif – un choeur dissonant de voix mâles et femelles, qui instille un malaise indéfinissable.

« Les *Gris*, commente Sassane en se courbant sur sa perche. Aujourd'hui, c'est le Tan Tarsarr. Leur fête de la fertilité… ils vont célébrer ça jusque tard dans la nuit, malgré la disette. »

La barque racle le fond pavé ; la Sahariste la relance en deux coups de perche. Puis elle ajoute, en soupirant :

« L'abbesse a essayé de les en dissuader, mais en vain.

– Pourquoi ?

– Ah, Peyr Romo, tu ne connais pas le Tarsarr, on dirait. C'est une fête sauvage, propice à tous les excès. Une fête de la vigueur et de la virilité, tu comprends ? Consacrée à des dieux étrangers... En ces temps de calamité, de telles libations sont malvenues à plus d'un titre. Elles ne devraient pas avoir lieu cette année. Elles ne feront qu'attiser la vindicte populaire contre la communauté mornillonne... »

Avisant, sur le tard, une bande de singes postés sur le toit d'une proche chapelle, la sœur relève sa perche et laisse la barque poursuivre sa route d'elle-même, emportée par son inertie. Les deux mains serrées sur son bâton, elle adresse un avertissement muet aux chapardeurs velus. L'embarcation dépasse lentement leur perchoir ; alors seulement, Sassane daigne recommencer à souquer, et la brume se referme derrière elle.

« À l'heure qu'il est, reprend-elle, les mâles sont déjà en train de se gaver de feuille des fées. Ils ne sentiront ni la faim, ni la douleur, ni leurs propres limites. Chacun d'eux voudra prouver sa vigueur dans les épreuves et les jeux du Tarsarr. Quand le soleil sera au zénith, ils courront sur des rangées de pieux en bord de fleuve, sauteront de l'un à l'autre et tentant de faire chuter leurs concurrents, pour arriver premier aux femelles à courtiser.

Mais cette année, c'est à peine si les piquets affleurent hors de l'eau ; et l'Angmuir est encore si tumultueux, qu'il risque bien d'emporter ceux qui tombent. Ensuite, ils trouveront bien de quoi boire plus que de raison, danseront le ventre vide, et, parfois, se battront pour des peccadilles, échaudés par le rut et l'approche de la nuit. Des couteaux jailliront de leurs étuis. Ce sera à nous, les saharistes, de réparer les dégâts, car personne d'autre, ici, ne daigne soigner les *Gris*. »

Elle plante la perche à tribord et range la barque sur le bas-côté pour laisser la voie libre à une embarcation qui s'en vient à leur rencontre, crachée par la brume – un petit radeau de fortune chargé de fruits et de tubercules, mu par trois hommes robustes. Le temps de leur passage, Sassane garde le silence. Puis reprend, à voix basse :

« Tout au long du jour, la cité entendra le tumulte de ces libations, et le trouvera odieux, car il lui est étranger. Elle fronce déjà les narines au son des flûtes, comme si c'était une pestilence qu'on hume par les oreilles. Le bon bourgeois s'indignera de ce que les *Gris* puissent festoyer et perpétrer leurs rituels impies, alors que Feddrantir est encore en partie sous le flot, que les gens se rationnent et que les maux de ventre emportent chaque jour de nouvelles vies. Certains diront qu'ils célèbrent les malheurs de la cité et se réjouissent du trépas de nos enfants. D'autres fantasmeront sur leurs festins et se demanderont d'où provient la nourriture. Quant au prédicateur de la place du temple, il proclamera que leurs tambours ne visent qu'à provoquer davantage les nagas des eaux, pour aggraver la situation et nuire à la ville. Il assurera que les *Mornillons* sont nos ennemis, infiltrés depuis trop longtemps à l'intérieur de nos remparts… »

Dans le dos de Peyr et de Sassane, des criaillements sauvages s'élèvent : les singes viennent d'apercevoir le radeau de ravitaillement qui navigue sous leur nez. Les convoyeurs vont avoir fort à faire pour défendre leur chargement. La Sahariste elle-même tend l'oreille et se laisse distraire ; aussi manque-t-elle de basculer en avant lorsque la proue de sa barque racle à nouveau le fond, si brusquement qu'elle s'immobilise net.

« Ça ne passera bientôt plus, ici, observe calmement le mage.

– Non, convient Sassane. De ce côté du Calvent, il faudra réapprendre à circuler à pied. On pataugera dans la mélasse… Mais les rues les plus proches du fleuve vont encore rester navigables un moment. Et notre nouvel hospice n'est pas près de se retrouver au sec, hélas… »

Elle descend se tremper les mollets dans l'eau, empoigne la corde nouée à la proue, et tire dessus pour dégager le bateau. Peyr se lève du banc de nage :

« Veux-tu que je… ?

– Reste assis, magicien ! Un homme comme toi n'a pas à se mouiller les bottes. Et une femme comme moi n'a besoin d'aucune aide. »

Il hésite ; d'un geste impérieux, Sassane lui désigne le banc. De bonne grâce, le mage se rassied.

« Tu me juges mal, ne peut-il s'empêcher de commenter. J'ai beau être fils de bonne famille, mouiller mes bottes ne m'a jamais fait peur.

– Je sais que tu as fait partie des nôtres, *sire* Romo » coupe Sassane. Et avec un petit sourire en coin, elle ajoute : « Mais en vieillissant, l'homme fait moins de cas de ses idéaux, et davantage de son rang. Je ne voudrais pas te confronter à ton âge ou à tes renoncements. »

Et, lorgnant ostensiblement le symbole solaire au cou du mage, elle lui dédie l'un de ses regards effrontés, l'ironie aux commissures des lèvres, avant de reprendre place à bord. Bien qu'un peu froissé, Peyr choisit de ne pas répondre, de peur que la conversation n'en vienne à aborder sa jeunesse aux côtés de l'abbesse Agyre.

La barque parvient au pied du Calvent ; elle glisse et frotte sur la rampe d'accès au monastère. Sur cette dernière, la carriole renversée semble avoir grimpé d'un bon mètre. Sauf que, bien sûr, elle n'a pas bougé le moins du monde : c'est l'eau qui s'est retirée peu à peu.

Au moment où Sassane débarque, des dizaines de tambours éclatent soudain en une sarabande endiablée, là-bas, dans les quartiers nord. Leurs frappes puissantes roulent par-dessus les toits et font vibrer le bas-ventre du mage.

Il va être difficile de se concentrer, aujourd'hui, songe ce dernier.

Un instant plus tard, les cloches du temple solaire se mettent à sonner à toute volée, couvrant en partie le fracas des percussions.

« Ce n'est pourtant plus l'heure ! râle Peyr, assommé par cette nouvelle source de tintamarre.

– Non, en effet, rétorque Sassane. C'est le Temple qui donne la réplique aux *Mornillons*, et tente de noyer leurs voix sous la sienne. Cela rassure le bon bourgeois, qui croit que les chants *gris* sont des maléfices lancés sur la cité. Tu vois ? Le prédicateur haineux n'a pas à forcer les choses ; le clergé solaire joue implicitement au même jeu, pour conquérir des cœurs à bon compte. À cause d'eux, le Tarsarr est déjà une forme de lutte intestine, ici, à Feddrantir… »

Juste au-dessus de leur tête, les cloches du couvent entrent à leur tour dans la danse.

« Et voilà les Nimiriennes qui se joignent à la bataille ! peste Sassane. Ah, les catins ! » Et elle accompagne ces mots d'autres jurons crachés à mi-voix.

D'un geste énergique, elle tire le bateau à moitié au sec, puis se retourne vers Peyr :

« Tu vas devoir monter seul, aujourd'hui, le mage. On a besoin de ma barque ailleurs. » Et après une courte hésitation, elle ajoute : « De toute façon, je ne goûte guère les journées à t'attendre, plantée comme une chèvre attachée à un piquet, sous le regard des louves de Nimir. »

Il opine :

« D'accord Sassane. Merci, et à ce soir, dans la lumière de Sahari. »

Il empoigne son baluchon, se le jette à l'épaule et entreprend l'ascension de la rampe, un peu dérouté par les humeurs et les provocations de la Sahariste.

La sœur portière se montre à peine plus amène que la veille.

« La Révérende mère est retenue au mouroir, lui communique-t-elle, criaillant à son oreille pour couvrir le bruit des cloches. Elle vous laisse libre d'aller et venir et d'enquêter comme bon vous semble, et vous retrouvera à midi. »

Avant qu'elle se désintéresse de lui, Peyr s'empresse de déposer sa requête :

« J'aurais besoin de l'aide d'une *Servante* versée dans l'art de déchiffrer les textes anciens. Connaîtriez-vous… »

Sans lui laisser le temps de finir sa phrase, la portière lève l'index pour pointer le second étage du bâtiment du réfectoire, par-delà le dôme du temple. Puis elle se détourne sèchement et remonte se poster sur le mur, vigilante sentinelle.

Les cloches solaires font finalement silence, et celles du Nimiron ne tardent pas à faire de même. Peyr demeure seul dans la cour, au pied du temple monastique, dont les pierres résonnent encore des derniers échos du bronze. Les carillons à vent prennent le relais, de leurs tintements légers. Dans le lointain, on n'entend plus qu'une flûte solitaire, lugubre et triste ; pour l'heure, les tambours frénétiques se sont tus.

Le mage se retourne vers la galerie couverte qui borde la cour et mène au réfectoire, en longeant le temple. Il sursaute presque d'y découvrir une silhouette qui l'observe sans mot dire, très raide sous son chaperon orange.

« Salut dans la lumière chaleureuse ! commence-t-il, un peu mal à l'aise. Ma sœur, y a-t-il un scriptorium dans le cloître ? »

Tapie sous les arcades, la *Servante* raide ne réagit guère ; mue par un tic nerveux, elle se contente d'entortiller ses mains d'une façon disgracieuse. Dans la légère brume qui persiste au sommet du Calvent, Peyr met un moment à la reconnaître. Mise négligée, joues flasques, cernes tristes sous les yeux : c'est Hurunn, la muette. *La souffre-douleur de la Révérende mère*, songe-t-il. Et aussitôt, il se reproche ce jugement hâtif – mais sur les relations humaines, son instinct le trompe rarement.

Il s'avance vers la moniale en souriant, bien décidé à rompre la glace ; mais celle-ci se détourne immédiatement, une expression effarée sur le visage, pour s'enfuir vers les dépendances, de son pas gauche et un peu lourdaud. Peyr s'immobilise, peu désireux de lui courir après.

Traumatisée par l'échec de notre première rencontre, sans doute. Et pourtant, cette fois, Arandith n'est pas là pour la réprimander…

Il soupire, et s'engage dans la galerie couverte. Prend la peine de se laver rituellement les mains avant d'entrer dans l'espace consacré du cloître, puis gagne la cour principale, et gravit l'escalier du réfectoire, tout en formulant des vœux pour que ses prochains contacts humains soient plus cordiaux.

Il déniche sans mal le scriptorium, au second étage du bâtiment – en réalité, une bibliothèque modeste, dotée de deux pupitres, de quelques cahiers de parchemin vierges et d'un peu de matériel de scribe. Sœur Brynné, la copiste, est déjà sur place, occupée à reproduire soigneusement un vieux grimoire médicinal – la quarantaine approchante, les traits agréables, avec, juge Peyr, comme une ombre de tristesse sur le front. Peut-être parce qu'au coin de ses yeux, les petites rides qui pleurent surpassent en nombre les petites rides qui sourient, ou à cause de la lenteur un peu lasse de sa parole.

Elle se montre disponible.

« Je suis à votre service, sire mage, s'offre-t-elle. N'attendez pas de moi des connaissances à la hauteur des vôtres. Néanmoins, si le peu que je sais peut vous être utile… »

Il se déleste de son baluchon, qu'il déploie sur un coffre plat, révélant les trésors récoltés par Azal.

« Qu'est-ce ? interroge Brynné, piquée par la curiosité.

– Des offrandes, des prières. Peut-être aussi des malédictions.

– Je vois. De vieilles pratiques propitiatoires. D'ordinaire, ces offrandes vont à des entités qui se trouvent plutôt… hum… »

Elle pointe un index éloquent vers le sol.

« Aux puissances souterraines, oui, opine Peyr. Vous connaissiez l'existence du puits, dans les cryptes ? »

Elle hésite un instant, coule un regard en biais vers le mage.

« Tout le monde, ici, connaît l'existence du puits… » susurre-t-elle, égrainant les mots avec lenteur.

Elle s'empare d'une plaquette d'os gravé, qu'elle fait tourner entre ses doigts.

« En quelle langue ? questionne-t-elle.

– La nôtre, pour la plupart. Du Kintri. Mais un Kintri dénaturé et souvent très ancien. C'est du patois de Feddrantir, pour autant que je puisse en juger. Avec tous ses particularismes. N'étant pas né ici, de nombreux termes m'échappent…

– Je vois. Je suis originaire de l'arrière-pays. Je dois pouvoir vous assister pour les déchiffrer. J'ai copié un certain nombre de vieilles chartes pour le compte de la Révérende mère, et aussi potassé des archives en dialecte vernaculaire. »

Elle se passe la langue sur la lèvre. Et dans une sorte de soupir évanescent :

« Très bien, magistère. Mettons-nous au travail. »

La copiste se montre d'une aide précieuse, grâce à sa fine connaissance des patois locaux. Mais souvent, il semble à Peyr que ses pensées s'égarent, divaguant dans quelque monde triste qui n'appartient qu'à elle. Il ne lui en tient pas rigueur. À d'autres moments, il la surprend à l'observer en douce, comme si elle s'efforçait de percer à jour son âme de mage. Alors les soucis qui la tourmentent semblent redoubler de vigueur, et elle se met à tortiller nerveusement un pan de sa capuche entre ses doigts, probablement sans s'en rendre compte.

Au bout d'un temps de ce manège, Peyr décide de la confronter.

« Vous avez envie de me dire quelque chose, sœur Brynné. Je me trompe ? »

Elle se mord la lèvre.

« Magistère, je ne sais pas si je dois. »

Il lui offre son sourire le plus engageant :

« Vous avez la bonté de me consacrer votre temps. J'aurai plaisir à vous donner un peu du mien. »

Elle lui dédie un regard faussement contrit :

« Jamais je ne me permettrais d'ennuyer un mage avec mes lubies. Mais il se fait que celle-ci a commencé après l'inondation, la veille du, hum, premier jour de la corneille. »

Il incline la tête de côté :

« Si tel est le cas, c'est moi qui vous prie de vous confier à moi. »

Elle pousse un profond soupir, et lâche :

« Je vois ma mère dans le flot. »

Ses doigts se mettent à trembloter.

« Elle m'apparaît au crépuscule, dans les rues inondées sous le monastère. La première fois, c'était en vidant le contenu d'une panne par-dessus le muret du jardin des Tanneries. Elle se tenait en contrebas, rue des Tanneurs. Debout, toute nue, immergée jusqu'aux hanches ; le torse et les bras couverts de vilaines sangsues luisantes. D'abord, je ne l'ai pas reconnue, car elle me tournait le dos ; mais j'ai senti mon cœur palpiter, comme si quelque chose de grave était sur le point de m'arriver. Puis elle s'est retournée, a levé le regard vers moi ; alors j'ai retrouvé son visage, si pâle, si émacié, comme… comme les jours juste avant que... »

Elle pousse un profond soupir.

« Sitôt qu'elle m'a aperçue, elle s'est mise à parler ; ses lèvres s'agitaient, mais il n'en sortait aucun son. Pourtant, elle se donnait du mal pour se faire comprendre : je la voyais s'égosiller de plus belle, le désespoir dans les yeux ; mais moi je n'entendais toujours rien. De guerre lasse, elle s'est laissée lentement glisser dans le flot, jusqu'à y disparaître totalement. Et moi, je suis restée plantée là comme une godiche, à la chercher en vain du regard dans cette fange à mes pieds. Une part de moi se demandait si j'étais folle, une autre se désolait de lui avoir jeté des urines à la tête. » Elle rit nerveusement. « C'est stupide, n'est-ce pas ? Elle ne pouvait pas être réelle. Ma mère est morte quand j'avais sept ans. »

Peyr pose une main sur la sienne, en guise de réconfort.

« Et ensuite ? Est-elle revenue ?

Elle acquiesce tristement.

« Le soir suivant, au crépuscule, je suis redescendue au même endroit, dans le Bas jardin des Tanneries, dans l'espoir de la revoir, et peut-être, de comprendre son message. Je me suis postée sur le muret, solitaire, et j'ai attendu qu'elle réapparaisse. Mais elle ne se montrait pas, alors je me suis mise à la chercher, marchant le long du parapet et scrutant la rue en contrebas. Finalement, je l'ai trouvée, cachée dans un angle mort sous nos terrasses. Toujours de dos, de l'eau jusqu'à la taille, la peau constellée de sangsues, cette fois jusque dans la nuque. Je l'ai appelée par son nom, et elle s'est retournée vers moi. Sa frimousse était noire et grouillante, entièrement couverte de ces petits parasites gluants. Elle a commencé à se les arracher avec frénésie pour révéler ses traits. Mais au lieu du visage de ma mère, j'ai reconnu l'affreux sourire de la Mordue.

– Qui est la Mordue ? »

Elle triture son chaperon de plus belle.

« Une vieille qui vivait près de mon village natal. Son métier, c'était de se fiche à l'eau et de laisser les sangsues se coller à elle, pour les récolter tout à son aise. Elle les revendait ensuite aux bramynn, qui s'en servaient pour saigner leurs patients. C'était une mégère effrayante, avec la galoche de travers et des dents comme des couteaux, toutes noires et pointues – ou en tout cas, c'est comme ça que je me souviens d'elle. J'avais sept ans, vous comprenez ? »

« Cet automne-là, ma mère s'est alitée avec une vilaine angine de poitrine. Le troisième jour de sa maladie, je suis allée au fleuve pour faire la lessive, mes paniers de linge sous le bras. Malgré le froid, la Mordue était là, torse nu dans l'eau, entre les roseaux, à décrocher un à un les parasites collés à ses hanches. Je n'ai pas pu m'empêcher de m'exclamer : « c'est dégoutant ! » Elle a ricané d'horrible façon : « Mais mon petit cœur, c'est pour ta maman que je cueille ces jolis poissons.

Sans leur aide, elle va claquer, tu sais ! » Et elle a ricané encore, habituée qu'elle était d'être traitée comme une pestilence. J'ai protesté que ma mère n'allait pas mourir, avec toute ma colère et mon désarroi de petite fille. Mais elle est morte tout de même, une semaine plus tard, malgré les sangsues et les soins du bramynn. »

Les joues de Brynné façonnent un soupir gonflé comme un cumulus, qu'elle expire lentement, pour se décharger de sa tension.

« Je me rappelle de maman alitée, dit-elle, des sangsues dans le creux du bras, les jours qui ont précédé son trépas. Et je me remémore la Mordue au fleuve, répétant cruellement : *tu crois ça, tu crois ça* à chacun de mes dénis, pour se venger de mon mépris en me poussant au désespoir. Mais jamais je n'ai vu ma mère à l'eau avec ces choses sur le corps. C'est comme si deux fantômes issus de mon passé s'étaient entremêlés, pour annoncer quelque nouveau malheur.

– Ainsi font les ombres, énonce lentement Peyr. Elles se recoupent et finissent par se confondre… »

Elle agrippe soudain le bras du mage :

« Je ne suis pas la seule à avoir des présages, vous savez ! Kautra, Lyfenn, la Révérende mère… elles vivent des choses étranges, elles aussi. Les voix qu'elles entendent dans les couloirs… elles prétendent ne pas comprendre ce qu'elles disent, mais c'est faux. La vérité est que nous n'arrivons pas à nous *accorder* sur leurs paroles, contrairement aux murmures de la corneille. Même si nous sommes ensemble quand elles se manifestent, chacune d'entre nous perçoit des choses différentes. Alors chacune se persuade qu'elle a mal entendu, pour ne pas passer pour folle. »

Elle se lève brusquement.

« Je suis désolée. Je n'aurais pas dû. Il faut que j'aille prendre l'air. Je ne me sens pas bien. »

Et sans attendre, elle se dirige vers la porte et quitte la salle. Peyr hésite brièvement ; décide que la sœur copiste, en cet instant, a davantage besoin de solitude que de sollicitude.

Merci pour votre franchise, Sœur Brynné, songe-t-il. Voilà un témoignage très précieux. Et très interpellant…

Il se remet à examiner les plaquettes d'offrande, en s'efforçant d'ignorer les tambours des *Gris*. Il passe rapidement sur l'une, trop obscure ;

s'attarde sur un tesson de céramique gravée, dont l'épigraphe tient en quelques mots : *Ce que ces hommes m'ont fait dans la grange.*

Il se fige, frappé d'une illumination.

Fébrilement, il parcourt les objets étalés sur la table, à la recherche d'une autre inscription déchiffrée un peu plus tôt. Qu'il finit par retrouver, et par relire :

Le visage de mon père, pendu.

Deux oraisons brèves, qui ne contiennent ni supplique ni remerciement – pas même une malédiction. Deux bouts de phrases occultes et dépourvus de tout contexte.

Le mage esquisse un sourire satisfait.

J'aurais dû y penser. L'Inframonde a bien des usages... Je parie que certaines traditions se sont maintenues, même sous le règne du Nimiron !

Un moment plus tard, Azal s'en vient lui rendre visite dans le scriptorium. Elle pousse la porte du museau, sans s'aider des mains, puis se glisse à l'intérieur de la salle, avec la familiarité discrète d'un chat.

« Pardon, magicien, claironne-t-elle. J'ai appris que tu étais ici ; je n'ai pas pu m'empêcher de venir prendre de tes nouvelles. »

Il lui dédie un sourire chaleureux :

« Tu es la bienvenue, Azal. Entre, et tiens-moi compagnie. »

Elle trotte jusqu'à la fenêtre, pose le menton sur le tablier de marbre et colle son nez contre les carreaux de verre.

« Quel tintouin, là dehors ! Ce sont les *Gris*, qui provoquent tout ça ?

– Ce ne serait pas très juste de dire ça, répond Peyr avec douceur. La moitié du bruit est due à la haine des *Mornillons*, plutôt qu'aux *Mornillons* eux-mêmes. »

Il marque une pause, puis glisse :

« Dis-moi, une question me travaille... es-tu vraiment la seule à visiter la crypte au puits ?

– Je n'ai jamais prétendu ça ! Je suis la seule à me risquer au-delà de *l'antichambre*, c'est tout. »

Elle quitte la fenêtre, revient s'assoir auprès du mage, imposant des contorsions douloureuses à ses jambes. Déglutit laborieusement, puis précise :

« Il est très, très rare qu'une autre sœur descende. Mais quand l'une d'elles le fait, elle s'arrange toujours pour que je n'y sois pas en même temps. »

Peyr esquisse un sourire un peu grinçant.

« Ce n'est pas surprenant. »

Elle lève vers lui un œil pétillant de curiosité :

« Pourquoi ?

– Chacun tient à être seul dans sa relation avec l'Inframonde. »

La jeune fille produit une sorte de sifflement mouillé.

« Tu es trop mystérieux, magicien ! Pourquoi ne m'expliques-tu pas ?

– C'est vrai, ironise-t-il. Que veux-tu, c'est ainsi, les sorciers aiment jouer les énigmatiques. C'est notre petit travers… »

Il se penche vers elle :

« As-tu lu la *sutra Vranasyrta* , Azal ? »

Elle opine vigoureusement du chef.

« Alors tu sais qu'à tout instant, nos pensées éveillent des esprits éphémères. Des embryons de conscience qui nous échappent et flottent librement autour de nous, avant de se dissiper dans le néant… C'est notre façon de transpirer nos sentiments. Mais certaines de nos émotions sont trop pesantes pour s'évaporer de la sorte : au lieu de nous quitter, celles-là sombrent en nous, de plus en plus profondément ; alors nous les repoussons toujours plus bas, jusque dans les tréfonds obscurs de nos âmes, pour ne plus avoir à les subir. Elles finissent par échouer dans un abysse ténébreux de notre psyché, qui communique avec l'Inframonde d'une façon mystique – ou peut-être que l'Inframonde est contenu tout entier en nous, comme les Astres célestes. Qui sait ?… Ce qui est certain, c'est que ces esprits nés de nous, ces ombres, poursuivent leur existence dans le *Pays du dessous*, où elles croisent les reflets délabrés des défunts. »

Elle plisse les yeux, le nez levé vers Peyr.

« Je ne suis pas sûre de bien me représenter ça, magicien.

– L'Inframonde est un dépotoir pour le trop-plein de nos âmes, Azal. Une sorte de… mer profonde, dans laquelle se déversent les égouts de nos rancoeurs, de nos deuils et de nos amertumes.

– Oh… » fait-elle.

Il marque une pause, se laisse aller en arrière sur son siège :

« Quand on dispose d'un puits comme celui qui sommeille sous ce monastère, on peut en user pour prendre des raccourcis, déclare-t-il. »

Elle le regarde avec scepticisme :

« Des raccourcis sur quoi ?

– Sur le temps, qui guérit tous les maux… sur la lente descente des douleurs qui s'abîment dans les eaux noires de nos esprits. Des raccourcis libérateurs. »

Il s'empare d'un tesson de céramique, fragment d'une amphore brisée, réutilisé jadis comme support d'écriture :

« L'un de tes trésors. Tu sais ce qu'il y a dessus ?

– Oui. Une sorte de malédiction, gravée de la pointe du couteau.

– La personne qui a jeté cette offrande dans le puits avait un ennemi. Elle souhaitait que les nagas remontent des ténèbres de l'Inframonde pour frapper cet ennemi de leur venin.

– Une façon d'appeler sur lui la maladie, commente Azal.

– Oui. Tu es une sœur avisée. Dans cette région, l'attaque de nagas sous leur forme spirituelle est souvent proposée comme explication aux fièvres et autres maux. La fresque dans l'antichambre illustre cette conviction. J'ignore si ce sortilège a porté ses fruits. Ce que je sais, en revanche, c'est qu'en agissant ainsi, son auteur s'est délesté d'une partie de sa haine, en la jetant directement dans l'Inframonde, plutôt que de la laisser sombrer lentement en lui. Je gage qu'il s'est senti tout de suite plus léger. »

Elle hoche la tête en signe de compréhension, tandis que ces idées commencent à cheminer dans son esprit sagace.

« Mais il y a plus fort encore », dit Peyr.

Il ramasse un autre tesson, et le met sous le nez de la noueuse.

« As-tu lu celui-ci ? »

Elle le déchiffre à voix haute :

« Ce que ces hommes m'ont fait dans la grange » ânonne-t-elle.

Elle relève le nez :

« Ce n'est pas une malédiction.

– Ni une prière.

– Alors quoi ?

– Tu ne devines pas ? »

Elle pince les lèvres

« Je crois que si, plus ou moins... » dit-elle.

Peyr sourit.

« L'auteur de cette inscription souhaitait oublier un événement traumatisant, alors il ou elle l'a gravé sur un tesson de céramique, et l'a jeté dans le puits, dans l'Inframonde. C'est un acte magique puissant, Azal. Très puissant. Il peut causer la disparition totale du souvenir visé. Qui, pourtant, poursuivra son existence en tant qu'ombre sous nos pieds... Et ce n'est pas la seule offrande du genre, parmi tes trésors. Lesquels ne représentent que le peu que l'Inframonde a expulsé. Une partie, seulement, de son contenu... Car pendant des siècles, des gens sont venus y décharger leur cœur et leur mémoire de tout ce qui les faisait souffrir. »

« Normalement, rien ne ressort jamais de l'Inframonde ; ce qui va au tombeau demeure au tombeau. Mais parfois, dans de rares cas, nos égouts refoulent. Dans ce cas, mieux vaut ne pas se trouver à proximité. Car tout ce qui y a sombré remonte à la surface, et vient raviver nos vieilles blessures. Mais le pire est le retour de ce que nous y avons jeté directement, sur quelque tesson de poterie, sans prendre le temps de le digérer. »

« Tu comprends pourquoi, tout à l'heure, je t'ai demandé si d'autres membres de votre communauté visitaient parfois la crypte ? Si j'en crois Brynné, tout le monde, ici, connaît l'existence du puits. Alors peut-être certains se rappellent-ils aussi son usage... Il se peut que l'une ou l'autre de tes consœurs ait choisi de s'en servir pour se délester de souvenirs trop lourds à porter. Lesquels risquent aujourd'hui de les prendre en traitre. Et crois-moi, rien n'est plus dangereux qu'une émotion dont vous avez totalement oublié la source et la nature, qui revient vous assaillir sous forme d'une tornade d'esprits-ombres, nourris et grandis dans les cavités obscures de l'Inframonde. C'est un maléfice contre lequel vous n'avez plus les moyens de lutter. »

La Révérende mère Arandith n'a prêté qu'une oreille distraite aux inquiétudes de Peyr au sujet du puits – à moins qu'elle n'ait choisi de délibérément changer de sujet. Sa préoccupation immédiate est ailleurs : elle souhaite, à vrai dire elle exige, que le mage accomplisse les « rituels et fumigations » qui exorciseront la Maison des indigents et empêcheront la corneille d'y réapparaitre.

« Mon premier souci et mon premier devoir, en tant que supérieure de ce couvent, est de protéger nos pensionnaires contre les maléfices de cette créature. Je me dois d'éteindre le scandale qu'elle propage en venant les tourmenter. La réputation du Nimiron en souffre trop. Le reste, nous nous en occuperons ensuite. »

Peyr soupire.

« Si je parviens à accomplir ces rituels malgré le bruit des cloches et des tambours, râle Peyr, la hantise cessera peut-être durant quelque temps. Mais elle trouvera le moyen de revenir, car comme je vous l'ai dit, c'est un maléfice né de l'eau, et l'eau trouve toujours à s'insinuer par d'autres voies. C'est la source du mal, qu'il faut travailler. »

Mais devant l'insistance d'Arandith, il cède finalement, et entame les préparatifs pour la cérémonie.

En début d'après-midi, soit deux heures plus tôt que de coutume, Peyr, la Révérende mère, les cinq doyennes, Kautra, Brynné et une dizaine d'autres dignitaires du couvent descendent à la Maison des indigents, emportant avec eux une cloche portative, des carillons, des poudres et pigments sacrés, du sable coloré, ainsi qu'une quantité inhabituelle d'encens et de cierges.

Une fois dans le bâtiment, le sorcier se sert des pigments pour tracer des runes sur la porte et sur toutes les parties de bois accessibles sans échelle. Puis il use des poudres et du sable pour dessiner au sol un mandala rudimentaire, juste sous l'entrait de la charpente où la corneille s'est perchée la veille. Au centre du motif, il esquisse la silhouette d'un oiseau blanc, les ailes déployées. Ensuite, à l'aide de Kautra, il entoure le dessin de bougies et dispose la cloche portative à proximité. Les gens s'écartent pour lui laisser le champ libre, se replient dans les coins de la salle, plus serrés les uns sur les autres que jamais.

Les cierges et l'encens une fois allumés, les officiants doivent encore attendre, à la grande irritation du mage, que les cloches du temple solaire, engagées dans leur guerre insensée contre les tambours des *Gris*, daignent à nouveau se taire. Ce qu'elles finissent par faire, peu avant *l'heure de la corneille*.

Alors, debout face au cercle, Peyr lève les bras et entonne une longue litanie dans la langue runique des géants. Au troisième cycle de cette dernière, les flammes des cierges s'inclinent dans le sens de rotation des horloges, telles des danseuses emportées par une ronde. Leur fumée fait de même en s'élevant, se met à décrire d'amples spirales sous la charpente, tandis que la lumière ambiante pulse d'étrange façon.

Le mage hoche la tête à l'intention de Kautra. Celle-ci frappe alors la cloche, à huit reprises ; puis les *Servantes* entonnent un cantique de bataille.

L'atmosphère est saturée d'esprits, qui tourbillonnent autour du mandala, emportés dans la rotation des fumées : de minuscules élémentaires d'air attisés par la litanie, excités contre la corneille, prêts à la houspiller et la tourmenter sitôt qu'elle paraîtra. Ils sont accompagnés de *charmes* nés pour inspirer la peur à l'intruse. Peyr est le seul à voir nettement ces forces s'élever et danser, de plus en plus loin du cercle, projetées dans l'air par l'énergie de ce dernier, telles des billes de fronde.

Que l'oiseau se montre seulement, il sera emprisonné dans leur ronde, entraîné là où Peyr veut l'emmener.

Mais le temps s'écoule, et la corneille ne se dévoile pas.

Lorsque son absence est devenue une évidence, le mage cesse de scander. Il ouvre la bouche pour aspirer lentement les élémentaires, emplit ses joues d'un fourmillement de minuscules ardeurs qui s'en viennent crépiter sur sa langue et vociférer contre son palais. Puis, d'un seul souffle, il les expédie vers les flammes des cierges, qui s'éteignent l'une après l'autre, dans l'ordre du cercle, sans intervention humaine.

Le silence s'abat sur la salle, stupéfiée par ce miracle.

Peyr n'a pas pour habitude de faire publiquement l'étalage de ses pouvoirs. Mais pour affronter l'entité montée de l'Inframonde, il a besoin de la foi des pensionnaires de l'hospice, et à défaut de pouvoir revendiquer un vrai fait d'armes, cette démonstration permet au moins de leur rendre confiance dans les autorités du Nimiron.

« La corneille ne viendra pas ce jour, annonce-t-il, ouvrant les bras. Dormez tranquilles.

– Maître Romo est trop modeste, proclame Arandith en s'avançant devant lui. La corneille est partie à jamais. Elle a vu le pouvoir de l'Avatar et de ses alliés. Désormais, elle se tiendra à l'écart du Nimiron. »

Quelques youyous s'élèvent ici et là. Une femme entonne un bref chant de louange, dédié à la Révérende mère autant qu'au mage, avant de s'incliner profondément devant eux. Néanmoins, la plupart des réfugiés conservent une attitude réservée, fatigués qu'ils sont par l'accumulation des épreuves, impressionnés d'avoir été, de surcroit, confrontés au pouvoir des esprits. Déjà, certains d'entre eux se remettent en mouvement pour reconquérir l'espace occupé par le rituel, déroulent leurs nattes, étalent leurs affaires. Kautra, Brynné et la blonde Mururi s'en viennent emporter cierges et encensoirs, soulever la lourde cloche portative pour la mener au-dehors. Debout au milieu de cette agitation, Peyr connaît un moment d'absence. Conduire une danse d'esprits est une tâche épuisante, et il a besoin de calme pour ramener peu à peu ses sens dans le monde du visible.

Arandith n'en a pas conscience ; elle vient sans gêne se coller contre son flanc.

« Vous voyez ? triomphe-t-elle. Cela valait la peine d'essayer ! L'intruse a rencontré une ferme opposition spirituelle ; la Maison des indigents en est désormais quitte. Nous avons pris la bonne décision. » Et après un court instant, elle prend soin d'ajouter : « le mérite vous en revient, bien sûr ! »

Il esquisse un sourire amer.

« N'en soyez pas si sûre, Révérende. Le vacarme des tambours et celui des cloches du temple étaient déjà, en soi, un inconvénient suffisant pour la dissuader de se montrer. À quoi bon venir chuchoter, quand nul ne peut vous entendre ? »

Arandith s'apprête à répondre, mais à cet instant, la voix de Kautra éclate dans leur dos, pleine de fureur :

« Garde tes pognes chez toi, gros tas de merde ! »

Peyr fait volte-face, surpris. Découvre la robuste *Servante* debout au cœur d'un petit groupe de réfugiés, occupée à arracher littéralement une fillette des bras d'un homme, qui la retient d'une poigne ferme. Comme ce dernier ne cède pas, Kautra fait un pas en avant et lui expédie son poing au milieu de la trogne. Surpris, le gaillard lâche prise et recule, tenant son nez ensanglanté entre ses mains.

« Papa ! » gémit la fillette.

Mururi se précipite vers l'enfant et l'accueille dans ses bras.

« Par les Astres, qu'est-ce qui te prend, Kautra ? beugle la Révérende.

– Il l'a touchée, ce fils de chien ! accuse l'intéressée. Il l'a touchée comme un porc, sous sa robe, avec ses sales pattes lubriques ! »

Elle semble hors d'elle, souffle comme un bœuf, rouge de colère.

« Il ne l'a pas touchée, Kautra ! proteste Mururi. Je l'aurais vu. J'étais avec toi. »

Arandith pince les lèvres, retenant sa fureur :

« C'est sa fille, Kautra ! siffle-t-elle. Tu te seras méprise sur un geste anodin d'amour filial.

– Non, je sais ce que j'ai vu ! Il l'a touchée, bâtard, ce bâtard, il l'a touchée comme un pécheur !

– Suffit ! tonne la Révérende mère. Tiens ta place de femme ! Tu as prêté le vœu de soigner les gens, non de leur démolir le portrait à coup de poing. Remonte au temple et tombe en prières devant l'autel, jusqu'à ce que je vienne te chercher ! Nous discuterons tout à l'heure de ta contrition. »

Fulminant, la grande Kautra se détourne et quitte le bâtiment.

Arandith se penche vers l'homme agressé, éponge son nez sanglant avec un pan de sa blanche robe, comme les saintes guérisseuses des récits.

« Mon pauvre ami, minaude-t-elle d'une voix exagérément douce. Comme si nous n'avions pas encore assez de malheurs… Je vous prie d'excuser ma *Servante*. Elle a perdu la maitrise d'elle-même. Tout le monde est trop nerveux, avec ces *Mornillons* et leurs maudits sortilèges. »

À deux pas de Peyr, Mururi marmonne dans sa capuche :

« Il n'avait pas la main sous sa robe. Je l'avais bien en vue, cette petiote. Par le sein de Nimir, quel taon a piqué Kautra ? »

Au sortir de la Maison des indigents, Peyr retrouve Azal, qui l'attend, l'air de rien, avec son petit air innocent. Elle s'en vient trottiner à côté de lui, s'offre à l'escorter vers les Hauts jardins du Nimiron.

« Dis donc, commente-t-elle, on dirait que tu as réussi à la chasser, la corneille, avec tes sortilèges ?

– Je n'ai rien réussi du tout, pilleuse de cryptes », rétorque Peyr à voix basse.

Il se penche à son oreille :

« Mon but n'était pas de la bannir, mais de la capturer dans mon mandala. Je crains qu'elle n'ait flairé le piège ; ou peut-être tout simplement jugé ce jour bruyant inopportun pour une visite. La vérité, c'est que mon rituel est un échec, et que nous ne sommes pas plus avancés. »

6. La nonne blafarde

L'escalier vertigineux sous le réfectoire du Saharon a toujours les pieds dans l'eau. La barque de Sassane y accoste avec la douceur d'une feuille qui touche terre – à croire que la Sahariste souhaite se faire pardonner ses humeurs du matin par de discrets égards. Dans le lointain, on n'entend plus que des envolées de flûte sporadiques, qui troublent la nuit.

Peyr débarque d'un pied las, encore sous le coup de la fatigue occasionnée par le rituel de l'après-midi. Sa convoyeuse, qui le précède sur les marches, adapte son allure pour lui permettre de grimper tout à son aise ; elle l'attend chaque fois que nécessaire.

« Tu n'avais pas tort, Sassane, ironise-t-il entre deux souffles. Je suis déjà un vieux bonhomme…

– Tu es épuisé, c'est tout, rétorque la nochère, une certaine tendresse dans la voix. Je le serais aussi, après une journée parmi les harpies de Nimir. »

Sans vergogne, elle faufile le bout de ses doigts dans la barbe du mage :

« Quatre poils blancs, à tout casser. Quand ils seront devenus légion, nous daignerons reparler de ton grand âge. »

Puis elle se retourne et reprend l'ascension de l'escalier.

Au sommet, elle trouve la poterne ouverte. La lumière d'un flambeau danse dans l'encadrement. Au-delà, des voix nerveuses, toutes féminines, résonnent et s'entrechoquent dans le cloître. Sassane connaît l'atmosphère du Saharon ; elle sent très vite quand ses sœurs sont confrontées à une situation d'urgence, aussi presse-t-elle le pas pour se faufiler à l'intérieur. Peyr, qui la suit à son rythme, repère un liquide poisseux sur le seuil : une tache de sang frais.

Dans le jardin, près de l'entrée, un groupe de saharistes entoure trois silhouettes de petite taille qui s'agitent, en proie à une panique manifeste. Une quatrième, assise au sol, se contente de gémir, tandis qu'une sœur agenouillée à ses côtés s'affaire à bander sommairement sa cuisse. La lumière des torches brandies par les moniales fait rejaillir les yeux rouges typiques des *Gris*. Elle danse sur leurs peaux couleur de vase, sur leurs pommettes saillantes et leurs cheveux crépus.

Une jeune sœur se retourne vers Sassane :

« Le mornillon a pris un vilain coup de couteau dans la jambe, explique-t-elle, désignant l'individu blessé. Je ne crois pas que l'artère soit touchée, mais il perd tout de même beaucoup de sang. »

La Sahariste agenouillée se redresse :

« J'ai fait un garrot de fortune ; on l'emmène aux chirurgiennes. Allez ! »

Aidée de deux consœurs, elle soulève l'éclopé avec précaution, tandis qu'une moniale énergique se charge de retenir les trois autres *gris* – trois femmes d'âge moyen – en leur promettant des nouvelles aussi vite que possible.

La mine réprobatrice, Sassanne questionne ces dernières :

« Bagarre ? Tan Tarsarr ? »

La plus âgée des *gris*es secoue la tête négativement et se lance dans une longue tirade frénétique. Au début, Peyr en saisit si peu de mots, qu'il pense avoir affaire à un dialecte mornillon. Mais au bout de quelques phrases, il finit par reconnaître le Kintri de Feddrantir, déformé par un accent très prononcé et noyé dans un débit trop rapide.

Du reste, Sassane se charge de traduire :

« Leur frère est malade depuis ce matin et n'a pas pu prendre part au Tarsarr. Elles ont hésité longtemps à traverser la ville pour l'amener au Saharon, à cause de l'hostilité des bourgeois, surtout en ce jour particulier. Mais comme ses maux de nuque s'aggravaient, elles ont fini par ne plus avoir le choix. En chemin, elles sont tombées sur une bande agressive, qui a commencé à les insulter, puis à les poursuivre, et c'est ainsi que notre petit *gris* s'est fait amocher.

– La peste soit des sots et des haineux ! crache une sœur.

– Le reste de la famille va devoir demeurer ici pour la nuit », constate une autre, torche en main dans l'embrasure de la poterne. « La voie du retour lui est interdite pour le moment. »

Tournée vers le dehors, elle toise la rue des Tanneurs, coincée entre les deux couvents. Peyr vient se poster à ses côtés. Dans les feux du crépuscule, il repère sans mal un petit groupe d'hommes munis de bâtons et d'épées, tapis au coin de la rue voisine, à l'ombre du Nimiron, sur un radeau de fortune.

« Ils ne renonceront pas avant la nuit, souffle la sœur. Ils se croient investis d'une mission de salubrité publique. Et quand ils partiront, ils iront partout raconter que nous offrons le gite à des brigands *mornillons* en fuite. Le nombre de nos ennemis grandira ; tel est le prix de notre soutien aux mal-aimés. »

Peyr se retourne, coule un regard vers les trois *grises* restées sur place. Lui-même ne peut s'empêcher d'éprouver leur étrangeté : leur stature d'enfant de douze ans, leur visage taillé en diamant, et par-dessus tout, ces pupilles noires aux reflets rouges, dont on murmure qu'elles sont la marque de leur nature démoniaque. Il sait pourtant que cette caractéristique est due à l'abus systématique de feuille des fées, et que d'autres peuplades peuvent également la présenter, quoi que de façon moins prononcée. Il n'empêche, les rumeurs qui trament la mauvaise réputation du Peuple blême lui reviennent en tête par automatisme, et provoquent en lui une réaction de répulsion instinctive. *Des cannibales ! Des violeurs ! Des empaleurs ! L'armée de l'ombre du Théocrate, infiltrée dans l'Héritage !*

Il repousse ce tas de mensonges et d'a priori, conscient que c'est la part sombre de son humanité qui s'exprime.

Peyre et Sassane ne tardent pas à rejoindre le reste de la communauté monastique, réunie dans le réfectoire pour la veillée qui suit le repas du soir. Un moment de convivialité où chacun peut déposer librement ses états d'âme, sans formalisme ni faux semblants. L'abbesse, qui préside l'assemblée, n'y tient pas plus de place qu'une autre ; il n'est pas rare qu'elle-même y partage ses propres doutes, et reçoive en échange du réconfort et des conseils. Une atmosphère qui tranche avec la hiérarchie rigide du Nimiron… Peyr s'y laisse glisser voluptueusement, heureux de renouer avec les fraternités du passé.

Les malheurs des *Gris* occupent naturellement les conversations.

« Rien d'étonnant à cette agression, commente Sassane, funèbre. Le prédicateur du temple a organisé des milices populaires en prévision du Tarsarr. Des gens bourrus et stupides ont pris les armes ; ils se font appeler les *Frères ratiers*, jurent de *nettoyer la ville de la vermine* et se préparent à défendre la populace contre d'hypothétiques viols et de tout aussi fantasmatiques meurtres rituels.

– Sans parler des monstres tapis sous les eaux, complète la sœur chirurgienne.

– Ils ont soin aussi de se rendre utiles, ajoute l'herboriste, en convoyant les citadins sur leurs radeaux ou en aidant à déblayer les rues. Et ils gardent les maisons vides contre les pillards. Du coup, ils éveillent bien des sympathies, hélas !

– Espérons que tout ceci ne va pas finir par une razzia sur les quartiers *gris*, s'inquiète une moniale.

– Espérons que tout ceci ne va pas s'étendre en razzia contre nous, renchérit une autre. Je ne miserais pas sur la protection du guet, en ces temps troubles.

– Par mesure de précaution, nous avons placé des veilleuses à tous les accès, rassure l'abbesse Agyre. Mais je ne crois pas que nous aurons de la visite. Nous pouvons manier frondes et bâtons quand on nous agresse, et les gens le savent. En général, cela suffit à dissuader les lâches. Comme ce groupe qui campe ce soir sous nos murs… »

Un court silence suit ses paroles. Puis l'herboriste s'emporte :

« Les *Mornillons* auraient dû t'écouter, Sainte mère. Ajourner le Tarsarr et le reporter à des temps plus propices. Parfois, il faut savoir faire profil bas.

– Ajourner, c'est renoncer, rétorque Agyre d'une voix un peu lasse. La date est sacrée, ils ne la manqueraient pour rien au monde. Dans leurs croyances, le Tarsarr est l'assurance de leur fécondité. Ils n'ont pas d'autre choix que de le célébrer, même le ventre vide, sans quoi leurs accouplements resteront stériles pour toute une année.

– Quelle sottise ! intervient une sœur. La fécondité naît du plaisir de la femme. Les deux foutres, le masculin et le féminin, doivent se mélanger au paroxysme de la jouissance pour qu'il y ait enfantement !

– S'il en était ainsi, il y aurait beaucoup moins de marmots, grince sa voisine.

– Au moins, ce sont des mensonges féminins, dit une troisième moniale. Les mensonges des hommes font plus de tort. Comme ces démonstrations inutilement dangereuses, auxquelles les mâles *gris* s'adonnent pour conquérir leurs femelles.

– Je préfère qu'on parle d'hommes *gris* et de femmes *gris*es, objecte Agyre. Ce sont nos semblables à part entière. Et d'ailleurs, le Tarsarr est beaucoup moins sauvage qu'on le dit. »

Elle se laisse aller en arrière, pousse un soupir triste, puis ajoute :

« Il y a, dans la nature humaine, un profond besoin de désigner un coupable à tout malheur qui vient. Nous ne pouvons pas empêcher cette réaction. Tout ce que nous pouvons faire, c'est trouver un jour le moyen de la canaliser pour qu'elle ne fasse plus de victimes. »

Le silence s'installe un peu plus durablement, tandis que chacun médite sur ces mots. Peyr n'a nulle envie de le rompre. Il profite du bonheur de partager à nouveau la table de Sahari ; il y retrouve une paix intérieure qu'il n'a plus connue depuis longtemps.

Il passe en revue les visages et laisse chacun d'eux s'imprégner en lui : la grande Sassane, la chirurgienne Nour, l'herboriste borgne, la chantre Iraé, presque octogénaire… une communauté solidaire, intimement liée, unie autour d'Agyre. Ah, Agyre… l'âge lui va si bien ! Et comme elle a l'air forte ! Elle n'a renoncé à rien de ce qu'elle était ; mais il y a en elle une douceur nouvelle, une maturité qui sublime chacun de ses gestes et rend délectable le moindre frisson des petites virgules aux coins de ses yeux.

Conserver ses rêves et ses idéaux intacts rend heureux, se dit-il. *Et quand l'âge vient, de ses rides, révéler le fond de votre âme, les gens comme elle en sortent embellis.*

Elle lui glisse un sourire empli de tendresse ; le souvenir de leur complicité se ravive en lui. Des émois d'antan reviennent l'effleurer, menacent de l'emporter sur une vague qu'il n'avait pas anticipée. Le fantôme d'une vie plus exaltée le titille de son offrande renouvelée, et des doutes inattendus s'emparent de lui.

Aube, les enfants, cette vie rangée, presque normale… ai-je fait le bon choix ? C'était peut-être moins intense, mais cela avait l'air si solide, si apaisé !

Il soupire.

Hélas, plus rien n'est apaisé, à présent. *L'ogre a ébranlé tant de choses…*

Il songe à leur prudent exil, loin de Pélagis. Aux angoisses de son épouse, qui ne trouve plus le sommeil et ne quitte plus les enfants d'une semelle, au point d'en perdre peu à peu le chemin de ses bras. À la guerre d'usure qu'elle lui mène désormais, à chaque fois qu'il doit reprendre la route pour faire son métier de mage, et aux longs jours de reproche silencieux qui accompagnent chacun de ses retours.

Il éprouve une envie croissante de fuir ce climat pesant.

D'une certaine façon, notre famille est ruinée. Dévastée par une sorte de crue, elle aussi. Pouvons-nous seulement renaître ?

Agyre lui sourit encore. Si forte. Si constante.

Il secoue la tête, consterné par le cours de ses propres pensées.

À mi-pente du Mont-aux-râles se dresse la Porte de la Rémission, qui sépare les bâtiments du Vieil hôpital sahariste, perché sur la colline, du nouvel hospice vautré dans la vase. Cet imposant portique fortifié surmonté d'une courtine était autrefois l'entrée principale du couvent. Aujourd'hui, pour y accéder depuis la rue, il faudrait d'abord traverser des salles inondées, puis émerger des eaux par une rampe pavée, qui s'élève en pente douce jusqu'à ses deux robustes battants de chêne.

La sœur qui garde ce passage, perchée sur la courtine, ne s'attend donc à aucune irruption de ce côté. Aussi ressent-elle une pointe au cœur lorsque des clapotis troublent soudain la nuit. Tirée de sa torpeur, elle s'empare du bâton posé en travers de ses genoux et se penche pardessus le parapet pour jette un coup d'œil au-dessous.

Le soleil vient tout juste de se coucher ; une vague bande de clarté flotte encore au ras du monde, à l'ouest. En face, la lune est presque pleine ; sa lumière dorée dégouline sur les toits de la cité.

Aux pieds de la gardienne, la rampe pavée n'est à l'air libre que sur deux ou trois mètres ; plus bas, elle s'abîme dans les flots pour continuer sa descente jusqu'à une porte cochère ménagée à l'arrière de l'hospice englouti. Les battants de cette dernière, noyés jusqu'à mi-hauteur, sont demeurés entrouverts. Issue de cet interstice, une masse obscure glisse lentement à la surface de l'eau, traçant son sillage en direction de la Porte de la Rémission.

La gardienne croit d'abord à quelque ragondin. Mais un ragondin drapé d'un vieux tissu délavé ? Et qui traîne derrière lui de longs écheveaux d'algues noirâtres – ou seraient-ce des mèches de cheveux ?

Au fur et à mesure que la masse approche, elle émerge des eaux ; un front, un nez se révèlent ; puis des épaules, un torse, un corps tout entier.

Une grande femme ruisselante, vêtue d'une tenue sahariste décrépite, gravit la rampe à l'air libre, à pas lents, vers le portail. Sa peau est pâle, lisse et marbrée, parcourue de veines noirâtres qui pulsent, comme si une encre épaisse s'écoulait en elles.

Le souffle coupé, la gardienne regarde cette chose noyée s'avancer jusqu'à la porte fortifiée. Parvenue devant cette dernière, l'intruse se fige. Pendant un long instant, elle demeure immobile, à croire que la force qui la meut se trouve décontenancée par les deux grands battants clos. Des gouttes de vase tremblotent sur ses joues, remontent en chapelets la chair de ses bras.

Puis soudain, elle se ranime. Déplie un bras raide, et frappe le bois de son poing. Un coup. Puis deux. Puis trois. Qui résonnent entre les murs du monastère avec une amplitude surnaturelle, proprement terrifiante.

La gardienne a entendu bien des histoires de revenants ; elle sait qu'elle n'a pas affaire à une vivante. La peur la pétrifie et la pousse à se recroqueviller derrière son parapet. Dans le silence qui s'ensuit, elle perçoit au-dessous d'elle le son mouillé d'un reniflement ; puis une voix rauque qui se met à maugréer à voix basse, pestant pour elle-même dans un Kintri difficilement compréhensible. Cela dure un long instant ; puis, sur un nouveau reniflement, la visiteuse cesse soudain son palabre. L'on n'entend plus que le hululement lointain des flûtes dans la nuit, accompagné des friselis des carillons à vent du Nimiron voisin.

Léger froufrou de plumes. Une tache blanche s'élève devant la lune, débordant le parapet. La pointe de ses ailes effleure au passage la sœur gardienne, qui ne peut retenir un cri et tombe à genoux, les mains plaquées sur son visage. Mais l'oiseau ne s'attarde pas à l'assaillir ; déjà, il vole, vole vers les bâtiments du cloître, cœur de vie de la communauté sahariste.

Dans le réfectoire, toutes les chandelles s'éteignent soudain, soufflées par un vent issu de nulle part. Les lanternes de cuir huilé font de même l'instant après, comme si d'invisibles doigts les avaient mouchées toutes ensemble. Les ténèbres s'abattent sur la salle.

Dans le bref silence qui s'ensuit naît un bruit d'ailes, qui tournoie au-dessus des têtes, à petits battements frénétiques. Puis les voix des sœurs éclatent en imprécations contradictoires : *Chandelles ! Qu'est-ce qui se passe ? Qui a de l'amadou ? Torches, trouvez des torches* !

Au milieu de ce chaos s'impose le timbre grave de Peyr Romo :

Assshar labirakh ! tonne-t-il. *Assshh ashhh Kaddar* ! *Assssh asssh Tirotern !*

Au fur et à mesure qu'il profère cette incantation, les pointes de mèches des bougies se mettent à braiser, si intensément qu'elles deviennent visibles à l'œil nu. Des essaims de petits points orangés s'éveillent un peu partout dans la salle ; puis, sur un dernier mot du mage, se transforment en flammes droites comme des soldats, qui rejaillissent toutes ensemble de la cire ; et la lumière revient, à peine vacillante.

Pendant quelques instants, les sœurs retrouvent leurs repères ; elles se rassoient, les figures commencent à se détendre.

C'est alors que l'assistance prend conscience de s'être élargie à son insu.

Là où il n'y avait personne auparavant, en bout de table, est assise la nonne blafarde. Le visage profondément enfoncé dans l'ombre sous son capuchon, les pognes posées à plat devant elle. C'est à peine si on devine son pâle menton. Elle ne dit rien, mais tourne lentement la tête à droite, puis à gauche, comme pour faire connaissance avec les autres convives. Chacun se fige sur son siège, tétanisé ; chacun retient son souffle.

Puis l'une des mains de la revenante se déplace sur le bois. De longs doigts livides rampent vers un bougeoir proche ; se posent sur son pied comme les pattes d'une araignée, épousant les coulées de cire tièdes. L'apparition incline la tête avec intérêt, contemple la flamme qui tremblote sous son regard. Elle joue avec la matière onctueuse qui dégoutte sur le métal, du bout des phalanges, jouit de sa tiédeur et de sa malléabilité. Puis elle attire le chandelier vers elle, avec la même tranquille nonchalance, pour le placer devant son menton.

La lumière rejaillit sur ses joues pâles, esquisse le contour de son nez, de ses pommettes, de ses yeux caves. La bouche crevassée s'étire en un vague sourire ; puis s'arrondit, et souffle vers la bougie.

Celle-ci s'éteint aussitôt ; et toutes les autres chandelles de la salle font de même instantanément, comme si elles lui étaient liées.

Dans les ténèbres qui s'ensuivent court un chuchotement discret, rauque comme le râle d'un corbeau, teinté d'une nuance d'ironie. Figées sur leurs sièges, l'abbesse et ses sœurs tentent d'habituer leurs yeux à la vague clarté lunaire qui pénètre par les fenêtres, dans l'espoir de distinguer les silhouettes. La gorge nouée, elles font silence, de peur d'attirer l'attention de l'intruse : mais les doigts se crispent sur les couteaux, les cruchons, tout ce qui peut servir à se défendre, aussi dérisoire que ce soit.

C'est alors qu'une sphère lumineuse d'un bleu argenté jaillit au beau milieu de l'assemblée. En son centre se découpe Peyr Romo. Les lèvres entrouvertes, il souffle doucement pour élargir le halo de son sortilège, comme on souffle une bulle de savon. La clarté azurée s'étend progressivement sur les saharistes attablées, révélant leurs traits aussi nettement que le feu d'une torche. Elle atteint rapidement la place où se trouvait la nonne blafarde, en bout de table : vide.

Dans la charpente, un bruit d'ailes renaît ; mais pour s'éloigner aussitôt, filant vers le dehors par une fenêtre ouverte. C'est à peine si Sassane a le temps d'apercevoir une vague tache blanche, qui se défile dans la nuit. Plusieurs sœurs bondissent de leur siège et se ruent vers les fenêtres, dans l'espoir de repérer l'oiseau. Mais le ciel nocturne demeure vide sous les étoiles.

Agyre pousse un profond soupir.

« Par tous les Astres, Peyr Romo ! s'exclame-t-elle. J'avais cru comprendre que tu avais chassé cette chose du Nimiron. Pour autant, ce n'était pas la peine de l'inviter *ici* ! »

Peyr se laisse aller en arrière sur son banc. Et le plus tranquillement du monde, rétorque :

« L'inviter ? Elle n'a pas besoin d'invite, Votre Compassion. Elle est ici chez elle. Ne porte-t-elle pas le même costume que vous toutes ? »

Il se lève :

« Il faut se rendre à l'évidence, mes sœurs. Le Saharon et le Nimiron ont en commun cette revenante. Elle est votre hantise partagée, d'une façon qui m'échappe encore. Au fond, c'est à vous qu'il revient de m'éclairer. »

7. La pâle dormeuse

Pendant le reste de la soirée, les saharistes fouillent le cloître de fond en comble à la recherche de la corneille blanche. Pas question de la laisser nicher dans quelque recoin et prendre ses aises au Saharon. Les malades et les réfugiés du Vieil hôpital sont interrogés, les charpentes examinées à la lumière des lanternes, que l'on hisse sur des perches. Mais rien : pas de trace de l'oiseau. L'abbesse finit par ordonner la fermeture des volets, pour l'empêcher de revenir en douce durant la nuit.

« Quelque chose me dit qu'elle est retournée dans sa cachette originelle, estime Peyr Romo. Quelque part dans les cryptes sous le Nimiron… Ou du moins, c'est là qu'elle ira se terrer avant que le soleil se lève… »

Or, la revenante n'en a pas encore terminé avec ses vagabondages nocturnes.

Tandis que la lune entame sa descente, elle arpente, sous sa forme humaine, le corps de logis du Nimiron. Plus précisément, le couloir du troisième étage, au-dessus du réfectoire, qui donne accès aux cellules où dorment les *Servantes*, seules ou par deux.

Les pieds nus de la blafarde glissent en silence sur le plancher poli, en direction de la clarté lunaire qui tombe de l'unique fenêtre, au bout du couloir. De temps en temps, la visiteuse s'immobilise devant la porte d'une chambre. Alors elle hésite, un peu perdue ; tourne sur elle-même, à la recherche de quelque repère ; puis s'incline sur le côté, toute raide, pour coller son oreille au battant. Elle maugrée quelques mots à voix basse, puis reprend sa route d'un pas traînant, pour recommencer le même manège un peu plus loin.

Enfin, sur le point d'entrer dans la lumière astrale, elle s'arrête pour de bon. Se penche sur l'avant-dernière porte à droite, plaque sa tempe dessus, puis sa paume ; renifle à deux reprises, plus hésitante que jamais. Croasse quelque chose, de la satisfaction dans la voix.

Un vague sourire sur les lèvres, elle pousse le battant, et pénètre à l'intérieur.

Troisième jour.

Le soleil est encore loin de se lever lorsqu'une délégation de *Servantes* de Nimir, navigant les rues dans une barge blanche, débarque au Saharon. Elle déboule en trombe dans les jardins du cloître, hélant les gardiennes, exigeant le mage Romo. Les protestations des Saharistes de garde sont impuissantes à les faire taire. Leur détermination est telle, que Sassane finit par se résoudre à les satisfaire, et s'en va tirer Peyr du sommeil.

Les paupières poisseuses, ce dernier retrouve les requérantes au pied de l'abbatiale. Kautra s'incline brièvement devant lui :

« La Révérende mère vous veut sur le Calvent aussitôt que possible, le prie-t-elle. Ah ! Que n'étiez-vous parmi nous cette nuit ! »

Elle se penche à son oreille :

« La corneille est revenue. Cette fois, elle s'en est prise physiquement à l'une des nôtres. Arandith est très inquiète ; jamais encore, l'apparition ne s'était montrée agressive.

– Je comprends, marmonne le mage d'une bouche empâtée. Laissez-moi le temps de préparer mes affaires et je vous accompagne.

– Faites au plus vite, car la nonne blafarde s'enhardit. En réalité, elle est toujours parmi nous, dans une des cellules du dortoir. Elle refuse d'en partir. »

À peine débarqué au Nimiron, Peyr est accueilli par la Révérende mère elle-même, entourée d'un petit groupe de *Servantes*. Toutes brandissent des torches et des lanternes. Levant les yeux, le mage découvre d'autres feux allumés : aux étages supérieurs du réfectoire, dans le temple solaire, ainsi que dans certaines dépendances. Les pierres bruissent de rumeurs et de voix éveillées ; c'est l'ensemble du couvent qui semble en effervescence en cette heure indue.

Arandith prend le temps d'accueillir l'enquêteur d'une bénédiction ; puis, retrouvant toute son impatience, s'emporte :

« Maître Romo, enfin ! Quelle attente… Comprenez-vous, enfin, que votre place est parmi nous ? »

Et, sans autres explications, elle se détourne pour l'entraîner à sa suite dans la galerie couverte, vers les corps de logis.

« Comment va la victime ? questionne-t-il, remontant à sa hauteur en quelques enjambées.
– Pas pire, répond Arandith. Nous allons tout droit la rencontrer.
– Que s'est-il passé, exactement ?
– Elle vous racontera elle-même. Ce sera bien plus précis. »
Et elle se remet à marteler le sol de plus belle, de ses sandales cloutées.

Quand une Sahariste tombe malade, elle rejoint les autres patients dans les salles communes du Vieil hôpital, rappelant ainsi à toute la congrégation que la misère et les maux de la chair sont les choses les mieux partagées du monde. Les *Servantes* de Nimir ont droit à plus d'égards : elles disposent d'un sanatorium privé au cœur de leur cloître. Si l'une d'elles se blesse ou voit son corps flancher, elle demeure avant tout membre d'une communauté hors du siècle, qui contemple les Astres de plus près, loin du vulgaire, dans la lumière de l'Avatar.

C'est donc dans une confortable annexe des Hauts jardins, non loin des ruchers monastiques, que Peyr fait la connaissance de sœur Gypse.

La religieuse, petite et dodue, est alitée dans une salle de repos éclairée de cierges, aux murs ornés de fresques apaisantes. Elle a le teint pâle et l'expression sonnée des victimes de traumatismes. Peyr lui donne environ la trentaine. À ses côtés, tenant la main de la blessée entre les siennes, est assise une *Servante* un peu plus âgée, au visage allongé, à la peau brune.

« Vous voilà enfin, maître Romo ! déclare cette dernière en se levant. Ah, comme nous avons besoin de vous ! Si vous aviez vécu ce que nous avons vécu cette nuit… »

La blessée tourne la tête vers lui, et lui adresse un regard éploré depuis son lit :

« Magistère… » gémit-elle.

Il lui dédie un sourire réconfortant.

« Comment vous sentez-vous ? » questionne-t-il, d'une voix pleine d'égards.

Pour toute réponse, elle fait glisser ses draps, révélant son épaule et son bras gauche. Peyr ne peut s'empêcher de froncer les sourcils. La chair porte de longues traces de lacérations, qui semblent causées par des griffes ou des ongles acérés ; les soigneuses ont déjà posé des cataplasmes sur les plus profondes. Mais ce sont surtout les ecchymoses qui sont impressionnantes, si étendues que l'ensemble du membre présente une teinte vaseuse ou violacée.

« Que s'est-il passé ? s'enquiert-il. Racontez-moi… »

D'une oeillade suppliante, sœur Gypse appelle sa garde-malade à prendre le relais. La sœur au visage ovale s'exécute.

« Je suis Priya, déclare-t-elle, la compagne de chambre de sœur Gypse. Nous étions toutes les deux plongées dans un profond sommeil quand la nonne blafarde a fait irruption dans notre cellule. C'est le grincement de la porte qui m'a réveillée. Comme nous ne fermons pas les volets la nuit, la lumière de la lune entrait par la fenêtre. Dans ses rais, j'ai vu cette… créature se pencher sur ma consœur. Gypse dormait toujours, allongée dans sa niche, et je n'osais crier pour l'avertir ; j'étais tétanisée d'effroi. La créature s'est mise à murmurer en la regardant, la tête inclinée. Ses longs doigts pâles se sont avancés pour s'emparer des draps, et les tirer en douceur, révélant le visage et le buste de la dormeuse. Alors soudain, un grondement indigné est monté de sa poitrine, un son rauque, digne d'une bagarre de matous. Elle est entrée aussitôt en fureur. Je l'ai vue s'abattre sur ma consœur, la lacérer de ses ongles épais, puis l'attraper par le bras pour la jeter à bas de son lit. J'ai crié, bondi sur mes pieds. Gypse a fini par rouler au sol, tandis que la Sahariste pâle se dressait devant la fenêtre, les yeux exorbités, les bras levés, tout griffus, prêts à frapper de nouveau. Elle feulait, feulait, et sa langue était noire, totalement noire, tout comme l'intérieur de sa bouche ; il y avait des sortes de longues craquelures violettes qui s'étendaient sur sa face à partir de ses paupières, pareilles à des pattes d'araignées tordues… c'était terrible. J'ai attrapé notre sœur et je l'ai tirée hors de la cellule. Puis j'ai refermé brutalement la porte derrière nous, et j'ai appelé à l'aide, tout en entraînant Gypse avec moi, le plus loin possible de cet enfer... »

Elle se tait, le cœur palpitant. Dans le silence qui s'ensuit, on entend sangloter la blessée, secouée par le rappel des faits.

Dans le dos de Peyr, la Révérende mère prend la parole :

« Cette histoire a réveillé tout le couvent. Quelques sœurs courageuses sont allées chercher des torches, des bâtons, des faux. Avec ces braves, nous sommes revenues devant la cellule de Gypse et de Priya. Il y avait Kautra, la jeune Mururi, Fétré, Azal, la doyenne Millé et moi-même. Nous avons chanté les cantiques, puis j'ai bandé ma foi et tonné à l'adresse de la créature : *au nom d'Harienn le Tout-Puissant, quitte cette cellule et retourne-t'en dans les mondes inférieurs !* Mais il ne s'est rien passé, si ce n'est que nous entendions de temps à autre une sorte de reniflement à l'intérieur, accompagné de chuchotements incompréhensibles, comme si la chose faisait des confidences à quelqu'un. Alors j'ai fini par rassembler mon courage et pousser la porte.

– C'était moi ! proteste Kautra, dans un rare accès de rébellion.

– J'ai poussé la porte. La nonne blafarde était allongée dans la niche de Gypse, face à nous, les bras croisés sur la poitrine. Couchée là sur sa paillasse, sans couvertures, le plus tranquillement du monde, comme si c'était… eh bien, comme si c'était sa place. Elle nous toisait de ses yeux perçants, à croire que c'étaient nous les intrus, qui la dérangions dans son repos. Et malgré toutes nos protestations, et quoi que l'on tente ou que l'on dise, elle n'a pas prétendu en bouger. »

Arandith se mord les lèvres et dédie au mage un petit sourire embarrassé, l'air de dire : *j'espère que vous saurez nous tirer de cette situation pénible, c'est affreusement contrariant*. Peyr hoche la tête, prend le temps de réfléchir. Puis il se tourne vers sœur Gypse :

« Depuis combien d'années occupez-vous cette cellule, ma sœur ?

– Depuis que je suis entrée au couvent. Quatre ans.

– Et vous, Priya ?

– Quatre années également. J'ai changé de cellule pour m'installer avec Gypse, quelques mois après son arrivée. Nous nous entendons bien, et c'est une bonne chambre pour l'hiver, vous comprenez ? La grande cheminée du réfectoire passe dans le mur du fond. La pierre reste tiède la nuit…

– Mais qui l'occupait avant vous deux ?

Elle réfléchit un court instant :

« Sœur Ashora. Décédée de vieillesse.

– Et avant elle ? »

Arandith faufile sa langue entre ses lèvres, irritée :

« Ce n'est pas le propos, maître Romo.

– C'est tout le propos, au contraire. Souvent, les revenants s'efforcent de revivre leur vie passée. Ils fréquentent les lieux qui leur sont familiers. Aussi longtemps qu'on ne les en empêche pas, ils peuvent aller et venir sans blesser personne.

– Ici, au Nimiron ? C'est absurde. Cette créature devrait hanter plutôt le Saharon, où réside son engeance !

– Et elle le hante, Sainte mère. Elle le hante… chacune de vous en a sa part, rassurez-vous. Le ciel ne vous fait pas d'injustice. »

Elle serre les dents et siffle :

« Cette chose souille toujours nos dortoirs, maître Romo. Faites ce pour quoi l'abbesse vous paie. Libérez-nous de sa présence. »

Il pousse un soupir, lève le regard vers la fenêtre. Les prémices de l'aube teintent déjà le ciel de rose.

« Très bien, Révérende. Je vais donc mériter mon pain et mon vin. À cette heure, il ne m'en coûtera guère. »

Et, laissant Arandith s'interroger sur le sens de ses paroles, il se lève.

« Kautra, auriez-vous la bonté de me conduire aux dortoirs ? requiert-il, de son ton le plus courtois. Pas la peine de rassembler toute une armée, bien sûr. Je préfère affronter cette chose seul. »

Lorsque Peyr entre dans l'étage des dortoirs, le soleil est en train d'apparaître ; sa lumière dorée pénètre par la fenêtre au bout du couloir, rampe sur le plancher poli. Le mage se détend imperceptiblement, ralentit le pas.

« Nous arrivons un peu tard, glisse-t-il à Kautra. Je suis prêt à parier que notre hôte indélicate a déjà vidé les lieux. Elle ne goûte guère les feux du jour… »

Et sans attendre, il s'avance dans le couloir, jusqu'à l'avant-dernière porte. Une fois devant celle-ci, il s'accorde un court moment pour écouter, attentif aux bruits qui pourraient venir de l'intérieur. Murmure quelques mots de mage ; puis pousse le battant sans hésiter.

Il trouve la chambre vide et la fenêtre grande ouverte.

« Envolée, déclare-t-il. Je m'en doutais. »

Kautra s'enhardit et pénètre à son tour dans la cellule. Peyr en profite pour la questionner :

« Quelle est la couche de Gypse ? »

Elle désigne la niche de droite.

Il se penche sur les draps, qu'il trouve humides, tachés de sang et couverts par endroit d'une sorte de limon. Une odeur indéfinissable traîne dans la chambre, mélange de vase, de tissu moisi et d'encens religieux.

« Dites à Priya de récupérer ses affaires et celles de Gypse dès que possible, intime-t-il. Cette cellule ne doit pas être habitée pour le moment. Par aucune d'entre vous.

– Vous pensez que la nonne blafarde…

– Elle risque de revenir, oui. Et d'agresser à nouveau quiconque s'y loge. »

Kautra soupire.

– Pauvre Gypse. Qu'a-t-elle fait pour mériter cet accès de haine ?

– Je crois qu'elle se trouvait seulement au mauvais endroit au mauvais moment. La revenante s'est choisi une chambre et un lit ; Gypse a eu la malchance de l'occuper. Elle faisait obstacle.

– Tout à l'heure, vous n'aviez pas l'air de penser que l'Intruse ait choisi au hasard.

– Il se peut tout de même que ce soit le cas. Que, pour une raison ou une autre, elle veuille faire partie de votre communauté. Il se peut même que, dans son aveuglement d'après-mort, elle se trompe simplement de couvent – parce que le vôtre est plus proche du Pays des Ombres.

– Plus proche ?

– Oui. Je vous l'expliquerai tout à l'heure. »

Il scrute brièvement le visage de la religieuse, qui détourne les yeux, comme si, au fond, elle savait parfaitement en quoi l'Inframonde était ouvert sur le Nimiron. Les paroles de Brynné, la copiste, lui reviennent aussitôt à l'esprit : *tout le monde, ici, est au courant de l'existence du puits…*

« Mais bien sûr, il est possible également que la blafarde cherche à renouer avec des lieux qui ont compté pour elle autrefois, ajoute-t-il, et que cette chambre en fasse partie. »

Il réfléchit un court instant, puis questionne :

« Vous n'avez jamais eu de transfuges, par le passé ? Des sœurs qui auraient quitté l'un des deux ordres pour l'autre, et vécu dans les deux couvents ? »

Elle hésite :

« Peut-être… mais moi-même, je n'en ai pas connu.

– Depuis combien de temps êtes-vous membre de cette congrégation, Kautra ?

– Onze ans, magistère. Et pendant la plus grande partie de ce temps, cette cellule était habitée par Ashora. C'était une sœur tranquille, sans histoires…

– Et Arandith ? Depuis combien de temps est-elle Révérende mère ?

– Pour autant que je sache, cela fait presque quarante ans, magistère. »

Il réprime un sifflement de surprise.

« Tant que ça ? Quel âge a-t-elle au juste ?

– Pas loin de cinquante-cinq ans, je crois. Arandith est plus âgée qu'elle n'en a l'air. C'est le propre des gens énergiques…

– Cela signifie qu'elle a accédé à cette dignité à l'âge de…

– Quinze ou seize ans. »

Il esquisse un sourire ironique.

« Belle précocité. Les quartiers de noblesse, je suppose ?

– Presque. Elle est issue d'une importante famille de bramynn qui s'est convertie à la religion solaire. À ce qu'on dit, l'ordre a pris soin de récompenser sa parentèle ; cet office faisait partie du lot. »

Et elle ne peut s'empêcher d'ajouter :

« Je ne crois pas qu'elle se souvienne de ce qu'elle doit à sa naissance. La fonction lui est montée à la tête au sortir de l'enfance, et ça n'est jamais redescendu. »

Et aussitôt, elle baisse le front, honteuse de s'être laissée aller à exprimer ses sentiments.

Le mage hoche la tête.

« J'aimerais que vous rassembliez les sœurs dans le réfectoire, ce midi. J'ai à leur parler. Nous devons tout faire pour éviter que des incidents comme celui de cette nuit se reproduisent… »

8. Le déjeuner des morts

La salle chapitrale bruisse de murmures et de froufrous de robes lorsque Peyr Romo y pénètre, suivi d'une Arandith à la mine contrariée, et des cinq sempiternelles doyennes. Quarante-sept *Servantes* vêtues de blanc et d'orange, debout sous la lumière grise des vitraux, les attendent avec une impatience anxieuse.

Le mage les salue d'un signe du soleil, pose deux doigts sur son front pour leur souhaiter les Astres fastes, puis vient se placer sur l'estrade, devant la cathèdre où siège la Révérende mère. Cette dernière frappe un gong, dont la vibration s'étire longuement dans les tympans de l'assistance, pour marquer le temps de l'écoute cérémonieuse. Puis Peyr prend la parole :

« Sous ce couvent, il y a un puits, fermé d'une robuste grille. Une chose très ancienne, beaucoup plus vieille que le Nimiron, plus vieille sans doute que bien des parties de la cité. Peut-être avez-vous déjà plongé votre regard dans ses ténèbres, si vous avez visité les cryptes. Azal, en tout cas, le connaît bien. »

Assise sur le rebord de l'estrade, la *noueuse* hoche la tête avec véhémence, confirmant les mots du mage.

« À cause de l'inondation, poursuit ce dernier, des eaux souterraines sont remontées par ce passage et ont envahi brièvement les cryptes. Et avec ces eaux, sont réapparues des choses enfouies depuis longtemps sous terre, dans l'Inframonde, qui est à la fois le pays des ombres, celui des morts, et celui de nos souvenirs les plus douloureux. »

Il marque un court silence, mesurant l'effet de ses paroles sur l'assemblée, puis reprend :

« La Nonne blafarde est l'une de ces choses indésirables. Plus qu'une ombre, c'est une revenante véritable, une âme en peine qui n'a pas trouvé le chemin des Astres. Cela peut faire des années qu'elle erre sous nos pieds, peut-être même des décennies ; mais probablement pas plus de quarante ans, car le costume qu'elle porte n'est pas celui des premiers temps de l'ordre sahariste. Il est donc possible que les plus anciennes d'entre vous se souviennent de quelque chose qui puisse nous aider à comprendre qui elle est, et ce qui lui est arrivé. Si tel est le cas, je vous conjure de venir m'en parler. Car la première étape pour exorciser une revenante est d'apprendre son nom, quelles furent sa vie et les circonstances de sa mort, souvent soudaine ou dramatique. »

Il balaie l'assemblée du regard, comme pour s'adresser à chacune de ses membres. S'attarde brièvement sur les doyennes aux traits ridés, à sa gauche, qui baissent le front toutes ensemble, trognes fermées. Dans la salle, les mines sont inquiètes, les expressions concernées. Seule Fétré, la sœur aux sourcils rasés, arbore sur les lèvres une vague ironie. Son visage paraît étrangement familier à Peyr ; il se demande où il l'a déjà vu auparavant.

« Les revenants hantent les lieux qu'ils habitaient de leur vivant, poursuit-il ; ou à défaut, une maison qui leur ressemble et peut leur convenir pour entretenir l'illusion de leur vie passée. Il est possible que la Nonne blafarde se fourvoie en fréquentant ce Nimiron – un couvent pris pour un autre – ou bien qu'elle y ait réellement résidé, pour une raison qui m'échappe encore – et que vous seules pouvez m'aider à comprendre. En attendant d'en savoir plus, nous devons tout faire pour éviter la confrontation avec elle. Elle s'est choisi une cellule : que personne d'autre ne s'avise de l'occuper. Si elle vient s'asseoir à la table du réfectoire, laissez-la faire, et quittez les lieux pour ne pas prendre de risque. Si vous la croisez dans les couloirs, faites simplement demi-tour pour l'éviter. Sa solitude lui rappellera qu'elle est malvenue parmi les vivants. Il se peut qu'elle se lasse d'elle-même ou apprenne la leçon qu'elle doit apprendre pour accepter sa mort et trouver le chemin des Astres ; ou bien c'est nous qui découvrirons qui elle est, et pourrons hâter le processus d'une façon ou d'une autre. Dans tous les cas, cette attitude réduira le danger d'une nouvelle agression.

– Pourquoi ne pas installer des ronces ou des chaînes dans le lit de Gypse ? intervient Fétré, d'un ton contestataire. Cela empêchera la Corneille d'y revenir !

– Dans ce cas, rétorque Peyr, elle ira se choisir une autre cellule, et quelqu'un d'autre sera tiré brutalement de sa couche. Est-ce ce que vous voulez ? »

Fétré serre les mâchoires et se garde de répondre.

« Je comprends votre envie d'agir, concède Peyr, et votre dégoût de partager les lieux avec une telle créature. Mais je vous enjoins à la patience, car elle a de la force et du pouvoir, et elle s'est déjà montrée capable de violence. Mieux vaut prendre le temps de régler les choses en douceur, que de voir à nouveau l'une d'entre vous blessée, ou pire. »

Quelques murmures parcourent la salle ; plusieurs sœurs hochent la tête en signe d'approbation, échangent des commentaires à voix basse.

« Ce n'est pas tout », ajoute le mage, coupant court aux chuchotis.

« Ces derniers jours, nombre d'entre vous ont entendu des voix, humé des odeurs, entrevu des silhouettes ou des visages… des spectres dont vous ne parlerez pas facilement, parce qu'ils semblent surgis de votre passé le plus intime, et que vous craignez d'avoir l'air folles en les évoquant. Mais vous n'êtes pas folles. Comme je vous le disais tout à l'heure, l'Inframonde est aussi le royaume des souvenirs. Pas n'importe quels souvenirs : ceux qui nous tourmentent, et que nous rejetons dans les tréfonds de notre esprit, pour ne plus avoir à les subir. Depuis ces tréfonds, ils s'écoulent directement dans le *Pays du dessous*, où ils poursuivent leur existence en tant qu'ombres. »

« L'inondation a remué cette vase spirituelle. Elle remonte du puits, et pour l'instant, vous n'avez pas d'autre choix que de la regarder en face. Armez-vous de courage, et soyez prêtes à affronter votre passé, dans sa part la plus douloureuse...

– Par tous les cieux ! Ne peut-on sceller ce puits pour de bon ? » intervient Lyfenn, la chirurgienne.

Le mage soupire.

« Ce passage vers le *Dessous* existe depuis un temps immémorial. Il est bardé d'antiques charmes, façonnés par les géants eux-mêmes, des sortilèges bien plus puissants que tous ceux que je pourrais produire moi-même. S'ils sont incapables de contenir ce refoulement d'ombres, alors aucune autre force n'y parviendra. La pollution finira par se décanter et retomber ; mais pour l'instant, il nous faut l'affronter, le plus bravement que nous le pouvons. »

« Mais vous ne serez peut-être pas toutes égales dans cette lutte. »

« Car ce trou vers nulle part, sous nos pieds, a longtemps servi à une très ancienne magie. Certaines d'entre vous savent peut-être de quoi je parle : sur quelque bout de parchemin ou tesson de poterie, on inscrit le souvenir d'un événement douloureux, que l'on jette ensuite dans le puits, afin qu'il disparaisse dans les ténèbres de l'*Inframonde*, et par la même occasion, de nos mémoires. C'est redoutablement efficace ; il suffit d'une nuit de sommeil. Au réveil, on se rappelle juste de s'être débarrassé de quelque chose par-dessus la margelle, mais l'on demeure incapable de se rappeler de quoi il s'agissait. »

« Si vous avez déjà posé un tel acte, je vous conjure de venir m'en parler. Car ce rituel libérateur en apparence pourrait aujourd'hui vous mettre en péril, de corps comme d'esprit. Ce que vous avez effacé jadis pourrait bien ressurgir et vous assaillir d'une façon sournoise ; mais contrairement à vos sœurs, vous ne serez plus en mesure de l'identifier. En cette heure, méconnaitre ses propres ombres est la plus dangereuse des situations. Cela revient à tourner le dos à son assassin. »

Peyr marque une pause, le temps de scruter les réactions de l'assemblée. Dans le silence pesant, aucun visage ne laisse transparaitre d'émoi particulier : les humbles *Servantes* affichent des mines résignées, les dignitaires des masques impénétrables. Mais curieusement, la doyenne Ajhar se met à saigner du nez – une fine chandelle de sang sous la narine droite, qu'elle éponge d'un geste furtif, avec un mouchoir de tissu.

Le sorcier note ce fait dans un coin de sa tête.

« Cet après-midi, annonce-t-il, je me tiendrai dans le scriptorium, que la sœur Brynné a bien voulu mettre à ma disposition. Je vous y recevrai seul à seule, dans la discrétion. Ce que vous déposerez dans mes oreilles ne ressortira ni de ma bouche ni de ma plume. »

Arandith fait un pas en avant :

« Pas la peine d'ennuyer le mage avec n'importe quelle vieille histoire de bonne sœur, n'est-ce pas ? déclare-t-elle avec un empressement mal dissimulé. Sachez vous montrer sobres, n'abusez pas de son temps. Contentez-vous d'être pertinentes, discrètes, et de grâce, abstenez-vous de persifler les unes contre les autres. »

Ou contre votre supérieure, songe Peyr, agacé. *Que craignez-vous, Sainte mère ? Que des épisodes peu flatteurs ressurgissent au grand jour ?*

Il doit réprimer un sourire narquois.

Bien sûr, c'est évident ! L'Inframonde est aussi la décharge de nos hontes et de nos remords. Tout ce qui pèse sur l'esprit de la Révérende doit la hanter de plus belle depuis le début de l'inondation. Ses propres fautes et ses abus, les pages les moins glorieuses de l'histoire du Nimiron... Pas étonnant qu'elle soit si empressée à mettre le bouchon sur le goulot de ses moniales : ce doit être une pulsion irrépressible pour elle, en ce moment. Et pas seulement pour elle : pour toutes celles qui voient leur part d'ombre remonter à la surface de leurs pensées, jusqu'à l'obsession. Voilà qui ne va pas m'aider à tirer les choses au clair !

La Révérende mère interrompt sa réflexion :

« Si nous en avons fini, magistère... »

Il se retourne poliment vers elle, l'air disponible.

« Vous serez ravi, l'informe-t-elle, d'apprendre que nous sommes allées quérir le reste de vos effets personnels au Saharon. J'ai fait dresser la chambre des bons hôtes à votre intention. Vous n'aurez plus à faire l'aller-retour entre les deux collines, et pourrez réagir sans délai lorsque l'Intruse se manifestera à nouveau. »

Elle lui dédie un sourire triomphant :

« Vous me direz des nouvelles de la jonchée de fleurs fraîches. Un privilège que je ne m'autorise pas à moi-même, en ces temps de restrictions. Mais l'accueil est notre vocation et notre vertu première, louée soit la Sainte lumière d'Harienn. Et nous sommes vos obligés, n'est-ce pas, maître Romo ? »

Et elle se détourne, la mine satisfaite, pour quitter la salle avec ses doyennes.

Tandis que les lieux se vident, Peyr s'attarde à discuter avec Brynné. Pendant ce temps, Azal furète à droite, à gauche, heureuse d'arpenter un peu la prestigieuse salle chapitrale. La voilà qui pose les pattes sur l'une des monumentales cathèdres sculptées appuyées contre les murs latéraux. Curieuse, elle s'empare d'un bout de parchemin abandonné négligemment sur l'une des banquettes de bois verni, et s'en vient l'apporter à Peyr, une expression de triomphe sur les lèvres.

« Regarde, magicien ! s'amuse-t-elle. C'est toi, là-dessus ! »

Coupé en pleine phrase, le sorcier pose les yeux sur le document. Il a la surprise d'y découvrir son portrait, esquissé à la mine de plomb, dans le style des enluminures à l'ancienne. Le trait est habile, et la composition flatteuse : debout dans son pourpoint de velours bleu, le bras levé comme un maître d'université, le mage semble s'adresser à la foule. Son visage, clairement reconnaissable, respire la sagesse et la chaleur humaine. En retrait, sur son flanc, se tient un petit personnage beaucoup moins amène : une sorte de singe en costume de Révérende mère, les mains griffues, les babines retroussées de méchanceté. Peyr y reconnaît sans mal la figure d'Arandith.

« Voilà une patte aisément identifiable, s'amuse Brynné.

– Oh oui ! glousse Azal. C'est un coup de Hurunn ! »

Peyr émet un sifflement de surprise.

« Quoi, la muette ? »

Brynné sourit :

« Hurunn ne sait pas lire, mais avec une mine de plomb dans les mains, elle fait des merveilles. C'est sa seule façon de communiquer vraiment. Quand on la laisse faire, bien sûr… »

Azal avance le nez au-dessus du dessin pour l'étudier plus à loisir ; s'attarde, admirative, sur le portrait grandiloquent du mage.

« Elle t'aime bien, on dirait ! commente-t-elle. Je suis sûre qu'elle a abandonné ça exprès à ton intention ! Sa manière pudique de faire des cadeaux… »

En lorgnant l'affreuse trogne de singe plantée aux côtés de son avatar de parchemin, Peyr ne peut s'empêcher d'esquisser un sourire narquois.

« Dis à Hurunn que si elle a des choses à me confier, elle peut venir me trouver avec sa mine de plomb, glisse-t-il. Je mettrai à sa disposition du papier finement tramé.

– Je vais le faire ! rétorque Azal, d'un ton parfaitement sérieux. Elle sera ravie, j'en suis sûre ! »

Une fois dans l'atelier de copiste, Brynné tire du coffre un large grimoire, qu'elle dépose sur le pupitre, sous le nez de Peyr.

« Le grand registre du couvent, déclare-t-elle. Ou, du moins, une copie, arrêtée il y a treize mois. L'original se trouve dans les quartiers de la Révérende.

– Merci Brynné. Ça m'aidera à mieux connaître votre congrégation. »

La *Servante* baisse le regard, un peu gênée.

« Je n'ai pas demandé l'autorisation d'Arandith avant de mettre ces feuillets à votre disposition. Cela fait partie de vos devoirs d'enquête, il me semble ; néanmoins, si vous pouviez éviter de lui en parler sans nécessité, je vous en serais reconnaissante…

– Je comprends. Comptez sur moi… »

Il ouvre le recueil, commence à feuilleter les premiers cahiers d'un doigt précautionneux. Des listes de noms accompagnées de dates, rédigées d'une écriture propre, mais menue : c'est le record des entrées au couvent et des sœurs qui l'ont quitté, que ce soit par le trépas ou pour d'autres raisons. Tout en les parcourant rapidement pour se faire une idée, le mage converse :

« Je ne savais pas qu'Hurunn avait un tel talent pour le dessin. Elle vous ferait une admirable assistante !

– C'est vrai, soupire Brynné. J'ai déjà songé à le lui proposer ; je ne m'en sors pas avec les planches d'anatomie. Mais Arandith s'oppose, au prétexte de son illettrisme ; du coup, la muette reste cantonnée à des tâches subalternes. La pauvre ! Elle pourrait nous offrir tellement mieux ! »

Elle lève les mains en un geste fataliste.

« La vérité est qu'elle a offensé notre Révérende mère par ses dessins. Juste retour des choses, quand on voit comment celle-ci la traite au quotidien… Sa Sainteté redoute sans doute que le talent de Hurunn à la portraire ne contamine les copies produites par mon atelier. Ce ne serait pas la première dignitaire à se reconnaître dans quelque lettrine, croquée sous une apparence animalière peu flatteuse… »

Elle se penche sur le coffre, farfouille dedans à sa manière un peu indolente. Elle finit par en tirer une feuille de papier de chiffon, qu'elle déroule à gestes lents :

« Regardez, rêvasse-t-elle. Ça aussi, c'est de Hurunn. Je conserve ses œuvres à l'abri, chaque fois que je le peux ; d'autres s'empresseraient de les brûler. À mes yeux, ce sont de précieux témoignages de la vie de notre communauté. Ne sont-elles pas délicieusement scandaleuses ? »

Elle dévoile une composition représentant les cinq doyennes, plus austères les unes que les autres, groupées autour d'Arandith. Tapies sous leur chaperon, les vieillardes chuchotent à l'oreille de la Révérende, avec des mines malveillantes de conspiratrices. Certaines d'entre elles arborent des groins de cochon ou des dents de souris.

« Votre amie n'a pas l'air non plus d'aimer ces cinq-là, commente le mage.

– La garde rapprochée d'Arandith, rétorque Brynné. Rien d'étonnant…

– Est-elle muette de naissance, Hurunn ? »

Brynné secoue la tête, et les ridules au coin de ses yeux s'incurvent tristement.

« Oh non, non, souffle-t-elle, d'une voix plus languide que jamais. C'est tragique : on dit qu'elle s'est tranché la langue autrefois, dans un accès de folie. Ça doit remonter à bien trente ans ; il n'y a que les anciennes qui en sachent davantage. Mais lorsqu'on leur pose la question, elles esquivent. »

Le regard de Peyr s'attarde sur les cinq figures austères entourant la Révérende. Cinq gardiennes de la mémoire du passé. Cinq forteresses à conquérir. Elles ne seront pas faciles à forcer.

Brynné prend rapidement congé. Resté seul devant le registre, le mage se familiarise avec les membres mortes et vivantes de la communauté, remontant le temps page après page pour identifier les plus âgées, redoublant d'attention lorsque, d'aventure, quelque commentaire marginal accompagne la simple mention de l'entrée au couvent. Pour s'y retrouver, il griffonne ses propres notes sur une feuille de papier de chiffon :

Ajhar Sunupari, fille de bramynn. Entrée dans la lumière de Nimir il y a cinquante-trois ans. Chantre du Nimiron.

L'Ajhar qui saigne du nez, se rappelle-t-il.

Gwennyfar Kolassan, entrée il y a quarante-sept ans.

Sann et Nasha Vajouri, sœurs de sang, *entrées il y a quarante-trois ans.*

Arandith Lal Mashwan, fille ainée du Saint pandit Narou Lal Mashwan. Entrée il y a quarante ans, consacrée Révérende Mère trois mois plus tard.

Millé Futar de Narmor, de noble naissance. Entrée en rédemption il y a trente-huit ans, à l'âge de trente-trois.

Entrée en rédemption. Le mage prend note de ce fait particulier : il signifie que l'une des cinq doyennes, au moins, a rejoint les rangs des *Servantes* pour échapper à une peine de haute justice. Millé, laquelle est-ce ? Il ferme les yeux, tâche de se remémorer les cinq visages ridés des doyennes. *La plus grande en taille, se souvient-il, presque une géante. Visage allongé, regard d'un bleu glacé. Les sœurs plus jeunes sont-elles seulement conscientes de son passé ?*

Il poursuit sa lecture :

Hurunn Berro. Entrée il y a trente-quatre ans.

Lyfenn Silli, chirurgienne. Transférée depuis le Nimiron de Nardoresse, il y a vingt et un ans.

Ashora Kipra. Entrée il y a vingt-trois ans, décédée il y a quatre ans et demi.

Là aussi, Peyr marque un temps d'arrêt. Sans nul doute, c'est l'Ashora qui occupait autrefois la chambre de sœur Gypse. Quel dommage que le registre ne répertorie pas l'occupation des cellules !

Les noms succèdent aux noms, monotone litanie. De temps à autre, les regards du mage s'enfuient par la fenêtre. D'ici, le Mont-aux-râles est si proche qu'il emplit la moitié de la vue, perché au-dessus des boues de la cité, avec son hôpital austère et son clocher trapu qui tranche sur le ciel gris. Peyr soupire et maugrée, peine à se remettre à l'ouvrage. La source de sa mauvaise humeur n'est pas un mystère : il peste de devoir séjourner au Nimiron, et en veut à Arandith de lui avoir forcé la main. Cette décision le prive de la joie que lui apportait la communauté sahariste, et du sourire reposant d'Agyre. Ah ! La force tranquille de l'abbesse ! Qu'il serait doux de s'abandonner à la sécurité de son épaule ! Pour une fois, n'être pas celui qui porte, qui rassure et qui apaise les angoisses de l'autre après avoir subi ses foudres. Avoir une partenaire robuste, comme jadis...

Ma pauvre Aube ! *Quand va-t-elle surmonter ce qui nous est arrivé ? Me pardonner enfin d'avoir* été absent *au mauvais moment, et cesser de me faire la guerre ?*

Il prend soudain conscience de ce qui l'irrite le plus dans les obsessions de sa femme : elles lui rappellent constamment l'ogre et l'empêchent de l'oublier lui-même, comme il le voudrait.

Peut-être devrions-nous écrire cette histoire sur un rouleau de parchemin, et la jeter dans l'Inframonde, pour en être libérés…

Mais l'inondation est là pour lui remémorer le danger d'un tel acte.

On frappe à la porte : trois petits coups discrets. Il lève le nez de son grimoire :

« Entrez ! »

Le battant s'entrouvre, et une sœur aux épaules épaisses se faufile à l'intérieur, non sans jeter d'abord un regard derrière elle.

« Kautra ? s'étonne Peyr

Elle baisse le front, gênée. Il s'empresse de la mettre à l'aise :

« Asseyez-vous, je vous en prie. Je suis heureux de votre visite. »

Et il lui désigne un tabouret, placé en face de lui. La *Servante* s'installe, les genoux joints, les mains posées à plat dessus. Elle prend une inspiration et commence à se livrer :

« Je vous le jure, je n'ai jamais rien jeté dans le puits. Bien au contraire, je tiens absolument à me souvenir de tout. Conserver la mémoire du mal est la seule façon de changer le monde ; si on l'oublie, il se reproduira encore et encore. »

Il opine du chef :

« Je suis d'accord avec ce point de vue. »

Elle fait la grimace.

« Ce qu'a subi mon petit frère, autrefois… je ne pourrai jamais le pardonner. Personne n'a voulu le voir, à part moi. Mes parents, mes proches… tous ont préféré *oublier*, pour ne pas se brouiller avec le reste de la famille. Mais moi, qui gardais les yeux ouverts, j'y ai perdu ma candeur d'enfant. »

Elle pousse un long soupir.

« Depuis la crue, je revois ce mal partout, et à tout instant. Même là où il ne se trouve pas. Comme hier, après l'exorcisme, dans la promiscuité sordide de la Maison des indigents. Mururi m'assure que j'accuse un innocent, et je la crois sur parole. Pourtant, j'avais bien cru voir… »

Elle secoue la tête.

« Grands cieux, cette violence ne me ressemble pas !

– Je comprends, dit Peyr. Ce n'est pas de votre faute. C'est ce que nous font les ombres remontées *d'en bas* : elles nous induisent en erreur. Elles ne prennent pas toujours la forme de sons ou de silhouettes reconnaissables, hélas ; quelquefois, elles se mêlent à la réalité de façon plus subtile. C'est ce qui les rend si dangereuses…

– Je vous en prie, dites-moi comment éviter ça ?

Il laisse le bout de ses doigts se perdre dans sa barbe, comme souvent, lorsqu'il cherche une solution à un problème.

« Il n'y a pas moyen de l'éviter, déclare-t-il finalement. Du moins, pas tant que le *Pays d'en dessous* exhale ses miasmes. Mais il y a moyen de rester lucide. Désormais, vous êtes au courant du risque d'être leurrée ; vous saurez faire preuve de prudence. Et c'est déjà beaucoup. »

Kautra soupire.

« En attendant, j'ai frappé un innocent, et je lui ai collé publiquement sur le dos la pire des infamies. Je n'en ai pas fini avec ma pénitence. »

Il pose sa main sur l'avant-bras de la *Servante* :

« Sans doute. Mais vous avez eu le courage de garder les yeux ouverts. Gardez-les encore, fièrement. D'autres n'ont pas fait le même choix. »

Elle pince les lèvres :

« Non, en effet. D'ailleurs, autant que je vous dise… »

Elle se penche à l'oreille du sorcier, et baisse encore d'un ton :

« Cet usage magique du puits, que vous avez évoqué tout à l'heure… il n'est pas si connu que vous pourriez le penser, au sein de notre communauté. Pendant longtemps, je l'ignorais moi-même. Jusqu'à ce que l'une de mes sœurs m'en parle sous le sceau de la confidence, il y a quelques années…

– Quelle sœur ? »

Elle grimace :

« La Révérende mère Arandith. Elle-même ne s'est pas privée pour en user, à diverses reprises ; elle s'en est même vantée à moi. *C'est plus sain que de boire pour oublier*, elle a dit, et ça l'a fait glousser comme une petite fille. Moi, je n'ai rien voulu savoir de cette sorcellerie ; jeter son propre passé aux oubliettes est une aliénation. Mais je pense que, parmi ses amies les doyennes, certaines se sont laissées entraîner… »

Peyr hoche la tête, pessimiste.

« Prions pour qu'elles n'en paient pas le prix.

– Prions », approuve Kautra.

Elle se lève avec dignité :

« Je ne suis pas venue ici. Et je ne vous ai rien dit. N'est-ce pas ? Je me fie à vous. »

Puis elle quitte l'atelier à pas feutrés, et le mage demeure seul, à méditer sur ces informations.

Entrée par la fenêtre, une brise porte à ses narines l'odeur fétide des vases de la cité. Ou est-ce celle des cryptes ? Peyr lui trouve une étrange note de renfermé, qui l'oppresse insidieusement. Le malaise s'installe un peu plus dans son cœur.

Au même moment, sur la colline voisine, un long frisson de peur traverse le Saharon. Il se propage à toute allure d'une sœur à l'autre, gagne les malades du vieil hôpital, et émeut jusqu'aux pierres elles-mêmes. Qui se murmurent les unes aux autres, consternées : *l'intruse est de retour ! La morte arpente nos couloirs* !

Avertie par Sassane, l'abbesse bondit sur ses pieds.

« Où ça ?

– Dans les cuisines, Votre Compassion. Elle déjeune.

– Elle déjeune… répète Agyre, atterrée par ces mots. Très bien, allons voir ça. »

Elle s'empare de son bâton, de ses encens sacrés, de son eau bénite, et emboite le pas à Sassane, sans trembler.

Sur le seuil des cuisines l'attend un petit groupe de moniales apeurées, tapies derrière la porte entrouverte. De temps en temps, l'une d'elles ravive son courage et jette à l'intérieur un coup d'œil furtif, en faufilant son nez dans l'entrebâillement ; puis elle se rabat précipitamment en arrière, le visage blême, et revient se blottir contre ses compagnes.

« Elle est toujours là ? » les interpelle Agyre, d'une voix qui ne défaille pas.

Les moniales opinent en silence, trop terrifiées pour proférer le moindre mot. Du reste, les sons qui proviennent de l'autre côté du battant sont, en soi, une réponse suffisante : reniflements, murmures et odieux bruits de mastication.

L'abbesse s'avance, et glisse à son tour un regard au-dedans.

La Nonne blafarde est tranquillement assise à table, devant une écuelle et un quignon de pain. Les doigts serrés maladroitement sur une cuillère en étain, qui s'abat dans la soupe à intervalles réguliers, produisant de grandes éclaboussures, avant de remonter vers sa bouche, non sans déverser au passage les trois quarts de son contenu. De temps à autre, la mangeuse s'interrompt ; porte à ses lèvres le pain, dans lequel elle mord à pleines dents, d'une façon animale. Lorsqu'elle le redépose sur la table, une salive noire comme du bitume suinte de la croûte ramollie. Agyre réprime un frisson de dégoût.

« Allons-y » souffle-t-elle, une expression résolue sur le visage.

Et le torse bien droit, le bâton dans la main, elle pousse la porte et pénètre à l'intérieur.

L'odeur de la vase et du tissu moisi l'agresse aussitôt, mêlée au fumet de la soupe froide et des cendres tièdes. La Blafarde ne daigne pas lever le regard ; grognant et reniflant de plus belle, elle poursuit tranquillement son odieux festin, le nez enfoui dans la mie de pain détrempée. Agyre s'avance à pas lent, pour ne pas risquer une réaction brusque ; vient se poster en face de la créature, en prenant soin de laisser la table entre elles. Elle jette un bref coup d'œil derrière son épaule : seule Sassane a eu le cran de la suivre, encore qu'à distance prudente. Agyre ne s'en formalise pas ; elle reporte toute son attention sur la revenante.

Pendant un moment, l'abbesse garde le silence ; elle se contente de scruter la figure de la morte. Sous le chaperon délavé, une veine sombre pulse, dans le creux du cou. La peau du visage, pâle et suintante d'eau fangeuse, est vierge de toute ride : la corneille était encore une femme jeune lors de son trépas. Les yeux, légèrement vitreux et injectés de sang nécrosé, semblent préoccupés. Les mains froides tâtonnent, s'efforcent avec peine de retrouver les gestes du quotidien ; toute l'attention de la morte est tournée vers la maudite cuillère, dont la maitrise se dérobe à elle.

Elle finit par reposer l'ustensile sur la table ; pousse un soupir sifflant, qui fait ronronner quelque chose dans sa gorge, et plante le menton dans ses paumes, avec une expression de dépit sur la face. Pourquoi les choses les plus simples lui sont-elles devenues si difficiles ? La raison d'une telle disgrâce semble encore lui échapper. Elle grogne, passe une langue noire entre ses lèvres craquelées, puis lève le regard et se met à contempler le plafond, l'ennui sur le visage.

À gestes précautionneux, Agyre s'assied à table.

La revenante ne réagit pas davantage ; la voilà qui se cure le nez, d'un index paresseux. Totalement ignorante de la vivante en face d'elle.

Celle-ci se décide à prendre la parole.

« Qui es-tu, toi qui reviens du séjour des morts ? interroge-t-elle d'une voix claire. Si tu as fait partie des nôtres, je ne peux pas le savoir. Je n'ai jamais vu ton visage parmi nous. Révèle-moi ton nom, je t'en prie. »

Les yeux de la créature se posent brièvement sur elle, d'horribles yeux de poisson crevé ; puis glissent sur le côté, comme si l'abbesse n'existait pas.

« Ne peux-tu parler ? s'entête cette dernière. Écrire ? Déplacer des objets pour te faire comprendre ? »

Seul un vague reniflement répond à sa question, provoquant un léger écoulement d'eau des narines de la revenante.

Agyre soupire.

« Je suppose que c'est moi qui suis trop jeune pour te connaître, au fond. D'autres auront peut-être davantage de mémoire… »

Et ce disant, elle se lève en douceur, repousse son tabouret, et se dirige vers la sortie, d'un pas mesuré.

Alors qu'elle est sur le point d'atteindre la porte, un murmure chuintant s'élève dans son dos. L'abbesse ressent le regard insistant de la morte dans le creux de ses reins. Elle se fige, pivote sur ses talons.

« Que dis-tu ? Par les foutres du ciel… »

Mais la revenante a déjà baissé les yeux, pour s'abîmer à nouveau dans sa langueur silencieuse. Agyre soupire et quitte les lieux, laissant cette âme en peine à son ennui.

Elle a beau plaider, l'abbesse : les anciennes du Saharon se refusent à entrer dans la cuisine. Elles demeurent fermement campées sur leur banc, le front bas, la mine revêche ; obstinées dans leur trouille et consternées par ce qu'on attend d'elles.

« Nous sommes des Saharistes ! les houspille Agyre. Des corneilles, des passeuses d'âmes ! Depuis quand avons-nous peur des morts ? Iraé ! Nour ! Par tous les cieux ! Nous devrions aider cette créature à retrouver le chemin des Astres ! Je ne vous demande pas de la confronter ni même de lui adresser la parole : seulement de vous approcher assez près pour étudier ses traits et tenter de la reconnaître. Est-ce vraiment trop exiger ? »

Deux moniales portent les doigts à leur front pour conjurer le mauvais sort. Agyre secoue la tête, se radoucit.

« De grâce, mes sœurs. Vous êtes dans cette bâtisse depuis si longtemps ! Vous étiez là bien avant moi. Si cette défunte a fait partie de notre communauté autrefois, vous seules avez le pouvoir de l'identifier. Personne ne peut vous remplacer dans cette tâche. Soyez courageuses, car j'ai besoin de vous. »

Elle insiste encore, prie et leur fait si bien honte qu'à la fin, elles se lèvent toutes ensemble, l'air penaud, enfin décidées à faire leur devoir.

Alors, très raides, flanc contre flanc, les vieillardes du Saharon emboitent le pas à l'abbesse pour s'en retourner en cortège vers les cuisines, et se confronter à la chose remontée de sous la terre.

9. Ce qui s'ouvrage aux forges

Hurunn ne prend pas la peine de frapper à la porte du scriptorium. Pas même de signaler sa présence par quelque raclement de gorge. Elle se contente de pousser le battant pour se glisser à l'intérieur, de son pas hésitant et un peu lourdaud. Muette jusque dans ses moindres gestes…

Son odeur corporelle retourne aussitôt le cœur du mage, au point qu'il songe à éveiller un élémentaire d'air pour la disperser. Au lieu de quoi, il rejette cet inconvénient dans un coin de son esprit, sourit avec douceur, accueille sa visiteuse de quelques paroles aimables et l'invite à s'asseoir sur le tabouret. Il déplace un petit coffre plat pour le positionner devant elle, puis dispose sur ce dernier plusieurs feuilles de papier de chiffon et une mine de plomb encore intacte.

Quand elle découvre ces objets, le visage de la muette s'anime. Elle retrousse sa manche, révélant un avant-bras rongé par l'eczéma, s'empare de la mine, et commence à dessiner frénétiquement.

Elle se représente elle-même, sans aucune complaisance : raide, bedonnante, les joues flasques et la bouche molle. Impossible de ne pas la reconnaître. Seuls les yeux globuleux du portrait détonent avec le modèle. Peyr finit par comprendre que l'artiste se caricature sous les traits d'un crapaud. Effectivement, elle en vient à esquisser des mains palmées au bout de ses bras – mains qui, maladroitement, élèvent une forme mal définie à hauteur de son visage.

La mine s'active encore, griffonne le papier. Elle trace, au pied de la crapaude, les barreaux d'une lourde grille horizontale, posée en travers d'une margelle de pierre. Les sourcils de Peyr se soulèvent d'eux-mêmes.

« D'accord. Tu as jeté quelque chose dans le puits. »

La muette opine du menton.

« Était-ce une requête, un ex-voto ? Une offrande aux puissances inférieures ? Une émotion dont tu souhaitais te débarrasser ? »

À chacune de ces propositions, la muette secoue la tête négativement. Le mage pointe la forme indéfinie brandie par l'Hurunn de papier – une chose à peine esquissée, qui pourrait être un grand parchemin déroulé, un morceau de tissu ou un sac en toile grossière, à moins que ce ne soit une besace ventrue.

« C'est ceci ? » questionne-t-il.

La muette opine en émettant un vague son de gorge.

« Tu ne te rappelles pas de ce que c'est, n'est-ce pas ? Sinon tu le dessinerais avec plus de précision… »

Elle secoue la tête d'un air contrit.

« Je comprends. C'est ce qui arrive lorsque cette sorte de magie fonctionne. On oublie à quoi elle a servi… c'est donc bien d'un souvenir que tu t'es débarrassée. Tu n'as aucune idée de ce que ça pouvait être ? Des choses qu'on t'a fait subir, peut-être ? »

Hurunn baisse le front, l'air abattu, et Peyr s'en veut aussitôt d'avoir été si intrusif.

Pauvre femme ! Combien de brimades et de vexations a-t-elle dû supporter dans son existence ? Il n'y aurait rien d'étonnant *à ce qu'elle ait voulu en oublier une part. Et qui sait si, à l'origine de son mal*-être, il n'y a pas un traumatisme *encore plus grand ?*

Il songe à la crise de folie évoquée par Brynné – celle où, dit-on, la muette s'est tranché la langue elle-même. Pas question d'aborder le sujet si tôt : cela risquerait de rompre le fragile lien de confiance qui vient de s'établir.

Puis il se rappelle qu'Hurunn est analphabète, et ne pourrait donc pas consigner un événement par écrit pour le jeter dans l'Inframonde. Or, personne ne peut le rédiger à sa place. Mais elle dispose d'autres moyens pour opérer le sortilège…

« Était-ce un dessin, Hurunn ? Le dessin d'un souvenir ? »

Elle fait la moue, signifiant par là son ignorance.

« Ce n'est rien. Tu t'es déjà montrée brave en venant m'en parler. Jusqu'ici, tu es la seule à avoir eu ce courage, tu sais ? C'est bien que tu sois montée ici. Si tu te rappelles d'autre chose, n'hésite pas à dessiner encore, d'accord ? Dessiner peut faire revenir ta mémoire. Autant que possible, il nous faut retrouver ce souvenir. C'est la meilleure façon de t'en protéger, tu comprends ? Il faut que tu saches ce qu'il est, pour ne pas qu'il te frappe en traitre. C'est sans doute une démarche douloureuse, mais elle est nécessaire. »

Elle opine du chef, esquisse un pâle sourire, puis tend soudain l'oreille, en alerte, parce que des pas rapides résonnent dans le couloir. Quelques instants après, la porte s'ouvre brusquement. Prise de panique, la muette jette des regards éperdus autour d'elle, à la recherche d'un recoin où se cacher.

Mais ce n'est que la jeune Mururi, qui déboule en trombe dans la pièce. Toute son attention est tournée vers le mage :

« Maître Romo, déclare-t-elle le souffle court, nous avons besoin de vous au sanatorium. Sœur Gypse… sœur Gypse ne va pas bien. »

Dans la chambre de la blessée, quelqu'un a allumé de l'encens ; le parfum du santal et de la myrrhe peine à masquer des effluves plus rances – une exhalaison de marécage et de cave humide, mêlée de subtils relents d'escarres et d'écrouelles. Une odeur qui stagne, épaisse et prenante…

La femme qui git dans le lit, entourée de cierges, ne ressemble plus vraiment à celle avec qui Peyr a conversé le matin même. De la pointe des orteils jusqu'à la racine des cheveux, sa peau est entièrement marbrée de noir et de violet, tachetée ici et là d'éclaircies jaunâtres.

« Ses ecchymoses se sont étendues partout, commente sobrement Lyfenn, la chirurgienne. Il n'est pas une partie de son corps qui soit épargnée. Je n'ai jamais vu ça : à croire qu'elle se fait rosser méthodiquement, pouce par pouce, par quelque force invisible sitôt que nous la quittons du regard. Même l'intérieur de ses cuisses et la plante de ses pieds sont atteints. »

La chirurgienne tire le drap, révélant le torse nu de la patiente, d'un bistre mordoré. Peyr se penche sur elle, étudie son visage plongé dans l'inconscience. Les traits sont gonflés, les paupières luisantes, la respiration lente et laborieuse. Puis il s'empare de sa main, qu'il trouve glacée. Lorsqu'il presse ses doigts, les ongles se mettent à suinter d'un liquide grisâtre, pareil à de l'eau mêlée de cendres.

« Impressionnant… » marmonne le mage, la mine sombre.

Lyffenn incline la tête, inquiète.

« Vous pensez que…

– Hélas. Votre consœur a été assaillie par une créature remontée du *Pays des ombres*. Une chose taillée dans la matière même de l'Inframonde, car son corps originel est probablement décomposé depuis longtemps. Sœur Gypse est contaminée par les griffures qu'elle a reçues. Quelque chose pourrit son sang.

– Oh non, non… s'effondre Priya. Ma pauvre amie… »

La chirurgienne baisse le front, laissant s'échapper de son chaperon quelques mèches grises.

« Mes arts sont impuissants ici, déplore-t-elle. Ceux de l'herboriste ne sont guère plus efficaces. Vous pensez pouvoir faire quelque chose ? »

Peyr fait la moue.

« Avez-vous des sangsues sous la main ? rétorque-t-il.

– Oui. Mais pour être honnête, je ne crois guère à…

– Peu de gens maîtrisent véritablement l'usage des sangsues, coupe le mage. Faites-moi confiance sur ce point. »

Priya se lève spontanément :

« Je vais vous en chercher de suite, dit-elle. »

Elle sort et s'éloigne aussitôt en direction du bassin médicinal, dans le Haut jardin.

Elle en revient un moment plus tard, traînant un lourd seau d'eau empli de petites limaces noirâtres. À leur vue, Peyr pense brièvement aux visions de Brynné.

Heureux qu'elle ne doive pas assister à ça, songe-t-il.

Sans tergiverser, il plonge la main gauche dans le récipient. Il l'en ressort un instant après, couverte de parasites luisants. Il l'élève devant ses yeux et se met à murmurer dans l'antique langue runique des géants, chuchotant ses secrets aux minuscules bestioles. Les moniales font silence, l'écoutent religieusement. Dans les feux déclinants du crépuscule, les flammes des cierges tremblotent et jettent sur les murs des éclats intermittents.

Au bout d'un temps, le mage étend le bras au-dessus du torse nu de la blessée, paume vers le bas. Il prononce un simple mot ; aussitôt, les sangsues se détachent d'elles-mêmes pour tomber sur le corps de la patiente. Elles se tortillent un peu, puis se fixent et commencent à sucer le sang sous sa peau, avec une avidité presque perceptible.

Lyfenn considère le sorcier avec étonnement.

« Je n'ai jamais vu personne se décrocher des sangsues si aisément, magistère… »

Et elle s'incline avec respect.

« Elles sont éveillées, à présent, commente le magicien. Prêtes à aspirer un mal de nature spirituelle. Reliées au souffle de votre consœur.

Cela leur sera fatal, mais grâce à leur sacrifice, Gypse pourrait bien se tirer de cette torpeur funeste. »

Il replonge la main dans le seau, pour cueillir une deuxième fournée de parasites, puis une troisième, qu'il dispose sur les bras, les jambes, les joues de la malade.

« Il n'y a plus qu'à attendre qu'elles se détachent d'elles-mêmes, ajoute-t-il. Prenons patience. Pour les plus goulues, cela ira très vite ; les autres perdureront une partie de la nuit. »

Déjà, sur le sein de la moniale, l'une des limaces d'eau se recroqueville. Elle ne tarde pas à glisser et tomber à terre, flétrie comme une vieille prune.

Quelque part dans les appentis de la cour d'entrée retentit le tintement du marteau sur l'enclume. Un son régulier, mais singulièrement lent, qui s'immisce dans le grelottement aérien des carillons à vent.

Tout d'abord, les *Servantes* n'y prêtent guère attention. Jusqu'à ce que la sœur portière songe à s'en étonner : n'a-t-elle pas vu sortir le forgeron en début d'après-midi, son ouvrage au couvent terminé ? À aucun moment, elle ne l'a vu remonter au cloître.

Agacée, la portière quitte son poste et se dirige vers la petite forge de la congrégation, prête à tirer les oreilles de l'audacieuse qui se sera permis d'utiliser le matériel sans autorisation. La cheminée de l'atelier crachote une fumée noire, qui s'élève dans le ciel crépusculaire : pas de doute, quelqu'un a rallumé le feu. Elle s'en va lui passer un savon à sa façon.

Mais alors qu'elle s'apprête à pénétrer dans l'appentis, la rude moniale se fige soudain, frappée d'une idée glaçante.

Et si ce n'était pas l'une des nôtres ?

Elle reste plantée là, tendue dans l'écoute, incapable de jeter un regard à l'intérieur. Dans le silence entre les coups de marteau, elle devine un chuintement, un marmonnement rauque, qui ne laisse guère de place au doute.

Elle tourne sur elle-même, à la recherche d'une sœur à héler ; ne trouve qu'Azal, qui s'en vient vers elle en trottinant.

« Va chercher Kautra et la Révérende mère ! lui intime-t-elle d'une voix blanche. Vite ! »

*

Il se passe un bon moment avant que la jeune fille s'en revienne, entraînant derrière elle Arandith et un fort parti de *Servantes* armées de fourches et de faux.

« Où est-elle ? tonne la Révérende, déboulant d'un pas martial depuis la galerie couverte.

– Sainte mère, bredouille la portière en l'accueillant, je crois bien qu'elle est là-dedans… »

Arandith plisse les lèvres. Ses prunelles brûlent de colère contenue.

« C'en est assez, rage-t-elle. Cette chose n'a pas sa place parmi nous ! Foin de ces mages qui ne servent à rien. Je vais faire moi-même ce qui doit être fait ! »

Et, sans ralentir, elle s'avance vers l'entrée de la forge, entraînant dans son élan Fétré, Mururi, Kautra et quelques courageuses.

« Hors de ces murs, créature des ombres ! tonne-t-elle sur le seuil de l'atelier. Tu n'es pas la bienvenue dans ce monastère ! Va-t'en, ou brûle dans les feux d'Harienn ! »

Debout devant l'enclume, la Nonne blafarde suspend son geste, le marteau en l'air. Mais elle ne se retourne pas. Au lieu de cela, elle se met à chuchoter de plus belle, cette fois avec des accents sardoniques.

Aussitôt, le feu des forges s'élève en rugissant. Il jaillit de son âtre en une longue vague crépitante qui roule vers la porte, écumante de fumée. La Révérende mère lève la main devant ses yeux et se jette en arrière juste à temps. La chaleur des flammes s'en vient lui chatouiller la peau, sans toutefois déborder hors de l'atelier. Cela ne dure qu'un instant, trop bref pour la brûler vraiment ; puis cet incendie s'étouffe en un clin d'œil, et seules demeurent des escarbilles rougeoyantes, qui dérivent à l'intérieur de l'appentis, dans un silence glacial.

Devant l'enclume, il n'y a plus personne ; seulement une plume ivoirine qui tournoie dans l'air comme une feuille morte et descend lentement se poser au sol.

Mururi lève les yeux.

« Regardez ! » s'écrie-t-elle, désignant la cheminée.

Au-dessus du toit, un oiseau blanc s'élève à tire-d'aile ; il franchit rapidement le mur d'enceinte et disparaît dans la nuit naissante.

« Sortie en passant par l'âtre ! souffle Kautra. Cette fois, nous l'avons mise en fuite ! »

Et elle échange avec ses sœurs des regards ragaillardis.

« Je me demande bien ce qu'elle fabriquait là-dedans », commente Fétré.

Et sans attendre, elle pénètre dans la dépendance.

« Attendez-moi ! réclame Arandith d'une voix fébrile. Par les Astres ! »

Encore à moitié aveuglée par l'éclat des flammes, la Révérende mère clopine sur les talons de la *Servante* glabre pour gagner avec elle le foyer de l'atelier, traînant derrière elle une vague odeur de cheveux roussis.

Sur l'enclume, l'ouvrage de la revenante rougeoie encore, tout encollé de scories : deux grandes lames de métal brut, courbées et rivées ensemble par le milieu.

En les voyant, Arandith blêmit. Sa lèvre inférieure se met à trembler malgré elle. Son visage tout entier se décompose, puis se tord en une grimace hargneuse.

« Écartez-vous ! » ordonne-t-elle, en proie à une rage proche de la panique.

Elle se rue sur les pinces de forgeron, s'en sert pour saisir l'œuvre impie de la nonne blafarde entre leurs crocs, et la soulever de l'enclume. Puis, d'un pas décidé, elle se dirige vers la porte, brandissant le tout entre ses mains menues.

« Je vous interdis de me suivre ! » rugit-elle à l'intention de l'assistance.

Et, pareille à un éléphant furieux, elle traverse la cour en trombe avec sa prise, gagne la galerie couverte, et disparaît sur le côté du temple, en direction du réfectoire.

« Où est-elle allée ? interroge Peyr. As-tu une idée ?

– Dans les cryptes ! répond triomphalement Azal.

– Tu l'as suivie ?

– Pas exactement. Aucune de nous n'a osé désobéir à son ordre ; personne ne s'est avisé de lui emboiter le pas, encore moins de la retenir. Elle avait l'air tellement hors d'elle, tu sais, et en même temps tellement aux abois ! »

Elle déglutit.

« Nous avons attendu juste assez pour qu'elle échappe à nos regards, puis nous sommes retournées toutes ensemble vers les corps de logis.

Kautra s'est dirigée vers la salle chapitrale avec Fétré, pensant que la Révérende s'était enfermée dans ses appartements. Les autres sont allées directement au réfectoire. Moi, j'avais ma petite idée, alors je suis plutôt descendue vers les celliers. Je me suis cachée dans un recoin, et j'ai patienté. Ça n'a pas traîné : Arandith est remontée des cryptes sans me voir, un court moment après, le bas de la robe couvert de vase. Avec en main les pinces, mais pas l'objet forgé par la blafarde.

– Elle l'a jeté dans le puits, souffle Peyr.

– Ayé, renchérit la *noueuse*. Sur-le-champ, sans même prendre le temps d'y réfléchir ! La vue de cette chose la rendait verte de rage, tu sais ! Et pourtant, ça ne ressemblait encore à rien : juste deux lames de métal courbées, croisées et rivées ensemble par le milieu. Un peu comme l'armature d'un casque… »

Assis à ses côtés sur le rempart du couvent, le mage lève le nez vers le ciel. En silence, il interroge les étoiles du regard.

« Il y a un lien entre elle et la revenante, souffle-t-il. Mais quoi ? »

Azal émet un petit ricanement joyeux.

« Crois-tu qu'elle le sache encore elle-même ? À force de tout jeter dans le puits, Arandith finira par ne plus connaître son propre nom. Et quand bien même, elle garde jalousement ses secrets !

– Les doyennes seront peut-être plus loquaces.

– N'y compte pas, magicien. Elles sont solidaires. Elles partagent le même passé, et je suis prête à parier qu'elles partagent les mêmes remords. »

Elle lui tapote gentiment l'épaule, avec une familiarité désarmante :

« C'est nous, tes alliées ! Les jeunes du monastère. Hein, magicien ? On va tirer tout ça au clair, toi et moi. »

Et elle sourit à la lune, plus joviale et plus solaire que jamais.

10. Lanterne de chair

Au milieu de la nuit, sœur Gypse émerge de sa léthargie.

Le froissement des draps réveille Priya, qui somnole à ses côtés, enroulée dans une couverture à même le sol du sanatorium. Elle découvre son amie assise dans son lit, les yeux grands ouverts, une expression d'étonnement sur le visage.

Le cœur de la garde-malade bondit dans sa poitrine :

« Bénie soit Nimir la miséricordieuse ! » s'écrie-t-elle, emplie de joie.

Encore à moitié engourdie, elle vient s'asseoir à côté de la convalescente, sur le bord du matelas de plumes. Avec une tendre ferveur, elle s'empare de ses doigts pour les couver entre les siens. Sœur Gypse frissonne à ce contact. Elle dégage sèchement sa main, et puis se fige, tous les sens en alerte.

« Gypse, souffle Priya, inquiète. Ça ne va pas ? Que se passe-t-il ? »

Mais l'occupante du lit ne réagit pas davantage. Elle écoute le silence avec une sorte d'avidité mêlée de méfiance. À croire qu'elle guette quelque chose dans les ténèbres par-delà le halo des cierges, dont la lueur danse sur ses pommettes violacées.

La voilà qui ferme les paupières. Sa respiration s'accélère progressivement, se mue en un halètement bruyant, entretissé de légers gémissements. Sa poitrine se soulève, mue par une houle irrépressible, de plus en plus rapide et saccadée ; puis soudain, se raidit, dans une sorte de hoquet.

La moniale rouvre les yeux. Inspire avec lenteur, tandis que le dégoût retrousse les traits de son visage. Elle gronde, la voix un peu rauque :

« Ah, grands cieux, que c'est répugnant ! Comment peux-tu faire ça ?

– Quoi ? proteste Priya. Je… je ne fais rien du tout.

– Je t'ai vue. Je t'ai vue. Tout le monde te voit ! Personne de sain ne fait ça, tu sais ! Tu es la seule à te souiller ainsi, tu ne peux pas t'en empêcher !

– Gypse, je ne comprends rien. De quoi parles-tu ? »

La patiente tourne la tête vers elle, les lèvres plissées de mépris.

« Va te laver, Poré, tu pues ! Tu pues, tu pues, tu pues ! »

Elle paraît s'adresser à Priya, mais son regard passe au-dessus d'elle pour se perdre dans le vide. La garde-malade sourit timidement, décontenancée :

« Gypse, je ne suis pas Poré. C'est Priya, ici… Priya… »

Avec circonspection, elle avance à nouveau la main vers sa compagne de chambre :

« Poré est morte il y a deux ans. Tu te rappelles ? »

En douceur, ses doigts se posent sur le poignet glacé de sœur Gypse. Mais cette dernière s'arrache encore une fois à son étreinte, d'un geste brutal. Elle émet une sorte de sifflement ; remue les jambes sous ses draps, tortille des épaules, puis lève le nez vers le plafond et demeure à le contempler d'un air suspicieux, les paumes posées à plat sur le lit, entre ses cuisses.

Ses lèvres s'agitent, se mettent à murmurer des choses inaudibles.

Aussitôt, les flammes des cierges déclinent. Elles se réduisent à de petites flammèches trapues qui luttent avec vaillance, oppressées par l'obscurité. Dans ces ténèbres qui se resserrent, une autre clarté s'éveille, pâle et violacée : elle naît sous la peau noircie de la malade et suinte au travers d'elle, tel le feu d'une lanterne de cuir. Cela rayonne de ses joues, de son front, de son bras. Une luisance à la fois calcaire et sanguine, qui plonge la pièce dans une atmosphère morbide.

D'un coup, sœur Gypse se penche en avant, les mains crispées sur les oreilles. Recroquevillée sur un cri prêt à jaillir. Un grondement de matou s'élève dans sa gorge. Puis soudain, elle se redresse, bien droite, et clame, avec force, ces mots qui détonnent comme un orage :

« Où est ton enfant, Ajhar ? Où est-il ? MAIS QU'EST-CE QUE TU EN AS FAIT ? »

II. Ce qui remonte d'en bas

Quatrième jour.

Au petit matin, Sassane s'en vient frapper au portail.

Averti de sa présence, Peyr lui épargne la corvée d'entrer dans le Nimiron : il la rejoint au-dehors, sur la rampe d'accès, pour converser en toute confidentialité sous le mur d'enceinte.

« Quelles sont les nouvelles, Sassane ? » s'enquiert-il.

– Pas très bonnes, répond la Sahariste. La cité attend le ravitaillement promis par les barons du nord. Cela fait deux jours qu'il devrait être là, et les pauvres gens n'en peuvent plus de se rationner. Même nos malades ne font plus qu'un seul repas par jour.

– Sait-on ce qui explique ce retard ?

– Non, mais les bourgeois ne se gênent pas pour spéculer. »

Elle fait la grimace, siffle entre ses dents :

« Ils murmurent que les *Gris* l'ont intercepté pour faire bombance – puisque leurs quartiers sont sur sa route. Ils jurent que toute cette bouffe n'arrivera jamais aux vrais citoyens, bons à crever de faim. Le duc a démenti très officiellement, mais se garde bien d'expliquer le délai. Le prédicateur du temple l'accuse de dissimuler le crime pour protéger la Gent *gris*e. À présent, la moitié de la ville tient cette calomnie pour une vérité établie. »

Elle secoue la tête :

« Ça sent mauvais, magicien. C'est moi qui te le dis… les gens qui cherchent un coupable à leurs malheurs, c'est encore une chose que l'on peut tenter d'apaiser ; mais des gens qui ont faim… »

Elle fouille dans sa besace, en tire une lettre enroulée, qu'elle lui tend d'un geste sec :

« Et sinon, ta revenante semble se plaire chez nous. L'abbesse t'a écrit ceci pour témoigner. »

Peyre baisse le regard sur le papier, jette un œil autour de lui, comme s'il craignait que quelqu'un puisse espionner par-dessus son épaule ; puis il déroule le courrier et entame sa lecture :

Mon cher Peyr,

La nonne blafarde est revenue déjeuner au Saharon cet après-midi. Elle a pris ses aises dans les cuisines. J'y vois la preuve que notre tambouille reste meilleure que celle du Nimiron – note que je n'en ai jamais douté. Mais je crains qu'après cette visite, plus personne ne veuille manger le restant de la soupe.

J'ai tenté d'engager un brin de causette, mais notre visiteuse n'a (presque) rien pipé. Elle s'ennuie. Je crois bien qu'elle ne s'est pas encore avisée de sa propre mort.

J'ai mobilisé les anciennes de notre congrégation pour qu'elles jettent un regard à son joli minois ; j'ai dû les tirer de leurs chaises à coup de pied au cul pour ça. J'espérais qu'elles la reconnaissent, elles qui sont dans la maison depuis, quoi ? Trente ans de plus que moi ? Bernique : personne ne sait qui pouvait bien être cette jeune dame. Et pourtant, son visage « évoque quelque chose » à deux *d'entre elles, preuve qu'elles l'ont bel et bien croisée par le passé. Maudite soit la mémoire de nos vieillardes, cette outre percée qui pisse de partout ! C'était peut-être une consœur d'une autre cité, de passage par chez nous, et qui n'est restée qu'une nuit ou deux ? Je suis désolée de ne pouvoir t'aider dans ton enquête, crois-moi. Cela sent la* très vieille histoire, je trouve.

Ah, et pour finir, figures-toi que notre invitée m'a bel et bien glissé quatre mots, lorsque j'ai quitté les cuisines la première fois. Elle a chuchoté : « que tu es bien gaulée. » Le crois-tu, ça ? Ce sont les paroles les plus aimables que m'ait jamais adressées un cadavre. Je vais les chérir et les retourner dans ma tête avant de m'endormir.

Et toi, Peyr Romo, qui ne me dit plus de telles choses, puisse l'Astre veiller sur toi.

Agyre.

Peyr enroule la lettre d'un geste machinal, et la rend à Sassane :

« Gardes ce courrier, tu veux bien ? Je n'ai pas envie qu'une *Servante* tombe dessus par accident. Et remercie l'abbesse pour moi.

– Que dois-je lui dire de ta part ? »

À nouveau, Peyr jette des regards prudents autour de lui. Perchée sur le mur d'enceinte, au-dessus d'eux, une longue silhouette en robe blanche les observe en silence, le visage rencogné sous le capuchon orange des nimiriennes. Lorsque le mage lève les yeux sur elle, elle se détourne brusquement et disparaît dans une tourelle.

Il se penche à l'oreille de Sassane :

– Dis-lui que je suis toujours retenu au Nimiron, souffle-t-il. Et surtout, qu'elle prenne garde à la revenante : elle a déjà agressé quelqu'un, ici. Évitez de vous mettre en travers de son chemin, car les blessures qu'elle cause sont sorcelleuses. Si l'une d'entre vous en est victime, utilisez les sangsues : votre sœur Nour est un peu mage, elle connaît l'art de les éveiller pour aspirer le mal. Et informez-moi si vous en apprenez davantage sur le compte de la Blafarde.

– D'accord. »

Sassane attrape son poignet, et lui glisse discrètement un petit objet en céramique dans la main.

« Ce sifflet porte loin, murmure-t-elle. Suffisamment pour que je l'entende depuis le Mont-aux-râles. N'hésite pas à m'appeler, si tu as besoin de mon concours, ou si l'air du Nimiron devient irrespirable pour toi. »

Il acquiesce en silence, une lueur de gratitude dans les yeux. Elle salue sobrement, et se détourne pour rejoindre sa barque. Peyr ne s'attarde pas à la regarder partir : il remonte la rampe à grands pas, et s'engouffre sous le portail, replongeant dans l'atmosphère pesante du Nimiron.

Dans les couvents d'Harienn Nimir, le petit déjeuner se déroule en prières, au son des bols de métal frottés par les chantres. Les conversations à voix basse y sont permises, mais uniquement après l'oraison de la Révérende mère.

Ce matin, celle-ci porte sur la santé de sœur Gypse, pour laquelle on prie avec une ferveur sincère, cantiques à l'appui. Puis Arandith exalte longuement la bravoure des *Servantes* qui sont parvenues à mettre la revenante en fuite, hier soir, à la forge – des éloges qui l'incluent elle-même, quoiqu'elle se garde de le souligner expressément. Elle rend grâce à Harienn Tolaan, le guerrier, et exhorte chacune de ses sœurs à montrer le même courage à l'avenir, si, d'aventure, la corneille blanche devait oser reparaitre dans la maison de Nimir.

Une fois son sermon terminé, elle se tourne vers Peyr Romo, assis à ses côtés.

« Comment évolue l'état de la blessée ? interroge-t-elle d'un souffle confidentiel.

– Votre Sainteté sait déjà l'essentiel, je pense, murmure Peyr. Tirée d'affaire sur le plan physique, à première vue. Mais pas sur le plan spirituel, hélas… »

La Révérende mère fronce les sourcils :

« On me dit qu'elle tient des discours abscons. Qu'elle interpelle ses sœurs mortes et vivantes, les conspue, les réconforte ou les calomnie pour des faits imaginaires. On m'assure qu'elle n'est plus elle-même, qu'elle gronde comme une bête et marmonne des menaces d'une odieuse violence ou d'une scandaleuse impudeur. Même Priya a peur d'elle, à présent. Croyez-vous qu'elle soit possédée par la revenante… ? »

Le mage secoue la tête :

« Non, votre Grâce, je ne le pense pas. Mais les ombres qui remontent du *Pays d'en dessous* ont trouvé le chemin de son esprit. Elles s'en emparent, s'expriment brièvement par sa bouche et puis s'en vont. On ne peut parler de possession, car leur emprise n'est que fugitive. Néanmoins, l'âme de votre sœur peine à surnager dans cette autre sorte de crue…

– Ce qui revient à dire que *l'Inframonde* se sert d'elle pour répandre ses mensonges sur notre monastère, gronde Arandith. Je vais devoir mettre sœur Gypse en quarantaine, pour éviter qu'elle ne trouble davantage les cœurs. Mes *Servantes* sont déjà bien assez perturbées comme ça. »

Peyr baisse les yeux et conserve le silence. S'il lui fallait parler franchement, il rappellerait à la Révérende mère que les ombres ne sont pas des mensonges, mais des lambeaux d'âmes, et plus souvent encore, des peines, des hontes, des remords et des rancoeurs, souvenirs d'émotions réellement éprouvées par les membres de la communauté, et rejetées dans les caves de leur psyché. Chacune d'elle recèle au moins une part de vérité. Tout cela, Arandith le sait sans doute déjà ; mais il est probable qu'elle n'ait nulle envie de l'entendre à nouveau, et encore moins devant témoins.

La Révérende fixe le mage un court moment, espérant peut-être son approbation ; mais devant son mutisme, elle finit par se détourner et reporter sa conversation sur la doyenne Millé, assisse à sa gauche.

Lorsque la plainte s'élève la première fois, personne n'y prête réellement attention.

Elle se fond dans le murmure des bols chantants, dans le brouhaha des bavardages et le cliquetis des couverts. Sans doute passe-t-elle pour une exclamation mal contenue, étouffée dans la main de quelque sœur frivole. Mais bientôt, elle se répète, à plusieurs reprises : un gémissement féminin intermittent, d'une indicible douleur, qui semble monter des murs eux-mêmes. Discret, atténué, mais assez net pour imposer finalement le silence à l'assemblée.

Les chantres qui frottent les bols de métal suspendent leur geste pour l'écouter. Les moniales se figent et tendent l'oreille, le cœur glacé.

« Harienn nous protège, énonce Lyfenn à voix haute. C'est la revenante ! »

Kautra empoigne le bâton plombé qui ne la quitte plus, posé contre le mur derrière elle. Les mains serrées sur cette arme rudimentaire, elle se met à arpenter les travées de réfectoire, à la recherche de la source du son. Arandith s'est levée de son siège, la mine sombre, ses gros sourcils froncés de contrariété. À ses côtés, Peyr fait de même. Les doyennes demeurent assises, raides et sévères, murées dans une dignité pleine de sang-froid.

Mururi est la seconde à quitter sa place. Pendant un temps, elle fait comme Kautra : elle regarde sous les tables, examine les recoins de la salle, sans trouver la moindre trace de la Nonne blafarde. Pourtant, la plainte est toujours là, feutrée, à la fois proche et lointaine. Un geignement inarticulé, plus digne du chien que de l'humaine, douloureux à vous arracher les tripes.

« Ça ne vient pas d'ici, déclare Brynné. C'est trop assourdi.

– Oui, dit Kautra. C'est extérieur. »

Elle se dirige vers l'une des deux portes d'accès du réfectoire, disparaît un instant dans le couloir voisin, et puis revient faire son rapport.

« Hors de cette salle, je ne l'entends plus.

– Ce n'est pourtant pas dans cette salle », répète Mururi, nerveuse.

Le regard de la jeune moniale se pose sur l'âtre, où ne brûle aucun feu. Suspicieuse, elle s'avance vers lui ; se glisse bravement sous le tablier de cheminée, sans craindre de tacher sa blanche robe.

Son visage réapparait un instant après, légèrement noirci de suies :

« Le son monte du conduit, déclare-t-elle. Il manque plusieurs briques derrière le tablier.

– Des étages, alors ? dit Arandith.

– Ou d'en bas, complète Peyr. Qu'y a-t-il sous ce réfectoire ? Les celliers, je pense ? Est-ce que la cheminée descend jusque-là ? »

À peine a-t-il prononcé ces mots, qu'un coup sourd retentit sous les pieds de l'assistance. Une détonation brève, mais profonde, qui fait trembloter les couverts sur les tables. La lamentation se tait un court instant ; puis renaît du silence, plus tourmentée que jamais.

Et puis un second coup, plus puissant, glace d'effroi l'assemblée.

« Ça vient bien d'en bas, énonce calmement Peyr. Des cryptes, je suppose. »

Azal quitte aussitôt sa place, et file à quatre pattes vers la sortie du réfectoire.

« Attends ! dit Peyr. Pas question que tu descendes toute seule, cette fois ! »

Et comme elle fait mine de ne pas l'écouter, il réprime un juron et lui emboite le pas, suivi de Kautra et de Mururi.

– Fétré ! Lyfenn ! Aourna ! Vérifiez les étages ! » ordonne Arandith dans son dos.

Peyr n'en entend pas davantage ; il presse l'allure pour rattraper la *noueuse*, qui est déjà en train de se retourner pour dévaler l'escalier à reculons. Il finit par l'attraper par le col, au bas des marches :

« Vas-tu comprendre enfin la différence entre courage et témérité ? Ta vie a bien plus de prix que tu le penses, jeune fille !

– Je dois y aller, magicien ! couine Azal, en se dégageant de l'étreinte. Je suis *la plus adaptée* à ces cryptes ! Mais tu viens avec moi, hein ? »

Il la relâche de bonne grâce, recule d'un pas.

« Accroche tes lanternes à ton harnais. Je vais chercher mes sabots. »

Le sol vibre comme un tambour, à coups rapprochés, secoué par l'orage souterrain. À croire qu'un titan marche au plafond du *Pays d'en dessous*.

Sitôt poussée la porte des celliers, la plainte renaît, plus proche que jamais. Une sorte de hululement tourmenté qui monte de l'escalier des cryptes, et ne s'interrompt plus, pas même lorsque la terre tremble de coups de tonnerre assourdissants.

« Je crois que je connais cette voix, marmonne Mururi.

– Moi aussi, dit Kautra.

– Ce n'est pas la revenante.

– Non. »

Elle prend une inspiration :

« Par les Trois ! C'est Hurunn ! Qu'est-ce qu'elle fiche là-dessous ? »

Peyr réprime un juron, et se rue vers l'escalier descendant. Azal s'interpose prestement :

« Attends au moins que je t'éclaire, magicien ! Ou tu vas te rompre le cou dans ces marches bancales ! »

Il marque un temps d'arrêt, conscient que la jeune fille vient de lui retourner ses conseils de prudence. Avisant l'une des lanternes qui ballottent sur ses épaules, il s'en saisit, colle ses lèvres contre l'ouverture supérieure et aspire avidement la fumée, la bouche arrondie. Née de la bougie allumée, une minuscule bille de feu s'élève dans le cylindre de cuir huilé et s'en vient flotter sous le palais du mage, qui la happe d'un claquement de mâchoires.

Peyr se retourne alors vers l'escalier, et souffle. La petite boule de flammes jaillit de sa gueule comme un noyau de cerise qu'on crache. Elle file vers le bas, puis décélère et se met à planer plus lentement, en lustrant de son halo les parois de pierre grise. Elle semble attendre patiemment que son créateur la rejoigne.

Le mage s'engage à sa suite sur les marches périlleuses, suivi d'Azal, puis de Kautra et de Mururi.

La bille ardente surgit finalement de l'escalier et s'en va dériver dans la première crypte, celle qu'Azal appelle *l'antichambre*. Son nimbe s'étiole un peu, écrasé par d'oppressantes vagues d'obscurité qui déferlent sur elle, étranges encyclies inversées. Mais il demeure assez vaillant pour éclairer les premiers mètres de la salle.

Parvenu au bas des marches, Peyr contemple le spectacle qui s'offre à lui.

À ses pieds, la vase qui couvre le sol a séché ; elle n'est plus qu'une couche pâteuse, dans laquelle le pied s'enfonce sans se tremper. Ce n'est pas le cas partout, cependant : issues des ténèbres où se cache encore le puits, de longues coulées d'eau blanchâtre, légèrement luminescentes, ravinent la croûte du limon, telles des rivières de calcaire. Des nuées de moustiques s'activent à leur surface.

La puanteur de fange prend à la gorge.

Monté des profondeurs de l'Inframonde, un nouveau coup de tonnerre détonne dans la crypte, assourdissant. Aussitôt, le halo lumineux s'écrase et manque de s'éteindre ; Peyr le ranime de quelques mots de mage crachés dans l'urgence.

Son éclat rejaillit avec force, s'épanouit en une sphère plus large, qui déferle cette fois jusqu'au fond de *l'antichambre*. L'antique puits se révèle alors aux regards du sorcier et des moniales.

Sa margelle ruissèle de longues langues d'eau blanchâtres, remontées des profondeurs, qui dégoulinent sur sa face extérieure avec la lenteur poisseuse de la cire, et viennent s'abîmer dans la vase séchée à ses pieds. Elles y forment des ruisselets tortueux qui rampent dans toutes les directions, déployés comme des tentacules, franchissent les arches pour s'insinuer dans les cryptes voisines, ou bien s'accumulent en flaques livides lorsqu'ils échouent au pied des murs.

Face au puits, une lanterne éteinte git, renversée, dans la boue. À ses côtés est agenouillée une grande silhouette ventrue, la figure dévastée de chagrin. Sa main gauche plaque contre sa panse des feuillets de papier chiffonnés ; sa dextre brandit une mine de plomb gainée de bois, dont elle se larde le sein avec une violence répétée, en poussant ses lamentations inarticulées.

« Hurunn, arrête ! » s'écrie Azal, bouleversée.

Et voilà la *noueuse* qui cavale en dérapant jusqu'à la muette, se jette sur son dos, s'agrippe farouchement à ses épaules, pour la forcer à lâcher sa maudite mine. Les papiers volent dans la vase détrempée, et les protagonistes font de même. Peyr et Kautra s'en viennent porter main forte à la jeune fille ; ils s'emparent des poignets de Hurunn, qui hurle, hurle à s'en crever les boyaux, incapable qu'elle est de façonner des mots pour expulser sa souffrance.

« Grands cieux, se lamente Peyr, qu'as-tu fait, Hurunn ? Quelle folie ! Je t'avais dit de dessiner pour te souvenir, mais pas de descendre le faire ici- bas ! »

Derrière eux, des pas martiaux résonnent dans l'escalier ; Arandith en déboule, sabots aux pieds, escortée de Fétré et de deux autres *Servantes*.

« Harienn tout puissant ! Ma pauvre Hurunn ! » s'exclame-t-elle en découvrant la scène.

Elle claudique jusqu'au puits, manque de glisser à deux reprises ; se penche brièvement sur la muette, qui se débat entre les pattes de Peyr et de Kautra, puis se retourne vers son escorte :

« Qu'attendez-vous ? Aidez-nous à la ramener en haut ! »

Trois paires de bras s'emparent aussitôt de Hurunn, s'efforcent de la remettre sur pied. La pauvre hurle de plus belle, beugle sa douleur à la face de ses sœurs, de son triste moignon de langue, de son grand cœur dévasté. Elle se fait si lourde qu'il faut la traîner de force vers l'escalier. À force de résister, elle finit par déséquilibrer tout l'équipage ; le sabot d'Arandith dérape dans la vase, part à la glissade, et cette fois, la Révérende mère s'étale de tout son long dans le limon meuble.

À nouveau, un coup sourd résonne dans les entrailles de la Terre, sinistre manifestation d'une colère d'Inframonde. La lumière tressaute, tandis que les coulées d'eau calcaire, sur la margelle, se mettent à gargouiller plus vite et plus fort. Peyr siffle entre ses dents, marmonne ses mots de sorcier pour raviver le feu mage. Au passage, il risque un rapide coup d'œil à travers la grille, vers les profondeurs du puits. Le fonds demeure insondable, mais les parois intérieures sont luisantes d'une pellicule d'eau blanche, légèrement luminescente, qui les remonte comme si elle s'écoulait à l'envers.

« Ne traînez pas, bon sang ! proteste Arandith, la robe maculée de limon. Aidez-nous à ramener cette folle en haut, avant que la terre ne crache d'autres impiétés ! »

Le mage relève le regard. À deux pas de lui, Mururi termine de ramasser les papiers chiffonnés qui gisent dans la vase, pour les fourrer dans les plis de son capuchon. Tous trempés de gadoue et à peu près illisibles. Il hoche la tête :

« La Révérende mère a raison, dit-il. Ces lieux sont devenus imprévisibles. Ne restons pas ici ! »

12. Relents

À l'instant où Hurunn retrouve la lumière du jour, les détonations souterraines cessent de se faire entendre. La muette elle-même ne se débat plus ; elle se contente de gémir faiblement sans opposer de résistance. Les *Servantes* qui l'escortent l'assoient contre le mur extérieur du monastère et en profitent pour reprendre leur souffle.

Un silence accablé s'appesantit sur le Nimiron.

Arandith se penche sur Hurunn, écarte les pans déchirés de sa robe pour révéler sa poitrine meurtrie. La pointe de la mine de plomb a pénétré la chair en de nombreux endroits autour du cœur, mais heureusement jamais en profondeur. N'empêche que le sang poisse ses seins en multiples ruisselets.

La Révérende mère se tourne vers Mururi :

« File avertir Lyfenn ! ordonne-t-elle. Il faut traiter ses blessures dès que possible. Les autres, amenez la muette avec moi au sanatorium. »

Kautra empoigne Hurunn sous un bras, Fétré sous l'autre, pour l'entraîner à travers les Hauts jardins, vers l'annexe réservée aux *Servantes* souffrantes.

« L'autre porte ! réclame Arandith en coulant un regard vers la chambre où se rétablit sœur Gypse. Pas question de mettre des deux-là dans le même pieu ! »

Mais la seconde salle du sanatorium est également occupée, à la surprise de la Révérende. Allongée dans l'un des lits, la doyenne Ajhar se tord de douleur, la robe relevée jusqu'aux dents. Sur ses hanches dénudées repose un drap gorgé de sang. Lyfenn est penchée sur elle, les mains rougies jusqu'aux poignets. Dans un coin de la pièce se tiennent les quatre autres doyennes, rongées d'angoisse.

« Grands cieux… » murmure la Révérende mère en découvrant ce spectacle.

La chirurgienne se retourne vers elle, la mine funèbre :

« Une méchante descente d'organes, ma mère. Ajhar a la moitié de la matrice au-dehors.

– Cela a commencé avec l'orage souterrain, commente la doyenne Gwennyfar, les traits crispés.

– Ce n'est pas naturel, renchérit la doyenne Sann. C'est un maléfice venu d'en dessous !

– Un sortilège de la revenante, opine sa sœur Nasha. La *Sahariste* ! »

Elle crache ce mot avec dégoût. De la chambre voisine monte la voix fervente de sœur Gypse :

« Ajhar ! tonne-t-elle. Où est ton enfant, Ajhar ? Qu'en as-tu fait ? QU'EN AS-TU FAIT ? »

Ces paroles semblent redoubler la souffrance de la patiente, qui se contorsionne sur le lit en silence, le visage grimaçant, les yeux emplis de larmes.

« Qu'on la fasse taire, ou je m'en charge ! » crache la doyenne Millé d'un ton glacial, et ses prunelles d'acier bleu lancent de tels éclairs que, pendant un moment, Peyr se demande si cette septuagénaire grande et raide, qui n'avait encore jamais ouvert la bouche devant lui, serait en mesure d'étrangler sœur Gypse de ses longues mains.

« Kautra ! De la feuille des fées pour sœur Gypse ! ordonne Arandith. Une infusion corsée ! De quoi la faire dormir jusqu'à ce soir. »

Elle désigne Hurunn d'un menton hautain :

« Et pour celle-ci aussi ! Elle a déjà provoqué une fois la colère des puissances inférieures, il est hors de question qu'elle recommence !

– Ayé, rumine Nasha. Et c'est notre sœur qui en paie le prix. »

Peyr secoue la tête, écoeuré.

« Ce qui arrive à la doyenne n'a rien à voir avec Hurunn, proteste-t-il. Je vous ai averties : les ombres remontent de l'Inframonde. Elles vous prendront en traitre si vous n'êtes pas en mesure de les reconnaître à temps. Votre esprit les a peut-être oubliées, mais votre corps se souvient d'elles, alors c'est par le corps qu'elles s'empareront de vous, comme elles le font aujourd'hui en tourmentant le ventre d'Ajhar. »

Il pousse un soupir, dépité par ce gâchis. Hier, alors qu'il prononçait cette mise en garde la première fois, la même Ajhar avait saigné spontanément du nez…

« Le sort de votre consœur est un terrible avertissement, assène-t-il. Toutes celles qui ont jeté jadis des souvenirs dans le puits doivent être accompagnées. Je donnerai le meilleur de mon art pour les aider à reconnaître le danger. »

Ces paroles sont accueillies par des regards glacés, adressés par les doyennes dans un silence tendu.

« Peut-être, égrène froidement Arandith, le mage Romo devrait-il s'interroger sur les conséquences de *son art*, lorsqu'il l'évoque auprès des esprits faibles. Cela pourrait épargner à mes filles de se perdre dans des cryptes impies, aux frontières de la folie. »

Et ce disant, elle reporte sur Hurunn un regard plein de mépris.

Peyr serre les lèvres, toise la Révérende mère sans sourciller. Pour la première fois, il sent franchement la moutarde lui monter au nez. Mais des années de service comme émissaire et pacificateur lui ont appris à rester maître de lui.

« Il n'y a qu'une seule voie de salut pour Ajhar, énonce-t-il calmement. Elle doit se souvenir de ce dont elle s'est défaussée. Rappeler d'urgence sa mémoire perdue, et forcer l'ombre à se montrer au grand jour. Le chemin est incertain et le temps presse, mais je me dois de tenter tout ce que je peux pour l'assister. L'art de l'hypnose… »

Et il fait un pas vers le lit.

Aussitôt, trois doyennes s'interposent. Debout face au sorcier, Millé Futar de Narmor le toise de son regard froid. Peyr prend conscience qu'elle le dépasse d'une bonne tête.

Sang cieux ! Cette femme devait être redoutable quand elle n'avait pas septante ans !

« Ce n'est pas l'heure du mage, énonce la Révérende mère d'une voix sans appel. C'est celle de la chirurgienne. Elle seule peut sauver notre sœur du mal qui la ronge. »

Peyr recule d'un pas.

« Très bien, renonce-t-il. C'est votre responsabilité. »

Kautra lui adresse un regard désolé. Arandith se retourne vers les *Servantes* plus jeunes :

« Installez Hurunn dans l'autre lit ! » commande-t-elle. Et que Fétré assure sa surveillance, pour ne pas qu'elle aille encore se taillader la couenne ! »

De la chambre voisine s'élève la voix de Gypse :

« Pauvre Hurunn ! s'alarme-t-elle. Millé va te tuer, elle va te tuer, te tuer ! »

Entendant évoquer son nom, la géante aux prunelles d'acier se contente d'esquisser un sourire sarcastique. Arandith pousse un soupir agacé, et lève les yeux au ciel.

« Une infusion magistrale. Pour toutes les deux ! Je ne veux plus les entendre avant demain ! »

Lorsque Peyr Romo sort du sanatorium, l'odeur qui plane dans les Hauts jardins est si forte qu'il a l'impression d'être retourné dans les cryptes : une puanteur de vase et de charogne, mêlée d'autres relents plus subtils, chacun d'eux porteur d'une indéfinissable menace. Le langage des esprits remontés du Pays d'en dessous… Pour un être normal, c'est déjà pénible à endurer ; mais pour un mage sensible à l'au-delà, c'est une insupportable déferlante d'informations – comme si des milliers d'entités invisibles lui hurlaient toutes ensemble à l'oreille. Il vacille, désorienté, ébloui par la lumière du jour, à croire qu'il vient réellement de passer de longues heures sous terre.

« Ça ne va pas, magicien ? Tu es pâle, tu sais… » s'inquiète une voix pleine de sollicitude.

Il se reprend assez pour répondre :

« Ce n'est rien, Azal… j'ai juste besoin de m'asseoir un peu. »

Il sent une menotte tiède se glisser dans la sienne :

« Viens, dit la *noueuse*, des trésors de gentillesse dans la voix. Je connais un coin tranquille, à l'écart. Avec un banc de granit, et des buissons fleuris tout autour. »

Peyr se laisse volontiers guider, touché par les attentions de la jeune moniale. Celle-ci claudique sur trois pattes pour l'entraîner par la main dans les sentiers à prière, jusqu'à un bosquet isolé du reste du jardin par une haie soigneusement taillée. Les fesses du sorcier trouvent sans mal la pierre froide ; il s'allonge dessus de tout son long, ferme les yeux et se concentre sur les subtiles fragrances florales qui l'entourent.

« Sussuu Harath ! murmure-t-il. Tuar na Rakhal ! »

Et aussitôt, les senteurs végétales s'avivent, jusqu'à l'englober tout entier.

« Que fais-tu, magicien ? questionne Azal.

– Je tisse un cocon parfumé autour de nous. Un petit havre de salubrité et de paix. Cela te convient ? »

Elle sourit.

« Oui. C'est très aimable à toi, de le partager avec moi. »

Il sourit à son tour.

« C'est ce que font les amis. Partager les moments de répit.

– Ce que font les amis… » répète-t-elle.

Elle déglutit longuement, comme si ces mots étaient trop grands pour son gosier. Le mage ressent l'euphorie de la jeune fille sous forme de vagues de *charmes* éphémères qui déferlent sur lui. Elle se met à chantonner doucement à ses côtés ; et pendant un moment, il laisse filer ses pensées, oublieux de tout sauf de la voix d'Azal et du bourdonnement des abeilles.

Et puis soudain, la mélodie s'interrompt net. Peyr est traversé d'une sorte de frisson.

Des bruits de pas feutrés sur la terre du sentier. Il se redresse sur les coudes, ouvre les yeux.

Face à lui, raide et ridée, se tient la doyenne Gwennyfar.

« Je vous ai vu entrer ici, énonce-t-elle d'un ton confidentiel. Mais j'ai préféré attendre un peu avant de faire intrusion. J'ai bien fait ? »

Il s'arrache à sa torpeur, s'assied bien droit et joint les mains pour se donner une contenance. La vieillarde prend place à ses côtés sans façon, les paumes sur les genoux, et se penche à son oreille :

« La *Noueuse*… elle n'a pas à entendre ce que j'ai à vous dire. »

Il acquiesce d'un grognement.

« Tu veux bien m'attendre hors du bosquet, Azal ? Je dois la confidentialité à cette sainte dame… pas un mot sur sa visite, d'accord ? »

Azal lui lance un regard attristé, déçue d'être déjà arrachée à cet instant de grâce ; mais elle s'éclipse sans faire d'histoire, d'un pas un peu traînant. Sœur Gwennyfar surveille son départ d'un œil suspicieux, puis se tourne vers le mage, les traits crispés d'angoisse :

« D'abord Hurunn, ensuite Ajhar ; ça ne peut pas être un hasard. Je n'ai pas envie d'être la prochaine. »

Elle crache par terre pour conjurer le mauvais sort.

« Depuis une semaine, il y a toujours quelque chose dans mon dos. Comme une ombre qui me suit, qui pénètre avec moi partout où je rentre. Je ne la vois pas, mais j'éprouve sa présence comme une nausée. Elle chuchote, mais je ne comprends pas ce qu'elle me dit ; et parfois, je crois la deviner qui danse sur les murs, à la flamme des cierges. Un de ces jours, elle va me tomber dessus. Je n'ai aucune idée de ce que c'est, mais je sens son souffle au creux de ma nuque, et cela me terrifie. »

Elle s'empare de sa main :

« Pouvez-vous me protéger d'elle ? Je vous en prie… »

Le mage hoche la tête :

« Pour commencer, dites-moi… Sœur Gwennyfar, avez-vous jeté quelque chose dans le puits ? »

Elle baisse le front :

« Nous avons toutes jeté quelque chose dans le puits. Je veux dire : Arandith et les cinq doyennes. Hurunn aussi, je crois, bien que je ne me rappelle plus en quelle circonstance. Et Lyfenn, bien sûr – elle descend dans la crypte à chaque fois qu'un patient lui claque entre les mains, la pauvre ! »

Elle pousse un soupir, passe nerveusement la langue sur ses lèvres :

« Millé aussi descend souvent. Il faut qu'elle se *vide*, comme elle le dit elle-même. Sinon elle devient violente.

– Violente ?

– Vous ne mesurez pas l'importance de ce puits pour l'équilibre de cette communauté, maître Romo. C'est une catastrophe qu'il ne soit plus utilisable. Sans lui, Millé peut se montrer réellement dangereuse. Elle en est consciente, vous savez. Nous le savons toutes, même si nous avons oublié le pourquoi et le comment. »

Il opine en silence, prenant note de l'information.

Des haines et des rancoeurs, des hontes et des remords, et toutes les pulsions les moins acceptables de l'être humain : tout, ici, finit dans le puits ! Et Millé, la reprise de justice… quelle sorte de femme est-elle, pour avoir besoin d'évacuer sa rage de cette façon ? Grands cieux, quel tableau !

« Et les autres sœurs ? interroge-t-il. Elles ne vont jamais dans la crypte ? »

Sœur Gwennyfarr secoue la tête négativement.

« Nous leur taisons cette pratique impie. Pour elles, le puits n'est que le puits, relique d'antiques cultes païens condamnés à tomber dans l'oubli. D'ailleurs, il n'y a que la *noueuse* qui descende là-dessous régulièrement. Mais Azal est une âme innocente, et la Révérende mère ne s'en méfie pas. Le *rituel*, C'est une affaire d'anciennes... »

Le mage opine à nouveau, en signe d'écoute.

Au moins, je sais à peu près qui est en danger et qui ne nécessite pas de surveillance.

« Cela fait au moins vingt ans que je ne m'y suis plus rendue, vous savez ! énonce la doyenne. Je n'aime pas cette vieille margelle. Elle m'a toujours effrayée.

– Et pourtant, vous en avez fait usage autrefois. Dans quel but ? »

Elle ferme les yeux, attisant sa mémoire du mieux qu'elle peut.

« Je me rappelle seulement de parchemins, souffle-t-elle. Arandith exigeait que je les flanque dans l'Inframonde. J'ai longtemps pensé qu'il s'agissait de documents compromettants liés à notre lutte contre le Saharon ou à nos propriétés foncières, dont je m'occupais à l'époque. Je réalise aujourd'hui que ce n'étaient pas les écrits, que l'on voulait faire disparaître, mais mes propres souvenirs, rédigés sur du vélin. Impossible de me rappeler de ce dont il s'agissait. »

Elle lève vers lui des yeux emplis de gravité :

« On m'a poussée à oublier quelque chose dont j'ai été témoin. Peut-être même un acte auquel j'ai pris part. Je ne sais plus ce qui se cache derrière le visage de mes amies, et je ne suis même plus sûre de savoir qui je suis moi-même, et ce dont j'ai pu être capable autrefois. Se méconnaitre à mon âge… quelle triste vieillesse ! »

Sa main se pose comme une serre sur l'avant-bras du mage.

« Et puis qu'importe ! Éloignez cette ombre de mon dos, c'est tout ce que je demande ! Par la grâce des Astres… ce que subit Ajhar… c'est terrifiant. »

Il soupire.

« Je peux vous doter d'esprits protecteurs et de talismans, Gwennyfar, mais cette armure ne sera que provisoire. Tôt ou tard, votre ombre parviendra à s'insinuer dessous. Elle vous appartient, comprenez-vous ? Elle est née de vous, elle trouvera toujours le chemin du retour. »

Le visage de la vieille se décompose d'angoisse.

« Alors que dois-je faire ? »

– Retrouver le fil de votre mémoire.

– Mais je ne me souviens de rien !

– C'est un long chemin, et un difficile face à soi-même. Hélas, le temps presse… je ne suis certain de rien, mais je crois que vous pouvez hâter le processus en épousant la voie qu'Hurunn a montrée : en vous efforçant de réveiller vos souvenirs là où ils se sont perdus – auprès du puits. Je vous assisterai de ma magie. »

Elle secoue la tête, affolée :

« Et devenir dingue, comme la muette ? Pas question ! »

Il ne se laisse pas démonter :

« Hurunn a choisi une route douloureuse, mais courageuse. Ce matin, elle a sans doute retrouvé ce qu'elle avait jeté dans le *Pays d'en dessous*. C'est un exploit qui mérite notre admiration. En cet instant, elle n'est que souffrance ; mais au moins, elle a affronté ses fantômes les yeux dans les yeux, et son corps ne se retournera pas contre elle. »

La doyenne baisse le front :

« Je ne peux pas. C'est trop… brutal, c'est au-dessus de mes forces. Proposez-moi une autre voie.

– Avez-vous peur de vous regarder en face, Gwennyfar ?

Elle se signe :

« Bien sûr que oui ! Vous auriez peur aussi, à ma place. Je ne sais pas ce que je vais découvrir. Je pourrais me faire horreur, ou pitié. Ou réveiller d'insupportables douleurs.

– Dans ce cas, vous laisserez toujours l'ombre dans votre dos. Elle se rapprochera de vous peu à peu, tout en se nourrissant de votre crainte, jusqu'au jour où votre corps réagira d'une façon qui vous échappe… Vous devez trouver le moyen de la placer dans la lumière, sous votre regard. De grâce, retournez-vous, et confrontez-là ! Affrontez votre passé. Cela vous demandera de la bravoure, mais lorsque vous la reconnaîtrez pour ce qu'elle est, sa puissance s'amenuisera grandement… »

La doyenne frissonne, et baisse le front, à la recherche de son courage. Peyr pose la main sur son épaule :

« Il est une autre façon dont vous pouvez mener ce combat dès à présent. Aidez-moi à tirer au clair les affaires passées du monastère. Cela avivera vos souvenirs ; et ce faisant, peut-être que le reste vous reviendra.

– Que voulez-vous savoir ?

– Tout ce qui peut me permettre d'identifier la nonne blafarde.

– Je ne sais pas qui elle est. Ou je ne le sais plus.

– Qui occupait la cellule de Gypse avant elle ?

– Sœur Ashora. Il n'y a pas grand-chose à dire sur elle. C'était une consœur agréable et sans histoires.

– Mais avant Ashora ?

Sourire sarcastique :

« Oh, ça je m'en souviens bien. Nous venons de citer son nom. C'était la muette. C'était Hurunn. Elle y est restée des années. Il y a un lien entre elle et la revenante, n'est-ce pas ? Je le sens... »

Son regard se voile d'une nuance de mépris.

« En vérité, Hurunn a toujours été malade. Différente des autres, anormale. Une semeuse de désordre et une source de chaos pour ce couvent.

– Cette nuit où elle s'est tranché la langue... Vous étiez là ?

Elle opine en silence.

« Elle était prise d'hystérie. Nous l'avons entendue gémir et brailler de chagrin pendant des heures dans sa cellule, c'était insupportable. Et puis soudain, peu avant le coucher de la lune, son cri s'est transformé, et c'est devenu ce hululement inarticulé que nous avons perçu tout à l'heure. Je m'en rappelle. Je m'en rappelle très bien. On a retrouvé le couteau ensanglanté dans ses mains...

– Sœur Gwennyfar, pourquoi a-t-elle fait ça ?

– Qui le sait ? Tu n'as qu'à interroger Anira. Après tout, elle était son amie la plus proche. Elles se connaissaient bien. Elles étaient tout le temps fourrées ensemble. »

Les cloches du temple se mettent à sonner.

« L'heure de la prière de midi, maître Romo. Je dois m'y rendre, sinon mon absence paraîtra suspecte. Je ne veux pas qu'on sache que je vous parle, vous comprenez ? Les autres doyennes me verraient comme une traitresse. »

Elle presse sa main, les pupilles dilatées d'angoisse :

« Je vous en prie, préparez des talismans pour moi. Protégez-moi du mieux que vous le pouvez. De mon côté, je vous promets d'essayer de regarder cette... cette chose en face dès que possible. Je m'arrangerai pour vous retrouver discrètement en fin de journée. »

Et elle se lève avec raideur, déjà tournée vers la sortie du bosquet.

« Avant de partir, dites-moi au moins qui est Anira, requiert Peyr.

– L'une de nos anciennes, répond-elle, et pas la plus pieuse. Elle a quitté le monastère il y a près de trente ans pour épouser un homme. Vous la trouverez en ville, dans l'atelier de celui qui l'a détournée de la foi : Cuhlar, le maître-verrier. »

Et sur un dernier regard, elle s'éclipse, d'un pas empressé.

Peyr demeure assis, songeur, pendant un bon moment. Le retour d'Azal le tire de sa rêverie :

« Je ne vais pas poser de questions, tu sais ! proclame-t-elle de son petit ton ingénu. Je respecte ça, les secrets !

– Je te crois, rétorque-t-il. J'ai toute confiance en toi. »

Il esquisse un sourire bienveillant ; elle s'assied par terre en face de lui.

« Bon, et maintenant ? interroge-t-elle. Que fait-on ? »

Les mains du mage farfouillent dans sa besace, à la recherche du sifflet de Sassane.

« Maintenant, Azal, énonce-t-il, j'ai une course à faire en ville. Aurais-tu, par hasard, envie de m'accompagner ?

Avec une régularité presque cérémonieuse, la perche de Sassane estoque les flots troubles. Les quartiers en bord de fleuve sont encore largement inondés ; on y navigue sans racler le fond, dans des rues désertées où flotte une odeur de bois mouillé, de boue et de torchis effondré. Cette puanteur familière, avivée par la chaleur croissante du jour, semble presque limpide, comparée à celle, plus lourde et plus complexe, qui stagne dans la cour du Nimiron.

Depuis qu'il s'en est extrait, Peyr éprouve une forme de soulagement.

« Merci d'être venue, Sassane, déclare-t-il. Tu n'as pas tardé.

– Il était temps que tu prennes l'air, Sire Romo, rétorque la Sahariste. Tu dépéris, dans ce nid de vipères.

– Chht, la réprimande-t-il. Il y a des cœurs magnifiques dans ce nid de vipères. »

Et il coule un regard vers Azal, assise, un peu tordue, sur le banc de nage à l'avant de la barque. La jeune fille garde les yeux levés vers le clocher du Nimiron, qui s'éloigne dans leur dos ; elle semble indifférente à la cité qui croupit autour d'elle.

Sassane la considère avec une curiosité renouvelée, intriguée par le respect que lui témoigne le mage. Elle ne résiste pas à l'envie d'engager le contact, avec toute l'amabilité dont elle est capable :

« Que regardes-tu, ma sœur, avec tant de ferveur ?

– Je cherche la corneille blanche, répond cordialement Azal. Je me demande si elle va paraître dans le ciel, au-dessus du clocher.

– Il fait trop clair, objecte Peyr. Les revenants aiment la nuit. La lumière leur ôte une trop grande part de leur force.

– Il paraît que cet oiseau raconte des choses qui ne sont pas pour les cœurs pudiques, se moque gentiment la Sahariste. C'est peut-être pour ça que tu la guettes ?

– Peuh ! rétorque la noueuse. Ça ne va pas bien loin, ses paillardises ! Des farfouillages, des lapements, des frotti-frottas, mais jamais un emboitement digne de ce nom !

– Oh, ça nous change, dit Sassane.

– J'entends bien pire, tu sais ! Mururi connaît de ces chansons !… Tu n'imagines pas ce qu'on muse, dans ce couvent, le soir, quand Mère Arandith n'écoute pas. Nous sommes peut-être des *Servantes* de Nimir, mais nous ne sommes pas des oies blanches. »

Un peu vexée, elle tourne le dos à la Sahariste ; plonge le regard dans les eaux et fait silence. Sassane se courbe sur sa perche pour freiner leur esquif, et contourner un pan de rempart qui s'est effondré dans la cité. Une fois l'obstacle dépassé, Azal se met à rêvasser à voix haute :

« Parfois, je me dis qu'elle avait un amant quelque part, cette corneille. Elle le cherche encore, pour lui dire au revoir, parce qu'elle n'en a pas eu le temps avant de trépasser… peut-être, c'était l'un des pensionnaires du Nimiron ? Ça expliquerait pourquoi elle nous hante, tu ne crois pas, magicien ? Elle l'appelle en lui remémorant leurs jeux érotiques, et c'est pour cela qu'elle murmure toutes ces tendres choses. C'est une hantise d'amour, tu sais… »

Peyr hoche la tête, sincèrement admiratif :

« Tu as raison, Azal. Mon cœur me souffle la même chose. »

Elle relève le menton, ravie de leur convergence de vues.

« Mais je ne crois pas que notre Corneille ait eu un amant. » complète-t-il.

Le désappointement se lit sur le visage de la *noueuse*.

« Non ? insiste-t-elle avec une conviction combative. Alors pourquoi ces chuchotis qui…

– Je crois qu'elle avait une amante. »

Il lui sourit, les yeux pleins de lumière.

« Une *Servante* de Nimir, bien sûr ! Et c'est cela qui rend cette revenante si belle, à sa façon. L'histoire que l'on devine derrière… »

Elle reste bouche bée un moment.

« Une amante ? Mais… qui ?

– Quelqu'un qui en paie le prix, et qui le paiera toute sa vie, tant qu'Arandith sera la Révérende mère de ce couvent… »

La *noueuse* ne dit rien, mais on peut lire, dans ses yeux, la succession rapide des émotions qui la traversent.

À l'arrière du bateau, Sassane souque avec une vigueur tranquille, méditant en silence les paroles du mage. Elle semble à peine surprise. Dans le ciel, une nuée de flamants roses traverse le fleuve d'une rive à l'autre, à la recherche de quelque riche flache abandonnée par la décrue.

13. La Sahariste et la *Servante*

Debout sur son balcon de chêne rugueux, les mains sur la balustrade, l'épouse du maître verrier contemple les étendues planes de l'Angmuir, qui se perdent en flaques miroitantes, dans leur vaine course vers l'horizon. Peut-être entrevoit-elle, dans leurs reflets, quelque mirage issu de son passé ; à moins qu'elle n'observe simplement les flamants de tout à l'heure, posés près de l'un de ces marécages, au bord du néant.

« C'est étrange, s'alanguit-elle, que vous veniez me parler de Hurunn aujourd'hui. Justement, je repensais beaucoup à elle, ces derniers jours. Cela fait des années que je n'y avais plus songé autant... »

Elle se retourne vers l'intérieur du logis, sourit tristement à ses hôtes :

« Je suis navrée d'apprendre qu'elle est à nouveau en crise. »

Dame Anira ne doit guère avoir plus de cinquante ans. Sa peau est encore lisse comme celle d'une jouvencelle ; mais ses cheveux sont d'un blanc parfait, de la racine jusqu'à la pointe. Une beauté sans âge, qui se joue du temps comme on se joue d'un amant.

« Dame, la crue soulève aussi la vase dans les cœurs, commente Peyr.

– Je ne crois pas que ce soit la crue, rétorque vivement Anira. C'est cette vie monastique, qui ne lui convient pas. Si seulement elle avait trouvé le courage de la quitter ! Depuis qu'elle est entrée au service d'Harienn, elle n'a fait que s'assombrir et s'étioler... »

Elle pousse un soupir.

« Je vous jure qu'Hurunn n'a pas toujours été ainsi. Je veux dire, rustaude et négligée. Jeune, elle était mignonne à croquer... et si spontanée... si talentueuse !

– Elle n'a pas toujours été muette, non plus, dit-on.

– Non, en effet. Une tragédie... hélas, les plus belles âmes sont parfois les plus fragiles. La sienne est semblable à une petite flamme courageuse qui vacille dans les vents contraires. Une rafale de trop, et elle sombre dans la folie. Le Nimiron n'était pas fait pour un cœur si sensible... »

D'un geste de main, elle invite ses hôtes à s'asseoir sur un banc proche. Peyr s'exécute, et Azal s'installe en tailleur à ses côtés, à même le plancher. Sassanne préfère demeurer debout, en retrait ; la maîtresse des lieux ne s'en formalise pas. Elle-même prend place sur un tabouret capitonné de velours, à proximité du balcon.

« Très bien, dit-elle, en quoi puis-je être secourable ? »

Peyr joint les mains dans une attitude de requête :

« Hurunn ne peut plus parler pour elle-même ni dire sa souffrance. Or, pour l'aider, j'ai besoin de connaître son passé. Vous l'avez connue de cœur à cœur ; vous êtes son seul véritable témoin. »

– Elle a choisi elle-même de fermer ce cœur, rétorque Anira. Elle s'est privée volontairement de la parole. Repliée à jamais sur ses secrets… »

Et ce disant, elle défie le sorcier du regard, comme pour tester sa détermination. Comme ce dernier ne bronche pas, l'attention de la dame passe furtivement sur Sassanne, puis se reporte sur Azal.

« Une Sahariste et un mage pour soigner une *Servante* muette, s'étonne-t-elle… je doute que ce soit une décision d'Arandith. C'est votre initiative, jeune fille ?

– Non, ma Dame, déclare Azal. Mais si je l'avais pu, je l'aurais fait bien volontiers, tu sais.

– Le couvent attend de moi d'autres services, intervient Peyr. Aider Hurunn est un choix que je pose librement, dans l'intérêt général. Mais Arandith n'y est pour rien, en effet. Et c'est d'ailleurs mieux ainsi. »

La maîtresse des lieux fait la moue.

« Que voulez-vous savoir ?

– De grâce, parlez-moi de ses amours… »

Elle baisse le front, rétive.

« Ce sont de vieilles histoires…

– Et fort peu pieuses, je le conçois.

– Alors vous concevrez aussi que je rechigne à salir la réputation de la pauvre Hurunn, en ravivant des faits oubliés. Elle est déjà l'objet d'assez de haine et de mépris.

– Parlez sans crainte, ma Dame, vous n'avez pas affaire à des bigots. Ce qui se dit entre nous restera entre nous… »

Elle le considère avec un brin de suspicion ; puis reporte son regard sur Azal. Celle-ci lui adresse un sourire candide :

« Parfois, les prêtres se trompent sur les commandements des Astres, déclare-t-elle. S'aimer corps à corps, ce doit être extraordinaire, *toujours*. Quel que soit le corps qu'on a reçu… »

Et ce disant, elle ne peut réprimer un soupir envieux. Ce dernier touche le cœur d'Anira, et la décide à accorder sa confiance.

« Elle s'appelle Atmé, commence-t-elle. Elle était sahariste. Elle avait à peu près notre âge. »

La voix de la dame s'adoucit, chargée de nostalgie.

« Elle était intelligente, farouche, très déterminée dans tout ce qu'elle faisait. Nous avions tout pour nous entendre. Mais nos deux communautés se vouaient une haine au-delà de toute raison. La Révérende mère Arandith n'aurait jamais permis que nous soyons proches. Tout ce qui comptait, pour elle, c'était d'écraser le Saharon.

– Un contexte tendu, concède Peyr. Mais avec cette Atmé, vous avez tout de même choisi d'être amies ? »

Elle secoue la tête.

« Amies… on peut dire ça. Hurunn est allée plus loin. »

Anira sourit, les yeux brillants.

« C'était une si belle chose à voir… personnellement, je n'incline pas vers les femmes. Mais je dois reconnaître que leur amour était si… si lumineux, si authentique, si vrai… c'était comme si l'air chantait entre elles, lorsqu'elles étaient en présence l'une de l'autre…

– Qui sommes-nous pour juger des chemins que l'amour emprunte ? commente le mage. Aurais-je cent ans de plus à ma sagesse, je ne m'y risquerais pas. »

Elle lui adresse un sourire franc, et Peyr comprend qu'il vient de gagner son estime.

« C'était donc une idylle partagée, ajoute-t-il.

– Oui, du moins pendant un temps.

– Comment faisaient-elles pour se voir, au paroxysme de la guerre des couvents ? »

Anira renverse la tête en arrière.

« Elles profitaient de la nuit, surtout. À l'époque, l'hospice des Tanneries n'avait pas d'entrée propre ; le Saharon s'était fait un plaisir de nous en priver. L'accès des nécessiteux se faisait donc par le portail du cloître. Les pauvres et les malades passaient par la galerie couverte, le long du temple, puis sous le bâtiment du réfectoire et des dortoirs, et traversaient les Hauts jardins pour gagner l'escalier vers le plateau inférieur. Il en venait à toute heure, même sous les étoiles : des sans-logis qui perdaient leur soirée dans les tavernes, et finissaient par rejoindre la Maison des indigents, pour y passer une nuit au chaud ; des mal en point crachant leurs tripes ou cuisant de l'intérieur, qui se décidaient enfin à demander de l'aide avant que la mort les prenne ; des victimes de bagarres de rue, qui déboulaient la panse en sang ou le bras cassé. C'est pourquoi nous avions instauré une garde nocturne au portail, pour faire le tri. C'était une charge tournante ; moi-même, je l'assurais deux fois par semaine… »

Peyr esquisse un sourire.

« Ce qui devait faciliter les choses… »

Elle acquiesce.

« Atmé entrait vêtue comme une vagabonde, d'un vieux manteau élimé ; sous les étoiles, personne n'aurait pu reconnaître en elle une Sahariste. Je la laissais passer, et elle filait tout droit vers les dortoirs, retrouver Hurunn dans sa cellule. C'était alors une chambre individuelle, une bonne chambre tiède et confortable, adossée à la cheminée du réfectoire ; les amantes avaient toute la nuit pour elles.

» Elles se voyaient aussi dans la Maison des Indigents. Hurunn y assurait le service tous les jours, après la prière de la Révérende mère : elle passait parmi les nécessiteux, prêtant l'oreille à leurs misères, apportant son réconfort en quelques mots et gestes. Chaque fois qu'elle pouvait, Atmé se glissait parmi ces malheureux sous son costume de vagabonde, juste pour le bonheur d'apercevoir son amoureuse, pour la joie de lui susurrer quelques douceurs au passage, de serrer furtivement sa main. Elle jouait avec talent son personnage de pauvresse. Hurunn se faisait un plaisir de la consoler, à sa façon très maternelle ; et parfois, elle la gratifiait de quelque pieux conseil empli de doubles sens scabreux, qu'Atmé promettait de suivre avec ferveur. Ce jeu complice était un véritable rituel pour elles… ça a duré pendant des mois.

– Qu'est-elle devenue, Atmé ?

– Je n'en sais rien… j'ai perdu sa trace il y a trente ans. »

Elle lève un regard triste sur le mage :

« Cette année-là, la Révérende mère a fini par découvrir le petit manège de mes deux amies. Elle est entrée dans une rage folle. Il paraît qu'elle a envoyé une lettre incendiaire à l'abbesse sahariste, pour l'accuser de pervertir la jeunesse du Nimiron. Elle l'aurait même menacée de constituer un tribunal bramynnique pour juger la pauvre Atmé, coupable de déviance et d'incitation à la débauche. C'était une belle occasion de salir le Saharon, bien sûr, en exhibant notre amie comme une dépravée sans morale.

» L'abbesse de l'époque était une femme pragmatique ; je crois qu'elle a pris des mesures disciplinaires à l'encontre d'Atmé, pour sauver les apparences et éviter que l'affaire s'envenime. Quant à Hurunn, Arandith l'a fait mettre en isolement le jour, et dans une cellule fermée à clef la nuit, avec de lourdes pénitences physiques – port d'un cilice de fer barbelé et autres mortifications destinées à éteindre *le feu pervers animant sa chair*. Trois mois de contrition sous la tutelle directe de sœur Millé de Narmor, qui est la gardienne la moins aimable que je puisse imaginer – une brute sadique, pas du tout le genre à lésiner sur les châtiments corporels. Ah, ma pauvre amie ! Je n'ose penser à ce qu'elle a subi entre ses pattes ! Elle en devenait dingue, pas tant à cause de l'incarcération et des sévices, qu'à cause de l'impossibilité de revoir son amoureuse. Arandith et Millé s'étaient juré de briser sa volonté. Mais elle a tenu bon, justement par espoir de retrouver Atmé. Car la surveillance ne pourrait que se relâcher tôt ou tard, et selon le brave cœur de Hurunn, aucun barrage ne peut empêcher le fleuve amour de couler…

» Au bout de trois mois, donc, la Révérende mère a cru avoir mâté le feu en elle. Les mesures d'isolement ont été levées. Hurunn s'est tenue à carreau deux ou trois semaines, elle a joué la soumise pour endormir la méfiance de ses supérieures ; puis elle m'a envoyée porter un message à son âme sœur, pour convenir d'un rendez-vous. Elle n'en pouvait plus d'impatience, tout son être aspirait à ces retrouvailles ! J'ai dû trouver un prétexte pour m'absenter du couvent, puis me travestir à mon tour, pour entrer au Saharon.

» Là, j'ai appris qu'Atmé avait quitté le Mont-aux-râles jusqu'à nouvel ordre. Les Saharistes ont le droit de se retirer provisoirement de leur communauté lorsqu'elles sont en proie au doute et veulent réévaluer leurs choix… elles sont toujours libres d'abandonner l'habit et de le reprendre quand elles le souhaitent. N'est-ce pas ? »

Du regard, elle cherche l'approbation de Sassane, qui confirme d'un hochement de tête.

« J'imagine qu'elle était écoeurée par les mesures disciplinaires édictées à son encontre par sa propre abbesse ; à moins qu'elle ait seulement voulu protéger la réputation du Saharon en prenant ses distances, le temps de se faire oublier… Toutefois, elle logeait encore en ville, dans une chambre mansardée.

» J'ai pu l'y retrouver et lui transmettre la lettre de Hurunn.

» En la lisant, elle a poussé un long soupir. *Je ne sais pas, Anira, elle a dit. C'est si compliqué. Il nous faut sans cesse remonter des torrents en crue… Je l'aime toujours du fond du cœur, mais je ne crois pas que j'aurai le courage de recommencer…* Elle avait l'air si lasse, à l'idée ! Je sentais qu'elle avait capitulé pour de bon devant l'adversité, commencé à tourner la page. Non par manque d'amour, mais à cause de l'énergie que lui coûtait d'affronter tous ces obstacles. Elle disait : *comme tu vois, je suis une femme libre. De rester dans ma congrégation, de la quitter sur un coup de tête, d'y revenir ensuite, si je change d'avis ; libre d'aimer qui je veux du moment que je reste discrète. Hurunn n'est rien de tout ça. Elle est enfermée dans une règle qui l'étouffe et la brime. Pourtant, elle n'osera jamais rompre ses vœux. Je ne lui en veux pas : la plupart des gens sont comme elle. Mais une personne libre ne peut pas construire une vraie relation avec une personne qui ne l'est pas.*

» Je l'ai priée : quoi que tu choisisses, je t'en supplie, parle-lui au moins une fois. Cela fait quatre mois qu'elle t'attend. Elle a le droit d'entendre ta voix, de connaître les raisons de ta décision. Vous ne pouvez pas finir comme ça, sans échanger le moindre mot.

» Atmé a baissé le regard, et j'ai cru qu'elle allait refuser. J'avais honte de notre ordre, parce que les choses auraient été moins dangereuses pour elle, si elle avait aimé une femme qui ne portait pas l'habit de Nimir. Au lieu de quoi, elle avait failli passer en jugement et subir l'humiliation de voir sa vie privée exposée devant toute la cité. Qui étais-je, pour lui demander de prendre encore une fois le risque d'entrer au Nimiron ?

» Et pourtant, elle est venue malgré tout, par respect pour Hurunn. Elle a eu la témérité de se travestir à nouveau en vagabonde, pour s'inviter une dernière fois à la Maison des indigents, et faire ses adieux dignement. Par chance, personne ne l'a reconnue. Elle a retrouvé Hurunn, et toutes deux sont descendues dans les celliers sous le réfectoire, pour y parler à l'abri des regards.

» J'aurais voulu monter la garde pour m'assurer qu'elles ne soient pas surprises, mais je faisais, moi aussi, l'objet d'une surveillance et d'un brin de suspicion. On est venu me chercher pour une corvée, et je n'ai pas pu me débiner, jusqu'à ce que la nuit tombe.

» J'ignore quand Atmé est ressortie du Nimiron. Mais lorsque j'ai retrouvé Hurunn, au repas du soir, son expression faisait peur à voir. Ah, quand je repense à son visage tordu de souffrance, raviné de larmes comme une terre par le déluge ! *Atmé* ? j'ai demandé. *Fini, Atmé ! elle a coassé. Partie. Fini pour toujours* ! Et je n'ai pas eu l'occasion de la questionner davantage, parce que la Révérende mère traînait dans les parages, et que la mine décomposée de mon amie avait réveillé ses suspicions. *Au lit, Hurunn !* Elle a tonné. *Tout de suite !* Hurunn a émis une sorte de plainte rauque, et elle s'est retirée dans sa cellule, en claquant la porte.

» En cours de soirée, elle s'est mise à pousser des lamentations déchirantes. Arandith s'est levée ; elle s'en est allée fermer la chambre de Hurunn à clef, puis elle a interdit à quiconque de lui parler au travers de la porte : *laissez-là se purger de ses démons !* elle a dit. *Puisqu'elle doit encore en passer par là !*

» À la moitié de la nuit, les cris de Hurunn se sont mués soudain en hurlements de bête dépiautée vive, puis en grognements inarticulés. Ensuite, plus rien. Un vilain silence de fin de nuit. La Révérende mère a choisi de l'ignorer encore.

» À l'aube, Hurunn n'était pas à l'office, alors Arandith l'a envoyée chercher. On l'a retrouvée assise à côté de son lit, les joues gonflées, du sang plein la gorge et le couteau dans la main. Dans sa folie, elle s'était tranché la langue…

» Ma pauvre amie, ma consœur ! Je n'ai plus jamais entendu le son de sa voix, et je n'ai plus connu la nature de ses pensées, hormis de temps à autre, par quelque dessin qu'elle me glissait, en général pour exprimer ses envies suicidaires. Un grand silence est tombé entre nous. Un abîme de vide et de douleur.

» Au fil des mois, la vie au Nimiron m'est devenue insupportable. Je me suis promis de le quitter à la première occasion… il fallait seulement que je trouve le moyen de payer la *dot de sortie*, qui est le prix que les femmes doivent concéder pour avoir le droit de rompre leurs voeux. Une forme de piège vicieux… Je n'avais qu'une seule solution pour le déjouer : séduire un homme qui voudrait bien m'épouser et régler la note. »

Le menton posé sur ses poings, Peyr scrute le visage d'Anira.

« Mais Atmé ? insiste-t-il. L'as-tu revue depuis ce jour-là ? »

Elle soupire.

« Je voulais la retrouver, bien sûr, ne serait-ce que pour l'informer de l'état de Hurunn ; mais la Révérende mère me surveillait de près, et je n'ai pas eu d'opportunité pendant des semaines. Au bout de deux mois, j'ai rencontré mon futur mari, qui se rétablissait d'une mauvaise fièvre dans la salle des malades. Je l'ai soigné, et j'ai appris à l'apprécier. Nous avons convenu des noces, et j'ai quitté définitivement l'ordre.

» À partir de là, plus rien ne m'empêchait de retourner à la mansarde d'Atmé. Mais mon amie ne s'y trouvait plus : d'après la logeuse, elle avait pris congé plusieurs semaines plus tôt, vidé les lieux du jour au lendemain avec toutes ses affaires, sans un mot d'explication. J'étais tout de même un peu inquiète pour elle ; j'avais peur, je ne sais pas, que quelqu'un ait eu vent de son histoire avec Hurunn, et pris parti pour le Nimiron d'une façon radicale. Et puis, vous savez, la haine contre celles qui osent vivre autrement, cette façon qu'ont les hommes de punir les femmes qui leur échappent, même lorsqu'elles ne leur sont rien… J'ai donc poussé jusqu'au Saharon, espérant qu'Atmé avait simplement mis fin à sa retraite pour retourner au couvent. Hélas, il n'en était rien : elle n'avait donné de nouvelles à personne, et personne, dans sa congrégation, ne semblait s'en tracasser vraiment. On supposait qu'elle avait résolu de rompre ses vœux et quitté la ville ; le Saharon respecte ce genre de décision et n'en demande pas de comptes… »

Elle soupire.

« Bon… Atmé avait du caractère, elle était capable de changer de vie sur un coup de tête. Elle n'avait plus grand-chose à attendre de Feddrantir ; je présume qu'elle a voulu tenter sa chance ailleurs. Et si sa disparition avait été suspecte, on aurait retrouvé ses effets dans sa chambre, n'est-ce pas ?

– La logeuse a pu les garder pour elle, objecte Peyr, et omis de signaler son absence. L'appât du gain, un peu de lâcheté, ou qui sait, les menaces reçues…

– Peut-être… prions pour que ce ne soit pas le cas, et qu'Atmé soit en vie quelque part, heureuse si possible… grands cieux, je n'avais plus pensé à elle depuis des années ! Et pourtant, je découvre qu'elle me manque toujours, après tout ce temps... »

14. Le courage de la muette

Le soleil est déjà au ras des toitures lorsque la perche de Sassane se remet à troubler la vase, pour ramener Peyr et Azal au Nimiron.

« Tu n'as rien dit à Anira, pour la revenante, s'étonne la *Servante*.

– Non, admet Peyr. Je ne me suis pas senti le droit de lui annoncer la mort d'Atmé, encore moins son errance. Pas tant que nous n'avons pas de certitude à ce propos…

– Ce n'est pas très juste, de la part de quelqu'un qui exhorte les autres à affronter leurs douleurs en face. Tu la prives de la possibilité de faire son deuil. »

Il en reste interdit pendant un court instant.

– Tu as raison, convient-il. Il faudra que je corrige ça dès que possible. Merci de ta franchise.

– C'est ce que font les amis, hein ! déclare Azal en manière d'excuse. Parler franchement…

– C'est ce que font les amis », confirme Peyr, un sourire amusé sur les lèvres.

Après un instant, la jeune fille ajoute, d'une voix un peu moins assurée :

« Tu crois qu'il lui est arrivé quoi, à Atmé ? Tu ne penses tout de même pas que quelqu'un du Nimiron l'aurait retrouvée pour lui faire du mal ? »

Peyr pousse un profond soupir, et se mure dans un silence circonspect. La *noueuse* le dévisage avec anxiété, cherchant à percer à jour les méandres de sa pensée. Elle formule des vœux silencieux pour que le mage enquêteur n'aille pas découvrir, au cœur même de sa congrégation, la commanditaire de quelque crime sordide.

Fourrés dans sa besace, les doigts du sorcier triturent nerveusement un parchemin enroulé : l'un des dessins que lui a adressés Hurunn le jour précédent.

Tout aussi mutique, Sassane pèse sur sa perche pour engager la barque dans la rue qui mène au Mont Calvent. Au beau milieu de cette dernière, une grande barge surchargée d'hommes et de femmes s'en vient à leur rencontre, poussée par deux robustes gaillards qui barbotent dans l'eau jusqu'aux hanches. Au moment de se croiser, des mines tirées se tournent vers eux, des regards inexpressifs les dévisagent sans dire mot. Peyr croit reconnaître plusieurs de ces figures lasses.

« Ces gens… souffle-t-il.

– Ils étaient dans la maison des indigents, confirme Azal à voix basse. Ils s'en vont. Ils nous quittent. Mais pour aller où ? »

Le mage émet un sifflement.

« Les coups de tonnerre souterrains, sans doute, marmonne-t-il. Pour eux, c'était le maléfice de trop.

– Et l'odeur, aussi, ajoute Azal. Et peut-être encore autre chose. Écoute… tu n'entends rien de bizarre ? »

Peyr tend l'oreille aux bruits qui naissent de la cité. Dans un premier temps, il ne comprend pas ce qui perturbe la moniale. Mais tandis que la haute silhouette du Nimiron grandit en face d'eux jusqu'à emplir la vue, l'étrangeté du paysage sonore s'insinue en lui.

Il finit par comprendre.

Les carillons à vent *du clocher* !

Leur son est trop grave, et bien trop mouvant ; il se déforme et se recompose sans cesse, comme s'il était battu par des vagues, drossé dans les oreilles par d'invisibles tempêtes tournantes.

Et pourtant, la brise qui souffle dans la cité est plutôt légère.

Cette sensation d'anomalie acoustique s'accentue lorsque Peyr pose le pied sur la rampe d'accès au couvent, et plus encore lorsqu'il franchit le portail avec Azal, et que la puanteur montée des cryptes s'engouffre à nouveau dans ses naseaux, avec une violence presque assommante.

« Je ne vais pas plus loin, déclare Sassane, fronçant les narines sur le seuil. Tu gardes le sifflet en cas de besoin. »

Elle lui tapote le bras avec une familiarité maternaliste :

« Ne le perds pas, hein, sorcier ! »

Peyr la salue d'un geste las, prend une grande inspiration et s'avance dans la cour, vers la galerie couverte. La portière l'accueille d'un grognement et d'un vague signe du menton.

« Où va-t-on ? chuchote Azal.

– Le sanatorium, murmure Peyr en réponse. En espérant qu'Arandith ne s'y trouve pas. »

Les pas du mage et de la *Servante* clapotent d'étrange façon dans la galerie couverte ; un peu comme s'ils montaient du fond des eaux. Les va-et-vient du son et des miasmes se renforcent mutuellement pour générer une nausée insidieuse. Pis même, ils s'épousent : l'odeur enfle et décroît au même rythme que le bruit, comme si elle naviguait les mêmes vagues ; elle se transforme au même moment, passant de l'aigre au sulfureux puis au rance.

« Magicien, j'ai un peu peur, frémit Azal. Je ne comprends pas ce maléfice. »

Il lui presse l'épaule pour la réconforter :

« Tant que ce n'est que le son, tu ne risques pas grand-chose.

– Mais tout de même, qu'est-ce qui se passe ? »

Il fait la grimace :

« Parfois, il arrive qu'il y ait trop d'esprits dans l'air ; alors le son ne parvient plus à circuler normalement. C'est un phénomène très rare, et, je dois dire, pas très rassurant. »

Elle lui adresse un regard anxieux :

« Les ombres ? »

Il opine :

« Une nuée très dense, un véritable étouffement. L'Inframonde est littéralement en train de se vider de ses fantômes. L'atmosphère de ce couvent va devenir très malsaine dans les prochaines heures. »

Les Hauts jardins eux-mêmes sont déserts ; mais du réfectoire monte le chant des *Servantes*, réunies avant le repas du soir. Un cantique guerrier, consolateur ; un chant de courage adressé à Harienn Tolaan, le protecteur.

Elles ont peur. Elles se serrent les coudes autour de leur foi.

Peyr coule un regard vers Azal :

« Si tu veux les rejoindre et chanter avec elles, vas-y. »

Elle secoue la tête :

« Non. J'ai envie d'être à tes côtés pour voir Hurunn.

– Ton absence sera remarquée, objecte-t-il.

– Je vais et je viens librement dedans ce cloître. Je suis la seule dont Arandith tolère l'absence aux offices et aux repas.

– Même à présent que la terre gronde, et que le couvent s'emplit d'ombres ? Tu ne crois pas qu'elle va s'inquiéter pour toi ? »

Elle esquisse un sourire matois :

« Penses-tu ! Arandith joue les mamans devant les autres, mais en vérité, l'idée que je puisse être en danger quelque part n'occupe guère son esprit.

– C'est probablement vrai, concède Peyr. Alors en avant ! »

Dans le jardin médicinal, les parfums des simples jaillissent et s'entremêlent en un pot-pourri insane : de romarin, de valériane, d'aspérule et de mélisse et de cent autres fragrances avivées à l'extrême. Un charivari d'odeurs trop bruyantes, qui se hissent les unes au-dessus des autres comme les notes d'un musicien fou.

Les plantes aussi sont affolées, constate le magicien. Stimulées par trop d'ombres en errance. Et où sont passées les abeilles ?

Levant les yeux, il scrute le ciel. À l'ouest et au sud, de vilains nuages s'accumulent, preuve que le Chabaauri n'a pas encore dit son dernier mot. Mais pour l'heure, l'azur au-dessus du Mont Calvent demeure parfaitement dégagé. Alors pourquoi cette atmosphère grisâtre, palpitante, agitée de clignotements presque imperceptibles ?

Sur le seuil du sanatorium, Peyr s'immobilise, le temps d'écouter les bruissements du dedans. Azal se fige à ses côtés. De la chambre de droite leur parvient un ronflement très irrégulier : sœur Gypse s'est enfin endormie, mais son sommeil demeure tourmenté. De l'autre chambre montent quelques légers craquements de bois – probablement un tabouret qui gémit sous les balancements d'un fessier intranquille.

Une garde-malade, évidemment… je vais devoir arranger ça.

Il murmure quelques mots en langue runique, pour éveiller un charme. Il doit s'y prendre à plusieurs reprises, tant les forces spirituelles autour de lui sont agitées ; mais à la fin, une âme éphémère se stabilise autour d'un nom et d'une raison d'être. Le mage souffle dessus et l'envoie dans la pièce de gauche. Il compte jusqu'à douze, puis encore jusqu'à douze, à deux reprises ; enfin, il pénètre dans la chambre, suivi de la *noueuse*.

Assise sur un tabouret, la doyenne Nasha vient tout juste de piquer du nez ; elle somnole en marmonnant d'inaudibles sermons, le menton sur la poitrine. Allongée dans un lit tout proche, la doyenne Ajhar semble plongée dans un profond coma. L'autre lit est occupé par Hurunn, dont les mains sont attachées aux montants, nouées par de solides cordes de lin. Elle a les yeux clos, et son visage révèle une forme d'abandon.

La feuille des fées, peste Peyr en silence. Ça ne va p*as être facile de l'en extirper !*

Prudemment, Azal s'approche du siège de la vieille Nasha. Elle tend la main vers elle, presque jusqu'à lui toucher la joue, et se rétracte au dernier moment, sans provoquer de réaction ; puis observe avec appréhension le mouvement des lèvres, qui continuent à s'agiter et façonner d'improbables discours oniriques.

La jeune fille lève sur le mage un regard circonspect :

« Tu crois vraiment que… ? chuchote-t-elle.

– Sois tranquille, rétorque le mage. Elle dort, malgré son babillage. Les charmes de sommeil produisent souvent ce type de torpeur un peu agitée. On voit même des dormeurs qui gardent les yeux ouverts, et pourtant, ils pioncent, au plus profondément que tu puisses imaginer ! Tu peux parler à voix haute sans risquer d'éveiller cette digne ancêtre. »

Azal esquisse un sourire roué, attrape le nez de la doyenne entre ses doigts et fait mine de le tordre, sans troubler le moins du monde les marmottements de l'ancêtre.

« Elle ne va pas tomber de son siège, au moins ?

– Même si elle tombait, ça ne l'éveillerait pas. Elle continuerait à roupiller au sol. En revanche, il en est une que nous devons bel et bien arracher au sommeil… »

Ce disant, il se tourne vers Hurunn ; mais celle-ci a les yeux grand ouverts.

« Oh… bredouille le magicien. Vous êtes déjà parmi nous… »

La muette lui dédie un long regard, d'une insondable tristesse. Ses prunelles glissent vers les liens qui enserrent ses poignets.

« La Révérende mère craint que vous ne vous blessiez encore, déclare Peyr d'un ton désolé. Laissez-moi juger de votre état ; si vous êtes suffisamment apaisée, je m'arrangerai pour vous libérer les mains. D'accord ? »

Elle acquiesce en silence. Il se rappelle l'avoir tutoyée lors de la précédente rencontre, et décide de reprendre ce pli :

« Ton eczéma va mieux, on dirait. Au moins une chose qui s'améliore. »

Elle lui adresse un vague sourire, qui perle comme la rosée aux commissures de sa grande bouche accablée.

« Je me demande comment tu as fait, pour émerger déjà des infusions de la Révérende mère. Tu t'es débrouillée pour ne pas les avaler, je parie ? »

Pour toute réponse, la muette gonfle les joues, puis tourne la tête vers le mur qui jouxte le lit, et fait mine de cracher dans cette direction.

« Bien joué ! commente sobrement Peyr. Au moins, tu restes lucide. »

Quand on n'est pas tenue de parler, on peut conserver du liquide en bouche pendant très longtemps, se souvient-il. *Arandith sous-estime cette femme !*

Puis le visage du mage se fait grave :

« Hurunn, déclare-t-il, nous savons, pour Atmé. Tu te rappelles d'Atmé, maintenant, n'est-ce pas ? »

Les larmes montent instantanément aux yeux de la muette, et un sanglot s'étrangle dans sa gorge. Peyr sent son cœur se serrer.

« Je sais que tu l'avais oubliée, énonce-t-il avec douceur. Je sais que son souvenir s'en était allé dans le puits, qu'il s'était perdu dans les Eaux dessous le monde. Mais il en est remonté. Tu as eu le courage de le faire revenir, et je devine combien il t'en a coûté de le regarder en face. Sache que j'admire cette bravoure en toi. Je l'admire sincèrement, quoi que tu puisses être d'autre. »

Il secoue la tête, lui-même plus ému qu'il le voudrait.

Maudites ombres, je deviens sensible à l'extrême, se morigène-t-il.

Il se force pourtant à poursuivre :

« Mais tu sais aussi qu'Atmé est morte, et qu'elle hante ce couvent. Elle recherche son amour dans les lieux où vous aviez l'habitude de vous retrouver. Elle t'appelle dans la salle des indigents, où vos mains s'effleuraient autrefois à la dérobée ; chuchote vos caresses, perchée dans la charpente sous sa forme d'oiseau. Elle a trouvé ton ancien lit occupé par une autre, à sa grande indignation, et s'est allongée dedans, dans l'espoir d'y goûter ton odeur. Elle t'a quêté, parfois, en d'autres endroits du cloître, et même sur le Mont-aux-râles. En vain jusqu'ici, car tu n'as pas croisé sa route, ou bien elle ne t'a pas reconnue. Je crois qu'elle ne se souvient plus très clairement des derniers mois de son existence de vivante, l'époque de votre éloignement. Mais l'âge d'or de votre amour, ça oui, elle s'en rappelle avec une parfaite clarté. Certaines émotions sont tellement plus vivaces… »

Les yeux de Hurunn sont des lacs salés, et sa lèvre inférieure tremble comme du flan. Mais elle écoute encore, sans quitter Peyr du regard ;

elle affronte sa douleur avec toute sa bravoure. Azal clopine jusqu'à elle, et se met à lui caresser gentiment les doigts, pour la réconforter.

« Mais plus que tout, poursuit le mage, Atmé cherche à comprendre ce qui lui est arrivé… Elle cherche, et malheureusement, elle n'est pas près d'avoir ses réponses. Car tout le monde, ici, semble l'avoir oubliée. C'est la chose la plus déconcertante dans toute cette histoire. Même le Saharon ne se rappelle plus d'elle. Son visage de revenante n'est pas reconnu des anciennes, alors qu'elle a vécu parmi elles pendant plusieurs années. Et il y a trente ans, sa disparition n'a pas provoqué beaucoup d'inquiétude, car elle n'occupait déjà plus guère de place dans l'esprit de ses consœurs. Et pour couronner le tout, même Anira, votre amie commune, admet ne plus avoir pensé à elle pendant des années. »

« Tu peux jeter un souvenir dans l'Inframonde, Hurunn, en le dessinant ou en l'écrivant avec des mots. Cela le fait disparaître de ta mémoire, mais pas de celle des autres. Alors il ne reste qu'une seule explication au peu de traces que ton amoureuse a laissé chez ses contemporains… »

Il déroule le dessin que la muette a réalisé la veille – celui où elle brandit une forme indéfinie au-dessus de l'antique margelle des cryptes.

« … c'est Atmé elle-même que tu as jetée tout entière dans le puits, pour mieux l'oublier. Comme ces suppliciés que l'on précipitait jadis dans l'Inframonde, pour effacer leur existence. Son corps repose à présent, disloqué, dans le *Pays du dessous*. »

La digue cède, et Hurunn se met à gémir, et gémir encore, le visage tordu d'une insupportable douleur.

« Hein, quoi ? Non ! proteste Azal, bouleversée.

– Pendant des mois, tu as enduré la réclusion, les pénitences physiques et les brimades de la sœur Millé. Et pendant tout ce temps, ton esprit a tenu bon, parce qu'il s'est accroché à un seul espoir : celui qu'une fois traversée l'épreuve, tu retrouverais ton Atmé pour la serrer dans tes bras, et reprendre le cours de votre idylle. Seulement, ça ne s'est pas passé comme ça. Car le moment venu, elle s'est dérobée à toi. Son courage à elle ne s'était pas forgé dans la douleur, comme le tien ; sa volonté n'était pas aussi bien trempée. Les obstacles dressés devant votre relation lui paraissaient désormais insurmontables. »

« Et sans doute, au cours de votre dernière conversation, elle t'a dit ces mots de trop, avec sa franchise coutumière : *je ne peux pas être avec toi parce que tu n'es pas libre, Hurunn, alors que moi, je le suis*. Et ça t'a rendue folle de rage, parce que ta prison, tu ne l'avais pas choisie, et que tu venais d'en éprouver toute l'amertume pendant de longues semaines. Alors tu as perdu le contrôle de toi-même, et tu l'as frappée ; assommée et probablement tuée sur le coup. D'une façon ou d'une autre, tu t'es débrouillée pour la traîner depuis les celliers jusqu'à l'escalier des cryptes, et de là, jusqu'à la margelle fatidique. La grille n'a pas dû être simple à décoincer, mais elle peut toujours s'ouvrir, j'en suis persuadé. J'ai pu vérifier son état. En précipitant Atmé dans le monde du dessous, tu savais que tu mettrais fin à la fois à la douleur de l'avoir perdue et à la culpabilité de l'avoir tuée. Il suffirait d'une seule nuit de sommeil pour que tout cela s'efface à jamais de ta mémoire... »

« Et tu sais, Hurunn, tu n'es pas la seule à blâmer pour ce meurtre. Il y a tant d'autres responsables ! Arandith et sa haine obtuse, matinée de mesquinerie. Les doyennes et leur inflexibilité. Les barbons de la religion solaire, qui condamnent les amours entre femmes, et les hommes qui approuvent, parce qu'à leurs yeux, pas une ne doit échapper au service des mâles, si ce n'est pour servir les dieux. L'ensemble des Saharistes et des *Servantes* de Nimir, enfermées dans cette rivalité stérile. Tout concourait à ce drame ; tu n'es que la main qui a posé l'acte final. Tu ne dois pas porter seule tout le poids de la faute. »

Azal pleure en silence, Hurunn braille sa douleur et le remords brûlant qui lui cisaille le ventre. Et Peyr lui-même doit se retenir pour ne pas laisser paraître son émoi. Mais il a une tâche à accomplir, alors il s'y raccroche.

« Écoute, maintenant. La crue a fait remonter Atmé ; mais à présent, c'est elle qui tire le contenu de l'Inframonde hors du puits. Elle entraîne avec elle tout l'écheveau des ombres du couvent, car tout est noué, entremêlé en une complexe pelote de passions perdues. Je dois trouver le moyen de libérer son âme et de lui ouvrir les routes célestes, sinon la situation, ici, va aller de mal en pis, et d'autres en paieront le prix. Tu dois m'aider à libérer Atmé. Tôt ou tard, vous serez confrontées l'une à l'autre. Alors il faut que tu ne trembles pas, Hurunn. Trouve le courage de lui dire que tu l'as tuée, et qu'elle est morte de ton amour. Il se peut qu'elle se jette sur toi pour te mordre, te lacérer et peut-être même t'occire à son tour ; mais il est plus probable qu'elle reste sidérée, comme souvent, lorsqu'un revenant prend conscience de son trépas. C'est à toi de choisir si tu veux prendre le risque. Le veux-tu ? »

Elle opine avec ferveur, le visage baigné de larmes ; et dans ses yeux, Peyr devine combien la perspective de sa propre mort lui indiffère.

« Je n'en attendais pas moins de toi, soupire-t-il. Alors tu lui diras. Demande-lui pardon. C'est ta part de travail. Je ferai la mienne également, et elle ne sera pas sans risques. Si, par malheur, je n'en reviens pas, surtout, ne change pas de cap.

– Magicien, de quoi parles-tu ? s'inquiète Azal. De quelle tâche dangereuse ? »

Il lui adresse un regard grave :

« Pour que cesse la hantise, il faut retrouver les restes d'Atmé et les tirer de l'oubli. Lui donner une sépulture, et tout en même temps, une postérité. Mais tu n'as rien trouvé dans les cryptes qui ressemble à des ossements, bien que tu aies fouillé la vase tout à loisir ; ils n'ont pas été recrachés par le puits lors de la crue. Il me faut donc descendre les chercher *plus bas*.

– Quoi, dans l'Inframonde ? Tu n'es pas sérieux ? »

Mais elle n'a pas le temps de s'indigner plus longuement, car au-dehors, des pas nombreux font crisser herbes et brindilles dans le jardin, puis résonner les dalles du sanatorium. Un instant après, la porte s'ouvre à toute volée, et la Révérende mère déboule dans la chambre, flanquée de Millé, de Kautra, de Fétré et des autres doyennes.

« Maître Romo, que signifie ? J'avais interdit qu'on dérange ces patientes ! »

Son regard balaie la salle, foudroie d'abord Azal, puis Nasha toujours endormie sur son tabouret. Enfin, il tombe sur le dessin de Hurunn, abandonné sur le lit. En deux pas, elle s'en empare, le tord rageusement entre ses serres de harpie.

« Votre Radiance, salue sobrement Peyr. Je sais maintenant qui est la revenante. »

Arandith se retourne vers lui et, froidement, assène :

« Mais tout le monde se fiche de savoir qui elle est, maître Romo ! Votre devoir se borne à la renvoyer d'où elle vient. Si vous en êtes incapable, il est temps pour vous de quitter ce cloître.

– Mon devoir est de libérer son âme, Votre Radiance, rétorque poliment le mage. Et il n'est pas de libération sans connaissance. Je suis désolé que cela vous déplaise, mais l'heure est venue de confronter les vieux secrets de ce monastère. »

Elle se fend d'un sourire arrogant :

« Nous y voilà ! J'ai toujours su que nous en viendrions là. Votre but n'a jamais été de nous aider, n'est-ce pas, maître Romo ? Seulement de farfouiller dans notre passé à la recherche de tout ce qui peut nous nuire ! Et, pourquoi pas, semer un peu plus la confusion parmi mes sœurs, pour aggraver le mal causé par cette Sahariste en errance – dont le costume, soit dit en passant, nous ramène encore et toujours aux manigances du Mont-aux-râles. »

Elle plisse les yeux :

« D'ailleurs, quand on y pense… un mage arrive au Saharon, les maléfices commencent : étrange coïncidence. Parfois, je ne peux m'empêcher de penser que vous êtes la cause et non le remède ; le ver envoyé par l'abbesse pour ronger notre communauté de l'intérieur. Je voudrais repousser cette idée peu charitable, mais malheureusement, ce que j'ai découvert de vous tout récemment ne plaide pas en ce sens… »

Elle se retourne pour prendre ses *Servantes* à témoin, une expression triomphale sur le visage :

« Depuis hier, maître Romo nous avertit solennellement contre les ombres issues de notre passé. Mais les siennes sont remontées au grand jour, et ce n'est pas joli-joli. Il semble que l'honorable mage ne soit pas le bon dévot du Soleil qu'il prétend être. Au contraire, il s'est compromis de longue date avec la lie de la brigandaille sahariste. Jusqu'à lécher le con de l'abbesse Agyre, à l'époque où il traînait avec elle parmi les *Frères et sœurs du partage* ! »

Peyr ne peut s'empêcher de blêmir.

Foutrecieux ! Comment sait-elle ?

Son regard parcours rapidement l'assistance, croise celui de Fétré, qui sourit, une satisfaction perceptible sur les traits.

Évidemment ! Comment ai-je pu mettre autant de temps à *la reconnaître ? C'est fou, ce que des sourcils peuvent changer un visage ! Cette femme était des nôtres autrefois, en Morthouanne !* *Une sœur du partage… elle a changé de camp, et maintenant, personne ne hait les Saharistes plus qu'elle !*

« Si vous ne connaissez pas bien la *Confrérie du partage*, claironne Arandith à l'intention de ses *Servantes*, laissez-moi vous expliquer : d'entre toutes les factions saharistes, c'est de loin la plus séditieuse, au point que toutes les autres en sont venues à la condamner officiellement. Aux yeux de ces dépravés, la propriété privée n'existe pas plus que le droit du sol, les liens du mariage ou l'exclusivité amoureuse. Ces gens-là entendent tout mettre en commun, y compris, bien sûr, ce qui n'appartient à aucun d'eux. Et bien sûr, nous savons comment cela finit : d'abord par d'innocentes orgies, puis par des vols et des brigandages, enfin par des insurrections en bonne et due forme, où l'on massacre joyeusement nobles et patriciens, au nom de je ne sais quel idéal insensé !

– Notre groupe était pacifiste par conviction, proteste Peyr dans une bouffée de colère. Il n'a jamais commis la moindre déprédation !

– Pacifiste ? La remise en cause de l'ordre du monde mène toujours à la violence, *toujours* ! Même les plus jeunes de mes *Servantes* ont déjà appris cette leçon. Mais sans doute étiez-vous aveuglé par l'amour, tout mage que vous soyez ? »

Elle esquisse un sourire odieux :

« Avec combien d'hommes avez-vous partagé Agyre, Peyr Romo ? Cinq ? Six ? Goûtiez-vous leur sueur sur sa peau ?

– Cela ne vous regarde pas, Arandith ! Laissez ma jeunesse là où elle est, avec ses erreurs et ses moments de grâce.

– Laissez ma jeunesse là où elle est, répète-t-elle, goûtant chacun de ces mots… Ah, si seulement vous nous aviez fait la même faveur ! »

Elle se tourne à nouveau vers ses sœurs :

« Figurez-vous que la tête de maître Romo est toujours mise à prix dans le duché de Morthouanne. À l'Ouest et dans le sud, il est parvenu à se créer la réputation d'un père de famille honorable ; il fréquente la haute noblesse, qu'il abreuve de ses *sages conseils*, et joue même les ambassadeurs à l'occasion. Mais ailleurs, c'est du gibier de potence ! Renégat à son sang patricien, à sa caste et à sa religion ! Le profil même de l'aventurier sans scrupules, qui finit toujours par se trouver un protecteur haut placé. »

Millé remonte à la hauteur de la Révérende mère, silhouette glaciale dominant l'assemblée d'une ou deux têtes. La sentir à ses côtés donne à

Arandith l'envie de gonfler son jabot. Elle tonne, avec toute l'assurance de sa position :

« Peyr Romo ! Je vous somme à présent de quitter ce couvent, et de n'y plus revenir. Dans ce duché, je ne puis vous faire arrêter ; mais en mes murs, je suis souveraine, et si vous transgressez mes interdits, je vous promets que vos ennuis commenceront pour de bon, et qu'aucune de vos belles paroles ne vous protègera ! »

Il se retient de répliquer par des menaces de mage et baisse le front, écoeuré. Repoussée dans un coin de la pièce par les doyennes inflexibles, Azal sanglote, impuissante à faire entendre ses protestations.

« Vous me demandez de vous laisser seules avec l'Inframonde, déclare Peyr froidement. En tête à tête avec vos ombres et vos remords. Bien. Cela me brise le cœur pour vos *Servantes*, il y a de si nobles âmes parmi elles ! Puissent-elles avoir la sagesse de quitter ces lieux avant que les esprits se déchainent pour de bon. Mais pour vous, Arandith, je n'ai aucun regret. Quand vous hurlerez de terreur, souvenez-vous de moi. »

La grande Millé fait un pas vers lui, menaçante. Dans son poing serré, Peyr devine un objet anguleux : probablement quelque pierre aux arrêtes acérées.

Je ne rêve pas, cette vieillarde est toujours prête à la violence, du haut de ses septante ans !

« Vos affaires vous seront remises au portail, déclare la Révérende mère d'un petit ton suffisant. Vous voudrez bien attendre dehors, sur la rampe d'accès, qu'on vienne vous les apporter. »

Un moment plus tard, la pluie se met à tomber dru.

Seul comme une âme en peine sous le rempart de la Maison de Nimir, Peyr a le temps de se faire saucer des pieds à la tête avant qu'on daigne lui apporter son mantel. Le reste de ses affaires ne s'en tire guère mieux.

Encore heureux que j'aie le sifflet, médite-t-il, priant pour que Sassanne fasse diligence. Sinon, j'aurais été bon pour barboter dans les rues jusqu'au pied du Saharon, avec les charognes et les *akarnas* pour compagnie.

15. Les cloches du Nimiron

Après avoir congédié le mage, la Révérende mère Arandith prend des dispositions :

« Fétré ! Assure-toi que personne ne pénètre dans le sanatorium. Fais-toi accompagner d'une ou deux sœurs robustes. Millé ! Arrange-toi pour doubler la garde à l'entrée du cloître. Pense aussi à faire garder le portail des Tanneries par des personnes sûres. Laissez sortir les patients qui le souhaitent, mais veillez à ce qu'aucune de mes *Servantes* ne quitte les lieux ! »

Elle pose sa paume sur l'épaule de Nasha, toujours endormie sur son tabouret, et pousse brusquement pour l'en faire choir. La doyenne valdingue au sol, où elle continue à marmonner sans bruit, allongée en chien de fusil, le plus tranquillement du monde.

« Quand celle-ci daignera se réveiller, renvoie-là nous au réfectoire. Retrouvons-nous à ma table pour le repas du soir. »

Puis elle se détourne, accompagnée de la doyenne Sann, de Kautra et d'une Gwennyfar un peu hésitante.

Alors qu'elles traversent le jardin médicinal en direction du corps de logis, un vrombissement métallique s'élève dans les cieux gris au-dessus du cloître. Surprise, Arandith se fige et lève les yeux.

Le son provient du dôme du temple. Ce sont les cloches qui vibrent et bourdonnent d'elles-mêmes, sans que personne n'ait secoué leur battant.

« Sainte mère, marmonne Kautra, pétrifiée. Souvenez-vous des *sutras*…

– Quand surviendront les démons, la cloche t'avertira de son murmure, récite la vieille Sann. *Tu n'auras pas besoin de la sonner : elle chantera d'elle-même, pour te dire qu'il est temps…*

– Qu'il est temps de quoi ? s'irrite Arandith. Qui se rappelle de la suite ? »

Mais ses moniales demeurent mutiques, incapables de se remémorer les versets qui suivent.

À l'instant où le petit groupe se remet en marche, la puanteur des cryptes s'avive brusquement jusqu'à l'insupportable. La nausée, irrépressible, gonfle dans la poitrine des *Servantes* et les emporte sur sa houle. Sann s'effondre à genoux et Kautra s'efforce en vain de vomir, hoquetant si fort qu'elle en oublie de respirer et croit sa dernière heure venue. Il leur semble que la lumière ambiante décline jusqu'au gris plomb, tandis que le ronflement des cloches emplit leur ventre et le secoue comme de la gelée.

Et puis soudain, l'accalmie.

Le haut-le-cœur a pris fin. L'odeur est toujours là, omniprésente, comme si elle cimentait les fondations du monde ; mais elle a cessé d'être dérangeante. Elle se chevauche comme une monture tranquille ; elle fait désormais partie du familier.

Arandith émet un petit rire aigre :

« Eh bien, voilà ! Ce n'était pas si terrible, après tout ! »

Et d'un pas allègre, elle se remet en marche vers le réfectoire, tandis que, dans les jardins, des ombres à forme humaine se lèvent d'entre les plantes et les buissons.

Assise à la table principale, la Révérende mère anime à elle seule les conversations, commentant avec une légèreté teintée de mépris les longues files de pensionnaires qui quittent l'hospice des Tanneries en claudiquant ou en tremblant de fièvre, les braies emplies de foire et le visage marqué par la terreur. Elle semble totalement à l'aise avec le sujet ; à croire que ces départs sont un soulagement pour elle et pour tout le couvent, un poids mort dont on se débarrasse à la veille d'un renouveau.

Les *Servantes* à ses côtés n'en mènent pas aussi large.

« Où reste donc Lyfenn ? s'agace soudain Arandith.

– Retenue à la Maison du repos, Votre Grâce, glisse Kautra. La situation, là-bas, requiert sa présence. »

La Sainte mère du Nimiron lève le nez vers le plafond, et glousse un rire désobligeant :

« La pauvre ne sait donc jamais lâcher prise ! Croit-elle que ses efforts servent à quelque chose ? Les Astres seuls décident qui doit vivre et mourir ; s'ils décrètent la mort, la main de la chirurgienne ne peut rien de plus. Son entêtement n'est que vain orgueil ; elle se fait souffrir pour rien et ne montre pas l'exemple de l'humilité à nos jeunes pousses ! Vois combien il en manque, ce soir ! »

Kautra balaie du regard le réfectoire à moitié vide. Elle sait pertinemment que les absentes sont aux côtés de Lyfenn, à tenter de gérer le chaos qui s'est emparé de l'hôpital.

« Ce n'est pas cela, Sainte mère. Les gens, là-bas, ont peur…

– Assez avec ça ! Nous venons tout juste de déjouer les plans de nos ennemis ; nous avons bien mérité un peu de repos. Je décrète un temps d'insouciance pour célébrer cette victoire, au moins jusqu'à la fin de ce repas. Tant pis pour les absentes ! »

Elle se sert un peu de vin coupé d'eau, et boit tout à son aise. À sa droite, sœur Gwennyfar expire lentement tout l'air de ses poumons, dans une nouvelle tentative pour alléger la tension qui l'habite.

Sur le mur voisin, les ombres qui dansent et chuchotent la pétrifient de terreur.

En cette heure crépusculaire, la Maison du Repos porte bien mal son nom. Les malades qui le pouvaient ont quitté leur lit et repoussé les rideaux de leur compartiment de bois ; ils sont debout dans la travée principale, les yeux levés vers la charpente, adjurant les *Servantes* de les protéger du mal. Ces dernières courent de l'un à l'autre en s'efforçant de les rassurer. Complètement dépassées, elles négligent les patients moins valides, qui râlent en vain leurs appels grêles, depuis le pieu où ils croupissent.

Au-dessus d'eux, quelque chose rugit dans les boiseries. Une sorte de vent tournant qui rode sous le toit comme un fauve affamé, et fait vaciller les flammes des bougies à chacun de ses cycles. Son mugissement de loup serait déjà terrifiant sans l'impression de parole articulée qui s'en dégage et les inflexions chantées par lesquelles il semble menacer l'assistance.

« Seigneur Harienn, murmure la sœur Brynné, un linge mouillé entre les mains. Viens-nous en aide… »

À force de vaguer le nez en l'air, un vieillard chétif trébuche et s'effondre au sol. Elle se précipite pour lui porter secours.

« Par pitié, conduisez-nous au Saharon ! braille un gros bourgeois, les doigts serrés sur ses couvertures. Nous n'en pouvons plus de ce lieu maudit ! »

Au milieu de ce chaos, Lyfenn conserve tant bien que mal son calme : les mains pleines de sang, elle s'efforce de réduire une fracture ouverte, assistée de la blonde Mururi.

« Encore de l'eau, Azal ! De l'eau pour le plâtre ! » s'écrie-t-elle.

La *noueuse* s'élance à quatre pattes vers le puits des Tanneries, un joug en bois sur les épaules ; les seaux accrochés aux extrémités de cet attelage brinquebalent au rythme de ses déhanchements.

Et puis soudain, du fond de la salle s'élèvent des cris de pure terreur.

Un rideau valse. Deux matrones à moitié nues jaillissent de leur compartiment et s'encourent vers la sortie, en hurlant à pleins poumons :

« Elle est là ! Elle est là-dedans !

– Grands cieux, murmure Lyfenn. Qu'est-ce que… »

L'instant d'après, la Nonne blafarde émerge à son tour du compartiment, les yeux cernés d'arantèles violacées.

Un vent de panique s'empare de l'assistance. Ceux qui sont dans la travée se mettent à fuir aussitôt, qui en claudiquant, qui en bousculant, qui en vomissant sa terreur ; et les derniers occupants des lits s'efforcent de faire de même en roulant à terre puis en rampant pour s'extraire de leurs draps. Inévitablement, la cohue se transforme en un impensable chaos. Des vieillards et des impotents volent au sol, balayés par le sauve-qui-peut des plus valides. Une jeune femme au ventre arrondi part en toupie ; sa tête heurte violemment le montant de bois du compartiment le plus proche. Elle s'effondre assommée, le front en sang.

La revenante s'avance à pas lents dans la travée, les poings serrés, une expression de désespoir sur les traits. Ses lèvres façonnent inlassablement le même nom ; mais seul un son rauque jaillit de son gosier. Ceux qui se trouvent sur son passage, pétrifiés de peur ou coincés dans leur lit, ne perçoivent pas son désarroi ; ils ne voient qu'un visage convulsé de colère, avide de griffer, de mordre et d'arracher des gorges.

Au bout de dix pas, la blafarde se tourne sur sa dextre, soulève un rideau au hasard et pénètre dans un compartiment, en poursuivant ses croassements pathétiques.

Elle en émerge par le haut quelques instants plus tard, sous sa forme de corneille blanche qui s'envole à travers la charpente, gagne la sortie et file se perdre dans le ciel chargé de nuages.

La pluie se met à tomber.

Dans la travée de la grande salle des malades, plusieurs patients gémissent au sol, fauchés par la débandade collective.

Mururi est la première à reprendre ses esprits. Elle se précipite vers la jeune femme assommée, pose les doigts sur son front entaillé, d'où le sang ruissèle à flots. Elle éponge ce flot de sa manche, tout en appelant ses sœurs en renfort :

« Vite, aidez-moi à l'allonger sur un lit ! »

Deux *Servantes* s'en viennent aussitôt lui prêter main-forte.

« Doucement ! prévient Mururi. Cette fille attend famille… »

Elle faufile ses mains barbouillées de sang sous les jambes de la blessée pour la soulever avec précaution, poissant sa peau et ses vêtements, tandis que ses assistantes se chargent des épaules. Leur patiente émet un faible gémissement, mais garde les paupières closes pendant qu'ils l'installent, cahin-caha, dans le premier lit disponible.

« Et ici, que se passe-t-il ? » s'enquiert Lyfenn en les rejoignant dare-dare.

Elle voit le sang sur les cuisses et la robe de la future mère ; son esprit lancé au grand galop en tire aussitôt des déductions dramatiques.

Le travail se passe mal. Le bébé ne vient pas comme il devrait.

Alors soudain, elle reconnaît cette jeune femme.

Elle s'appelle… peu importe comment elle s'appelait. Elle est morte en couches jadis, entre les mains de Lyfenn. Et son enfant n'avait pas davantage survécu, parce que la chirurgienne avait trop tardé à poser le choix qui s'imposait : risquer la césarienne, quitte à compromettre les chances de la mère.

Mais ce marmot, elle ne le perdra pas une deuxième fois.

« Azal, appelle-t-elle. Mes outils, vite ! »

Tandis que la *noueuse* s'encourt vers la chambre voisine, où repose encore l'homme en attente d'être plâtré, Lyfenn se retrousse les manches, soulève la chemise de la jeune femme à moitié inconsciente pour exhiber son ventre nu. Puis elle extrait de sa besace un flacon d'alcool, dont elle verse une rasade sur la bedaine arrondie.

« Lyfenn… appelle Mururi. Que fais-tu ? Son front, Lyfenn ! »

La chirurgienne ne l'entend pas ; elle dégaine son couteau à inciser, place la pointe sur le ventre de sa patiente et tire, sans un instant d'hésitation, ouvrant une longue entaille du pubis jusqu'au nombril. Le visage de la jeune mère se crispe brusquement de douleur ; elle pousse un cri de surprise étouffé. Cela n'arrête nullement Lyfenn, qui écarte les lèvres de la blessure avec les doigts pour révéler les membranes sous-jacentes, et pose son couteau à nouveau, cette fois pour ouvrir la matrice.

Mais elle n'a pas le temps d'entamer ce geste fatidique : Mururi s'est emparée de son poignet.

« LYFENN, hurle-t-elle, mais qu'est-ce que tu fiches, par tous les foutres ? ? Elle est enceinte de quatre mois, Lyfenn ! Quatre mois ! »

La chirurgienne lui adresse un regard hébété, puis lorgne la jeune femme qu'elle vient d'inciser. Alors le voile des ombres se dissipe, et elle la reconnaît pour qui elle est.

Le bras qui tient le couteau retombe, d'une façon presque mécanique.

« Oh grands cieux, marmonne Lyfenn. Mais qu'est-ce qui m'arrive ? Qu'est-ce qui m'arrive ? »

Elle titube, fauchée dans la course effrénée de ses actions, et une sorte de néant s'empare de ses sens. Elle n'entend plus le mugissement du vent fauve sous la charpente, ni les cris de douleur de la jeune mère ouverte à vif, pas plus que les appels paniqués des pensionnaires de la Maison du Repos, le vrombissement des cloches au dehors ou la voix pressante de Mururi. Elle tombe littéralement assise au sol, les yeux perdus dans le vide.

Alors la procession commence.

Un par un, tous ceux qui sont morts entre ses mains reviennent se présenter devant elle. Ils s'étaient pourtant couchés, dociles, sur un bout de parchemin, avec le récit de leur trépas, et laissés jeter sans protester dans le puits des cryptes, pour qu'elle ne soit plus tourmentée par leur souvenir. À présent, ils sont là, debout dans la travée, avec leurs abcès, leurs fractures, leurs hémorragies et leurs gangrènes. Ils attendent qu'elle les répare. Ils patienteront toute la nuit s'il le faut.

Elle prend sa tête entre ses mains et se met à gémir. Mais aucun son ne sort de sa bouche.

Le repas est déjà presque terminé lorsque Millé s'en vient enfin rejoindre la table de la Révérende mère. Elle se penche aussitôt sur cette dernière, et glisse, de sa voix grave :

« Sainte mère, les portails sont bien gardés. Mais il faut que vous sachiez que…

– Va-t'en, Millé » la coupe sèchement Arandith.

La doyenne en demeure interdite.

– Quoi ? » marmonne-t-elle.

La Révérende mère fronce les narines avec dégoût, comme si la grande septuagénaire exhalait mille puanteurs.

« Ta présence. Je ne peux pas. Je ne peux plus.

– Elle a raison, renchérit Sann. Moi non plus, je ne peux plus. Va-t'en, Millé. »

Le visage de la reprise de justice se tord sous le coup de l'humiliation. Tournant le regard vers le reste de la salle, elle découvre des yeux levés vers elle, qui se rabaissent aussitôt pudiquement, par crainte de redoubler l'offense.

« Foutres célestes ! crache-t-elle. Mais qu'est-ce qui vous prend ? Qu'est-ce que je vous ai fait ?

– Nous ne savons plus ce que tu as fait, déclare Sann. Nous l'avons jeté dans le puits. Mais nous en ressentons toute l'horreur. C'est insupportable.

– Je ne veux pas être à tes côtés, commente à son tour Gwennyfar. Tu es une abomination. Va-t'en, s'il te plaît. »

La rage flamboie dans les prunelles d'acier de la géante.

« Vous avez pourtant supporté ma présence pendant des années, et pour votre plus grand profit !

– Parce que nous avions fait ce qu'il fallait pour oublier qui tu étais, prononce lentement la Révérende mère. Sans cela, jamais nous n'aurions pu t'accepter parmi nous. Maintenant, il est temps que tu t'en ailles, car même l'oubli ne suffit plus. »

Sœur Millé Futar de Narmor serre les dents à s'en briser les gencives. Elle meurt d'envie d'attraper la tête de ces vieillardes et de l'éclater sur la table, jusqu'à en faire de la bouillie. Mais ce serait signer son arrêt de mort.

« Sors, Millé, commande Arandith d'un ton cassant. Sors sans tarder, je te l'ordonne. Ta rédemption parmi nous prend fin ce soir. »

Elle ne peut pas désobéir à la Révérende mère : en tant que reprise de justice, la moindre insoumission peut la renvoyer à la potence. Pendant des années, l'alliance avec Arandith lui avait permis de repousser cette perspective loin de son esprit, et même d'exercer une forme de pouvoir dans le couvent ; à présent tout s'écroule, en un seul instant aussi inexplicable qu'absurde.

Ravalant sa bile, elle pousse une sorte de hoquet étouffé, se détourne et gagne à grands pas la porte du réfectoire, qu'elle claque derrière elle en sortant.

Restée seule dans le couloir, elle glapit un long hurlement de frustration.

Elle non plus, elle ne sait plus ce qu'elle a fait, et ne veut d'ailleurs pas l'apprendre. Le crime qui l'a envoyée en ce lieu a déserté sa mémoire depuis près de quatre décennies. Elle sait seulement qu'elle est violente, et que c'est plus fort qu'elle. Une violence qui s'accumule en elle depuis trop de jours, faute d'avoir été évacuée dans le puits. Tout à l'heure, elle a pu se délester d'une partie de cette charge ; mais après l'humiliation qu'elle vient de vivre dans le réfectoire, elle ne peut retenir le reste un seul instant de plus.

Hélas, elle ne peut plus se défouler contre personne.

Alors, tandis que les ombres se pressent sur les murs autour d'elle, elle cogne des poings contre la pierre, à s'en éclater les phalanges ; elle cogne et hurle, et hurle encore, comme si son cri pouvait éteindre le bourdonnement des cloches qui hante le monastère ; et pendant ce temps les ombres lui grimpent sur le dos, lui montent sur les épaules. Des décennies de rages revenues du néant la chevauchent et s'emparent d'elle. Et lorsque sa dernière phalange s'est rompue, elle frappe du front, frappe à s'en briser les arcades sourcilières, si longuement et si fort qu'elle en perd la notion d'elle-même.

Et puis soudain, elle cesse, vide de toute force, la haine de toute une vie enfin déchargée.

Ses mains ne sont plus que de la bouillie. Le sang qui ruissèle de son front forme un voile devant ses yeux ; il s'accumule aussi sous son crâne, en une poche de plus en plus vaste, qui écrase peu à peu ses pensées. Même Lyfenn ne pourrait plus l'en sauver. D'ailleurs, à quoi bon ? Sa rage s'est finalement posée là où elle le devait, déchainée contre son objet de toujours. L'heure de l'apaisement est venue.

Enfin repue, Millé titube, vacille, s'effondre au sol. Et sombre pour de bon dans l'inconscience.

Assise sur un banc de pierre, dans la galerie couverte qui relie la Maison du repos à celle du Voyage, sœur Brynné contemple ses avant-bras constellés de sangsues. Elles sont apparues en même temps que la pluie, comme il sied aux créatures de l'humidité ; elles ont poussé sur sa peau comme des furoncles, et continuent à fleurir spontanément, de plus en plus nombreuses, jusque dans le creux de son cou.

Elle a renoncé à se les arracher : à chaque tentative, elles se liquéfient immédiatement entre ses doigts, laissant une tache noire comme l'encre sur son épiderme. D'où, aussitôt, émerge un nouveau mamelon noirâtre, qui reforme le parasite.

Il y a un court moment, Priya a traversé la galerie, jetant autour d'elle des regards anxieux.

« Ma sœur, dis-moi que tu ne les vois pas… l'a implorée Brynné au passage.

– Harienn t'ait en sa sainte garde, je les vois, moi aussi ! » a répondu la *Servante*.

Elle a reculé de plusieurs pas, s'est signée furtivement, et puis a pris la poudre d'escampette, craignant sans doute d'être gagnée par le même sortilège.

Si bien que Brynné demeure seule avec sa malédiction, face au jardin qui fume ses ombres dans la nuit. Elle s'efforce de rester calme. D'accepter la situation sans paniquer.

Elle sait maintenant que ses suceuses de sang ne sont pas une simple illusion.

Par les Astres blêmes ! C'est l'Inframonde qui prend corps dans le couvent ! Pas seulement *par l'esprit, mais sous forme physique, comme la revenante ! Comment est-ce possible ?*

Elle repense à Gypse, couchée dans le sanatorium, à sa peau du même noir d'encre délavée. Pas question de se laisser empoisonner par la même substance ; il faut qu'elle trouve le moyen de s'en désenvoûter. Mais comment ?

Affronter les ombres en face, songe-t-elle. *C'est ce qu'aurait dit le mage. C'est peut-être vain, mais je ne peux pas rester à subir sans rien faire.*

Rassemblant son courage, elle se lève du banc ; quitte l'abri de la galerie pour traverser le jardin sous une pluie battante, en s'efforçant d'ignorer les silhouettes spectrales qui dansent entre les parterres de plantes et les buissons taillés. Elle finit par gagner le parapet qui surplombe la rue des Tanneurs inondée, et par se hisser dessus.

Debout sur le muret, elle appelle, soulevée de bravoure :

« Maman ! Montre-toi, maman ! Viens-t'en reprendre tes sangsues ! Maman ! »

Elle crie, elle hèle ses fantômes, plus décidée que jamais ; mais le spectre de sa mère refuse de paraître sous le jardin. La pluie dégoutte du chaperon de la sœur copiste, transperce ses vêtements ; sa morsure se confond avec le chatouillis discret des parasites qui continuent à pousser sur sa peau. Elle secoue la tête, dépitée, se remet à crier encore, à plusieurs reprises.

Et puis, soudain, des bruits d'éclaboussures.

Un peu plus haut dans la rue, la nuit crachote une silhouette humaine, qui trace sa route dans le flot, de l'eau jusqu'à la taille.

Mais ce n'est pas le fantôme de la mère de Brynné, ni celui de la Mordue. C'est une *Servante* de Nimir, en robe blanche et chaperon orange, qui progresse avec lenteur, en titubant. Lorsqu'elle parvient à hauteur de Brynné, celle-ci la reconnaît :

« Nasha ? Sœur Nasha ? »

La doyenne lève vers la copiste un regard morne, empli d'un insondable désespoir ; mais elle poursuit sa marche sans s'arrêter, en direction du fleuve.

« Nasha ! Attends ! Où est-ce que tu vas ? l'appelle Brynné. Reviens ! »

La copiste progresse avec précaution sur le muret, pour rester à la hauteur de la vieillarde, et tâcher de la ramener à la raison :

« Quoi que tu voies, ce sont des ombres, pas la réalité ! Il n'y a rien de bon à les suivre ! Tu m'entends, Nasha ? Nasha ? C'est trop profond par-là ! »

Mais la doyenne ne semble pas prêter attention à ses paroles ; et Brynné est à présent parvenue au bout du jardin. Elle considère l'idée de sauter dans l'eau pour rattraper la fuyarde et la ramener de force ; mais la hauteur du mur et la noirceur du cloaque en contrebas la retiennent. Elle songe aux *akarnas*, aux serpents du temple, aux charognes en décomposition, à tout ce qui peut se tapir dans cet infect marigot urbain. Et pendant ce temps, Nasha s'enfonce toujours plus loin dans les eaux turbides, en descendant la rue vers la place de la criée ; seules ses épaules et sa tête émergent encore.

Et puis soudain, quelque chose de long et pâle jaillit des profondeurs, s'entortille autour du cou de la vieillarde, et la tire brutalement vers le bas. Nasha bascule en arrière, le bras levé vers le ciel ; s'écrase dans le flot et disparaît presque aussitôt dans ses ténèbres opaques.

Brynné hurle son nom à plusieurs reprises. En vain. Déjà, les rides à la surface s'estompent sous le martèlement des gouttes de pluie, et avec elles, tout témoignage du drame qui vient de se nouer. La sœur copiste demeure seule sur son muret, impuissante, le souffle court et le cœur qui bat à tour rompre.

Grands cieux ! Ce n'était pas un akarna. *C'était plus gros ! Tellement plus gros ! Harienn ! Protège-nous !*

Les Hauts et les Bas jardins se sont emplis d'ombres à forme humaine ; les *Servantes* les ont désertés pour se réfugier dans le corps de logis. Mais les ombres s'y trouvaient déjà, surgies des cryptes. Pareilles à la marée montante, elles ont envahi d'abord le rez-de-chaussée, puis le niveau du réfectoire. Alors les sœurs se sont retranchées encore plus haut, dans l'étage des chambres ; elles se sont enfermées dans leurs cellules par groupes de trois ou quatre, en se blottissant les unes contre les autres pour prier, chanter des hymnes et abjurer le mal. Elles ont renoncé à arpenter les couloirs hantés de murmures et de silhouettes menaçantes : chiens, serpents, hommes rampants, cauchemars de toute forme et de toutes origines, aboyant des haines anciennes, sifflant des rancoeurs oubliées, susurrant d'effrayants secrets appartenant aux morts comme aux vivants.

Vers la moitié de la nuit, des tintements de métal s'élèvent soudain depuis les forges, avec une régularité presque cérémonieuse. Alors on entend, depuis l'étage inférieur, monter un cri de rage, qui porte la signature vocale de la Révérende mère ; et puis des bruits de pas précipités dans la galerie couverte le long du temple, qui résonnent avec d'étranges échos sous-marins, en s'éloignant vers les appentis de la cour d'entrée.

Un moment plus tard, les sons de marteau et d'enclume s'interrompent.

Kautra décide alors de ne plus subir sa propre terreur. Alors que le vrombissement des cloches décline peu à peu, elle trouve le courage de quitter sa cellule pour battre le rappel, en passant de porte en porte. À force de persuasion et de foi, elle parvient à rassembler autour d'elle un groupe d'une quinzaine de sœurs parmi les plus jeunes et les plus intrépides du couvent – une compagnie résolue, capable de défier les ombres et de les repousser de son chant.

Ces braves reprennent aussitôt le contrôle de la salle chapitrale, où elles ne trouvent ni la Révérende mère, ni aucune des doyennes.

Elles décident d'y tenir conseil.

« Nous avons besoin du mage, décrète Mururi. Lui seul peut mettre un terme à tout cela. Allons le chercher au Saharon !

– Arandith sera verte de rage, remarque quelqu'un.

– Arandith ne nous protège pas, rétorque Kautra. Quelqu'un d'autre doit le faire.

– Nous le ferons entrer discrètement, à l'insu des doyennes, propose Mururi.

– Si seulement les doyennes sont encore en vie, commente une sœur.

– Le mage ne voudra pas revenir, objecte une autre. La Révérende mère l'a gravement offensé.

– Allons chercher Azal. Elle saura le persuader. Il apprécie Azal plus que n'importe qui d'entre nous. »

Une heure avant le lever du soleil, une délégation composée d'une demi-douzaine de ces conjurées franchit le portail des Tanneries, qui n'est plus gardé, s'empare d'une embarcation, la met à l'eau et vogue à travers la cité, en direction du Mont-au-râles. À son bord, Azal piaffe d'impatience, heureuse à l'idée de retrouver son ami le magicien, soulagée de pouvoir lui présenter les excuses de la communauté monastique, envers et contre la volonté de la Révérende mère. Assise à ses côtés, Mururi arbore la mine apaisée de celle qui sait, au fond d'elle-même, avoir pris la bonne décision.

La pluie a cessé. Le ciel est en train de se dégager.

16. Je ne crains pas les ombres

Cinquième jour.

À l'aube, un craquement puissant retentit à travers la cité. Depuis le rempart du Saharon, Sassane observe le nuage de poussière blanche qui s'élève au-dessus du quartier des merciers.

« C'est la gabarre suspendue de la rue des Alezans, constate-t-elle. Elle vient de tomber de son perchoir.

– Ce n'est pas étonnant, commente la chirurgienne Nour, debout à ses côtés. Les façades qui la coinçaient dans leur étau s'effritaient et se craquelaient de jour en jour. Elles devaient bien finir par céder !

– Pourvu que personne, là-bas, n'ait été blessé, déclare la nochère.

– Prions pour eux, l'enjoint la chirurgienne.

– Prions pour eux… et pour nous-mêmes ! », renchérit Sassane.

Puis elle se détourne et descend l'escalier pour rejoindre les autres membres de la communauté dans le jardin du cloître, en vue du départ. Les trois quarts des Saharistes du Mont-aux-râles sont réunies là, autour de leur abbesse, près de la poterne qui tient lieu d'unique accès au couvent depuis le début de la crue. Brandissant encensoirs et bannières, comme si elles s'apprêtaient à quelque cérémonie religieuse…

En retrait de leur groupe se tiennent Azal, Mururi et les autres nimiriennes arrivées en fin de nuit. La *noueuse* observe ces préparatifs avec un intérêt d'autant plus marqué qu'elle n'en comprend pas encore le but.

« Qu'est-ce que ces sœurs vont faire en ville ? questionne-t-elle.

Mururi baisse le regard sur elle :

« Le *Bastion de chair*, pour protéger les *Gris*.

– Les protéger ? Contre quoi ? »

Debout non loin de là, une vieille Sahariste se retourne vers elles. Et avec gentillesse, déclare :

« Contre la folie et la haine des hommes, jeune fille ! La cité attend en vain son ravitaillement, et le peuple a faim. Le prédicateur du temple est persuadé que les vivres manquants sont cachés dans les maisons des *Mornillons*. Avec ses *Frères ratiers*, il leur a lancé un ultimatum : rendez la nourriture, ou nous donnerons l'assaut. L'ultimatum expire ce matin.

– Oh » dit Azal en fronçant les sourcils d'un air contrarié – comme toujours lorsqu'elle est confrontée aux mauvais penchants de l'être humain. Puis elle se retourne vers Mururi :

« Comment se fait-il que je ne sois pas au courant de ça ?

– Azal, ma chère Azal, soupire la *Servante* blonde, nos sœurs ont pour habitude de te protéger des tempêtes qui agitent le monde hors des murs du cloître. Elles craignent sans doute que le récit de ces malheurs n'assombrisse ton petit cœur plein d'empathie et ne souille la pureté de ton âme.

– Ne vous avisez plus de me protéger ! Mon petit cœur est assez solide pour voir les gens tels qu'ils sont !

– C'est vrai, convient Mururi. Je te promets de corriger ça.

– Je suis peut-être *noueuse*, mais je ne suis pas une enfant, ajoute Azal, une once de colère dans la voix. Si je ne peux pas regarder le monde en face, ce n'était pas la peine de me sauver des fièvres ! »

Puis, la curiosité reprenant le dessus, elle questionne :

« Qu'est-ce que le *Bastion de chair* ?

– C'est une pratique sahariste pour protéger les faibles et les mal-aimés, lorsque la violence menace de déferler sur eux, explique Mururi avec une note de respect. Ces sœurs vont former un cordon devant les maisons des *Gris*, et leur offrir un rempart de leur corps.

– Sans armes ? » s'étonne Azal.

À nouveau, la Sahariste âgée se retourne vers elle :

« Oui, jeune fille, sans armes ! déclare-t-elle avec une ferveur tranquille. Pour ne pas répondre au mal par le mal. C'est par le cœur que nous dialoguons, non par le fer et le bâton. » La vieillarde pose une main à plat sur son sein : « Mais tout à l'heure, lorsque nous exposerons nos poitrines aux fourches, les miliciens reconnaîtront en face d'eux les femmes qui les ont accueillis, soignés et nourris quand ils étaient dans le besoin. Ça leur donnera à réfléchir ; avec un peu de chance, ils feront demi-tour et rentreront chez eux.

– Les Astres vous entendent, s'exclame Mururi. Qu'ils vous aient en leur sainte garde, et fassent fléchir les âmes coléreuses ! »

Le visage de la *Corneille* s'éclaire d'un sourire généreux :

« Il est rare qu'une *Servante* de Nimir nous souhaite du bien d'un cœur franc ; mais votre voix respire la sincérité. J'emporte vos bons vœux avec moi. »

Elle porte deux doigts à son front, et se détourne pour replonger au cœur du groupe, d'un pas serein.

« Tu crois que ça va marcher ? » glisse Azal, inquiète.

Mururi fait la grimace :

« Je l'espère, souffle-t-elle à voix basse. La plupart des gens hésitent à frapper des religieuses désarmées. C'est un acte sacrilège. L'ordre de Sahari a déjà obtenu des résultats remarquables avec cette tactique. Mais il a aussi connu de tragiques échecs ; il est arrivé que les frères et les sœurs *corneilles* se fassent massacrer avec ceux qu'ils entendaient protéger.

– Plaise aux cieux que ce ne soit pas le cas aujourd'hui, rétorque Azal en frissonnant.

– Plaise aux cieux, répète Mururi. Les réactions d'une foule affamée sont toujours difficiles à prévoir… »

Et après un instant de réflexion, elle courbe la nuque et ajoute :

« Au fond, ce serait plus sûr pour elles si nous n'étions pas là. Les Saharistes auraient encore le monopole de l'hôpital à Feddrantir ; les gens des milices ne pourraient pas se permettre de les perdre ou de se les aliéner. L'existence du *Nimiron* augmente le danger pour ces braves corneilles. »

Elle baisse encore la voix, et glisse :

« Sans compter que nous avons tout fait pour ternir leur réputation et attiser la méfiance à leur encontre… »

Azal hoche la tête, médite ces paroles quelques instants. Puis ses yeux se mettent à briller, car Peyr Romo vient d'émerger de l'abbatiale, un havresac de cuir sur le dos, un baudrier d'épée ceint autour des reins.

Il s'en va directement rejoindre l'abbesse au milieu du groupe, échange quelques mots en aparté avec elle.

« Prudence, Agyre ! lui glisse-t-il à l'oreille. Cette fureur envers les Gris, c'est peut-être aussi l'*Inframonde* qui refoule dans le cœur des petites gens. Dieu sait combien de puits il y a sous cette cité, qui ont débordé à notre insu. »

En réponse, Agyre effleure sa joue du bout des doigts, l'air de dire : *tu es adorable de te faire du souci pour moi*. Dans la foulée, elle lui plante impulsivement un baiser au coin des lèvres.

« Ne t'inquiète pas pour nous, doux sorcier. Inquiète-toi pour toi, et pour ce que tu t'apprêtes à faire. Je t'en prie, ne t'obstine pas plus que de raison. Si tu ne parviens pas à retrouver ces fichus ossements, renonce et reviens-nous en vie, tu veux bien ? »

Elle se retourne vers Sassane :

« Va avec lui, s'il te plaît. Nous devons contribuer à libérer l'âme de notre sœur Atmé. »

La nochère se rebiffe :

« S'il me faut mourir, je préfère que ce soit au grand jour et parmi vous. Pas seule, dans une crypte sordide sous le Nimiron.

– Depuis quand décide-t-on de l'heure et du lieu de sa mort ? rétorque Agyre. J'espère bien te revoir vivante tout à l'heure, toi aussi ! Fais ce que tu peux pour aider notre Peyr ; va seulement aussi loin que tu l'oses. C'est tout ce que je demande. »

Puis elle se retourne pour faire face à l'ensemble du groupe :

« Enfants de la corneille et du cygne ! proclame-t-elle. Petites sœurs de la misère et du désarroi ! L'heure est venue d'offrir nos chairs en rempart. Si nous tombons, un autre cycle nous attend par-delà les rotations du ciel. Si nous vivons, ce sera le cœur empli de la joie simple et vraie d'avoir fait ce que nous devions, dans l'amour de notre prochain. Aux barques, mes sœurs ! Aux barques ! »

Et d'une foulée hardie, elle franchit la poterne et entame la descente de l'escalier vertigineux, vers la rue des Tanneurs. Trente saharistes courageuses lui emboitent aussitôt le pas, une mélopée somptueuse à fleur des lèvres. Peyr la reconnaît dès les premières notes : ce sont les chants de la *Sadoura*, la cérémonie du renoncement personnel.

Le sorcier demeure sur le seuil avec la chirurgienne Nour, la chantre Iraé et les *Servantes* de Nimir. Tous ont le cœur noué en regardant la lente procession s'étirer sur les marches, à l'ombre des murs du réfectoire, et les *corneilles* qui s'entassent sur des barques fragiles, au pied de la colline, pour gagner les rues au sec.

« Quelle pitié d'être trop vieille pour les accompagner, murmure l'octogénaire Iraé.

– Quelle pitié que ma fonction me l'interdise ! soupire Nour.

– Les réfugiés ont besoin de vous ici, les réconforte Peyr. Il en arrive constamment en provenance du Nimiron. Trop peu de vos sœurs sont demeurées sur place pour s'occuper d'eux…

– J'espère bien vous envoyer du renfort, déclare Mururi. Mais je ne peux rien promettre, hélas… »

Et ce disant, elle lève les yeux vers le Calvent voisin, baigné de lumière solaire. Les murs du cloître de Nimir ont pris une teinte dorée sous sa caresse ; on peine à croire qu'à l'intérieur, les ombres règnent désormais sur des âmes en désarroi. Les cloches du temple chapitral auraient dû sonner l'hommage à Suros il y a une heure déjà ; leur silence accuse le couvent mieux que toutes les rumeurs qui doivent à présent courir dans la cité. La réputation de la communauté s'en relèvera-t-elle un jour ?

Mururi frissonne. C'est comme si elle regardait sa maison brûler.

Un moment plus tard, la barque de Sassane quitte à son tour le pied de l'escalier pour s'aventurer sur les eaux ; elle remonte la rue des Tanneurs en naviguant sous les Bas jardins du Nimiron, dans le creux entre les deux collines – hors de vue des fenêtres du haut cloître.

Il faut moins de cent coups de perche à la nochère pour amener ses passagers à la courée qui constitue la seconde entrée du couvent des *Servantes* – la porte des Tanneries, réservée aux malades et aux indigents. Peyr y retrouve Kautra, qui l'attend avec deux autres sœurs aux mines résolues.

« Maître Romo, salue la robuste moniale, en s'inclinant respectueusement devant le mage. Je ne pourrai jamais vous remercier assez d'être venu. Comment vous dire la honte qui m'étreint quand je repense à la façon dont notre Révérende mère vous a traité ? »

Elle se tourne vers Mururi :

« Les trois maisons de l'hospice sont tenues par les nôtres. Arandith et ses proches les ont désertées depuis hier soir ; nous supposons qu'elles se sont retranchées dans le temple ou la salle du chapitre, dans l'espoir d'échapper aux ombres. »

Mururi fait claquer sa langue, encouragée par ces nouvelles :

« Cela va faciliter notre passage, au moins jusqu'au début des Hauts jardins.

– À condition de ne pas trop traîner, objecte Kautra. Plus le soleil s'élève et moins les ombres sont actives. Arandith finira bien par sortir de sa tanière et nous causer du souci… »

Peyr s'incline à son tour :

« J'ai un message à vous délivrer de la part de l'abbesse Agyre, déclare-t-il. Le Saharon offre le gite, le couvert et sa protection à toutes les *Servantes* qui le souhaitent, aussi longtemps que le Nimiron ne sera pas redevenu salubre. Vous y êtes les bienvenues dès à présent. En échange, elle vous demande seulement d'aider au soin des pensionnaires. »

Kautra acquiesce en soupirant :

« Bien entendu. Après tout, nombre d'entre eux étaient *nos* réfugiés et *nos* malades hier encore. »

Elle plante son regard dans les yeux du mage :

« Mais si nous sommes trop nombreuses à abandonner la place, nous ne pourrons pas vous apporter de soutien. De combien d'entre nous avez-vous besoin pour votre, hum, expédition ? »

Le sorcier réfléchit un instant.

« Trois robustes moniales suffiront pour me faire descendre au bout d'une corde dans le puits, et me remonter lorsque j'en aurai fini *là-dessous*. Mais il faudra que leur courage soit bien trempé, car elles devront demeurer dans l'antichambre jusqu'à mon retour, quoi qu'il advienne, malgré les maléfices qui pourraient s'emparer de leurs sens. Sans parler de la revenante, qui pourrait mettre son grain de sel… »

Kautra porte deux doigts à son front :

« Je serai de ces trois.

– Moi aussi, dit Mururi.

– Moi de même, dit Sassane.

– Et moi, bien sûr, s'exclame Azal. Hein ? Tu sais que personne ne connaît les cryptes mieux que moi !

– Ainsi soit-il », acquiesce le mage.

Refuser l'aide de la *noueuse* serait lui faire injure ; et d'ailleurs, une part de lui se sent rassurée de la savoir membre du groupe, sans qu'il puisse s'expliquer pourquoi.

« Mieux vaut ne pas trop tarder, ajoute-t-il, car nous avons encore des préparatifs à faire. Séjourner dans l'antichambre ne sera déjà pas une partie de plaisir de jour ; la nuit, cela risque de devenir intenable. »

Kautra approuve d'un sobre hochement de menton. Elle se tourne vers les deux *servantes* qui l'accompagnent :

« Trouvez-nous une corde bien épaisse. Il y en a une de rechange pour les cloches du temple : elle ferait parfaitement l'affaire. Et des liens plus légers, de bonne longueur. Tout ce que vous pouvez ramener. »

Puis elle adresse un signe de tête au mage :

« Pour traverser les Hauts jardins, nous passerons discrètement par les sentiers à prière, jusqu'à la porte du réfectoire. Je ne crois pas que nous rencontrerons d'opposition, mais je préfère qu'Arandith continue à ignorer votre retour parmi nous. Elle serait fichue d'appeler le guet… »

Mururi fait la courbette devant le mage :

« Si Maître Romo veut bien me suivre, je vais le guider pour cette partie du trajet. »

Peyr acquiesce en silence, et prend une grande inspiration – peut-être bien la dernière goulée d'air pur avant de pénétrer à nouveau dans les miasmes d'Inframonde, qui hantent le couvent. Déjà, leurs effluves s'en viennent effleurer ses narines ; il doit lutter contre la nausée qui s'éveille en lui.

« Harru ! » murmure-t-il, en expirant par le nez.

Et aussitôt, son odorat s'éteint.

Cinquième jour, peu avant midi.

Lorsqu'Azal braque ses lanternes dans l'escalier de l'*antichambre*, elle ne peut retenir un sifflement de surprise.

« Il y a de l'eau qui remonte de là-dessous », annonce-t-elle, interdite.

Peyr Romo jette un coup d'œil par-dessus les épaules bardées de cuir de la *noueuse*. La lumière feutrée fait reluire d'étroites flaques blanchâtres qui croupissent sur les côtés des marches, blotties contre les parois de pierre grise.

« On dirait le prolongement des ruisseaux nés du puits hier matin, déclare Peyr. Allez savoir quelle force les a menés si haut…

– En tout cas, ils poursuivent leur ascension, souffle Kautra. Et à vue d'œil, même… »

Plissant les yeux, Peyr constate qu'elle dit vrai : le liquide lacté ne fait pas que stagner, il progresse bel et bien avec une lenteur sournoise, escaladant les contremarches l'une après l'autre, rampant discrètement sur les extrémités des pierres pour coloniser les hauteurs de l'escalier.

« Il est grand temps que cesse cette folie d'eau… » murmure le sorcier.

Il pose son havresac au sol et l'ouvre.

« Nous allons prendre quelques précautions avant de descendre là-dessous. »

Il tire du sac une lanterne aux parois de corne affinée. Celles-ci s'ornent de runes peintes avec des pigments légers, dans les tons ocre. Le sorcier en extrait la bougie, l'allume avec le briquet de Sassane, puis la porte à ses yeux et commence à murmurer dans la langue des géants. La flamme réagit en crépitant et ronronnant comme un animal qu'on caresse ; elle se couche, se cambre, gagne en vigueur et en brillance. Peyr la flatte d'un dernier souffle, puis la replace, toute vive, dans son habitacle translucide.

« Il y a plusieurs façons d'enchanter une lanterne, déclare-t-il. Celle-ci est connue sous le nom de *Forteresse.* Quels que soient les maléfices qui viendront oppresser cette petite flamme, elle ne défaillira pas ; elle tendra même à repousser les ombres et les esprits néfastes. C'est la protection que je vous offre contre les fantômes qui rôdent dans les cryptes. Qui d'entre vous en aura la garde ?

– Donne-là à Mururi, propose Kautra. Elle a toujours été notre éclaireuse face aux mystères de l'Inframonde. »

La blonde acquiesce sobrement, et s'empare de la lanterne.

« Cette fois, je descendrai le premier dans l'*antichambre*, dit le mage, la main sur la poignée de son épée. Nous ne savons pas ce qui nous attend en bas. » Il décoche une œillade impérieuse à Azal : « Pas de discussion. Mururi me suivra avec sa *Forteresse*, pour nous offrir un éclairage infaillible. Entendu ?

– Oui Monseigneur » déclare Sassane avec irrévérence.

Les autres acquiescent en silence.

Au fur et à mesure de la descente, l'eau calcaire se fait de plus en plus présente. Alors qu'elle restait d'abord cantonnée aux abords des parois, on la retrouve désormais sur toute la largeur des marches, cristallisée en une croûte blanchâtre déjà partiellement séchée, recouverte d'une pellicule liquide et glissante. Peyr a fort à faire pour ne pas déraper, et Sassane, qui porte la grosse corde de clocher, manque de partir à la renverse à plusieurs reprises.

L'*antichambre* elle-même n'a guère changé d'aspect depuis la visite de la veille ; mais la luminescence des ruisseaux rampants s'est avivée et pulse, épousant le rythme lent d'une respiration humaine. Au milieu de cette grande souille patiente l'antique margelle, suintant le calcaire comme le cierge suinte sa cire. Tandis qu'Azal braque ses lanternes sur les recoins sombres de la salle pour vérifier qu'aucune revenante ne s'y terre, Peyr, Kautra et Mururi s'approchent du puits d'un pas dérapant.

Le mage se penche sur cette gueule ténébreuse. La lumière fauve de la *Forteresse* caresse ses parois internes : elles luisent d'une pellicule lactée, grumeleuse, qui leur donne une allure presque organique.

Il tire de sa ceinture une paire de gants de peau, qu'il enfile ; puis passe les mains sur la margelle, pour gratter la pâle croûte calcaire qui la recouvre, et révéler les runes sous-jacentes.

« Les sortilèges de garde érigés par les géants ? » souffle Mururi.

Le mage acquiesce d'un grognement.

« Sont-ils encore efficaces, ainsi nappés ? questionne la jeune femme.

– Je me le demande, rétorque Peyr, la mine funèbre.

– Ils ne vont pas nous interdire de remonter, au moins, magicien ? s'enquiert Azal.

Le sorcier se retourne vers elle, consterné.

« *Nous* ? Par les Astres, Azal, qu'est-ce que tu entends exactement par *nous* ? »

Elle affecte un air embarrassé, qui ne l'empêche pas de revenir à la charge, avec une énergie farouche :

« Tu ne peux pas descendre tout seul là-dessous, tu sais, magicien ! Oui, tu le sais ! C'est trop dangereux. Si jamais tu te laisses prendre aux ombres…

– Ce sont *vos* ombres, pas les miennes. Je n'ai rien à craindre d'elles. Et je ne serai pas tout seul là-dessous. Sassane ? »

La Sahariste détourne les yeux.

« Je suis désolé, magistère. Je ne peux pas. Rien que la vue de cette gueule sinistre, ça me donne la nausée. Ça me pétrifie. Rester ici pour te remonter, c'est le mieux que je puisse. »

Il hoche la tête :

« Et c'est déjà beaucoup. Je sais que tu ne me feras pas défaut. »

Il se retourne vers Azal. Et avant qu'elle ouvre la bouche, assène un ferme : *non*.

« C'est pourtant ce que font les amis ! se rebelle-t-elle. Se prêter main-forte dans les épreuves ! Dépasser ensemble les choses qui les terrifient !

– Tu veux seulement voir ce qu'il y a là-dessous ! C'est une curiosité qui te démange depuis trop longtemps !

– Et puis après ? Mieux vaut y aller curieuse que pétrifiée de trouille !

– Tu ne fais aucun cas de ta propre vie !

– Tu te trompes, magicien, tu te trompes tellement ! J'aime la vie, je l'adore, je la chéris chaque jour ! Chaque lever du soleil m'émerveille ! Le miracle des corps qui se réparent d'eux-mêmes et celui des plantes médicinales, qui poussent spontanément pour nous guérir. La tendresse dans les mains des pauvres gens. Les rires de ceux qui n'ont rien. Même la lumière dans les yeux de ceux qui s'en vont, quand ils posent sur leurs souvenirs un regard tendre, ça m'emplit le cœur de joie ! J'aime la vie passionnément, même si mon corps me fait souffrir, et même si je dois marcher le cul en l'air, à faire rougir les Astres ! Je n'ai aucune envie de jeter tout ça au feu. Mais j'ai aussi besoin de *servir* à quelque chose, toute cassée que je suis ! Et aujourd'hui, je sens bien que c'est le moment. Parce que je suis la mieux adaptée pour te suivre là-dessous, magicien, hein ? Pour cavaler sous la terre, je n'ai pas ma pareille ! Et puis, tu sais, je ne crains pas mes ombres, je n'ai rien à me cacher. Je connais par cœur chacune de mes douleurs, chacun de mes manques et de mes frustrations. J'ai passé tant d'heures à les retourner dans tous les sens et faire la paix avec eux, qu'ils sont devenus comme de vieux amis. Je ne fanfaronne pas devant eux, je ne fais pas semblant que rien ne m'atteint. Alors du coup, l'Inframonde, moi, il *ne me fait pas peur*. »

Peyr pousse un profond soupir.

Pour un mage, le talent le plus précieux qui soit, c'est la capacité à sentir quand les Astres sont alignés. Décrypter leur humeur derrière les circonstances qui paraissent dépourvues de sens, pour se placer sous leur lumière favorable, au bon endroit, au bon moment et de la bonne manière – quitte à faire fi du rationnel. Rien ne pourrait sembler plus absurde que de s'embarrasser d'une *noueuse* physiquement diminuée dans une expédition aussi dangereuse vers les profondeurs de l'*Inframonde*. Et pourtant, chacun des mots de la jeune fille sonne juste. Alors Peyr cesse de se battre, et s'en remet à son instinct, en priant pour ne pas se tromper.

« Aidez-moi à débloquer la grille » grogne-t-il.

Kautra tire de sa besace un petit marteau, dont elle se met à frapper les goupilles rouillées, à petits coups répétés. Ceux-ci résonnent dans les entrailles du puits, éveillant des échos suraigus qui remontent avec un temps de retard. Comme l'annonce du sacrilège imminent…

Au bout d'un moment, les goupilles cèdent. Peyr pose les pattes sur les barreaux de la grille, et les soulève de quelques pouces, pour faire jouer les charnières. Un grincement sinistre se fait entendre, un gémissement de fer qui proteste. La lumière des ruisseaux répond à cette offense en se tamisant soudain, jusqu'à presque disparaître. Une forme d'avertissement des forces infernales... Le sorcier choisit de l'ignorer :

« Pas si coincée que ça, constate-t-il. C'est bien la preuve que cette vieille herse n'est pas restée scellée tout le temps, au cours du dernier siècle… »

Il se retourne vers Azal, la mine sévère :

« Il n'y a pas que des ombres dans le *Pays d'en dessous*. Il y a aussi les créatures enfermées par les géants depuis des éons. Normalement, nous n'aurons pas à aller très profond pour retrouver les ossements d'Atmé ; j'espère que cela nous mettra à l'abri des mauvaises rencontres. Prie pour que je ne me trompe pas. »

La nuque d'Azal se raidit légèrement à ces paroles ; mais simultanément, un large sourire éclaire sa face, si solaire qu'il finit par contaminer le mage lui-même.

« Bien, dit-il. Ouvrons le passage pour de bon. »

Sassane place à son tour ses mains sur les barreaux, bientôt rejointe par Kautra. D'un même effort, la Sahariste et la Nimirienne soulèvent la grille à la verticale, puis la reposent à l'envers, à côté du puits, dans un nouveau couinement de charnières.

Peyr porte les doigts à son front pour convoquer les Astres.

Voilà, le sort est jeté. Nous avons profané ce qui devait rester scellé. À présent et par notre faute, les prisonniers de l'Inframonde peuvent trouver la voie du dehors. Nous devrons faire en sorte que ce sacrilège soit bref…

Peyr délie une bourse à sa ceinture, en tire plusieurs pitons de métal, qu'il tend à Kautra :

« Fiches-en deux dans les murs, entre les pierres, s'il te plat. À bonne distance l'un de l'autre. »

La Servante s'exécute. Pendant ce temps, le sorcier noue une courte corde aux barreaux de fer, puis s'en va attacher l'autre extrémité à l'un des pitons fixés par Kautra. Il répète l'opération avec un second lien, de façon à arrimer solidement la grille en position ouverte.

« Sassane, s'il te plaît… » requiert-il.

La Sahariste s'en vient lui apporter le fardeau qu'elle porte à l'épaule : une corde plus épaisse qu'un manche de lance, longue de plus de quarante mètres. Le sorcier l'enroule également autour des barreaux ; puis il fait de même avec un autre filin, tout aussi long, mais beaucoup plus léger, tiré de son propre paquetage.

« Nous descendrons l'un après l'autre, déclare-t-il, sur la grande corde du clocher. Le filin servira de témoin. Nous y attacherons ces clochettes, juste sous la margelle. Nous pourrons nous en servir pour communiquer, car le son ne passe pas la frontière entre les mondes, mais la tension dans le fil le fera. Une courte secousse pour cesser la descente un moment ; deux pour la reprendre ; trois pour remonter. Une secousse prolongée pour vous dire que nous sommes déliés de la corde ; deux courtes suivies d'une longue pour avertir qu'un danger remonte vers vous, et que vous devez immédiatement refermer la grille, sans plus vous soucier de notre sort. »

Il adresse un regard grave aux trois moniales :

« Si jamais cet ordre-là survient, exécutez-le sans discuter, car les habitants de l'Inframonde surpassent souvent les humains en puissance, et même dix chevaliers en armure ne pourraient être certains de tenir cette ouverture contre eux. »

Sassane hoche la tête, funèbre. Pendant ce temps, Peyr s'attache une coûte corde autour de la taille, et noue son extrémité autour de la grosse corde de clocher, en un savant nœud de marin.

« À quoi cela sert-il ? interroge Sassane.

– À ralentir la chute. Si je lâche prise, le frottement du nœud freinera considérablement ma glissade. C'est une astuce de montagnard, qui me permettra de rester mobile. Je vais faire de même pour toi, mais avec un nœud ferme, qui ne coulisse pas… »

La noueuse blêmit, mais continue bravement de sourire. Elle a trop peur que le mage change d'avis pour laisser paraître son inquiétude. N'empêche qu'elle ne peut s'empêcher de déglutir, à sa façon laborieuse.

17. Une cathédrale sous la terre

La grande corde de clocher grince et se tord sous le poids de son fardeau humain. Azal s'y agrippe des mains et des genoux, sans se fier au harnais de chanvre noué autour de sa taille. De temps à autre, elle repousse la roche du pied pour ne pas la heurter, tandis que la corde descend par saccades, filant entre les doigts des trois moniales restées là-haut, dans l'*antichambre*.

Azal n'entend déjà plus rien de ces dernières : ni leurs encouragements ni leurs efforts, pas même les gémissements de métal de la grille. Un silence étouffant pèse sur les profondeurs de l'Inframonde, troublé seulement par les craquements du chanvre et les incantations de Peyr Romo, qui se balance quelques coudées plus bas, au cœur d'un halo de lumière bleutée.

Cette froide clarté de mage, c'est tout ce qui donne encore une consistance au monde. Elle lustre la pellicule d'eau blanchâtre qui recouvre les parois de roche lisse autour d'eux, texture liquide glissant comme une membrane vivante, avec patience, vers le haut.

Pey et Azal s'abîment dans une cavité en forme de jabot ou d'estomac, étirée tout en hauteur. Leur lente descente leur laisse le loisir d'examiner les lieux à leur aise. Là-bas, en contrebas, luit un petit bassin calcaire, où se déverse en gargouillant le flot jailli d'un boyau secondaire. Tout autour, la boue stagne sur une plateforme semée de pierraille et de débris.

Peyr finit par atterrir sur cette dernière, en dérapant dans la vase. Tombé à genoux, il attend qu'Azal le rejoigne, puis s'empresse d'attraper le filin qui pend à ses côtés, et de lui imprimer une brève secousse, pour signifier à Sassane et ses compagnes qu'elles peuvent cesser de donner du mou. Aucun son ne lui parvient en retour, pas même le tintement des clochettes, mais le gros câble de chanvre s'arrête aussitôt de défiler.

Peyr se remet debout en s'aidant de la corde tendue, et jette un regard autour de lui.

Il se trouve au fond de la grotte, une quinzaine de mètres sous l'*antichambre*. Face à lui, dans la paroi rocheuse, débouche le boyau qui crachote son ruisselet d'eau trouble dans le bassin voisin. La boue fraîche qui tapisse ses flancs, les débris de pierraille qui jonchent sa gueule et ses alentours, prouvent qu'il charriait des flots bien plus rageurs dans un passé tout récent.

Sans doute la source originelle de l'eau de crue, postule le mage. Avec un gros débit*, on peut l'imaginer remplir peu à peu cette cavité.* À *condition qu'elle ne se vide pas trop vite…*

Baissant les yeux, il lorgne l'unique accès vers les profondeurs : un étroit goulot tapi sous un léger dévers de roche, dans le recoin le plus bas de la cavité. Une ouverture d'un mètre de large, où s'engloutit, née du bassin, une modeste cascade qui s'en va chuter dans les entrailles de la terre. Les abords sont encroûtés de boue, de caillasse et de débris de bois.

« Regarde, Azal, dit-il. Imagine que ce boyau, là-haut, crache une grosse branche dans son flot, et que celle-ci vienne se caler ici, dans le goulot ; alors d'autres débris s'entassent dessus, et le passage se bouche en grande partie ; l'eau s'accumule dans notre grotte et remonte jusque dans l'*antichambre,* emportant avec elle les ombres curieuses venues contempler la crue de la cascade… puis la branche finit par bouger, et le bouchon par céder ; alors tout ce liquide se déverse dans de plus basses anfractuosités. C'est probablement ce qui s'est passé, les deux premiers jours de l'inondation… »

Azal est trop impressionnée pour répondre. Machinalement, sa main se pose sur un objet brillant qui traîne dans la boue : une plaquette en bronze, gravée d'inscriptions anciennes. D'autres trésors s'alanguissent autour d'elle, d'or, d'ivoire, de cuivre et de céramique ; ils sont si nombreux qu'il n'y a qu'à se baisser pour les cueillir. Mais ce n'est pas sa préoccupation en ce moment.

Elle lève les yeux vers les hauteurs, suivant le trajet de la corde dans l'espoir de situer l'ouverture du puits, quelque part au-dessus de leurs têtes.

« Tu crois que… ? interroge-t-elle.

– Je sais ce que tu penses : le corps d'Atmé a dû atterrir ici, lors de sa chute originelle. Mais la crue a tout chamboulé ici-bas. Les offrandes que tu vois là sont probablement remontées vers la margelle avec le flot, puis retombées avec lui, lorsqu'il a perdu son élan, pour s'échouer à nouveau dans cette cuvette.

– Les ossements d'Atmé ont pu connaître le même sort.

– Sans doute ; mais on n'en voit pas la trace. Si tu veux, fouille cette vase pour en avoir le cœur net. Pour ma part, j'ai prévu une autre méthode pour nous guider. »

Il tire de son paquetage une lanterne aux fines cloisons de parchemin. Tandis qu'Azal se met au travail, retournant la boue à pleine main, le mage allume la bougie, l'ensorcelle de son verbe et de son souffle, puis la replace dans son habitacle de peau. La petite flamme exulte brièvement à l'intérieur, faisant rejaillir les runes et les dessins tracés à l'encre dorée sur les frêles parois : serpent, crâne humain, lion, et une corneille au corps surligné de craie blanche. Puis elle se racrapote brusquement, comme si le silence des lieux l'intimidait.

« Rien ! annonce Azal, prenant acte de son échec.

– Inutile de t'escrimer encore, confirme le mage. Si les restes d'Atmé étaient aussi proches, ma bougie me le dirait. »

Les yeux de la jeune fille brillent de curiosité :

« Comment ? »

Le mage porte un regard attendri sur sa lanterne :

« La flamme que tu vois là est une *flaireuse*. Je l'ai enchantée pour ressentir la présence des ossements de la Sahariste. Lorsque nous approcherons du but, elle grandira en luminosité ; lorsque nous nous éloignerons, elle se tamisera. Malheureusement, si j'en juge par son faible éclat, nous sommes encore loin du corps. Sans doute a-t-il été drossé par le reflux de l'eau, projeté dans le goulot, roulé vers les profondeurs. Nous allons devoir descendre plus bas pour le savoir... pas trop bas, j'espère, ou nous allons manquer de corde... tu es prête à poursuivre avec moi ? »

Elle acquiesce d'un véhément mouvement de menton.

Il attrape le filin témoin et le secoue à deux reprises, pour obtenir du mou ; puis il courbe le dos pour passer sous le dévers rocheux et gagne le goulot ; s'assied sur le rebord, le cul dans l'eau vive, et fourre ses jambes dans l'ouverture. La moniale s'empresse de le rejoindre.

L'un après l'autre, ils se laissent couler dans le passage, et se retrouvent à nouveau suspendus dans le vide, dans une faille étroite, légèrement inclinée. Celle-ci s'élargit rapidement au fil de leur descente. Son obliquité s'accentue également, si bien que les deux profanateurs en viennent vite à frotter du dos contre la pierre humide, à côté de la cascade, puis tout simplement à s›asseoir dessus, glissant vers le bas.

Ils finissent par échouer dans une eau peu profonde, qui leur arrive jusqu'à la moitié des chevilles ; la roche immergée s'aplanit sous leurs pieds, marquant la fin de leur descente.

Face à eux s'étend une caverne de taille indéfinie, dont les parois disparaissent dans les ténèbres. La cascade s'y déverse en continu, alimentant une vaste mare souterraine, qui s'étire dans toutes les directions, excepté dans leur dos.

Peyr jette un coup d'œil à la lanterne suspendue à sa ceinture : la petite flamme a retrouvé un peu de vigueur, mais elle demeure timide à ton goût.

« Nous sommes sur la bonne voie, souffle-t-il. Mais je crains fort que ce soit plus loin que prévu. Je me demande ce qui a pu arriver à ce fichu corps… »

Le mage agite longuement le filin témoin, à l'intention des trois consœurs restées en haut ; il s'y prend à grands gestes amples, pour déjouer les frottements que la roche impose au chanvre. Puis il se détache de la grosse corde, pour retrouver son autonomie.

Et voilà. Plus rien ne me relie au monde du dessus…

Il fait de même avec sa compagne, puis souffle avec douceur pour gonfler le halo de lumière qui l'entoure. Celui-ci se dilate progressivement en une sphère d'une douzaine de mètres de rayon, qui s'en vient caresser les flancs de la caverne et révéler ses contours prodigieux. Le feu bleuté chatoie sur ses stalagmites luisantes, ses piliers de calcaire trapus, et sur les draperies minérales ondulantes suspendues à sa voûte. Le fond demeure cependant tapi dans les ténèbres.

Le sol est partout tapissé d'une eau noire, que n'agite aucun frémissement, si ce n'est là où la cascade se déverse ; et même à cet endroit, elle ne produit que de courtes encyclies, beaucoup plus brèves et lentes qu'elles ne devraient. C'est à peine si elle écume. À croire qu'il ne s'agit pas d'eau, mais de mélasse ou de bitume.

« Bon, dit Peyr en se tournant vers sa compagne. Il est temps d'abandonner notre bonne corde. J'espère que l'eau ne deviendra pas trop profonde pour toi… »

Il s'abstient de lui demander si elle sait nager, craignant de connaître la réponse. La moniale lui adresse un regard un peu penaud et lui emboite le pas, en pataugeant à quatre pattes dans la flotte. Fort heureusement, le sol demeure plan sous ses mains, et le niveau du liquide constant. Les mouvements de la *noueuse* ne provoquent guère d'éclaboussure, et ceux du mage pas davantage de remous. Tout est silence et tout est figé : même le son de la cascade leur parvient atténué.

« Sens-tu l'eau ? murmure Peyr à l'adresse de sa compagne. Peux-tu me dire si elle est tiède, ou glacée ?

– Je ne sens rien du tout, répond la moniale. C'est comme si elle glissait sur ma peau sans l'émouvoir. Est-ce du liquide, ou du néant ?

– Quoi que ce soit, ce n'est pas pleinement accessible à nos sens de vivants, médite le sorcier. La revenante l'éprouve sans doute davantage… »

Il ralentit prudemment la marche, et se met à scruter les ténèbres devant eux. Des formes sombres se dressent à présent sur leur chemin, étranges stalagmites aux contours vaporeux, qui ne reflètent aucune lumière.

« Attends-moi un instant », intime-t-il.

Il s'avance de quelques pas ; place ses mains devant sa bouche et presse le vide entre ses deux paumes, comme s'il voulait comprimer l'air jailli de son souffle. Aussitôt, la sphère de feu bleuté s'étrécit et se concentre en un faisceau plus dense, qui frappe la forme la plus proche. Celle-ci demeure d'une opacité impénétrable, mais ses contours se découpent avec plus de netteté : ceux d'une silhouette humaine en costume monastique, fumant une sorte de brume noire.

« Une ombre, murmure Peyr. Une vieille ombre immobile, issue de ce couvent… »

Il écarte les mains, et la lumière mage se relâche, pour retrouver sa forme de halo diffus.

À pas prudents, le sorcier s'approche du spectre fumeux. Celui-ci acquiert alors davantage de consistance. Il se dote de traits, de textures, d'expressions, de mouvement. Dans le même temps, un murmure obsessionnel s'immisce dans les oreilles de Peyr, puis dans celles d'Azal.

Le fantôme qui se tient devant eux est celui d'une servante de Nimir, d'un âge avancé. Sa peau couleur d'étain s'effiloche en fumerolles ténébreuses, pour se reformer aussitôt, telle une surface de mercure. Sa manche retroussée révèle la chair nue de son bras, enserrée dans un vilain cilice de fer barbelé. Des ruisselets de sang s'écoulent entre les cruels anneaux de l'objet pénitentiel. Les doigts de la moniale tremblent de désarroi, et ses lèvres s'agitent, murmurant inlassablement les mêmes mots : *je regrette, je regrette, je regrette tellement !*

Puis l'ombre croise le regard d'Azal ; alors soudain, elle vacille, comme si elle était prise en faute, et se dissipe en un tourbillon de brume noire, qu'une inaudible rafale efface presque instantanément ; mais seulement pour renaître quelques mètres plus loin, plus que jamais murée dans ses remords.

« Qui était-ce ? interroge Azal. Je ne l'ai pas reconnue.

– Sans doute une sœur décédée avant ton arrivée, postule le mage. Ou plus exactement, le reflet d'une part de ce qu'elle était, à un moment donné de son existence.

– Est-ce un lambeau d'âme morte, ou bien une émotion qui a sombré dans les tréfonds d'une âme vivante ?

– Cela ne fait aucune différence, Azal. Toutes ces ombres sont de même nature : des rémanences de l'aura humaine. Tu en verras bien d'autres en avançant. Regarde : elles sont partout devant nous… »

Et il se remet en marche, éveillant de légers clapotis dans l'eau noire.

« À ce propos, déclare-t-il, j'espère que tu n'es pas trop pudique. J'ai cru comprendre que non.

– Non, en effet. Pourquoi ?

– Parce que parmi les choses que les moines et les moniales rejettent dans la part secrète de leur esprit, celles qui sont liées aux plaisirs de la chair occupent une place importante. Tu risques fort de les retrouver ici-bas. »

Le mage dit vrai : les ombres suivantes se révèlent gémissantes. Certaines se tiennent debout, les chevilles écartées dans l'eau, la robe relevée, une main perdue sous les plis du tissu. D'autres, plus nombreuses, gisent couchées sous la surface, sur le ventre ou sur le dos, corps nus alanguis, abandonnés en offrande à eux-mêmes, les hanches arquées, un sourire de bonheur éphémère sur la face. D'autres encore sont agenouillées pour façonner amoureusement des objets de plaisir, moulés dans la glaise, taillés et polis dans le bois ou la corne ; ou bien copulent avec des silhouettes mal définies, qui changent constamment de visage. Azal épie tous ces personnages fuligineux avec une curiosité un peu avide, tournant autour d'eux sans la moindre vergogne, braquant ses lanternes dessus, observant les gestes et les pratiques avec un intérêt marqué. Aucun d'eux ne lui prête attention.

« Je ne savais pas qu'il y avait tant de façons de se faire du bien, déclare-t-elle avec un émerveillement tout à fait sincère. Ces femmes… il n'y en a pas deux qui aient la même attitude, les mêmes gestes, la même expression. Chacune d'elle a sa manière de s'aimer, qui lui semble si naturelle… et c'est beau. Pourquoi faut-il qu'elles s'en veuillent après coup ? »

Mais le mage est trop concentré sur sa lanterne pour lui répondre. La petite flamme reprend progressivement de la vigueur ; son éclat l'encourage et le pousse à presser le pas.

Les ombres suivantes se révèlent moins plaisantes. Les unes conspirent, une expression mauvaise sur le visage, ou ressassent leur rancoeur en longs monologues amers ; les autres supplient, tremblent d'effroi, ou menacent d'invisibles ennemis. Azal les évite avec soin. Il en est même qui frappent et cognent le vide, à grands coups furieux de leurs poings noirs et fumants, avec une telle violence que la *noueuse* en frissonne, et fait de grands détours pour ne pas croiser leur regard.

Quelque part dans les profondeurs de la caverne naît un son nouveau. Un martèlement aigu, lent et régulier. Une résonnance d'enclume…

Azal tourne sur elle-même, le nez levé, à la recherche de sa source.

« D'où est-ce que ça vient ? » souffle-t-elle.

Le mage esquisse un geste vague :

« De partout et de nulle part. Ça tourne… ça plane… je me demande seulement si c'est réel.

– Tu crois que c'est la revenante ?

– Je l'ignore. Tout ce que je sais, c'est que ce son a assez d'importance pour hanter ces cavernes… il doit avoir une signification. »

La moniale sursaute et fait un bond en arrière, parce qu'une silhouette féminine vient de passer en courant devant elle, pour disparaître aussitôt dans les ténèbres, hors du halo de Peyr. Chose inhabituelle, ses pas légers résonnent avec des *plic !* sonores, qui s'éteignent lentement dans le lointain.

Le martèlement de forge s'étouffe de même, un instant plus tard.

« Qu'est-ce que c'était ? s'enquiert Peyr, en alerte.

– Je ne sais pas, souffle la noueuse, haletante. J'ai senti mon cœur se serrer… »

Le sorcier la dévisage un moment, scrutant son visage avec une attention renouvelée.

« Qu'est-ce qu'il y a, magicien ? questionne-t-elle.

– Rien. Avançons. »

Il se retourne pour reprendre la marche… et tombe aussitôt nez à nez avec une autre ombre.

C'est une femme jeune, la tête couronnée de tresses enroulées. Sa robe azurée moule un splendide ventre de fin de grossesse, rond comme une planète, et son visage partage cette plénitude. Rien à voir avec une servante de Nimir ; pourtant, ses traits paraissent étrangement familiers au magicien. Tandis qu'il cherche encore à les identifier, un pli de douleur s'en vient barrer le front de la dame. Baissant le regard, Peyr découvre la tache de sang qui grandit sur sa robe, sous ses hanches basculées. Alors le beau visage se tord d'un indicible chagrin ; sa panse s'affaisse et se flétrit, tel un poumon qui se vide de son air.

« Je la reconnais, murmure Azal tristement. Pas toi ? C'est Ajhar, la doyenne. Beaucoup plus jeune, bien sûr. La pauvre… elle l'a perdu malgré elle, son enfant ! Elle n'a rien fait pour. Ça crève les yeux ! »

Peyr secoue la tête avec dépit, et fait un pas de côté pour contourner le spectre.

La flamme de sa lanterne continue de grandir, imperceptiblement.

Peu à peu, les parois de la caverne acquièrent une verticalité monumentale, tandis que la voûte s'élève encore, jusqu'à se perdre à une hauteur insondable. Les stalagmites et les piliers de calcaire disparaissent de l'espace central pour se regrouper sur les flancs, formant des colonnades presque régulières, esquissant les contours d'une sorte de nef de temple. Apparaît alors, au bout de cette dernière, le fond de la grotte : un mur de roche presque droit, percé de deux grands vitraux orange taillés en ogive, qui vibrent d'une impossible lumière. Laquelle, toutefois, ne rayonne pas dans la caverne… entre ces deux fenêtres illusoires se dresse une immense cathèdre, version mégalomane du siège chapitral d'Arandith. Son dossier de bois verni, surchargé de sculptures, s'étire si haut que son sommet disparaît dans les ténèbres où se cache la voûte. À mi-hauteur, il s'orne d'une couronne formée par les trois têtes de l'avatar solaire, ouvragées dans le même bois sombre. Mais celles-ci grimacent, déformées de la façon la plus irrévérencieuse qui soit. Harienn Tolaan, le protecteur, tire une langue lubrique ; Harienn Yedu, le savant, rit à gorge déployée, d'un rire hébété de soulard ; quant à Nimir, la guérisseuse, elle sommeille avec une expression repue, les bajoues gonflées, une queue de rat dépassant de ses lèvres closes.

En appui contre la paroi, sous les vitraux, s'alignent d'autres cathèdres, de taille plus modeste. Elles sont séparées les unes des autres par de grands piliers de plâtre moulés et peints à l'effigie de nagas, peaux pâles, langue sifflante, yeux aux pupilles verticales.

« Ça alors, s'étonne Azal. On jurerait presque la salle chapitrale du Nimiron !

– Oui, souffle Peyr. Ce lieu est son reflet distordu. Mais il porte encore la trace de l'ancien culte qui régnait auparavant sous le Calvent. L'Inframonde se remodèle lentement au fil du temps, sculpté par les spectres qui l'habitent… »

Devant la cathèdre démesurée se tient une ombre de petite taille, sans doute un enfant. Les contours de sa silhouette opaque se découpent dans la lumière bleue : cou gracile, crâne arrondi, mâchoires qui saillent bizarrement. Seules ses mains menues, entremêlées l'une dans l'autre, émergent de ses propres ténèbres ; elles sont d'une carnation brun marron. Le petit spectre semble regarder une scène qui se déroule sur le côté de la cathèdre, où deux formes floues, sortes de nuages de brume noire, s'entortillent l'une autour de l'autre avec des mouvements lascifs. Un couinement d'indignation naît dans la gorge de l'enfant, qui pointe vers elles un doigt accusateur. En réaction, les formes se redressent, menaçantes : alors soudain, le marmot titube, porte les mains à son crâne, comme s'il cherchait à s'arracher le cuir chevelu. Il pousse un hurlement de colère paniquée, qui s'éteint brutalement en gémissement inarticulé, dans un cliquetis de métal. Aussitôt son visage se révèle, comme s'il s'enflammait de couleurs : la frimousse d'une petite fille d'environ dix ans, à la peau brune, emprisonnée sous un odieux casque fait de lames de fer courbées, qui lui corsètent la mâchoire et l'empêchent de crier davantage.

« Arandith ! s'exclame Azal en reconnaissant l'enfant.

– La bride de la mégère, murmure Peyr Romo, un brin d'indignation dans la voix. Comment peut-on faire subir ça à une gamine ? »

Dans sa cage d'acier, le visage de la petite fille se convulse de rage, puis éclate en un nuage de brume noire. L'ensemble de sa silhouette s'effiloche de même… pour mieux se reformer un peu plus loin, et rejouer la scène à nouveau, dans l'éternel recommencement de l'*Inframonde*.

« Qu'est-ce que c'est, la bride de la mégère ? questionne Azal.

– Un châtiment infligé aux commères et aux femmes médisantes, gronde le mage. La barre qui enserre la mâchoire est garnie d'une petite lame latérale, aiguisée celle-là, qui pénètre dans la bouche de la châtiée. Si elle tente de parler, elle se blesse la langue.

– Rude façon de punir les ragots !

– Oui. D'autant qu'elle peut aussi servir à humilier une accusatrice, lorsque celle-ci ose s'en prendre à un homme puissant – et de cette façon, dissuader toutes celles qui auraient des velléités de l'imiter. »

Il soupire.

« Le milieu des bramynn ne manque pas de secrets honteux ; je me demande ce qu'a pu rapporter la petite Arandith, pour être ainsi muselée. Les amours illicites de quelque proche parent ? Voilà bien la première fois que j'éprouve de la compassion pour elle. »

Il marque un temps de silence, puis baisse les yeux sur sa lanterne :

« Elle ne grandit plus guère, notre jolie flamme. Mais nous ne sommes pas encore assez près du but, sans quoi tu la verrais danser une autre sorte de gigue. Il faut continuer à chercher… »

Il tourne sur lui-même, examinant les lieux plus attentivement.

Sur le flanc gauche de la nef, derrière les rangées de piliers calcaires, s'érige une paroi pentue, partiellement dans l'ombre. Sa roche est creusée d'ouvertures, certaines au ras de l'eau, d'autres perchées plus en hauteur : des entrées de boyaux, tout juste assez grandes pour qu'Azal s'y faufile à quatre pattes.

Pivotant pour faire face aux deux vitraux orangés, Peyr constate que le mur du fond ne s'étire pas sur toute la largeur de la caverne, ce qui ménage d'étroits passages de chaque côté. De quoi prolonger la marche dans la même direction qu'auparavant…

« Voyons voir, soliloque le mage. La dextre ou la senestre ? »

Laissant Azal fureter près du trône de la Révérende mère, il décide d'explorer d'abord le côté gauche. Entre ses mains de sorcier, il lui semble que la lanterne s'avive un peu plus à chaque pas ; il émet un grognement de satisfaction.

Quelque part dans son dos, un son renaît du silence – le plic ! plic ! d'une foulée légère qui s'encourt sur l'eau.

« Oh » fait Azal, d'une voix étranglée.

Le mage se retourne, vigilant.

Face à la *noueuse* se tient une jeune fille souriante, souple et gracieuse dans sa robe de lin fine, un foulard paysan enroulé sur les épaules. L'inconnue incline la tête, comme si la moniale l'intriguait, et sourit de plus belle, avec une sorte d'indulgence généreuse.

« Dis-moi, est-ce que tu es heureuse ? questionne Azal, d'une voix vibrante. Moi aussi, je suis heureuse. Je me sens utile, et je me sens aimée, ou en tout cas, appréciée. Mais tu ne seras jamais moi, et c'est bien ainsi. Je n'aurais pas vécu tout ce que j'ai vécu, si j'avais suivi ta route, ni donné ce que j'ai à donner. Mais je suis tout de même contente de t'avoir rencontrée. »

Alors seulement, Peyr reconnaît cette ombre. C'est Azal elle-même, l'Azal qui n'a pas été frappée par les fièvres roides. Comme elle est vive, et quel charme se dégage d'elle ! La jouvencelle brumeuse salue son double quadrupède avec élégance, émet un rire solaire, reconnaissable entre tous, puis se détourne et s'encourt vers les ténèbres, qui l'absorbent aussitôt. Le *plic !* de ses pas ne tarde pas à s'éteindre à son tour.

Peyr s'en revient auprès de son amie, le cœur noué. Il lui pose la main sur l'épaule :

« Est-ce que ça va ?

– Oui, magicien ! » répond la *servante*, le regard perdu dans l'obscurité où son autre soi vient de disparaître. Sa voix s'étrangle un peu lorsqu'elle ajoute, tournée vers le sorcier : « C'est drôle de se voir ainsi. Elle a le même âge que moi, tu sais ? Ça se voit ! Mais tout va bien. Je suis qui je suis, et je vis ce que j'ai à vivre, voilà tout. Je ne serais pas à tes côtés, sinon. »

Elle secoue la tête et, d'un ton ragaillardi, questionne :

« Que dit-elle, ta lanterne ? Est-ce qu'elle s'est enfin décidée à danser sa gigue ? »

Mais ensuite, elle se fige, perturbée par un gémissement d'enfant dans son dos. Qui la pousse à se retourner, avec une lenteur angoissée…

Une autre ombre vient d'émerger du flot. Elle git dans l'eau, toute menue, recroquevillée sur le flanc. Sa peau est pâle, son corps de petite fille tremble de fièvre ; la mort se reflète dans ses prunelles. C'est à nouveau une Azal ; mais celle-là ne doit pas avoir quatre ans.

Les yeux de la moniale se mouillent d'une émotion tranquille. Elle lève le nez vers le sorcier :

« Pardon, magicien, mais j'ai besoin d'un peu de temps pour moi. Il faut que je la berce, cette petite. Elle a encore besoin d'être consolée, tu sais. Elle ne sait pas quelle vie l'attend. »

Le mage fronce les sourcils, cherche à évaluer le danger représenté par l'ombre.

Ce ne sont que des souvenirs. S'ils sont bien assumés, ils ne peuvent pas nuire, et Azal est en paix avec eux. Qu'est-ce qu'elle risque ?

« Soit, concède-t-il. Un court moment, s'il te plaît. Mais n'essaie pas de la toucher, d'accord ? »

La noueuse acquiesce, vient s'agenouiller dans l'eau auprès de la fillette malade, et entonne une berceuse pour lui apporter son réconfort.

Peyr se détourne pour ne pas en voir davantage. Cette fois encore, il se sent bien plus touché qu'il le voudrait. Décidément, ses émotions s'avivent au contact de l'inframonde ; il ne faudrait pas qu'il devienne trop sensible dans un moment comme celui-ci.

Il décide de se focaliser sur la lanterne. S'avance à nouveau vers les colonnades à gauche de la salle, en scrutant les moindres pulsations de la petite flamme. Alors qu'il se faufile entre deux piliers calcaires pour pénétrer dans ce qu'il considère comme la grande galerie latérale du temple, une pointe froide se pose sur son cœur. Un sentiment d'angoisse l'étreint soudainement, comme si quelque chose de grave était sur le point de lui arriver.

Il marque un temps d'arrêt.

Devant lui, dans les ténèbres, une autre voix d'enfant s'élève : un cri paniqué de fillette, qui l'appelle par son nom, avec toute l'énergie du désespoir.

Il se fige.

Pas possible. Je ne suis pas censé confronter mes propres ombres, ici, sous le couvent de Nimir. Ou bien si ? Est-ce que l'inframonde les brasse à ce point ?

Il serre les dents, tandis que les appels à l'aide de la petite fille se font de plus en plus déchirants. Mais leur son étouffé, propre à l'Inframonde, les rend irréels ; le mage ne peut ignorer qu'il a affaire à une illusion.

Ce n'est rien, juste une ombre. De fichus souvenirs qui se ravivent, et me mettent les nerfs à fleur de peau. Il ne faut pas en tenir compte, même si c'est à vous vriller l'âme. Ce n'est pas réel. Ce n'est pas ma petite Sita.

Et puis son intelligence se retourne contre lui, et il se met à spéculer.

Un mage qui brise le sceau de Vâli s'affranchit des lois de la nature et devient capable de prouesses extraordinaires. Il est à même de transiter par l'Astre pour se déplacer instantanément vers un lieu distant. Mais il peut aussi, de façon moins spectaculaire, entendre et voir des choses lointaines, comme s'il leur était physiquement présent. Il l'a déjà fait volontairement, pour surveiller sa famille à distance, du temps où l'angoisse d'un éventuel retour de l'ogre l'étreignait trop souvent. Mais ce pouvoir peut aussi se déclencher à l'insu du sorcier, en prenant corps dans son environnement ; il en a fait l'expérience jadis. Si bien qu'un vilain doute s'insinue en lui : et s'il n'avait pas affaire à une ombre, mais bien à une manifestation spontanée du sceau de Vali, destinée à l'avertir d'un malheur imminent ? Dans ce cas, sa fille serait réellement en danger quelque part, et il lui faudrait *transiter* pour lui porter secours aussitôt que possible.

Non, Peyr, il se morigène. *Cesse ça. C'est totalement improbable. Pourquoi justement maintenant ?*

Mais plus les pensées s'enchainent, et plus l'incertitude grandit, jusqu'à envahir complètement son esprit. Un ogre qui croît en puissance acquiert des pouvoirs surnaturels ; les *astraux* du Dévoreur le guident et le protègent dans sa quête de proies. Il n'y aurait rien d'impossible à ce qu'il entre discrètement dans une ville, à l'insu de ses habitants, pour retrouver un vieil ennemi.

« Papa ! hurle le fantôme de Sita, désespéré. Papa, je t'en prie, si tu m'entends, papa, papa, papa ! »

Rien à faire, il faut que je vérifie. C'est la seule façon de faire cesser cette tourmente…

Après tout, s'il a bel et bien affaire une ombre, il le saura vite ; elle ne pourra pas lui causer grand mal.

Il s'avance dans la galerie à grandes enjambées, en direction des cris. Passe devant les entrées de tunnels sans leur accorder d'attention, la main sur la poignée de son épée. Et puis soudain, Sita émerge des ténèbres devant lui, rajeunie de deux ans. Elle est drapée dans les vêtements qu'elle portait au château de sel, le jour où il est venu l'en libérer. Des frusques qu'il a brûlées dès le lendemain, pour ne plus jamais avoir à poser le regard dessus…

Le mage pousse un soupir rasséréné.

Je savais bien que tu ne serais qu'une ombre, petite canaille ! Je le savais bien !

Mais lorsque la fillette se jette dans ses bras, il se laisse étreindre malgré lui, tant son soulagement est grand. Il ne sent pas son petit corps fuligineux, pas plus qu'il ne ressent le contact de l'eau sur ses chevilles ; mais l'émotion qui l'embrase de l'intérieur suffit à lui saturer les sens – souvenir d'une angoisse écrasante, qui l'a laissé à jamais changé, puis du torrent d'amour qui s'est écoulé en lui, une fois ses gosses retrouvés.

Il baisse les yeux sur la fillette ; elle lui paraît soudain plus menue qu'elle ne devrait. Ses cheveux bruns ont pâli jusqu'au blond lin ; son avant-bras ruisselle de sang.

Ce n'est plus Sita. C'est Kari, la fille ainée de l'ogre.

Peyr éprouve un mélange de compassion et de répulsion, qui le pousse à s'arracher immédiatement à son étreinte d'enfant morte. Mais il n'en a pas le temps. Un grondement fauve résonne dans son dos, se mue en un grand rire tressaillant, reconnaissable entre tous. Il ressent une présence gigantesque derrière lui, penchée sur lui, avide, menaçante, tandis qu'une haleine de viandard s'en vient lui caresser la nuque.

Pas question de se laisser prendre.

« Tu n'es pas Vidal, énonce le mage sans se retourner. Tu n'es que fumée. Va-t'en, l'ombre, car tu ne peux rien contre moi ! »

Mais ces paroles sortent avec beaucoup moins d'assurance qu'il le voudrait, et tout son corps demeure pétrifié de terreur.

La petite fille tapie contre son ventre lève soudain vers lui sa pâle frimousse, pour lui dédier un long regard haineux. Il pose ses paumes sur ses clavicules pour la repousser, et les trouve parfaitement tangibles. Elle s'agrippe de plus belle, avec une force insoupçonnée, refuse de se départir de lui. Son bras d'enfant s'épaissit, s'allonge et se dote d'écailles ;

rampe sur les hanches du mage et s'enroule autour d'elles, en une étreinte implacable.

Déséquilibré, Peyr se tord pour regarder derrière lui. Il voit rouler la crinière rousse de l'ogre, et le sourire de triomphe sur sa grosse face. Mais cette trogne de colosse ne repose pas sur des épaules ; elle se balance au bout d'un long corps serpentin, épais comme un tronc d'arbre, dressé dans le dos du sorcier. Avec des bras menus, pâles comme la mort.

Avant que Peyr puisse esquisser le moindre geste, la gueule démoniaque fond sur lui, dans un tourbillon de cheveux fauves. Il ressent une vive douleur au creux du bras ; puis une torpeur fulgurante l'envahit, qui le vide instantanément de toutes ses forces.

Il s'effondre au sol et sombre aussitôt dans l'inconscience.

18. Le serpent et la noueuse

Lorsqu'il émerge de sa torpeur, il git sur la pierre froide, dans des ténèbres profondes. Tout son corps est engourdi ; c'est à peine s'il est capable de remuer le bout de ses doigts.

Pendant un long moment, il ne comprend ni où il est, ni ce qui lui est arrivé. Puis le souvenir de son agression lui remonte lentement en mémoire. Il pousse un gémissement pitoyable.

C'était une chose physique, réalise-t-il. *Une créature de l'inframonde, qui utilise les ombres comme appât. Je me suis laissé berner comme un enfant. Comment ai-je pu manquer à ce point de prudence ?*

Il repense à l'ombre-Sita, à l'irrépressible vague d'émotions que ses appels au secours ont réveillée en lui. Une tempête enfouie profondément dans ses tripes, et dont il ne soupçonnait plus l'ampleur. Rien qu'à l'évoquer, elle remonte à nouveau dans son ventre, puis déferle dans tout son corps, charriant ses épaves, son écume, et le sel de tous les océans et de toutes les larmes du monde. Un chagrin vaste comme les abysses…

Pardon, Aube ! Je te jugeais trop durement. En vérité, je suis aussi traumatisé que toi ! Secoué dans les tréfonds de mes boyaux, et pour longtemps. Je ne réalisais pas à quel point cela m'affectait encore. Sita, Lupin… d'avoir failli les perdre tous les deux ! Et le sort des deux petites Silarius… comment est-ce possible, finir comme ça…

Il secoue faiblement la tête, la nuque prise dans une gangue roide. Les larmes ruissèlent généreusement sur ses joues.

Et dire que je me trouvais trop sensible, ces derniers jours ! P*as étonnant, avec toute cette houle au fond de moi ! Il fallait bien que je craque un jour, allez.*

Mais le moment est pour le moins inopportun.

Un autre regret lui retourne aussitôt le cœur : celui d'avoir fait défaut à Azal. Que va-t-elle devenir, la *noueuse*, ainsi abandonnée dans l'Inframonde ? Il prie pour qu'elle ait eu la présence d'esprit de filer sans tarder vers la corde, avant de se faire agresser par la même créature.

Peu à peu, des sensations s'éveillent dans son corps meurtri. Des raideurs un peu partout. La pierre froide contre son flanc. Le fourreau de son épée, couché en travers de sa cuisse, et celui de sa dague, douloureux sous sa hanche droite. Mais aussi une impression de chaleur bienfaisante, au creux de son bras gauche, qui pend dans son dos. Il s'efforce de tourner la tête de ce côté ; croit surprendre une vague lueur, qui produit un imperceptible ronronnement. Mais tout cela est si ténu, et tout cela s'étiole à vue d'œil ! Déjà, il ne reste plus que les ténèbres et le silence.

Il se sent vide. Il ignore toujours où il est. Encore dans l'*Inframonde*, bien sûr, dans quelque grotte au sec. Elle ne doit pas être très grande : l'odeur de pierre humide est toute proche. Elle s'accompagne d'une senteur de renfermé, ainsi que d'effluves animales impossibles à identifier…

Quelque part dans son dos résonne une sorte de crépitement feutré : le son de minuscules cailloux qui ruissèlent contre la roche. Il se tend, en alerte.

Sang et foutre, la créature revient dans les parages ! *Et je suis toujours* à peu près *infoutu de bouger ! Que les Astres me protègent…*

Il s'essaye à remuer les jambes, ne parvient qu'à les replier un peu, au prix d'un grand effort de volonté. Déplace son bras droit, qui frotte la pierre. La nausée le submerge. C'est à peine s'il est capable de ramper.

Je dois m'y prendre autrement. Transiter par Vâli, immédiatement, pour regagner le Saharon…

Il plonge en lui-même, à la recherche de son Astre intérieur, en s'efforçant d'ignorer les pas glissants qui s'approchent. Mais le Vagabond ne lui est pas accessible, il le ressent d'emblée : c'est comme si le Calice, le cœur de son âme, lui était provisoirement fermé.

J'aurais dû m'en douter. Ça ne marche pas dans le Pays d'en dessous. L'Inframonde est coupé du ciel… je suis un sorcier diminué !

À deux pas de lui, quelque chose frotte contre la pierre. Au prix d'un nouvel effort de volonté, il lève une main tremblotante vers le fourreau de son épée. Qu'il trouve vide, à son grand désarroi.

« Chhht, magicien ! murmure une voix familière. Ne bouge pas ! Ne fais pas de bruit ! C'est moi, Azal ! »

Alors une lumière dorée s'éveille, qui projette l'ombre du mage sur la paroi toute proche, et révèle les contours du boyau où il croupit : un tunnel en pente douce, haut de moins d'un mètre, large de deux ou trois. Peyr se recroqueville et parvient laborieusement à se retourner, en se tortillant comme une chenille.

La *noueuse* se tient face à lui, debout sur ses quatre pattes. L'une de ses lanternes est allumée, d'un feu soigneusement tamisé.

« Fiche le camp… Azal… sauve-toi… coasse le sorcier.

– Ce n'est pas ce que font les amis » rétorque-t-elle, d'un ton sans appel.

Elle se penche sur lui, pince sa joue sans ménagement :

« Tu sens ça ? »

Il acquiesce d'un grognement.

« Bien. C'est que la torpeur est en train de se dissiper. Tu le dois à tes esprits-renards, tu sais ? Je les ai vus jaillir de ton ventre tout à l'heure, tout crépitants, pendant que tu gisais ici même. Trois adorables petits renards de feu… Ils sont venus lécher ta blessure, sitôt que le naga s'en est allé. Je crois bien qu'ils aspiraient son venin. » Elle sourit : « Tu leur dois une fière chandelle !

– Le Naga… » marmonne le mage.

La noueuse s'accroupit en face de lui.

« Je l'ai vu, et bien vu. Le corps épais comme un tronc d'arbre, pâle et luisant comme le calcaire humide. Un torse livide, avec des bras trop fins, un crâne tout glabre, taillé en diamant. Et de petits yeux rosés, des yeux d'albinos, beaucoup trop écartés. » Elle soupire : « le plus frappant, c'est qu'il n'avait presque pas de nez : juste deux immenses narines allongées, ouvertes dans le plat de sa face. Et pas davantage de bouche, si ce n'est une petite chose toute riquiqui, dotée de deux vilains crochets. Qu'il t'a tout de même plantés dans le creux du bras… »

Peyr ferme les yeux un instant.

« Une créature… dégénérée, sans doute, souffle-t-il. Un solitaire… Est-ce que lui, il… t'a vue ?

– Il sait que je suis là, je pense. Il est à ma recherche. Mais je me suis arrangée pour lui échapper jusqu'ici. »

Elle change de jambe d'appui :

« J'étais en train de consoler mon moi enfant quand j'ai entendu ce sifflement derrière les piliers de calcaire. En me retournant, j'ai entrevu ce long corps de serpent qui s'enroulait autour de toi. J'ai vu son torse d'humain tout rachitique s'arquer au-dessus de ta tête, puis plonger pour te mordre le bras. Je n'avais pas d'arme, alors j'ai soufflé mes lanternes et je me suis repliée immédiatement derrière la cathèdre monumentale, pour m'y tapir. Comme les éclaboussures ne font pratiquement pas de bruit ici-bas, le naga ne m'a pas entendu ; mais un moment plus tard, sa face triangulaire s'est tout de même tournée dans ma direction, comme s'il me cherchait du regard. Puis ton aura de lumière bleue a commencé à s'étouffer...

– Elle est… liée… à mon souffle.

– Je comprends. Elle est restée tamisée un bout de temps, preuve que tu n'étais pas mort. Dans ses feux déclinants, le naga s'est réduit à une silhouette blafarde, que je m'efforçais de distinguer dans la pénombre, en lorgnant depuis ma cachette. Je l'ai vu prendre ton épée, puis se pencher sur toi pour te humer longuement. J'avais peur qu'il te dévore sur-le-champ, mais sa bouche est décidément trop petite pour ça. À la place, il s'est contenté de te renifler. De temps à autre, il s'arrachait brusquement à toi, tel un fauve qui enlève un morceau de chair à quelque carcasse ; ou bien il levait le menton vers la voûte et secouait la tête, comme un héron qui engloutit un poisson. Mais il n'y avait jamais rien dans sa gueule, pour autant que je puisse voir.

– C'est que… sa nourriture… est spirituelle », halète Peyr. Il remue lentement les jambes, roule sur le ventre. « Ce qu'il m'arrachait, c'était… des lambeaux d'âmes…

– Quand il s'est senti assez repu, il a enfourné ton corps inerte dans l'une des ouvertures de la paroi rocheuse, en utilisant ses bras malingres. Mais ton sac à dos ne passait pas, alors il te l'a ôté pour le déposer dans l'eau, devant l'entrée. Ensuite, il s'est mis à te pousser dans le tunnel, où il a disparu à ta suite. Je suis restée sur place, toute tremblante, à me demander quoi faire pendant un bon moment. J'ai compris qu'il allait forcément revenir pour s'occuper de moi, alors j'ai décidé de me cacher là où il n'irait pas me chercher : dans un autre boyau de son repaire. »

D'un geste ample, elle désigne la roche qui les entoure :

« C'est un vrai labyrinthe, tout ça ; mais les réseaux souterrains, ça me connaît. Après t'avoir traîné jusqu'ici, le naga est ressorti des tunnels, comme je m'y attendais ; il s'en est allé rôder dans la caverne, à ma recherche, je suppose. J'en ai profité pour prendre mes repères et explorer ces galeries à pas feutrés, jusqu'au moment où je suis tombé sur toi, ici même. Mais tu étais inconscient, entouré de tes renards de feu, alors en attendant que tu te réveilles, je suis repartie cartographier les alentours dans ma petite caboche, et surveiller un peu le naga, depuis une ouverture haut placée dans la paroi. Je l'ai vu sinuer dans la nef du temple… »

Peyr ferme les yeux à nouveau, luttant contre la nausée qui refoule dans sa poitrine.

« Dans mon havresac, coasse-t-il, il y a… une petite fiole. Elle ne contient rien de visible, juste… de l'air. Mais ça me… remettra d'aplomb… sur le champ. Si jamais tu pouvais…

– Je comprends, magicien, mais pour l'instant, c'est impossible. Le naga est revenu devant l'entrée de son repaire ; il s'est posté à côté de ton sac, pour surveiller les alentours. Il attend, immobile comme une statue. On dirait qu'il dort debout, et peut-être bien qu'il se repose, mais sa vigilance n'est pas éteinte, c'est certain. Il guette. »

Le mage émet un sifflement contrarié.

« Il va falloir s'y prendre autrement, chuchote la moniale. J'ai trouvé un itinéraire praticable, vers une issue alternative. En pente douce, sans passage acrobatique. En rampant, tu dois pouvoir y arriver, même si ça te demandera du courage, et même si ça mettra du temps. Quand le naga reviendra ici pour te chercher, je tenterai une sortie pour te rapporter ta fiole. Au plus près de l'issue tu seras à ce moment, au plus vite je pourrai te la donner, et au plus tard le naga te retrouvera. Tu comprends ? »

Le mage acquiesce en silence.

« Alors, ne traînons pas, le presse la *noueuse*. À présent, chaque instant compte… tu dois parcourir la plus grande distance possible avant le retour de la créature, magicien, tu sais ? Oui, tu sais… »

La première centaine de mètres de reptation est un véritable calvaire pour Peyr, d'autant qu'il s'agit de remonter un boyau en pente. Chaque mouvement exige de lui davantage de volonté ; chacun se paie en douleurs, nausées et violents maux de tête. À deux reprises, il manque de vomir, se retient pour ne pas laisser de traces de son passage. Son cœur s'emballe, des crampes fleurissent constamment dans ses membres engourdis et le contraignent à faire bien plus de pauses qu'il ne le voudrait. Alors c'est Azal qui prend le relais, poussant et tirant pour lui permettre de gagner quelques mètres de plus, tandis qu'il récupère tant bien que mal, en se laissant aller contre la pierre.

La *noueuse* est parfaitement à l'aise dans cet environnement étroit ; elle s'y déplace à quatre pattes avec une facilité déconcertante, prenant le temps d'écarter du chemin les caillasses que le mage pourrait entraîner dans son mouvement, et qui risqueraient de trahir leur présence. Le feu de sa lanterne, soigneusement tamisé, demeure braqué vers le sol ; le monde se réduit à sa petite tache de clarté.

Au premier embranchement, le sorcier manque de basculer dans une galerie plongeante, dont l'ouverture bée en plein milieu du passage ; Azal le retient de justesse, de toute la force de ses maigres bras, et parvient à le traîner de l'autre côté du carrefour, dans le tunnel adéquat.

L'engourdissement du mage s'atténue lentement. Sa nuque est moins raide, mais ses membres pèsent encore comme du plomb. Il sait qu'il n'est pas près de retrouver la plénitude de ses moyens.

« Prends ma dague, Azal, souffle-t-il. C'est… la seule arme qu'il nous reste, et… je suis incapable de… m'en servir.

– Vraiment, magicien ?

– Oui, vraiment.

– Ça ne pèsera pas lourd contre le naga, tu sais. Surtout dans mes mains.

– C'est mieux que rien. Dans ces tunnels étroits, une lame courte est… plus efficace qu'une épée. Elle peut… le dissuader… d'approcher. »

Il bascule sur le flanc gauche, pour exhiber le petit fourreau de métal sur son autre hanche. La noueuse s'affaire à le décrocher du baudrier, dénouant les sangles pour les attacher autour de son propre bras. Elle teste sa facilité à dégainer, ajuste un peu la position de l'arme pour rendre le geste plus fluide, puis se remet en marche dans le tunnel.

Peu après le troisième embranchement, les fuyards débouchent dans une grotte plus large, où Peyr pourrait aisément tenir debout, du moins s'il était valide. Le visage d'Azal s'éclaire :

« Tu vas voir, magicien. J'ai trouvé des choses réjouissantes ici. Très réjouissantes… »

Elle braque sa lumière en direction d'un recoin de la cavité. Là, au milieu d'un tapis de mues blanchâtres, git un squelette à peu près intact, encore à moitié drapé dans du vieux tissu brunâtre. Peyr laisse échapper une exclamation étouffée.

« Chht », le gourmande Azal.

Elle lui adresse un clin d'œil, puis chuchote :

« Si ta petite lanterne était toujours avec toi…
– Elle… danserait la gigue, poursuit le mage, souriant faiblement.
– Aucun doute sur l'identité de ces restes » triomphe Azal, brandissant une plume neigeuse, qu'elle vient de cueillir près du crâne.

Tous deux contemplent, perplexes, les ossements d'Atmé.

« Voilà pourquoi… nous avons dû… la chercher si loin ! halète Peyr. Quand son corps a… chuté dans le puits, le naga l'aura ramassé… traîné dans son repaire, pour… le dévorer… à petites bouchées.
– Je croyais qu'il ne se nourrissait que de lambeaux d'âmes ?
– Dis plutôt qu'il… festoie d'ombres… sans doute pour ça qu'il s'attarde encore… dans ces cavernes… alors que son peuple a migré… plus bas. Parce qu'il aime trop se délecter… de nos regrets… de nos chagrins… de nos douleurs. Qui sait depuis combien de… siècles il végète ici. Ce couvent… c'est une aubaine pour lui. »

La noueuse lève le nez en l'air, comme souvent lorsqu'elle réfléchit.

« Cela expliquerait qu'il soit remonté à la surface avec la crue, déclare-t-elle. Pour suivre sa nourriture spirituelle, qui s'envolait vers les hauteurs…
– Tu crois que ces rumeurs, sur... le grand serpent de la crue… ?
– Tu as encore un doute, magicien ? Crois-tu vraiment que la doyenne Nasha se soit noyée toute seule, la nuit passée ? Il chasse. Il chasse audehors, comme il n'a plus chassé depuis longtemps.
– Il n'a pas pu sortir par le puits. La grille… les sortilèges… seule une petite corneille, poussée par le flot… a pu… se faufiler…
– Peut-être par une autre faille, alors, ouverte par la crue ? Le boyau par où l'eau s'infiltre ?
– Sans doute. Et l'inondation lui permet de… circuler dans les rues… sans risque. Ça l'arrange, car je le crois… affaibli… ses longues disettes… Sa bouche… atrophiée… prouve… »

Le mage reprend péniblement son souffle ; parler l'épuise et le fait haleter comme un chiot.

« Les nagas sont des Antiques, complète-t-il finalement. Ils peuvent survivre... sans nourriture physique. Des années… Mais ces privations les diminuent, alors… si l'occasion s'en présente…
– Tâchons de ne pas faire son prochain repas ! » le coupe la noueuse.

Elle décroche sa besace, entreprend d'y fourrer le crâne et les ossements d'Atmé. Mais avant qu'elle ait terminé son ramassage, un sifflement aigu, coléreux, retentit dans les galeries lointaines.

« Foutre ! souffle la moniale. Il est déjà de retour au logis ! Et très mécontent de ne pas te trouver, je parie. Hâtons-nous, magicien ! »

Elle s'empresse de refermer son sac et se le jette à l'épaule, oubliant quelques phalanges sur place. Le sorcier tente hardiment de se mettre debout pour gagner la sortie de la grotte. Mais il n'est pas encore à genoux que le vertige le reprend, et que ses jambes se dérobent sous lui ; sa compagne doit voler à son secours pour l'empêcher de s'effondrer avec fracas.

« Contente-toi de ramper, chuchote-t-elle. Mais hâte-toi, de grâce ! S'il vient par ici, le naga saura forcément que nous sommes passés. »

Et les voilà à progresser à nouveau dans une galerie étroite, elle trottinant, lui rampant à sa suite, au plus vite qu'il peut. Ils franchissent un nouvel embranchement, tandis que d'autres sifflements résonnent, chargés d'une vieille haine solitaire. Le monstre s'est mis en chasse ; il cherche ses proies qui se dérobent, dans le labyrinthe de son repaire.

Le tunnel choisi par Azal est descendant ; le mage prie pour qu'il ne tarde pas à déboucher à l'extérieur. Précédant ses pensées, la jeune femme lui glisse :

« Au bout de ce boyau, c'est la grande caverne. Encore un seul embranchement à traverser tout droit, puis une vingtaine de mètres et tu es dehors… »

Le sorcier redouble d'efforts, repoussant la roche des deux coudes, raclant ses genoux contre les rugosités. Azal ne prend plus la peine de nettoyer la route devant lui ; elle trépigne des quatre pattes, plus anxieuse que jamais. L'embranchement, esquissé par le feu de la lanterne, n'est plus qu'à six ou sept mètres : un carrefour à quatre branches, où leur boyau descendant croise une galerie horizontale. Ne plus entendre le naga ajoute à leur terreur, alors Peyr presse encore l'allure, à s'en crever le cœur, ignorant les protestations de son corps douloureux. Il s'efforce de ne pas haleter trop bruyamment ; c'est à peine s'il est encore conscient de son environnement.

Et puis son bras décroche un caillou de bonne taille, qui se met à dévaler la pente, roulant entre les jambes d'Azal. Celle-ci étouffe un juron, tente de le rattraper au passage, avec sa main droite ; mais la caillasse malicieuse lui échappe d'un faux rebond et poursuit sa route, entraînant dans son sillage d'autres gravillons. Elle s'en va finalement ricocher dans l'embranchement, en produisant un écho sonore des plus net.

À cette profanation du silence répond un sifflement perçant, beaucoup plus proche qu'attendu.

« Foutre, peste Azal, il est dans la galerie transversale, il va passer juste en dessous de nous ! Je l'entraîne après moi, toi tu files vers ton sac !

– Non, Azal ! » proteste le mage.

Mais la *noueuse* s'est déjà élancée, galopant sur ses quatre pattes à une vitesse proprement stupéfiante. En deux bonds, elle atterrit dans le croisement ; négocie le virage d'une embardée maîtrisée, et disparait dans la branche de droite, rapide comme un chien de chasse. Le halo de sa lanterne se défile avec elle, et Peyr replonge aussitôt dans les ténèbres, tandis qu'un nouveau sifflement retentit sur la gauche, incroyablement proche.

Le sorcier se plaque contre le sol, et se fait aussi plat que possible.

Un instant plus tard, un froissement sinistre se fait entendre à quelques pas devant lui, au carrefour des tunnels. Quelque chose de massif franchit le passage, étire son impossible corps dans la galerie pour s'élancer à la poursuite de la moniale. Cela ne dure qu'un bref instant. Le temps que Peyr reprenne son souffle, et le sifflement renaît, vingt ou trente mètres plus loin, dans le tunnel de droite.

Rapide. Trop rapide, se désespère le mage.

Quelque part dans le labyrinthe, il entend la noueuse narguer le serpent :

« Allez, gros viandard ! Viens tâter de mon fer ! Viens-t'en ! »

Une sorte de gargouillement lui répond, empli de sournoiserie.

Peyr serre les dents et se remet à ramper droit devant lui, dans les ténèbres les plus profondes qui soient. Il déboule aussitôt dans l'embranchement. Tâtonne des mains en aveugle, pour repérer le boyau descendant, en face de lui. Par chance, il le retrouve sans mal, se hâte d'y faufiler ses épaules, pour poursuivre sa pitoyable reptation.

Tandis qu'il halète ainsi, le cœur battant, d'autres échos lui parviennent depuis les galeries supérieures : une suite de sifflements brefs, hargneux, entrecoupés de cris de rage féminins – le genre de cris qu'on braille pour effrayer les loups.

Bon sang, elle est en train de le confronter en face à face, à la dague ! Presse-t*oi, mon vieux corps, presse-toi !*

Il joue des coudes, des hanches, des cuisses, les poumons calcinés par l'effort. S'arrête un court instant pour juguler les crampes ; se remet à ramper comme un forçat, plus que jamais anxieux pour Azal, dont les invectives ont cessé de résonner là-haut.

Je dois être tout près de la sortie… tout près…

Il se résout à faire un brin de lumière, usant du peu de souffle vital qui lui reste ; marmonne trois mots, halète une pitoyable expiration et crachote une petite sphère d'un bleu livide, guère plus grosse qu'un pissenlit en graine. Sa clarté ténue brosse la roche sur deux mètres à peine, mais cela suffit à esquisser les contours du boyau et à révéler son embouchure. Cette vue fouette le courage du sorcier, qui conjure ses dernières forces pour l'atteindre, et basculer par-delà le rebord.

Son corps roule dans la paroi pentue, avant d'atterrir bruyamment dans l'eau noire, deux mètres plus bas – beaucoup moins bruyamment, toutefois, qu'il l'aurait fait dans le monde du dessus.

Il boit la tasse, se redresse péniblement à genoux, en appui contre la roche ; reprend son souffle un instant, puis expire à nouveau, d'un poumon fébrile, pour attiser sa petite bille de feu mage. Le fragile halo s'élargit de plusieurs mètres, s'en vient timidement caresser le cuir de son havresac, posé contre la pierre, à quelques pas de lui.

Il se met à tituber vers lui, sur deux jambes, comme un homme ivre ; perd l'équilibre et s'effondre littéralement dessus. Il s'y accroche comme un naufragé à sa planche ; fourre avidement ses doigts dedans, à la recherche de sa petite fiole. Déjà, sa lumière sorcière menace de s'étouffer ; elle tremblote et pâlit à vue d'œil.

L'instant d'après, Azal jaillit comme une bille de fronde d'un boyau voisin, à trois ou quatre pas devant lui ; dégringole plusieurs mètres de pente et se rétablit aussitôt sur quatre pattes, la dague en main face au rocher, toutes lanternes noyées. Elle feule, pousse un cri de guerre jailli du fond des tripes, le regard levé vers l'ouverture dont elle vient de sortir.

En émerge alors un torse malingre, luisant, surmonté d'une tête livide, en forme de diamant. Dans la clarté magique mourante, la créature n'a, pour ainsi dire, pas de visage ; Peyr cherche en vain sa bouche, ses yeux, son nez. Ce néant de face se tourne vers un objet métallique, posé contre la roche au-dessous de lui : l'épée de Peyr.

Le mage sent ses propres doigts se refermer sur du verre. Il tire sa petite fiole du havresac, et se hâte d'en faire sauter le bouchon. Déjà, le naga extrait du boyau le reste de son corps, une chose interminable et sinueuse, qui glisse lourdement le long de la paroi pour atterrir dans l'eau, projetant une gerbe spectaculaire. Aussitôt, le monstre plonge vers l'épée, dans une détente fulgurante.

Peyr porte la fiole à ses lèvres, aspire avidement son contenu.

Aux yeux d'Azal, ce ne serait que de l'air. Aux yeux du mage, c'est le trésor le plus précieux qui soit en ce moment : une part de son propre souffle vital, conservée en prévision des coups durs. Au fur et à mesure qu'elle s'engouffre dans ses poumons, Peyr sent ses forces lui revenir à toute allure, déferler comme une vague dans son corps. Le halo de sa lumière rejaillit avec tant de puissance, que le sorcier connaît un court instant d'étourdissement.

Quand il rouvre les yeux, le naga se dresse au-dessus d'Azal, de toute la hauteur de son corps de serpent. Dans sa main droite, l'acier de l'épée renvoie l'éclat irradiant de la lumière bleue. Sur le côté de son crâne brillent deux petits yeux rouges, minuscules comme ceux d'un éléphant.

La créature émet un sifflement rageur, qui dilate les fentes qui lui servent de nez, et lève sa lame pour armer un coup en diagonale descendante, qu'Azal, avec sa dague dérisoire, serait bien incapable de parer.

« Hakal ! tonne Peyr. Hakal Horakal ! »

Sur-le-champ, le monstre se fige. Sa bouche atrophiée se contracte de douleur ; ses muscles se raidissent, secoués de spasmes intermittents. Il demeure là, telle une statue, le bras tendu, le torse droit, son corps de serpent enroulé dessous lui. Il toise la *noueuse* et le mage de ses petits yeux rouges emplis de haine, frémit de toutes ses écailles, mais reste incapable de faire le moindre mouvement.

La jeune femme recule à pas prudents, sans cesser de surveiller son adversaire du regard ; elle peine à croire qu'il soit réellement paralysé.

« Ne t'inquiète pas, rassure Peyr. Il ne peut plus remuer le petit doigt. Il s'en est fallu de peu, pas vrai ?

– Il s'en est fallu de peu », convient la moniale, reprenant son souffle.

Le mage tend l'index vers le poignet levé du monstre et murmure un mot : aussitôt, la main du naga s'ouvre d'elle-même et laisse tomber l'épée qu'elle brandit. Le reste de son corps demeure parfaitement immobile.

Le mage ramasse son arme, la glisse au fourreau ; empoigne son havresac et se le colle sur le dos. Puis il se tourne vers la moniale :

« Tu as toujours les ossements dans ta besace ?

– Toujours, magicien !

– Alors, dépêchons-nous de filer. Mon sortilège ne durera qu'un temps. »

Elle acquiesce d'un menton véhément, déglutit, puis se met en marche à travers l'immense caverne, éveillant de légers clapotis. Peyr s'empresse de lui emboiter le pas.

Sur le chemin du retour, elle fait part au sorcier de son anxiété :

« Plaise aux cieux que nos sœurs soient prêtes à nous remonter ! Sinon nous allons errer ici à jamais, avec notre ami écailleux…

– Elles seront prêtes, assène Peyr, confiant. Ne t'en fais pas.

– Mais tu n'as pas peur qu'elles nous aient oubliés ? Après tout, nous sommes dans l'*Inframonde* !

– Pas tant qu'elles n'ont pas dormi, rétorque le mage. Il faut une nuit de sommeil pour que les choses s'effacent de la mémoire, tu te rappelles ?

– Ah oui, souffle la *noueuse*. Tant mieux. Parce que je n'avais pas pensé à ce problème avant. Pour ce genre de questions, c'est bien d'avoir un mage avec soi.

– C'est bien aussi d'avoir une Azal », répond-il.

Puis il fait silence, parce que le fond de la caverne vient d'apparaître, et avec lui, la grosse corde de clocher, qui s'offre à leurs mains avides de salut.

19. Je me souviens de tout…

Sitôt qu'il pose un pied sur la margelle, le sorcier assène ses instructions :

« Fermez la grille, et verrouillez-la, avant que quelque chose ne remonte… ne traînez pas ! »

Sassane et Kautra s'empressent d'obtempérer. La corde est tirée à la hâte, les pitons sautent du mur ; l'antique couvercle de fer vient se poser sur le puits en grinçant. Kautra se hâte d'y fourrer les goupilles, en six coups de marteau vigoureux, qui résonnent dans les profondeurs avec des accents définitifs.

« Et maintenant ? questionne Mururi.

– Maintenant, il nous faut porter ces ossements à qui de droit, dit-il, frappant du plat de la main la besace d'Azal. Les morts doivent être pleurés. »

La moniale blonde hoche la tête.

« Au sanatorium, alors…

– Au sanatorium, oui. »

Elle élève sa *Forteresse* pour éclairer le groupe et le mener vers la sortie de l'Antichambre, à pas lents.

Sous les feux d'un crépuscule finissant, les Hauts jardins semblent bien vides. Nulle moniale n'arpente plus leurs allées, où stagne encore la chaleur d'une torride journée de printemps. Les oiseaux sont silencieux ; même les abeilles ont déserté les parterres de fleurs et de plantes médicinales pour se réfugier dans les ruches monastiques – à moins qu'elles ne soient simplement mortes, emportées par la déferlante des ombres.

Le Mont-aux-râles voisin, en revanche, fourmille d'activité ; on peut apercevoir d'ici les chaperons orange des *Servantes* qui contemplent leur maison mère avec angoisse depuis le rempart du Saharon, en compagnie de *sœurs corneilles*. La lumière du soleil couchant baigne leurs robes de rose et d'or.

Peyr Romo et ses compagnes n'ont guère le temps de s'attarder à cette vue. À peine sortis des celliers, ils entreprennent de contourner le réfectoire, pour gagner le sanatorium.

« Qui veille sur Hurunn et Gypse ? questionne le mage.

– Fétré, répond Mururi.

– Seule ?

– Oui. Elle ne laisse entrer personne. Nous sommes trop peu nombreuses pour nous occuper de ce problème. Tout le monde est au Saharon, à part Brynné et une ou deux consœurs qui tiennent le réfectoire. Aux dernières nouvelles, Arandith était toujours cloitrée dans la salle chapitrale avec la doyenne Sann et la doyenne Gwennyfar.

– Dernières nouvelles qui datent de ce matin », commente le sorcier, fronçant les sourcils avec scepticisme.

Un peu plus loin, ils tombent sur Brynné, qui s'en vient à leur rencontre, la mine inquiète :

« Ah, maître Romo ! Surtout, soyez discrets : la Révérende mère est au sanatorium, avec la muette. Je ne sais pas ce qu'elle lui veut ; Fétré refuse toujours de nous laisser passer.

– Ça ne me rassure pas, grommelle Kautra. Arandith est devenue complètement dingue depuis la nuit dernière. Ses propres ombres ont dû s'emparer d'elle : elle n'a plus aucune retenue, ni en paroles ni en actes. Elle dévoile ses pires penchants sans la moindre honte…

– Moi non plus, ça ne me dit rien qui vaille, renchérit Peyr, baissant le front. Raison de plus de nous presser. »

Il allonge la foulée et s'engage dans le bosquet qui mène à l'annexe médicale, les moniales sur ses talons.

Lorsqu'ils en jaillissent, ils trouvent Fétré postée en chien de garde devant l'entrée du sanatorium, un bâton entre les mains.

« Romo ? Que signifie… » s'exclame-t-elle, voyant le sorcier débouler sur elle.

Mais elle n'a pas le temps d'achever sa phrase. Peyr tend le bras vers elle, pince le pouce et l'index et tire un fil invisible. La servante sans sourcils porte les mains à sa bouche, en un vain réflexe pour empêcher son souffle de se dévider ; titube, tourne sur elle-même et s'effondre, à court d'air.

En l'enjambant au passage, Peyr secoue le poignet avec dédain, comme pour se débarrasser de quelque graine collante ; il lui rend le souffle volé avant qu'elle ne s'étouffe pour de bon. Puis il pousse la porte et pénètre dans le sanatorium.

Le soleil vient de se coucher ; la clarté du ciel s'étiole rapidement.

La chambre de Gypse est plongée dans le silence et l'obscurité.

En revanche, de nombreux cierges brûlent dans la seconde salle. Leur lumière danse sur les murs, éveillant des ombres inquiétantes qui se pourchassent, se fouettent et s'affrontent en une longue bataille furieuse. Des silhouettes humaines ou monstrueuses s'esquissent, mutent et se déforment constamment. Allongé sur l'un des lits, le cadavre d'Ajhar paraît contempler leur tourmente, les yeux grands ouverts, la bouche béante. Tout autour d'elle, les flammes des cierges crépitent comme si le vent les attisait. Un ronronnement de brasier rôde dans la pièce, murmure ses menaces aux pierres, aux vivants et aux morts.

Cette atmosphère saisissante glace immédiatement le cœur de Peyr et des moniales qui pénètrent dans la chambre avec lui.

La Révérende mère Arandith, elle, semble s'y complaire. Assise sur le coin du second lit, elle chantonne tranquillement, un pinceau entre les doigts, une coupelle emplie de henné dans l'autre ; elle s'applique à tracer les *narvin* de la rédemption sur le bras nu de Hurunn. Celle-ci repose dans la même position que la veille : allongée sur le dos, les yeux clos, les poignets toujours attachés au lit. Ces derniers portent la marque profonde de ses liens, si serrés que le sang peine à circuler dans ses mains. Ses doigts sont livides et déjà gris de nécrose.

Et ce ne sont pas les seules maltraitances qu'elle a subies.

Ses joues, ses paupières, son visage tout entier sont tuméfiés, encroûtés de sang noirci. Ses avant-bras criblés de petites blessures, de celles que cause le port d'un cilice trop serré. Sa lèvre fendue pend tristement sur son menton. Seule la faible houle qui soulève sa poitrine atteste qu'elle est encore en vie.

« Par tous les Astres, Arandith ! rugit Peyr en découvrant le spectacle. Qu'avez-vous fait ? »

Elle se tourne vers lui, drapée dans sa dignité :

« Grands cieux, mais que croyez-vous ? proteste-t-elle. Ce n'est pas moi qui l'ai fichue dans cet état ! Je me contente de l'assister dans son passage vers les Astres, en la soulageant du poids de ses péchés. Elle a tant péché au cours de son existence, ma pauvre fille… ma pauvre… »

Elle se met à caresser le bras de Hurunn du bout des doigts, avec une tendresse possessive, que Peyr trouve parfaitement odieuse. Puis elle relève le nez vers le sorcier et souffle, sur le ton de la confidence:

« Cette violence vulgaire, c'est le fait de Millé. N'est-ce pas évident ? Hier soir, après votre départ, elle était très en colère. Par votre faute, d'ailleurs : votre façon de fouiner dans notre passé l'a mise dans une rage folle. Alors elle s'est défoulée sur Hurunn, pour lui passer l'envie d'être indiscrète. Elle trouve toujours le moyen d'être indiscrète, notre Hurunn, même depuis qu'on lui a… »

Elle s'arrête en pleine phrase, consciente qu'elle vient d'en dire trop. Affecte une mine de petite fille prise en défaut, porte la main à sa bouche et émet un gloussement amusé.

Les yeux du sorcier flamboient de colère. À ses côtés, Mururi pâlit, une expression de dégoût sur les traits.

« Ne vous interrompez pas, Arandith, siffle le mage, glacial. Allez jusqu'au bout de vos souvenirs, puisque nous en sommes là. Plus rien ne doit vous retenir, à présent. »

Elle émet une sorte de couinement soupiré, sans se départir de son sourire. Dans ses prunelles, le reflet des flammes génère d'inquiétants échos aux ombres qui dansent sur les murs.

« C'est drôle, dit-elle, que vous me parliez de mémoire… C'est vrai, je me rappelle de tout. Tout ce qui pouvait gâcher l'image parfaite d'Arandith, et dont je croyais m'être débarrassée. Mais maintenant que c'est remonté, curieusement, plus rien de tout ça ne me dérange... la maturité, peut-être ? Et puis d'ailleurs, pourquoi m'en voudrais-je ? Après tout, ce n'est pas moi qui ai tué la Sahariste, c'est la pauvre folle que voici. Nous n'avons fait que jeter le corps dans le puits, pour éviter que ça se sache. Hurunn était tellement effarée de ce qu'elle avait fait, qu'elle est venue nous chercher immédiatement, avec Gwennyfar, Ajhar, Millé et les sœurs Vajouri, en nous suppliant de l'aider. Par chance, elle n'a rameuté personne d'autre ; nous nous sommes retrouvées entre personnes de confiance dans les celliers, autour de cette Atmé qui baignait dans une mare de sang. Elle avait le crâne ouvert, le souffle moribond. *Aidez-moi à la soigner, s'il vous plait !* couinait Hurunn. *Il faut la soigner !* Millé l'a secouée par les épaules et plaquée contre le mur en crachant : *mais pauvre folle, elle est déjà morte !* Et peut-être bien qu'elle l'était, et peut-être bien que non, mais de toute façon, elle était dans un tel état que ça ne faisait plus de différence, je suppose. En pleine querelle avec le Saharon, une telle affaire aurait jeté un épouvantable discrédit sur notre maison.

Dissimuler le crime ne suffisait pas, les soupçons se seraient portés ici tôt ou tard. Je vous laisse imaginer l'embarras… Le mieux était que tout le monde oublie jusqu'à l'existence de cette Atmé.

– Elle n'a pas été complètement oubliée, rétorque Peyr.

– Non, sans doute. Mais elle est devenue floue pour beaucoup de monde, et cela suffisait…

– Dans ce cas, pourquoi avoir tranché la langue de Hurunn ?

– Ça non plus, ce n'est pas de mon fait. C'est encore Millé.

– Avec votre accord ?

– Disons que je n'ai pas tenté de la retenir. Qui l'aurait pu ? Moi, je savais déjà qu'il faut dormir avant qu'un souvenir s'efface, je l'avais souvent expérimenté ; mais Millé n'en était pas encore convaincue. Après être remontée des cryptes, Hurunn continuait à brailler et pleurer sa gueuse, et Millé elle-même avait toujours une image parfaitement claire des événements. Alors, dans la nuit, elle a décidé que deux précautions valaient mieux qu'une, et elle est entrée dans la chambre de Hurunn, en m'extorquant la clef. C'était une telle force, Millé, à cette époque… je crois bien qu'elle en a profité aussi pour exciser la gouine, histoire qu'elle n'ait pas envie de recommencer ses cochonneries.

– Et bien sûr, elle a jeté aussi la langue dans le puits… » dit Peyr.

Arandith ricane :

« Je crois que oui ! C'est pratique : la pauvre Hurunn ne se souvient plus qu'on la lui a raccourcie ! Elle est bien forcée de croire notre version sur parole : *quelque part, aux alentours de ses vingt ans, tu t'es mutilée toi-même dans une crise de folie dont personne ne connaît la cause*. Je pense bien qu'elle la cherche encore en vain, cette cause ! »

Et elle rit de plus belle, avec des accents de petite fille cruelle.

Peyr secoue la tête, écoeuré. Il recule d'un pas, vient se poster à côté d'Azal.

« Elle a cherché en vain, oui, sans doute. Et même sa plus proche amie a cru à sa folie ; c'est la malédiction des gens trop sensibles que d'être méjugés. Mais tout finit par remonter, Arandith. Absolument tout… »

Et ce disant, il plonge la main dans la besace d'Azal, pour en extraire le crâne d'Atmé.

« Hurunn Berro ! tonne-t-il. Réveille-toi ! Car ton Atmé revient vers toi ce soir. Il est temps pour toi de lui demander pardon et de reprendre le cours de ton deuil. »

Et aussitôt, la muette ouvre les yeux.

Sa vie ne tient pourtant qu'à un fil ; c'est un regard aux portes de la mort qui se pose sur le mage, mais Peyr y perçoit une lueur de reconnaissance.

Le visage d'Arandith se décompose en une expression de colère stupéfaite. Elle bondit sur ses pieds, s'interpose entre le lit et le sorcier :

« Vous êtes fou, Romo ! Sortez immédiatement d'ici avec cette abomination ! Vous allez attirer la revenante !

– J'espère bien ! » rétorque Peyr en s'avançant d'un pas.

D'un mouvement vif, la révérende mère s'empare d'un couteau posé sur la table de nuit proche. Elle le pointe vers le mage, estoque le vide à deux reprises en direction de son ventre, à petits gestes nerveux, pour bien montrer sa détermination.

« Ah, maudit nécromancien ! criaille-t-elle. Cette chose n'existe que pour nous détruire ! C'est toi qui l'as invoquée, n'est-ce pas ? Et avec elle, tout le cortège des ombres et des maléfices remonté de sous la terre ! C'est toi, le démon qui réveille les pires travers dans le cœur de mes filles, dans l'espoir de mettre fin à mon règne, et de réinstaurer à sa place celui du serpent ! »

De la chambre voisine monte la voix de sœur Gypse, qui se fracasse sur les murs avec une puissance surnaturelle :

« TAIS-TOI DONC, ARANDITH ! TU PARLES TROP ! »

Et aussitôt, les flammes des cierges se couchent, et les ombres se déchainent.

Elles dévorent les murs à toute allure, convergent vers le plafond en une voûte fuligineuse, une tempête tournoyante. Cette chape de ténèbres étouffe toute clarté, réduisant le mobilier et les êtres à des contours estompés, intermittents. Sa masse spiralée se concentre rapidement en son point central, au-dessus d'Arandith, où elle forme une excroissance pointue, qui vibre sur place pendant un éphémère instant de retenue… avant de s'abattre sur la Révérende mère.

La silhouette de cette dernière explose littéralement d'ombres.

La déflagration soulève les occupants de la pièce et les projette contre les murs, avec une sorte de lenteur gélatineuse. Le choc atténué vide tout l'air des poumons de Peyr, sans toutefois lui briser les os ; il demeure plaqué contre la pierre, écrasé par les ténèbres, les bras et les jambes écartés. En suspens. Incapable de bouger, tout juste à même de respirer au ralenti. Il se demande s'il a encore un corps en vie, ou s'il est devenu lui-même un spectre soumis par une puissance supérieure.

L'obscurité est totale ; et quelque part dans cette obscurité, le crâne d'Atmé roule au sol, échappé des mains du mage.

Un bruit d'ailes lui fait écho, tout proche.

« Ah, maudite ! Maudite ! clame la voix rageuse d'Arandith au milieu de la chambre. Quand nous laisseras-tu en paix ? »

En réponse, un chuchotis rauque naît dans les ténèbres. Au début, ce ne sont que des marmottements incompréhensibles ; puis des paroles intelligibles émergent.

Moi aussi, je me souviens… croasse la voix. Je me souviens de tout…

Et puis un claquement de métal retentit, et Arandith se met à hurler de terreur. Au second claquement, son cri se transforme en un gargouillis étouffé ; puis en un long gémissement inarticulé, accompagné de cliquetis furieux – le son d'une chaîne qu'on secoue avec une rage désespérée. Cela dure pendant de longs instants, avant de s'éteindre, ponctué d'un bref sanglot.

Près du lit de Hurunn, un pas traînant froisse le silence.

De légers halos lumineux refleurissent dans la pièce, nimbant chaque mèche de cierge d'une petite sphère fantomatique. La clarté qui s'en dégage est tout juste suffisante pour révéler les silhouettes des protagonistes. Plaquée contre un mur voisin, Peyr aperçoit Sassane, figée dans la même position que lui, les membres en croix, les yeux ouverts, le souffle régulier mais laborieux. Incapable qu'il est de tourner la tête, le mage devine d'autres présences en suspens à ses côtés, sur la même paroi : probablement Kautra, Mururi ou Azal. Il perçoit le flux et le reflux de leurs respirations proches.

Baissant le regard, il toise la silhouette agenouillée de la Révérende mère, enchainée au pied du lit d'Ajhar, le crâne enfermé dans une gangue de métal grossièrement forgée. Les lames de fer courbe sont encore chaudes et couvertes de scories ; la peau de la sainte mère rougit douloureusement à leur contact.

La nonne blafarde a terminé son ouvrage à la forge, et Arandith sa longue causerie.

La revenante est assise sur le bord du lit, toute ruisselante d'eau vaseuse. Ses doigts livides caressent le bras meurtri de Hurunn avec une douceur un peu maladroite, des trésors de tendresse précautionneuse. Elle émet un nouveau croassement, puis se penche sur la moribonde et l'embrasse sur les lèvres, de la façon la plus gauche qui soit. La muette sourit faiblement. Sa poitrine se gonfle lentement, lentement, et puis se bloque ; elle offre à Atmé son dernier souffle et rend l'âme dans l'instant, le visage enfin en paix.

Aussitôt, la silhouette de la nonne blafarde s'obscurcit, devient d'un gris d'étain ; elle commence à s'effriter, tel du vieux parchemin desséché. En quelques instants, son corps d'inframonde tombe en cendres, qu'une soudaine rafale emporte par la fenêtre ouverte, vers le ciel et les Astres immortels.

Les ombres se dissipent, la lumière des cierges refleurit d'un seul coup ; la force qui maintenait Peyr et les moniales au mur s'évanouit et les libère dans l'instant. Ils s'effondrent au sol, le cœur battant, trop heureux de compter parmi les vivants.

20. Décrue

Durant tout le jour, les saharistes de la congrégation du Mont-aux-râles ont assuré la défense du quartier des Gris, debout coude contre coude, sous un étouffant soleil de printemps. Le *Bastion de chair* a tenu bon ; ses lignes n'ont jamais flanché, malgré les nombreuses intimidations des milices et les diatribes enflammées du prédicateur du temple.

En fin de matinée, pourtant, la violence a bel et bien jailli des rangs des *Frères ratiers*. Aucun d'eux n'a osé s'avancer au grand jour pour frapper une sœur de son bâton ou de son poing ; mais des pierres ont fusé sournoisement depuis l'arrière des troupes, lancées à la main ou à la fronde, par des lâches qui n'ont jamais eu le courage de se montrer à visage découvert.

L'une d'elles a atteint l'abbesse Agyre en plein front.

Sitôt qu'elle s'est effondrée, ses *corneilles* se sont empressées de la tirer en retrait pour lui prodiguer des soins à l'ombre d'un arbre. Elle est restée allongée un moment sur la paille, à divaguer pendant qu'on lui épongeait le crâne ; puis elle a sombré dans une torpeur inquiétante, le corps parcouru de frissons.

En début d'après-midi, voyant son état se dégrader, les sœurs qui veillaient sur elles se sont résolues à l'exfiltrer des quartiers gris pour la soigner au Saharon. Laissant au reste de la communauté la charge de tenir la ligne, elles sont passées discrètement par le fleuve pour convoyer la blessée jusqu'au pied du Mont-aux-râles, par barque. Des *Servantes* de Nimir sont descendues les aider à débarquer l'abbesse inconsciente, puis à la porter jusqu'en haut de l'escalier vertigineux, dans les jardins du cloître.

Plusieurs d'entre elles sont demeurées au chevet de la blessée, priant et prodiguant leurs soins, tandis que la chirurgienne Nour l'examinait, la mine grave. Après avoir palpé la blessure, la praticienne a posé son diagnostic :

« L'os frontal porte plusieurs fractures. Je crains que le sang et les humeurs ne soient en train de s'accumuler sous le crâne. Ils mettent le cerveau sous pression. Je dois trépaner l'abbesse immédiatement pour les faire sortir, sinon son état va encore empirer. »

Les sœurs ont rasé la tête d'Agyre à la hâte avant de la nettoyer au vin et à la liqueur. Nour s'est servi de ses talents de mage pour étouffer les esprits infectieux collés à sa peau ; puis elle a tiré de son coffre un trépan constitué d'un long foret triangulaire serti dans un trépied de fer, l'a posé sur le haut du front de sa patiente, et a commencé à creuser.

L'opération est déjà en grande partie terminée, et la soirée avancée, lorsque Peyr Romo rejoint la chirurgienne au chevet de l'abbesse, en provenance du Nimiron. Il prête son concours du mieux qu'il peut : il assainit l'air ambiant de ses charmes, souffle sa force vitale dans le nez d'Agyre et envoie ses esprits guérisseurs dans ses sinus, pour vérifier qu'aucune poche de liquide ne subsiste.

« J'ai sorti dix bonnes onces d'humeurs de son crâne, commente Nour. Sans notre intervention, elle serait morte à coup sûr. Mais son rétablissement n'est pas garanti, hélas, et risque fort de prendre des semaines. Je prie pour qu'elle en garde peu de séquelles. »

Peyr baisse le regard, pose sa paume sur le cœur d'Agyre, qui bat avec une lente régularité ; puis il s'empare de ses doigts et les conserve longuement entre les siens, l'âme retournée.

Pour la première fois de sa vie, il se sent réellement vieux.

La nouvelle de la folie de la Révérende mère Arandith s'est répandue rapidement dans la cité. On prétend qu'il a fallu trois forgerons et un sorcier pour extraire la pauvre femme de la bride de fer dans laquelle elle s'était elle-même enfermé la tête, au terme de sa lente plongée dans l'insanité ; et que depuis lors, elle continue à ne s'exprimer que par des sons informes, persuadée qu'elle est de toujours porter cette chose autour des mâchoires.

Le silence des cloches atteste que la rumeur n'est pas sans fondement ; il est, en tout cas, la preuve d'un dysfonctionnement critique de la congrégation.

Chacun attend maintenant que les *Servantes* se réunissent dans la salle chapitrale pour élire leur nouvelle dirigeante. Laquelle devra, bien sûr, être confirmée dans sa charge par les autorités du culte solaire. Le processus prendra du temps et exposera l'assemblée des moniales à des déconvenues répétées, jusqu'à ce qu'elles aient la sagesse de choisir un nom qui plaise en haut lieu. Quand on vote librement en collège, il faut savoir sentir d'où vient le vent…

Néanmoins, lorsque le chapitre se réunit pour la première fois, à son retour au Calvent, il pose un acte qui risque bien de lui valoir l'animosité desdites autorités : il condamne publiquement les violences contre les Gris, à rebours de la position officielle du temple solaire de Feddrantir.

Le lendemain, les *Servantes* donnent une cérémonie pour le bon rétablissement de l'abbesse Agyre, en présence d'une délégation du Saharon et de plusieurs notables de la cité. Au cours de celle-ci, elles exaltent longuement le courage des saharistes, fustigent à nouveau les appels à la haine et les divisions attisées *entre citadins et entre frères humains* par des esprits fâcheux.

La teneur de ces sermons fait scandale auprès des notables invités, qui n'avaient pas été avertis au préalable de la nature des prières. Elle alimente durablement l'idée quelque chose ne tourne pas rond dans le cloître de Nimir.

Deux jours plus tôt, c'est à une tout autre cérémonie que se livre Azal, la *noueuse*, dans l'antichambre des cryptes.

Dans sa besace repose la totalité des trésors qu'elle a ramassés dans la vase, noués en un baluchon serré. Peyr Romo se tient à son côté lorsqu'elle déplie ce paquetage, pour déverser son contenu à travers les barreaux de la grille. Les offrandes et les témoignages des temps jadis s'en retournent aux profondeurs sans faire le moindre bruit ; ils sombrent aussitôt dans l'oubli dont la crue les avait tirés.

« C'était nécessaire, dit Peyr.

– Je sais bien, répond Azal. Tout est entremêlé. Un secret en entraîne un autre. Si tu tires sur un fil, le reste vient avec. Mieux vaut rejeter toute la pelote.

– Sauf ce qui a été reconnu, précise le mage.

– Sauf ce qui a été reconnu et accepté.

– Ainsi prend fin la hantise. Une part se dissout au grand jour, une autre s'en retourne dans les ténèbres. »

Il balaie encore une fois la margelle de sa main gantée, pour nettoyer la vase et en libérer les antiques runes des géants ; salue le puits, deux doigts sur le front. Puis tous deux quittent la crypte, sans un regard derrière eux.

Ils vont se poster ensemble sur le rempart du Nimiron, pour contempler la cité. Les eaux auront bientôt terminé leur retrait. Les bourgeois en sont à dégager les rues de la boue et des débris qui les encombrent ; les singes cavalent et se disputent sur les toits des temples, guettant quelque trésor comestible à dénicher. La chaleur écrasante fait rejaillir l'odeur de vase séchée, mais c'est une bonne puanteur, une puanteur de limon fertile : dans la plaine voisine, les prochaines récoltes y gagneront en abondance.

« J'aimerais pouvoir rester jusqu'au rétablissement de l'abbesse Agyre, soupire Peyr, les yeux rivés sur ce spectacle. Mais je ne peux pas. Ma famille m'attend. J'ai bien des choses à partager avec mon épouse ; des fleuves à libérer, qui doivent couler plus librement. Nous devons les naviguer ensemble, elle et moi, épaule contre épaule.

– Je comprends, magicien. Fais ce que tu as à faire. »

Elle vient se coller tout contre lui :

« J'espère que tu reviendras, souffle-t-elle. J'aimerais bien que tu m'apprennes ton art des runes. Je pourrais m'en servir pour soigner et soulager les gens. C'est ce que je peux faire de mieux de mon existence, tu sais. Mais j'ai besoin d'être titillée par un brin de mystère… »

Il sourit :

« C'est une grande idée. Je reviendrai dès que je le pourrai. Ou bien c'est moi qui trouverai le moyen de te faire venir jusqu'à moi. Après tout, rien n'interdit aux *servantes* de voyager, quand il s'agit de suivre l'enseignement de quelque savant guérisseur. N'est-ce pas, pilleuse de cryptes ? »

Les yeux de la jeune fille se mettent à briller, tandis que s'ouvrent à elle des empires de curiosité à satisfaire. Elle déglutit, lentement, comme si elle savourait sa propre salive.

Table des matières

Les Moutons électriques

MIXTE
Papier | Pour une gestion forestière responsable
FSC® C014138
FSC
www.fsc.org

Imprimé en République Tchèque, en mars 2023